LA FORÊT MAUDITE

COLLECTION TERREUR
dirigée par Patrice Duvic

Iain Banks
LE SEIGNEUR DES GUÊPES
William P. Blatty
L'ESPRIT DU MAL
EXORCISTE 3
Robert Bloch
PSYCHOSE
LORI
PSYCHOSE 2
Ramsey Campbell
ENVOÛTEMENT
LA SECTE SANS NOM
Martin Cruz-Smith
LE VOL NOIR
John Farris
LE FILS DE LA NUIT ÉTERNELLE
L'ANGE DES TÉNÈBRES
Ray Garton
EXTASE SANGLANTE
Raymond E. Feist
FAËRIE
Linda C. Gray
MEDIUM
Thomas Harris
DRAGON ROUGE
James Herbert
LES RATS
LE REPAIRE DES RATS
LE SURVIVANT
FOG
Stephen King
SALEM
Dean R. Koontz
LE MASQUE DE L'OUBLI
MIROIRS DE SANG
LA VOIX DES TÉNÈBRES
LES YEUX DES TÉNÈBRES
UNE PORTE SUR L'HIVER
LA PESTE GRISE
LA MORT A LA TRAÎNE
Stephen Laws
TRAIN FANTÔME
Michael McDowell
LES BRUMES DE BABYLONE
Graham Masterton
LE DÉMON DES MORTS
LE PORTRAIT DU MAL
LE JOUR « J » DU JUGEMENT
MANITOU
LA VENGEANCE DU MANITOU
Anne Rice
LESTAT LE VAMPIRE
ENTRETIEN AVEC UN VAMPIRE
Peter Straub
JULIA
GHOST STORY
Sheri S. Tepper
OSSEMENTS
Thomas Tessier
L'ANTRE DU CAUCHEMAR
Jack Vance
MÉCHANT GARÇON
Bari Wood-Jack Geasland
FAUX-SEMBLANTS

CHET WILLIAMSON

LA FORÊT MAUDITE

PRESSES POCKET

Titre original :
DREAMTHORP

Traduit par Gérard Coisne

L'auteur tient à remercier Jack Bitner, chroniqueur et historien de Mount Gretna, autre phalanstère de Pennsylvanie, beaucoup plus beau et beaucoup plus tranquille que Dreamthorp.

ISBN 2-266-03709-9

Pour mon fils, Colin McCandless Williamson, avec mon amour et l'espoir qu'il rencontre un jour, lui aussi, son Dreamthorp.

L'amour! Existe-t-il encore de par le monde, ou bien n'est-il plus que matière à romans et à chansons?

Alexander Smith, *Dreamthorp.*

DÉBUTS ET PREMIÈRES DÉSILLUSIONS

Il importe peu de relater comment ou quand je suis devenu citoyen de Dreamthorp ; qu'il suffise de dire que je n'y suis pas né mais que j'y réside maintenant depuis longtemps. Pour quelque obscure raison, les villes et les villages où, à l'époque, il m'arrivait de planter ma tente ne me plaisaient pas ; telle ville était trop grande, telle bourgade trop petite. Mais quand, un soir d'été sur le coup de huit heures, j'ai contemplé Dreamthorp pour la première fois... j'ai su instinctivement que je pouvais laisser tomber mon sac à dos, que j'allais pouvoir reposer mes pieds fatigués et que je venais enfin de trouver un asile. Depuis ce jour, je me suis établi là et le seul voyage que je ferai jamais est celui, insignifiant, de ma chambre au cimetière...

Alexander Smith, *Dreamthorp.*

Bientôt, dans le grand théâtre, les lumières vont s'éteindre et la scène vide sera abandonnée aux fantômes.

Alexander Smith, *Dreamthorp.*

Tout s'est passé au début du second acte. L'entracte avait été long, puisque *The Pirates of Penzance* comporte deux actes, et tout le monde avait eu le temps qui d'aller prendre un café ou un Coca Cola, qui de grignoter un sachet de cacahuètes salées, qui de sortir fumer une cigarette dans la fraîcheur de la nuit.

Le Grand Théâtre de Dreamthorp était particulièrement propice à de telles allées et venues. Toute sa circonférence est faite de grandes bâches tendues par des cordes ; le toit, lui, est un énorme cône dont les bords évasés retombent à moins de deux mètres du sol, coiffant les entrées et les sorties ménagées dans la toile. Il est supporté par quarante-huit piliers de solide bois de châtaignier plantés dans une semelle de béton. Pendant la tempête de neige de 1920, les piliers s'étaient, partiellement, enfoncés dans le sol, et il avait été décidé de les sceller dans le béton. Depuis, le Grand Théâtre n'avait jamais connu la moindre défaillance technique, et ce samedi soir-là, il se dressait, toujours aussi solide qu'en 1899, année de sa construction.

Les lumières clignotèrent pour signaler la fin de l'entracte. Charlie Lewis laissa tomber sa cigarette sur l'asphalte, écrasa son mégot du talon, échangea encore quelques mots avec Sam Coffey au sujet des mérites respectifs de Duke Ellington et d'Art Tatum, puis regagna la salle et se percha sur le dossier du strapontin capitonné de feutre où il avait laissé son programme. Dorothy Newhouse était assise dans le fauteuil voisin, siphonnant son Coca Light avec une paille. Il remarqua le sachet de cacahuètes salées, presque plein, sur ses genoux et se passa la main dans les cheveux. Il était à craindre qu'il eût à subir des bruits de mastication jusqu'à la fin du second acte.

« Qu'en pensez-vous ? » lui demanda-t-il

Elle se tourna vers lui d'un air morne. Etait-ce, se demanda-t-il, un *troisième* menton qu'elle était en train de nous préparer ?

« De quoi ?

— Oh ! de ce que vous voulez. La pièce ou bien le dernier sujet à la mode.

— Ah oui ! le spectacle. »

Dorothy assistait à chaque représentation, toujours seule et sans son mari. Celui-ci préférait le base-ball et, après avoir enseigné trente-huit ans la biologie dans un lycée, estimait qu'il pouvait maintenant faire ce dont il avait envie. Alors le théâtre, merci, très peu pour lui.

« C'est très bon, déclara Dorothy, ses doigts boudinés plongés dans le sachet de mélange salé, dispersant dans sa fièvre quelques noix de cajou sur son volumineux giron. Moi, je trouve ça très bon.

— Hum, répondit Charlie. Je suppose que chacun a le droit d'avoir son opinion.

— Vous n'aimez pas ? demanda-t-elle, intriguée.

— Disons pour être tout à fait précis que si la représentation annuelle de la Gilbert and Sullivan Society ne faisait pas partie de l'abonnement de la saison dramatique, que j'attends chaque année en retenant mon souffle, je ne serais pas là en ce moment. Ni d'ailleurs, je dois dire, Gilbert and Sullivan.

— Ben, dit Dorothy à travers une goulée de cacahuètes humectées de Coca Light, faut avouer qu'avec des acteurs professionnels ce serait un peu mieux.

— C'est pour ça qu'on les appelle des professionnels, ma petite dame. »

L'extinction des lumières dispensa Dorothy de plus

amples commentaires et le rideau se leva sur des ruines gothiques de carton-pâte. Un jeune homme grassouillet fit immédiatement son apparition, visiblement affublé d'une moustache postiche, suivi d'une troupe de matrones court-vêtues qui approchaient allégrement de la cinquantaine, mais étaient nonobstant censées être ses filles. Charlie se laissa glisser dans son strapontin et se cala le dos contre son siège, se demandant quel bruit, des chants désaccordés qui s'élevaient de la scène ou des grignotements en solo qui retentissaient à ses côtés, était le plus mélodieux.

Lorsque Mabel se tut, sur un dernier trémolo en souvenir des beaux jours désormais disparus, Charlie laissa errer son regard dans le public, gagné par l'ennui. La salle n'était qu'à moitié pleine, et il aurait juré qu'il y avait moins de monde que tout à l'heure, à la fin du premier acte. Lâches, pensa-t-il, levant les yeux au ciel.

Les poutres du plafond se rejoignaient, telle la voûte d'une cathédrale romaine ou d'une tente high-tech, au centre exact du cône, et Charles regarda une nouvelle fois l'apex avec émerveillement, comme il le faisait chaque fois qu'il venait assister à un concert ou à un spectacle. C'était du travail honnête et solide, mais unique en son genre. En trente-cinq années passées à concevoir des charpentes pour la société Bentson Industries, il n'avait jamais rien vu de semblable, tant en constructions modernes qu'anciennes. Il avait toujours caressé l'espoir de pouvoir reprendre et intégrer le plan de cette charpente dans l'un de ses projets, mais l'occasion ne s'en était jamais présentée et, maintenant qu'il avait pris sa retraite, ne se présenterait jamais plus.

Il s'assoupit et se mit à rêver, assis sur le fauteuil H-9, au centre exact de la salle, celui qu'il choisissait toujours en début de saison, bercé par le bourdonnement des dialogues sur la scène et les mâchonnements de sa voisine. Soudain, la troupe entonna « Ce qui arrive quand l'adversaire dégaine son épée », et le premier couplet de *Tarantara!* réveilla Charlie en sursaut. Il heurta du coude celui de Dorothy Newhouse, toujours occupée à fourrager dans sa poche de plastique, et s'attira un regard offusqué. Il redressa les épaules, nota de se munir d'un coussin à la prochaine représentation, prit une profonde inspiration et se demanda pourquoi la salle ne comportait pas de section « Fumeurs ». Après tout, le danger d'incendie n'était pas bien grand, il n'y avait qu'à détendre les bâches et à se précipiter vers les portes de sortie.

Juste à l'instant où Charlie se disait justement combien le théâtre était sûr, au moment où le chœur reprenait « Allez, héros, allez et mourez! » et martelait la scène en tous sens dans un déploiement composite de mocassins et de sandalettes en guise de bottes, le toit s'écroula.

Sans comprendre, Charlie vit les piliers se rompre tous en même temps, comme si le bâtiment était secoué par la main d'un géant. Privé de support, le toit s'effondra d'un coup.

Tous ceux qui se trouvaient sur la scène furent écrasés sous les décombres et les spectateurs qui étaient assis aux premiers rangs furent atteints par des morceaux de poutres, des bouts de câbles électriques ou des projecteurs. Charlie Lewis et la plupart des gens qui étaient assis au centre de la salle n'eurent aucun mal, mis à part leur épouvante. Seule Dorothy Newhouse trouva la mort. Une écharde d'un mètre de long et large comme la main s'était plantée dans son abdomen et lui avait perforé les intestins. A la lueur d'un projecteur tombé non loin de là, Charlie Lewis la vit contempler avec une incrédulité horrifiée le pieu fiché dans son ventre. Elle lâcha son paquet de cacahuètes et son gobelet de Coca, les deux mains cramponnées à la hampe de bois, ayant tout à fait l'air, pensa-t-il, d'un porteur de drapeau le jour du défilé de la Fête nationale. Puis elle cracha un flot de sang et s'écroula sur son épaule. Il la serra contre lui et ne comprit qu'au bout d'un moment qu'elle était morte. Sans en avoir conscience, il était en état de choc, lui aussi. Il déglutit péniblement et repoussa le corps de Dorothy. Voilà qui n'allait pas être facile à annoncer à son mari.

Autour de lui, le Grand Théâtre était devenu une maison de fous. Les gens hurlaient, les câbles sautaient au milieu de gerbes d'étincelles qui risquaient à tout moment d'enflammer le vieux bois sec. Puis le fracas des fauteuils diminua peu à peu, les survivants encore valides s'étant massés vers les bâches, où les morceaux du toit avaient pratiqué des ouvertures béantes.

C'était une véritable catastrophe, ainsi qu'il put s'en rendre compte lorsqu'il voulut gagner la brèche la plus proche. Au centre de la salle, le toit n'était plus qu'à un mètre au-dessus de sa tête et la distance allait s'amenuisant à mesure qu'on se rapprochait des portes de sortie. Parvenu à mi-chemin, il dut se mettre à ramper par-dessus les morts et les agonisants. Il fut bientôt meurtri et écorché de partout.

Au-delà des grincements et des craquements du bois, il entendit tout à coup des ululements de sirènes. Les secours seraient bientôt là. Il regarda par-dessus son épaule et vit des étincelles crépiter partout. Les projecteurs de la scène marchaient encore, mais il n'y avait de flammes nulle part. S'il restait là et s'allongeait pour attendre, on finirait bien par venir le chercher, enlever tous ces gens qui bloquaient sa progression, ces gens qui ne bougeaient plus du tout ou qui ne bougeaient plus que faiblement, tout doucement, comme s'il y avait quelque chose de définitivement brisé en eux. Ce devait malheureusement être le cas, comme le révélait la pâleur des visages, malgré l'éclat des projecteurs. A la façon dont ils crispaient les mâchoires, à cause du sang qui leur coulait de la bouche, du nez ou des oreilles, à la manière dont ils avaient la tête tournée, comme s'ils regardaient quelque chose derrière eux, et rien qu'à leurs bras et à leurs jambes, tordus selon des angles atroces, on voyait bien, nom de Dieu, qu'il y avait quelque chose d'anormal. S'il restait sagement où il était et si le feu ne se déclarait pas, peut-être qu'on viendrait enfin enlever tous ces gens du passage et qu'il pourrait sortir de là ventre à terre, rentrer tranquillement chez lui et écouter Miles Davis. Bon Dieu, ce qu'il avait envie d'entendre

Miles Davis, au lieu des gémissements des blessés, du mugissement des sirènes et du grésillement des étincelles. Pourquoi diable personne n'avait-il encore songé à couper le courant?

Quelqu'un dut y penser, cependant.

Le théâtre devint noir comme une tombe. Les lumières éteintes, Charlie aurait préféré les voir se rallumer aussitôt, étincelles ou pas. Envahi par une brusque flambée de panique, il se lança à l'assaut des corps qui lui barraient la route mais s'interrompit net quand il sentit sous ses doigts quelque chose de chaud, d'humide et de poisseux. Il retira vivement sa main et l'essuya sur sa chemise. Puis il se mit à pleurer, tout doucement, et décida d'attendre qu'on vienne lui porter secours.

Les sauveteurs ne tardèrent pas à arriver. Charlie entendit des murmures, des ordres donnés d'une voix forte, et aperçut des lumières, venues de l'extérieur cette fois. Quelques instants plus tard, le cadavre qui était devant lui, coincé entre le béton et les décombres tombés du plafond, glissa en avant et fut emporté. Une main se tendit vers lui et agrippa la sienne, un grincement atroce parcourut la toiture écroulée, à quelques centimètres à peine de sa tête, et la lumière éclatante d'une torche électrique éclata devant ses yeux.

« Nom de Dieu, Charlie, entendit-il quelqu'un déclarer.

— Bonjour, Tom », dit-il d'une voix rauque en s'efforçant de sourire, ayant reconnu Tom Brewer.

Celui-ci le tira des décombres d'une poigne vigoureuse et l'aida à se tenir debout, tout tremblant.

« Voilà un spectacle qui casse la baraque ou je ne m'y connais pas », lâcha ce vieux Charlie.

Il s'esclaffa puis sentit tout redevenir noir autour de lui.

Cinq siècles produisent de grands changements sur les mœurs.

Alexander Smith, *Dreamthorp*.

A cinq cents mètres à peine du Grand Théâtre, mais à plusieurs centaines d'années d'intervalle, un groupe d'hommes fit halte devant la source qui se trouvait là. Plus-Rapide-que-le-Cerf se laissa tomber sur le tapis de feuilles qui recouvrait le sol de la forêt et dénoua les lanières de cuir qui entouraient la blessure de sa jambe. Mille-Flèches lui apporta un peu d'eau dans le creux de ses paumes. Plus-Rapide-que-le-Cerf se désaltéra et examina la plaie causée par la hachette.

« C'est plutôt vilain, commenta Mille-Flèches.

— Mais celui qui m'a frappé est un homme mort, à présent, répliqua Plus-Rapide-que-le-Cerf.

— Tu as besoin de repos. Tu ne peux pas continuer comme ça.

— Je sais. Je vais rester là. Je vais rester et les retarder.

— Tu es le chef des Alligewis, répondit Mille-Flèches. Nous n'allons pas t'abandonner. »

Ils fuyaient maintenant depuis des semaines, se dirigeant toujours vers l'est, pour échapper aux flèches et aux tomahawks de la tribu à qui ils avaient permis de traverser leurs terres. Tout avait commencé de manière anodine. Au début, un groupe composé de trois familles avait demandé à s'établir sur les terres des Alligewis, les plus grands et les plus forts parmi les forts. Plus-Rapide-que-le-Cerf avait refusé mais leur avait accordé la permission de traverser le large cours d'eau qui formait la frontière, le Namaesi Sipu, et les forêts qui constituaient le pays des Alligewis pour aller à la recherche d'autres terres.

Mais ces petits hommes, qui s'appelaient eux-mêmes les Lenapes, s'étaient présentés en nombre beaucoup plus important que prévu pour franchir le fleuve, dont Plus-Rapide-que-le-Cerf avait garanti le passage. Quand les Alligewis avaient vu qu'ils étaient des milliers, ils s'étaient brusquement alarmés, redoutant que les Lenapes ne constituent une force susceptible de pouvoir s'opposer à eux. Plus-Rapide-que-le-Cerf avait appelé son peuple aux armes et les Alligewis avaient fondu sur les Lenapes sans défense qui franchissaient paisiblement le fleuve. Jeunes ou vieux, guerriers, femmes ou enfants, tout le monde avait été massacré et les eaux du Namaesi Sipu étaient devenues rouges du sang des Lenapes. Ceux qui étaient restés sur l'autre rive avaient été informés que tout Lenape qui tenterait de traverser et de prendre pied sur les terres des Alligewis connaîtrait le même sort.

Mais les Lenapes, comme Plus-Rapide-que-le-Cerf n'avait pas tardé à l'apprendre, étaient un peuple courageux qui ne reculait pas au combat. Rendus fous par le massacre perpétré au bord du fleuve, ils s'étaient alliés avec les Mengwes, une tribu qui avait toujours convoité les riches forêts des Alligewis, et une grande guerre s'en était suivie, une guerre qui durait depuis de nombreuses années et avait emporté un grand nombre de braves.

Lentement, les Alligewis avaient dû céder du terrain, repoussés par les forces supérieures de leurs ennemis, et les grands tertres plats qui abritaient les corps des défunts jalonnaient comme une chaussée de géants la longue fuite des Alligewis vers l'est, où la tribu était constamment refoulée. Finalement, en désespoir de cause, les Alligewis avaient été contraints d'abandonner complètement leurs terres et avaient décidé de s'enfuir le long du grand fleuve, en direction du sud et des régions inconnues qui s'étendaient au-delà. Un groupe composé d'une centaine des guerriers les plus braves parmi les Alligewis, groupe conduit par Plus-Rapide-que-le-Cerf, entraînerait vers l'est l'ennemi vengeur lancé à leur poursuite, loin de la poignée de survivants qui s'efforceraient, eux, de gagner le Sud. Le plan de la centaine d'hommes, libéré du poids des faibles et des vieux, était d'échapper à leurs poursuivants et de rejoindre ensuite leurs compatriotes.

Mais les Alligewis avaient sous-estimé la rapidité et la volonté des Lenapes, déterminés à effacer de la surface de la terre tous ceux qui appartenaient à la tribu honnie des Alligewis. Des escarmouches avaient réduit la centaine de combattants du départ à une vingtaine de guerriers à peine, les plus rapides et les plus forts parmi les braves, et presque tous étaient blessés, à commencer par Plus-Rapide-que-le-Cerf, le plus gravement de tous.

Le chef but à nouveau dans les mains tendues de Mille-Flèches et sut qu'il ne pourrait pas aller plus loin. Il se battrait et mourrait là où il était couché, au milieu des chênes et des grands pins, près de cette source tranquille, dont l'eau était plus fraîche et plus suave que l'eau précieuse du Namaesi Sipu. Cela semblait être un endroit agréable pour mourir et il espérait emporter de nombreux Lenapes dans son ultime voyage, s'ils avaient le courage de s'approcher et ne se contentaient pas simplement de l'abattre de loin, à coups de flèches.

« Nous allons rester avec toi, répéta Mille-Flèches, la mine grave.

— Si vous ne rejoignez pas les autres dans le Sud, qui fécondera les femmes et leur donnera de nouveaux fils ? Qui défendra et protégera les Alligewis ?

— Nous ne pouvons pas abandonner notre chef. Cessons de fuir et combattons.

— Ils arrivent ! s'écria Œil-de-Corbeau, perché dans les branches d'un chêne. Il y en a des centaines », précisa-t-il en se laissant tomber sur le tapis de feuilles mortes.

Œil-de-Corbeau était jeune, encore à peine un homme, mais il avait fait ses preuves dans autant de combats que Plus-Rapide-que-le-Cerf en avait lui-même livré depuis qu'il avait été nommé chef. Il n'y avait nulle peur dans les yeux noirs du jeune homme, et Plus-Rapide-que-le-Cerf le regarda avec fierté tirer son tomahawk de sa ceinture.

« Je vais en tuer des dizaines », lui dit le jeune guerrier.

Les braves formèrent un cercle tourné vers l'ouest et Plus-Rapide-que-le-Cerf les harangua.

« Battez-vous courageusement! Prenez-leur la vie! Rappelez-vous comment ils ont tué nos femmes et nos enfants, nos pères et nos mères! Nous sommes le dernier rempart des Alligewis! Allez et que la haine vous aide à les emporter avec vous dans la mort! »

Cela fait, Plus-Rapide-que-le-Cerf se releva en poussant une plainte déchirante; la blessure de sa jambe s'était rouverte dans l'effort, inondant de sang noir les mocassins qui lui chaussaient les pieds et noircissant les feuilles mortes. Il baissa les yeux, vit son sang s'écouler parmi les feuilles brunes et entendit les vociférations des Lenapes, derrière les taillis proches.

« Noircissez la terre de leur sang! » cria-t-il à ses braves en guise d'adieu.

La bataille dura moins de dix minutes. A la fin du combat, les vingt Alligewis qui étaient tout ce qui restait d'une grande nation gisaient à terre. Leur mort n'empêcha cependant pas les centaines de Lenapes de poursuivre leur vengeance. Ils tailladèrent à coups de hachettes de pierre leurs dépouilles inertes et leur coupèrent la tête, les bras et les jambes. Ils abandonnèrent le terrain couvert de sang de la tête aux pieds, n'ayant pas laissé un seul cadavre entier.

Les Lenapes laissèrent alors éclater leur joie et dansèrent, puis se consacrèrent à soigner leurs propres blessures. Par miracle, aucun homme n'avait été mortellement atteint ce jour-là; néanmoins, plusieurs ne survécurent pas et moururent peu après.

Le chef des Lenapes demanda au chaman ce qu'il fallait faire des corps des Alligewis. Le chaman, que tout le monde appelait Vieillard-Avisé depuis son vingtième hiver, répondit qu'ils devaient être inhumés dans une grande fosse commune, sans aucun tertre pour marquer l'endroit.

« Que l'on oublie jusqu'à leur nom », déclara-il.

Les Lenapes creusèrent parmi les arbres un trou assez vaste et profond pour contenir les restes des vingt guerriers alligewis et y jetèrent les morceaux de leurs corps, sans se soucier de savoir dans quelle direction la tête était tournée. Lorsque la fosse fut pleine, le chaman prit un caillou dans le sac de cuir qui pendait à sa ceinture et le brandit en l'air. Les bords avaient été émoussés, le bout pointu avait été arrondi et travaillé de manière à lui donner une vague ressemblance avec une tête humaine.

« Que leurs os reposent ici, commença-t-il à déclamer, jusqu'à ce que les étoiles tombent dans les rivières. Et que leurs esprits reposent avec eux, déchirés et démembrés comme leurs corps. Que Celui-qui-Apaise-les-Esprits les garde avec lui prisonniers de la terre. »

Il s'agenouilla, posa le morceau de quartz au centre du monticule de terre retournée et marmonna quelques mots que personne n'entendit. Puis il se releva, se tourna, et se mit en marche vers l'ouest. Les autres le suivirent, abandonnant la tombe parmi les arbres, premier signe d'établissement humain de ce qui devait plus tard devenir Dreamthorp.

Bientôt la terre se reput de ce qu'on avait confié à sa garde et, les jours et les mois passant, de petites pousses jaillirent du sol gorgé de sang et des arbres sortirent des jeunes plants. Des chênes et des pins, voilà tout ce que furent les descendants des Alligewis. Les racines se nourrirent de ce qui restait de la chair et des muscles des fiers guerriers, de la volonté de fer de leur chef, et une étrange vie souterraine passa dans les troncs et les branches. Puis les arbres crûrent et multiplièrent, toujours plus nombreux.

Au bout de plusieurs siècles, les troncs devinrent énormes et les branches jaillirent jusqu'au ciel. Les chênes et les pins proliférèrent de telle façon que ce qui n'était au départ qu'un petit bosquet se transforma en véritable forêt grouillante de vie, une vie nourrie de la haine et de la rage infinies des Alligewis. Durant tout ce temps, Celui-qui-Apaise-les-Esprits veilla fidèlement la sépulture collective, peu à peu balayée par la pluie et le vent qui en effacèrent toute trace. Le souvenir des braves qui devaient y rester à jamais ensevelis sombra peu à peu dans l'oubli.

Plus tard, les arbres tombèrent sous la scie d'hommes blancs. Tous furent abattus. Les pins, transformés en planches, servirent à la construction de maisons d'habitation. Avec les chênes, on fit des tables, des chaises, des bois de lit. Tous ceux qui vécurent dans ces maisons, mangèrent à ces tables ou dormirent dans ces lits, ignoraient bien sûr la longue histoire de ce qui n'était à leurs yeux que des objets inertes et familiers.

La ressemblance avec une figure humaine était, naturellement, assez lointaine, mais l'intention était nette.

Alexander Smith, *Dreamthorp*.

On avait commencé à exploiter la futaie au tout début du siècle, quand la plupart des résidences d'été avaient été construites. C'était l'époque où le phalanstère de l'Est-Pennsylvanie, qui avait son siège à Dreamthorp, était à son apogée et où de nouvelles installations semblaient s'effectuer tous les jours. La demande en bois était énorme et la futaie, de l'aube au crépuscule, était noire de monde. Des dizaines d'ouvriers abattaient les arbres, élaguaient les grosses branches ou taillaient des planches à la scierie branlante qui avait été installée à proximité. C'était un lieu qui avait connu une activité intense, et par conséquent idéal, quelque quatre-vingts ans plus tard, pour Sam et Esther Hershey, chacun muni de son détecteur de métal.

Les Hershey étaient à la retraite. Sam était un ancien soudeur, Esther avait tenu la maison et élevé les enfants. Ils avaient tout d'abord pris la détection pour un passe-temps, une chasse au trésor, sans se douter que cette occupation allait devenir le principal intérêt de leur vie. Les choses n'avaient pas commencé autrement et, qu'il pleuve ou qu'il vente, quelle que soit l'époque de l'année, les Hershey sortaient avec leurs détecteurs assortis et un sac où était rangé leur matériel de forage. Chacun avait plusieurs bocaux pleins de pièces de monnaie et des boîtes où il conservait ses trouvailles, témoignages de son habileté. Ils avaient déjà écumé tous les alentours de Dreamthorp, le vieux parc, maintenant retourné à l'état de brousse, l'ancien emplacement de la gare de chemin de fer, désaffectée depuis longtemps, l'esplanade naturelle où se tenait chaque année au mois de juin le festival de Dreamthorp, et recherchaient désespérément un nouvel endroit à prospecter.

Charlie Lewis, sur lequel le toit du théâtre devait tomber le lendemain, leur avait indiqué l'existence de la vieille futaie, qui, inexploitée depuis maintenant cinquante ans, n'était plus fréquentée par personne. Personne sauf Charlie Lewis, très fier de sa connaissance encyclopédique de Dreamthorp et de sa région.

Toutes les fois que Charlie n'écoutait pas un de ses nombreux disques de jazz, il traquait la moindre bribe d'histoire susceptible d'enrichir son trésor d'anecdotes et d'événements relatifs à la petite communauté. Toute sa vie, il avait vécu à Harrisbourg, à une trentaine de kilomètres de là, ville de quelque importance la plus proche. Bien qu'il eût toujours aimé la petite ville et qu'il assistât tous les ans à la plupart des concerts et des spectacles de la saison, il n'avait jamais éprouvé le besoin de s'y établir jusqu'à la mort de sa femme, survenue un an avant qu'il ne prenne sa retraite.

A la suite du premier concert auquel il avait assisté après sa mort — le Blackbird Jazz Band, au Grand Théâtre — il était rentré par les rues étroites, guidé par les lanternes japonaises qui éclairaient les façades des maisons. Il s'était alors plus senti en paix avec lui-même qu'au cours de toutes les semaines précédentes ; il avait rendu leur salut aux gens assis sous leur porche qui souhaitaient le bonsoir à l'étranger vieillissant qui passait dans leur rue, nullement suspicieux, mais ouverts et même accueillants, et avait décidé de finir ses jours à Dreamthorp.

Ainsi devenu citoyen de la ville, il était aussi devenu son historien et s'était mis à explorer les archives municipales, celles des journaux et les sources privées les plus disparates pour recréer le Dreamthorp d'autrefois. Son ardeur et sa sincérité avaient établi sa réputation, même parmi les vieux résidents de toujours, et il était devenu l'un d'eux, totalement intégré à la vie de la petite ville.

C'était donc à lui que Sam et Esther s'adressaient chaque fois qu'ils étaient à la recherche de nouveaux endroits où creuser. Ils avaient rencontré Charlie alors qu'ils cherchaient des pièces sur la plage du lac et il leur avait suggéré quelques nouveaux terrains de chasse. Ils vinrent sonner à sa porte, ce samedi matin-là sur le coup de dix heures, et il leur indiqua comment se rendre à l'ancienne futaie.

« Vous n'avez qu'à descendre Emerson Street jusqu'à Pine Road. Là, prenez sur la gauche, vous trouverez un chemin forestier, entre Thoreau Street et Whittier Street. Suivez ce sentier sur trois ou quatre cents mètres et vous arriverez à une vieille source tarie, au milieu de jeunes chênes et de pins blancs. C'est un peu plus loin que l'abattage a été le plus intensif. Vous ne pouvez pas manquer la vieille scierie car, là, rien n'a repoussé.

— Personne n'est encore allé prospecter par là-bas? demanda Sam Hershey d'un ton soupçonneux.

— Pas depuis Daniel Boone, en tout cas. J'y ai personnellement été faire un tour, il y a un an ou deux, et j'y ai trouvé des vestiges métalliques, ce qui m'a permis de savoir où se trouvait la scierie. Je crois que personne n'y a jamais trouvé le moindre tesson de bouteille. Plus personne ne va se promener par-là, maintenant. Il faudra donc me jurer de ne jamais révéler à quelqu'un comment s'y rendre, naturellement », conclut-il d'un ton grave.

Esther Hershey éclata de rire.

« Je ne plaisante pas, chère madame. Et il va sans dire que le tiers de tous les lingots d'or que vous trouverez reviendra à la Fondation Charlie Lewis, bien qu'à mon avis vous ayez de grandes chances de tomber sur des clous et des bouts de ferraille.

— Oh, il y aura bien quelques pièces si beaucoup de gens ont travaillé là, dit Esther.

— Certes, dit Charlie, mais les ouvriers ne devaient guère avoir plus de quelques liards en poche.

— Je me contenterais de quelques crânes indiens, répliqua Esther en s'esclaffant de nouveau.

— Je n'ai jamais entendu parler d'établissement indien par ici, répondit-il. Même si le fait s'est produit, je me demande bien ce qu'il pourrait rester de leurs crânes.

— Eh bien, nous verrons, dit Sam en riant. Si jamais nous trouvons un trésor, nous vous mettrons bien sûr dans la confidence, Charlie.

— Oh ! oubliez ça. Je ne veux même pas le savoir. A mon avis, vous allez vous fatiguer pour pas grand-chose. Allez, et bonne moisson de clous ! Si vous voulez bien m'excuser, Bix Beiderbecke m'attend. »

Excités comme des gamins, les Hershey se mirent aussitôt en route, marchant à l'ombre pour se protéger des rayons du soleil qui perçaient à travers les arbres. Malgré la fébrilité qui les habitait, Dreamthorp somnolait sous la chaleur du mois de juin. Le samedi matin était une période de repos. Les gens se réveillaient tard et chacun en profitait pour traîner un peu au lit ou s'attarder au-dessus d'une tasse de café ou d'un magazine. Les audacieux commençaient à bouger vers onze heures et se mettaient à l'ouvrage à l'approche de midi, qui repeignant sa barrière, qui réparant les bardeaux, qui balayant les feuilles mortes sous son porche, qui coupant les branches qui empiétaient trop sur les volets du premier, tous travaux que la vie dans cette petite communauté sylvestre rendait nécessaires.

Mais il n'était que dix heures, et seules quelques rares personnes virent passer les Hershey en route vers la forêt. Parmi elles, Cyrus et Nancy Haldeman, qui prenaient le café sous leur porche, leur dirent bonjour. Les Hershey agitèrent la main dans leur direction, masquant d'un grand sourire le fait que les Haldeman n'étaient là qu'en vacances, comme si seuls les citoyens dûment couchés sur les listes électorales avaient privilège de forage dans les bois.

Quelques minutes plus tard, Sam et Esther trouvèrent le chemin dont Charlie leur avait parlé. C'était un sentier étroit et, par endroits, presque recouvert par la végétation, mais qui restait néanmoins praticable. Ils trouvèrent la clairière au bout de quelques centaines de mètres.

« Voilà la source, dit Sam, tendant le doigt vers une voûte de pierres vermoulues qui ne surplombait plus qu'un trou asséché. Et voilà les jeunes arbres. Nous ne devons pas être loin. »

Ils activèrent chacun leur engin, mécanique maladroite qui ressemblait à un manche à balai muni d'un plat à tarte à une extrémité et d'une boîte à pharmacie munie de manettes et de cadrans à l'autre, se coiffèrent de leurs écouteurs et se mirent au travail, promenant leurs machines comme des faux et balayant le sol devant eux. On aurait dit des explorateurs de l'espace à la recherche d'un équipage perdu sur un monde étranger.

De temps à autre, le signal sonore de leurs casques s'amplifiait. Sam et Hester se figeaient alors sur place et déplaçaient leurs engins avec une attention renouvelée, cherchant l'endroit où le bourdonnement était le plus fort. Ils mettaient ensuite leurs machines de côté et enfonçaient un crampon métallique dans le sol. Après quoi, il n'y avait plus qu'à creuser.

Ils utilisaient de petites pelles de jardin avec lesquelles on pouvait retirer le maximum de terre avec le minimum d'efforts. Ils procédaient habituellement avec les plus grandes précautions, retiraient chaque motte de terre, mettaient la terre extraite dans un petit carré de toile et replaçaient ensuite soigneusement le tout. Mais dans cette futaie perdue au milieu de nulle part qui n'appartenait plus à personne, ils n'avaient pas jugé bon de se donner tant de peine et se contentaient de retourner la terre sans façon et de recouvrir ensuite l'excavation à la hâte.

A treize heures, Esther, extatique, avait déjà trouvé une quinzaine de pièces. Son trésor se composait de huit monnaies frappées à l'effigie de la tête d'Indien et de trois à celle de l'aigle volant, d'un *nickel* de 1887, de deux *dimes* de 1900 et d'un *quarter* de 1901[1]. Sam, quant

1. Soit respectivement 5, 10 et 25 cents *(N.d.T.)*.

à lui, n'avait trouvé que quatre chefs indiens, un aigle volant et un vaste assortiment de pointes, de vis et de morceaux de métal rouillé.

« Pourquoi ne mets-tu pas ton discriminateur en marche ? demanda Esther. Pas étonnant que tu trouves aussi peu de pièces, tu passes ton temps à ramener n'importe quel morceau de ferraille. »

Le visage de Sam s'assombrit sous la rebuffade.

« Dans un endroit pareil, on ne sait jamais sur quoi on peut tomber. D'autre part, la ferraille est d'époque, pas une seule canette de bière. Il doit y avoir des outils, des tas de choses encore. Cherche tes pièces si tu veux, moi je préfère travailler à la fortune du pot. Tiens, puisqu'on en parle, tu n'aurais pas faim ? »

Ils mangèrent quelques sandwiches et, après une petite promenade digestive, se remirent en chasse.

A quinze heures, après avoir trouvé deux autres pièces et tout un assortiment de ferraille sans valeur, Sam reçut un signal très puissant dans ses écouteurs.

« Je suis tombé sur quelque chose de gros ! s'écria-t-il à l'adresse d'Esther.

— Quoi ? demanda-t-elle en se débarrassant de son casque.

— Je disais que je viens de repérer quelque chose de gros. Je me demande ce qu'il peut bien y avoir là-dessous.

— Probablement une vieille casserole toute rouillée », assura Esther, dont le sac de pièces, rempli à une vitesse étonnante, tinta gaiement quand elle replaça ses écouteurs sur ses oreilles.

Sam ignora le sarcasme, se mit à genoux et commença à creuser. A une quinzaine de centimètres de profondeur, il découvrit, non pas ce qu'avait prédit Esther, du moins quelque chose qui y ressemblait fort. C'était un vulgaire bout de ferraille, rouillé, et, en le dégageant, Sam vit que c'était une partie de jante métallique, la roue de bois qu'elle cerclait s'étant désagrégée depuis longtemps. Il soupira mais décida néanmoins de sortir complètement le morceau de fer, histoire de ne pas passer bêtement devant quelque chose d'intéressant.

Ses doigts s'enfoncèrent dans la terre meuble et rencontrèrent quelque chose d'autre, quelque chose de doux et de froid qui le fit inexplicablement frissonner.

« Sam ! »

Au son de la voix d'Esther, il comprit qu'il était resté agenouillé, sans bouger beaucoup plus longtemps qu'il ne l'aurait cru et leva des yeux stupides.

« Qu'est-ce qu'il y a, Sam ? »

Il se contenta de hausser les épaules et de tendre le bras vers le bout de jante. Esther pouffa de contentement et reporta son attention sur son détecteur.

« Il y a quelque chose d'autre, dit Sam. Il y a quelque chose dessous. »

Il enfonça soigneusement sa pelle dans la terre grasse et se trouva d'abord fort désappointé quand ce qui apparut ne sembla tout d'abord pas être autre chose qu'un morceau de quartz blanc. Il le sortit complètement de terre et vit alors que c'était une statuette, certes primitive et grossière, mais indiscutablement une statuette. Il courut rejoindre Esther, le caillou brandi comme un trophée.

« Regarde ! s'écria-t-il.

— Qu'est-ce que c'est ? demanda Esther en ôtant ses écouteurs. Une statuette ?

— Oui. C'est du quartz. C'est bien une petite statue, regarde. Ça ressemble à un homme, non ?

— Vaguement, répondit Esther, qui n'appréciait guère que ses multiples découvertes soient assombries par un vulgaire caillou. T'es sûr que ce n'est pas un objet naturel ? Tu sais, quelque chose dû à l'érosion ou à un long séjour dans le sol ?

— Tu plaisantes ! Regarde ça, là, tu vois ces petites marques ? C'était probablement un outil, peut-être même préhistorique.

— Ou tout simplement quelque chose que les bûcherons ont abandonné là. »

Mais il était impossible de faire redescendre Sam de son nuage.

« Non, non. C'est une sculpture, Esther ! C'est de l'art

primitif ! Pas question d'attendre une minute de plus, il faut tout de suite aller montrer ça à Charlie Lewis. C'est peut-être indien, tu crois que ça ressemble à de l'art indien ? Tu sais, un peu comme les sculptures des Esquimaux ?

Sam nettoya son morceau de quartz avec des soins infinis, le déposa dans son sac à dos et ramassa ses outils.

« On s'en va ? demanda Esther.

— Et comment ! dit-il en débranchant ses écouteurs.

— Mais les pièces ! Enfin, quoi, j'en ai trouvé des dizaines !

— Les pièces, mes fesses ! Cette chose-là a sans doute plus de valeur que toutes les pièces que tu pourras jamais trouver. Il faut aller montrer ça à Charlie », conclut-il en ramassant son engin et en se mettant en route vers le sentier.

Esther, contrite, rassembla ses affaires et suivit son mari, la rage au cœur.

C'est ainsi que la garde de Celui-qui-Apaise-les-Esprits fut interrompue. Plus personne ne veillait désormais sur la tombe des Alligewis, maintenant libres, s'ils le pouvaient encore, de se réveiller.

La maîtrise de ces criminels étonne. Ont-ils contemplé la mort si longtemps et de si près que ce contact familier l'ait dépouillée de toute son horreur?

Alexander Smith, *Dreamthorp*.

Le lendemain, à Casper, dans une chambre du Wyoming State Hospital, se produisit une véritable résurrection.

Gilbert Rodman était soupçonné de divers forfaits. Il n'avait cependant eu à comparaître pour aucun d'entre eux car, depuis sa capture, il était resté plongé dans un coma dont tous les efforts n'avaient pu le tirer. Ses blessures étaient guéries et, bien qu'alimenté par perfusion depuis maintenant neuf mois, son état physique ne s'était remarquablement pas détérioré, ce qui ne laissait pas d'intriguer les médecins. Lorsqu'il avait été arrêté, Gilbert Rodman pesait quatre-vingt-trois kilos, dont une bonne part n'était que du muscle, et mesurait un mètre quatre-vingt-cinq. Après neuf mois couché dans un lit, des aiguilles plantées dans les bras, ses déchets évacués par des tubes de plastique, Rodman n'avait pas perdu dix kilos.

Bien qu'il fût soupçonné de viols, d'homicides et de mutilations infligées à une douzaine de femmes, et qu'il y eût un témoin formel pour son dernier crime, la surveillance permanente dont il était l'objet avait été interrompue au bout d'un mois. Il n'y avait pas le moindre signe qu'il sorte jamais de son coma et, même si tel avait été le cas, il aurait été si faible qu'un garde aurait été au pied de son lit avant même qu'il puisse se lever. Telle était du moins l'opinion de l'équipe médicale. Cependant, personne n'avait compté sur sa force, ni sur ses talents mentaux.

Rodman se réveilla à neuf heures le dimanche matin. Ses yeux s'ouvrirent. Ses poings se crispèrent. Il passa presque sans transition du coma profond à l'état de conscience éveillée. Il se sentait dispos, détendu et prêt. Il se sentait vide, également, comme si on lui avait ôté quelque chose, maintenant perdu à jamais. Il sut ce que c'était avant de glisser la main gauche sous le drap. Il le savait depuis neuf mois.

Car Gilbert Rodman n'était pas simplement tombé dans le coma. Il s'était plongé dans une transe auto-hypnotique, un état de méditation profonde auquel rien ne l'avait préparé et qu'il n'aurait jamais pensé pouvoir atteindre. Quand la balle l'avait frappé, il avait été forcé de s'échapper et c'est ce qu'il avait fait, plongeant au plus profond de lui-même comme les chamans qui pénétraient au cœur du Grand Esprit dans les livres qu'il avait lus. Il avait ensuite refusé de sortir, même lorsque toute douleur avait cessé. S'il était remonté à la surface trop tôt, il serait devenu fou.

Son corps s'était complètement replié sur lui-même et seul son esprit était demeuré actif. Pendant tous ces mois, Rodman avait revu le film de sa vie sur l'écran noir de sa nuit intérieure. Son corps était mort mais ses pensées fonctionnaient, bouillonnantes, et analysaient ce qu'allait être la nouvelle vie à laquelle il était désormais condamné.

Même après tout le temps qu'il avait eu pour se familiariser avec sa nouvelle condition, lorsqu'il se réveilla au sein de cette réalité qu'il n'avait pour l'instant qu'appréhendée, il n'osa pas faire glisser sa main pour la poser sur son corps, pas encore. Au lieu de cela, il se palpa délicatement la peau à travers le fin pyjama fourni par l'hôpital. Il sentit d'abord le tube et laissa sa main courir le long du tuyau d'évacuation.

Son pénis n'était plus qu'un souvenir. Ce n'était plus qu'un bout de peau fripée et sa grosseur n'était due qu'au cathéter qui lui transperçait l'urètre. Il fit glisser sa main plus avant et ne rencontra qu'un sac vide à la place de ses testicules. Il pouvait sentir la boursouflure de la cicatrice à travers le coton du pyjama. Vide. Le néant. La balle lui avait déchiqueté les testicules et les médecins lui avaient enlevé ce qu'il en restait.

Rodman ne pleura pas. Il avait déjà pleuré, tout au fond de lui-même. Mais il tremblait et ramena sa main sur sa poitrine. Il attendit que ses tremblements s'apaisent et reprit l'exploration de son corps. Cette fois, il passa la main sous la veste de pyjama, chair contre chair. Il laissa s'estomper la sensation de dégoût qu'il ressentait, se toucha, promenant sa main sur tout son corps, jusqu'à ce qu'il n'éprouve plus aucune répulsion. Puis il leva son bras droit, celui où était plantée l'aiguille, remonta le tissu de sa veste de pyjama et regarda.

C'était aussi abominable que son âme et il décida qu'avant de partir il buterait un toubib pour tout ce qu'on lui avait fait. Ce n'était pas, songea-t-il, du travail de chirurgien mais de la boucherie, domaine où il excellait.

Il remonta le drap sur sa poitrine et laissa ses bras retomber dans la position qu'ils occupaient à son réveil. Il fit jouer ses muscles, les contracta, les étira, puis, envahi d'une bienheureuse fatigue, les fit jouer à nouveau.

A midi, une infirmière survint pour changer son flacon de sérum et il feignit d'être toujours dans le coma. Elle ne remarqua rien, accomplit son travail avec méthode et rapidité et le laissa. Personne d'autre n'entra dans sa chambre de toute la journée.

Il fit noir à vingt heures. Gilbert Rodman retira l'aiguille de son bras et la laissa pendre au bout de son conduit de plastique. Il retira le tube de son anus et fit douloureusement glisser le cathéter hors de son urètre. Un mélange de sang et d'urine se mit à couler des vestiges de son pénis. Il regarda son sang couler et se dit qu'il allait bientôt y en avoir beaucoup plus. Il avait certaines dettes à faire payer, certains comptes à régler. Il se sentait aussi vide que son scrotum ; seul le sang pourrait le remplir à nouveau.

Rodman passa les jambes par-dessus le bord de son lit, posa les pieds à terre et fit lentement reposer tout son poids dessus. Il avait les jambes en coton mais ses muscles réagirent, faiblement d'abord, puis avec plus de fermeté et de souplesse. Au bout d'un instant, il put se tenir debout, les genoux tremblants, à côté du lit dans lequel il avait dormi et rêvé et où un Gilbert Rodman différent était revenu à la vie, tout aussi fou que l'ancien, mais marqué des stigmates d'une folie définitive, d'une haine que rien ne pourrait apaiser.

Pendant une demi-heure, il s'étira et plia bras et jambes en tous sens, se jugeant satisfait quand il sentit chacun de ses muscles à nouveau gonflé de vie. Puis il enleva le flacon de sérum de sa potence, colla l'oreille à la porte pour vérifier que tout était silencieux et abattit le flacon sur le lavabo des toilettes. L'un des éclats de verre correspondait parfaitement à ses vœux et il le ramassa, la partie polie pressée contre la paume, le tranchant acéré dirigé vers l'extérieur. A cet instant, il pensa à ce qu'il allait faire à la femme qui lui avait tiré dessus et il regretta de ne pas avoir affaire à un homme pour lui faire subir ce qu'on lui avait infligé. Oh oui, il l'aurait castré avec joie. Mais avec le seul grossier morceau de verre qu'il tenait à la main pour scalpel.

Mais c'était une femme. Il trouverait bien d'autres moyens, des moyens pires encore. Ce ne serait pas la première fois qu'il assassinerait quelqu'un. La chose n'aurait rien de neuf. En revanche, ce serait très, très spécial.

D'abord, avant tout, il fallait s'occuper du médecin. Oh, ce n'était pas de sa faute, bien sûr. Ce n'était pas lui qui lui avait tiré dessus. Mais un médecin allait néanmoins devoir payer. N'importe lequel ferait l'affaire. Ils n'étaient, après tout, que des symboles. Peu lui importait s'il ne pouvait pas faire la peau au médecin qui l'avait recousu comme une dinde farcie un soir de Noël. Il en tuerait un autre, tant pis, qui ferait tout aussi bien l'affaire.

Symboles. Il lui semblait qu'il n'avait toujours rencontré que des symboles. Il n'avait pas pu parvenir à la Grande Putain mais avait tué tous ses avatars. La Grande Putain était morte et enterrée mais cela ne l'avait pas arrêté. Rien ne l'arrêterait jamais. Même cette autre salope qui lui avait tiré dessus n'avait pas pu l'arrêter. Et il était là, faible mais bien vivant, la mort au creux de la main.

Il la retrouverait. Il n'accepterait pas un simulacre, cette fois. Il retrouverait sa trace. Il n'avait oublié ni son nom ni la ville où elle habitait et se rappelait très bien d'elle. Il la retrouverait, mettrait la main dessus et lui ferait passer le goût du pain. Puisqu'elle lui avait enlevé ce qu'il aurait bien aimé lui faire goûter, il trouverait quelque chose d'autre.

Quelque chose de froid. Et de tranchant.

Gilbert Rodman s'avança doucement dans le couloir. Cinq minutes plus tard, il repéra un médecin, assis seul en train de fumer une cigarette derrière les baies vitrées de la cafétéria. Il se glissa derrière lui et lui trancha la gorge avec l'éclat de verre. Puis il l'émascula et le regarda se vider de son sang.

A cette vue, Rodman sentit une vague de haine le traverser, bien plus intense que tous les orgasmes qu'il avait jamais connus. Dans une brume rouge, il vit se dessiner sous ses yeux le visage de la femme qui avait fait feu sur lui. Il contempla, fasciné, sa bouche s'ouvrir de surprise ; lors d'une seconde d'extase, il crut vraiment que c'était elle qu'il avait entre les mains, non ce pauvre bouc émissaire de médecin qui geignait et crachait des bulles de sang, et approcha ses lèvres du visage de l'homme agonisant.

« Laura ! » chuchota-t-il d'une voix rauque.

Mais c'était fini ; la vision était passée. Il alla se laver les mains dans les toilettes et, ayant trouvé quelques vêtements dans un placard, les enfila, bien qu'ils fussent trop petits d'une bonne taille. Puis il soulagea le médecin de ses clefs et de son portefeuille et fila vers le parking.

Il ne lui fallut qu'un instant pour associer le trousseau estampillé de la marque Volkswagen et la Jetta neuve garée sur l'aire réservée au personnel hospitalier. Il se mit au volant et prit la direction du Sud et de la Route 25. Il devait pouvoir rallier Orin avant que l'annonce de son rétablissement, de son évasion et de son crime ne le rejoigne. Là, il abandonnerait la voiture, la jetterait contre un arbre, prendrait l'argent du portefeuille et partirait à la recherche de quelque chose pour remplir son estomac furieusement vide. Ensuite, comme les routes seraient certainement surveillées, il gagnerait la Platte River à pied. Il faisait beau et il pouvait dormir à la belle étoile, comme il l'avait déjà fait si souvent. Il comptait réapparaître à Lyman, juste de l'autre côté de la frontière du Nebraska, puis faire du stop jusqu'en Pennsylvanie. Lancaster, se rappelait-il, voilà où habitait cette salope. Il n'avait encore jamais mis les pieds en Pennsylvanie mais, pas de problème, il la retrouverait.

Cela lui prendrait plusieurs jours pour descendre la Platte River jusqu'à Lyman mais il avait le temps. De toute façon, son corps avait besoin d'exercice et il fallait absolument qu'il retrouve toutes ses forces pour ce qui allait se passer. Tant mieux s'il lui fallait des semaines, voire des mois, pour la rattraper. Elle n'allait pas s'envoler et plus le temps passerait, plus ses forces reviendraient. Naturellement rien n'interdisait de se faire la main en chemin.

Il alluma la radio de bord et tourna le bouton jusqu'à ce qu'il trouve une station qui diffusait un programme de jazz. Il reconnut *Tomorrow Is the Question*, d'Ornette Coleman. Il sourit et s'absorba dans l'écoute des riffs familiers.

« Ne te pose plus de question, Laura. Tu connaîtras bientôt toutes les réponses ! » s'écria-t-il à voix haute.

Puis il s'esclaffa et fonça vers l'est. Il se sentait bien, comme s'il rentrait chez lui.

JUIN

« Ici, je peux vivre comme je l'entends ; ici, je peux lâcher la bride à mon imagination. Ici, je joue avec mes propres pensées ; ici, j'attends la mort. »

Alexander Smith, *Dreamthorp.*

Vous ayant si longtemps parlé de Dreamthorp, il serait juste que je vous présente maintenant ses personnages marquants.

Alexander Smith, *Dreamthorp*.

Rien dans son histoire n'avait préparé Dreamthorp[1] à la vague de terreur qui déferla lentement sur la ville et dont le signe avant-coureur fut l'effondrement du Grand Théâtre, le lendemain de la découverte de Sam Hershey. Au contraire, Dreamthorp avait un passé culturel et historique qui faisait ressembler les villes voisines à des antres d'ignorance et de passions animales.

Les origines de Dreamthorp ne remontaient qu'aux années 1880, quand Richard Weston, un jeune homme dont la famille possédait depuis un siècle une fonderie dans les environs, fit construire une ligne de chemin de fer pour raccorder les forges à la ligne principale qui n'allait pas au-delà de Harrisburg. Quand Weston avait recherché les meilleurs endroits pour édifier des gares le long de la voie, il avait été favorablement impressionné par un secteur de collines boisées, à mi-chemin de Harrisburg et des forges familiales, et avait jugé l'endroit idéal pour y aménager une aire de pique-nique.

En plus de la gare, Weston éleva des abris, traça des allées pavées de pierre, installa des tables et des toilettes publiques et fit recouvrir certaines des nombreuses sources naturelles. En 1885, l'aire champêtre attirait des milliers de gens qui non seulement versaient dans les caisses de Weston le prix de leurs billets, mais achetaient

1. *Dream* : rêve ; *thorp* : hameau. L'équivalent français pourrait être Crèvecœur *(N.d.T.)*.

en outre force boissons fraîches et nourriture aux stands qu'il avait donnés en concession.

L'aire primitive était devenue un parc et, l'année suivante, les pique-niqueurs eurent la possibilité de pratiquer le bowling sur gazon, le billard et le tir aux pigeons d'argile. On pouvait louer des barques pour ramer sur le lac tout proche et, avant la fin de l'été, le parc fut doté d'un manège dont l'orgue mécanique pouvait jouer quinze airs différents pendant que parents et enfants tournaient sur des chevaux de bois sculptés à la main.

De nouvelles parcelles étaient débroussaillées chaque printemps, si bien qu'en 1895, la superficie du parc, maintenant appelé en toute logique Weston Park, couvrait deux mille hectares, pour la plupart couverts de bois et de forêts. Malgré cette exploitation commerciale, le parc comptait encore des chemins oubliés et d'innombrables itinéraires propices aux amoureux. Son caractère primitif, scrupuleusement entretenu par Richard Weston lui-même, contrebalançait de loin son côté proto-disneyen.

1895 fut aussi l'année où Dreamthorp prit véritablement naissance car ce fut cette année-là que fut créé le premier phalanstère dans cette région de Pennsylvanie, « pour l'avancement et l'accomplissement scientifique et littéraire des masses laborieuses et la propagation de la culture chrétienne », ainsi qu'il était proclamé dans les statuts. La bourgade qui en était résultée fut ainsi baptisée par le Dr Hiram Marcus, le premier président du phalanstère, en souvenir d'un village mythique imaginé par un auteur écossais, Alexander Smith, dont l'ouvrage, *Dreamthorp : Essays Written in the Country*, avait été publié en 1863.

Le plan adopté était un plan en damier et toutes les rues étaient orientées nord-sud ou est-ouest. Les premières portaient des noms d'écrivains (où les Transcendantalistes de la Nouvelle-Angleterre se taillaient la part du lion), les secondes des noms d'arbres qui croissaient dans la région. Pour construire les maisons, il n'y avait eu qu'à se servir dans les forêts des environs et la plupart des constructions étaient toujours debout un siècle plus tard.

La ville avait gardé l'aura de respectabilité de ses origines. A Dreamthorp, il n'y avait pas de crimes, pas de drogue, pas d'adultères, bref, c'était une de ces petites communautés miraculeusement épargnées par le vice comme il en existe certaines aux Etats-Unis. Toutefois, ainsi que beaucoup de jeunes et quelques esprits bohèmes un peu plus âgés auraient pu en témoigner, la ville était aussi victorienne que les pignons tarabiscotés qui ornaient les toits. Tout écart par rapport à la norme ou toute infraction aux lois non écrites entraînait une quarantaine immédiate. Ce n'était pas tant une désapprobation de gens riches et fortunés que celle de descendants de pionniers à l'âme religieuse et rigoriste, dont les temples s'étaient écroulés, et qui maintenaient, prisonniers de leurs demeures transformées en tabernacles, une façon de vivre à l'agonie, à l'abri des nouvelles religions païennes. Cette mise en quarantaine consistait, par exemple, à vous ignorer au bureau de poste ou à l'épicerie. C'est toutefois une désapprobation plus subtile que ressentit Tom Brewer quand il tendit à Mme Purviance l'avis qu'il avait trouvé dans sa boîte aux lettres.

Mme Purviance avait pour habitude, lorsqu'on venait retirer un paquet, de dire à l'heureux destinataire : « Un paquet? Parfait, voilà! » et de le remettre en main propre à son destinataire avec un sourire contrit, comme s'il s'agissait de vaccins contre la petite vérole. Aujourd'hui, néanmoins, elle se borna à prendre l'avis, hocha la tête d'un air entendu et lui tendit son colis sans faire le moindre commentaire.

Il la remercia, ne reçut aucune récompense pour tant de civilité et s'en fut. C'était le jeu d'outils allemands qu'il attendait depuis presque deux mois. Dans Elm Road, il ne put résister à l'envie d'ouvrir le paquet, tâche délicate car il ne fallait pas laisser tomber et gâcher le fini de ces magnifiques outils de précision.

Il avait désespérément besoin de ces nouveaux outils. Ceux de son grand-père avaient été aiguisés et affûtés de si nombreuses fois qu'il avait l'impression de travailler avec des scalpels plus qu'avec des ciseaux. Il était temps de s'en séparer. Dans un premier temps, il n'avait jamais imaginé pouvoir travailler avec de nouveaux outils après avoir utilisé les vieux pendant si longtemps, sachant que son grand-père les avait tenus dans ses mains, que sa sueur les avait polis et adoucis jusqu'à leur donner cette couleur d'un brun noir que seules les mains et les années pouvaient donner au bois. Mais aujourd'hui, à la vue des outils allemands bien rangés dans leur coffret, il pensa qu'ils allaient enfin lui permettre d'explorer de nouvelles directions.

Les vieux outils paraissaient ne jamais vouloir se plier à sa volonté dès qu'il s'égarait hors des sentiers battus. Ils répondaient à merveille quand il sculptait des oiseaux, des aigles d'un mètre vingt ou des mésanges de dix centimètres, des cadres pour garder les vieilles photos ou, dans le cas de commandes professionnelles, des joueurs de golf, de quilles ou bien des médecins, Dieu, le nombre de toubibs qu'il pouvait faire ! Mais dès qu'il abordait des sujets plus élevés, dès qu'il voulait tenter de faire du bois une chose vivante, de représenter la vie sous des traits autres que ceux, académiques, des commandes qu'il était bien obligé d'accepter, les vieux outils demeuraient sourds à ses tentatives.

Il se disait que cet échec était dû aux ciseaux mais, dans son for intérieur, il savait que ce n'était pas la vérité. Mais peut-être qu'avec ces nouveaux outils, les choses allaient changer. Peut-être.

Il les rangea soigneusement dans leur coffret et tourna à droite dans Emerson Street, s'interrogeant sur le comportement de Mme Purviance et se demandant pourquoi elle l'avait traité, non pas cavalièrement, mais sans rien de son habituelle chaleur. Combien de gens étaient-ils au courant pour Karen et lui ? Etait-ce à cause de cela que Mme Purviance affichait un sourire pincé ?

Non. Il devenait paranoïaque. La semaine qui venait

de s'écouler avait été un véritable enfer pour tout le monde. Il n'y avait pas un seul citoyen qui n'avait pas perdu un ami ou une connaissance dans l'écroulement du Grand Théâtre. C'était un miracle que seules quatorze personnes aient été tuées mais c'était une tragédie suffisante pour avoir attiré les équipes des trois grandes chaînes de télévision nationales. Il n'y avait plus personne, maintenant, mais les enquêteurs de la compagnie d'assurance avaient pris la relève et passaient au peigne fin ce que restait du théâtre avec des caméras et des mètres pliants. Les avocats et les hommes de loi avaient également commencé à faire leur apparition. Si Vernon Wolgemuth, le propriétaire du théâtre, avait le moindre bon sens, il n'avait plus qu'à mettre son affaire en liquidation et à foutre le camp d'ici en vitesse.

Tom comptait quelques amis parmi les morts et plus encore parmi les blessés. Parvenu chez lui, il fut heureux d'apercevoir Charlie Lewis assis sous son porche.

« Ce n'est pas encore pour cette fois ! s'écria Charlie dès qu'il l'aperçut. Venez donc vous asseoir un peu. »

Toutes les maisons de Dreamthorp étaient pompeusement appelées cottages mais la demeure de Charlie ne méritait absolument pas cette appellation. C'était un véritable petit manoir gothique, avec une terrasse sur le toit qui donnait sur la cime des arbres, dix chambres, dont trois étaient garnies d'étagères surchargées de 33 et de 78 tours, ainsi que d'un grand nombre de bandes magnétiques, et un porche qui faisait auvent sur tout le pourtour de la maison. La demeure avait été construite en 1907 par un neveu de Richard Weston et Charlie l'habitait depuis 1981.

« Alors, comment vont ces côtes ? demanda Tom en prenant place dans l'un des fauteuils d'osier.

— Ça fait sacrément mal. Mais je l'ai échappé belle, finalement, et je prends mon mal en patience. Vous boirez bien une bière ? »

Tom faillit regarder sa montre, mais se reprit.

« Ma foi, oui.

— Dans ce cas, il faudra aller la chercher vous-même.

J'ai mal partout dès que je me tourne... Mais un garçon intelligent comme vous trouvera le frigo sans problème. Apportez-m'en donc une aussi, tiens. »

Tom alla chercher les bières et en tendit une à Charlie.

« Une belle saloperie, cette catastrophe, dit-il.

— Comme vous dites, répondit Charlie en avalant une longue gorgée de bière fraîche. Et tout ça ne semble avoir aucun sens, bon Dieu.

— La façon dont ça s'est passé ?

— Comme la main de la Justice divine, approuva Charlie d'un hochement de tête. Juste une petite chiquenaude et, boom, tout dégringole comme dans un dessin animé de Bugs Bunny. Je n'ai jamais eu si peur de ma vie. Remarquez, le pire ça a été après, pour sortir de là, ou plutôt quand vous m'avez sorti de là, ce dont je me souviendrai dans mon testament. Quand je repense à tout ça... C'était impossible, poursuivit-il en avalant une nouvelle gorgée. Impossible. Et si c'était impossible, rien n'est arrivé, aucun de ces malheureux n'est mort et je n'ai pas les côtes comme si j'étais passé sous un rouleau compresseur.

— Il faut attendre les résultats de l'enquête, Charlie.

— Me fous de savoir s'ils ont engagé Sherlock Holmes. J'ai vu quatre douzaines de piliers de châtaignier épais de trente centimètres éclater en même temps et faire un petit pas de côté. Ce qui n'est pas possible. J'ai vu l'impossible, mon bon Thomas.

— Peut-être est-ce seulement une idée ?

— Ce qui veut dire, au juste ?

— Peut-être que vous étiez en état de choc et que ce que vous croyez vous rappeler...

— ... ne correspond pas à la réalité, naturellement. Désolé, mon garçon, j'ai vu ce que j'ai vu et je me contrefous de savoir ce que les enquêteurs vont bien pouvoir découvrir dans les ruines. Ce théâtre était construit pour durer jusqu'au jour du Jugement dernier.

— Alors qu'est-il arrivé, selon vous ?

— Voilà le hic, mon vieux. Je ne crois pas du tout qu'il s'agisse d'une organisation terroriste. Vous imaginez, poser quarante-huit charges de plastic et les faire exploser en même temps ? Je ne crois pas non plus à une quelconque intervention divine. C'est dingue ce que cette bière se réchauffe vite... Qu'est-ce que les gens disent de tout ça ?

— Oh, tout le monde est plutôt abattu. Au moins, les obsèques sont terminées, maintenant.

— Excellent. Je hais les enterrements. Je les hais même tellement que je ne pense pas assister au mien.

— Il ne reste qu'Harold Thatcher, se souvint Tom après coup, qui sera inhumé demain.

— Tombé dans ses escaliers. J'ai lu l'article dans le canard, mercredi.

— Jeudi.

— Peu importe, répliqua Charlie. Le vieux monsieur Thatcher devait bien avoir dans les quatre-vingt-dix ans, non ? Je suis surpris que sa famille le laissât encore monter les escaliers tout seul. Une latte disjointe, sans doute ?

— Oui.

— Bon, s'ébroua Charlie, parlons de choses plus gaies. J'ai entendu dire que les spectacles prévus auraient tout de même lieu ?

— A la Maison de la culture. C'est beaucoup plus petit que le Grand Théâtre mais, s'il le faut, il y aura des séances supplémentaires.

— Ah ! la ténacité de nos braves concitoyens. Quoi qu'il puisse arriver, ils baissent la tête et font front commun. William Faulkner aurait été fier de nous, tiens. J'espère juste que cette putain de Maison de la culture ne va pas s'écrouler à son tour. Et comment va l'amour, dans tout ça ?

— Les nouvelles vont vite, à ce que je vois.

— Oh ! il ne faut pas être grand clerc pour voir ce qui crève les yeux, particulièrement quand on habite à côté. Cela dit, c'est une fille charmante.

— Oui, euh...

— Remarquez, si vous ne voulez pas en parler à votre vieux voisin, tant pis. Je comprends. Dire que j'ai été un père avec vous...

— Quel culot ! Mon père est d'ailleurs ici, en ce moment. De même que ma mère. Vous allez peut-être me dire aussi que vous avez été comme une mère pour moi ?

— Bon, alors disons un oncle. Comment s'appelle-t-elle ? Elle passe presque tous les week-ends chez vous, depuis quelque temps. Jusqu'ici, je vous ferai remarquer que j'ai eu la bonne grâce de ne pas poser de questions.

— Elle s'appelle Karen, soupira Tom. Elle est étudiante à Harris Valley.

— Etudiante ? Thèse de troisième cycle ?

— Voyons Charlie, elle n'a pas encore passé sa licence.

— Oh ! très bien. Parfait. Et... elle suit l'un de vos cours ?

— Non.

— Ça me rassure.

— Elle est très mûre pour son âge, vous savez.

— Certes, certes. Comme toutes les jeunes filles, de nos jours. De plus, je suppose que vous avez beaucoup de choses en commun ?

— Oui, beaucoup.

— C'est une artiste ?

— Non, mais elle aime l'art. Elle est chef de musique.

— Ah ! Une majorette ?

— Bordel, Charlie, ce que vous pouvez être suant, parfois.

— Je m'en rappellerai la prochaine fois que vous me demanderez de vous aider à transporter vos climatiseurs », s'esclaffa Charlie.

Cet aparté avait détendu l'atmosphère et Tom se laissa glisser au fond de son fauteuil d'osier.

« C'est une brave fille, Charlie, vraiment. Elle est tout à fait ce qu'il me faut.

— Comment Josh prend-il la chose ? »

Josh était le fils de Tom, âgé de quatorze ans.

« Plutôt bien, ma foi.

— Il a l'air d'avoir été marqué par la mort de sa mère, non ? »

Ce n'était pas tant une question qu'une constatation.

« Tout comme moi, Charlie, répondit Tom avec calme. C'était ma femme.

— Je ne voulais rien insinuer par là, répliqua Charlie.

— Je sais, Charlie. Désolé. Je suppose que je me sens un peu coupable, que j'aurais dû planter un arbre du souvenir et que je devrais m'habiller en noir pour le restant de mes jours.

— Personne ne vous demande rien de pareil. Pas même les plus puritains de nos concitoyens.

— Oui. A part Josh. »

Un long moment s'écoula.

— « C'est la vie, non? déclara finalement Charlie.

— Il était... très proche de sa mère. C'est curieux, mais il y avait des moment où j'étais réellement jaloux de ce qu'il y avait entre eux deux. Oh, je ne veux pas dire que Susan a changé après la naissance de Josh, non, mais elle est devenue différente. On dirait un autre enfant, maintenant qu'elle est morte. Pas moyen de lui arracher un mot de la bouche. Il ne touche plus à sa guitare, ne veut plus voir ses copains et ne veut même plus leur parler au téléphone.

— J'avais remarqué. Il ne rit plus comme autrefois, quand je lui racontais des blagues. Et à l'école, comment ça va?

— Ses notes se sont améliorées au second semestre, répondit Tom en haussant les épaules. Il passe son temps à étudier — que demande le peuple? Mais il a toujours appris ce qu'il voulait. Il hait Karen, ajouta-t-il en avalant une lampée de bière.

— Oh... c'était à prévoir. Le syndrome d'Hamlet inversé, je suppose. Je suis désolé de ne pas avoir la moindre suggestion à vous offrir mais ça fait des années que je ne suis plus abonné à *Parents*. »

Le rire de Tom le surprit lui-même. Cela faisait trop longtemps qu'il était tendu.

« Putain, Charlie, vous plaisanteriez en plein holocauste.

— C'est ce que j'ai fait. C'est pourquoi je m'en suis sorti.

— Bon, il faut que j'y aille, dit Tom en se levant. Merci pour la bière, mais j'ai un travail à terminer pour la semaine prochaine.

— Tiens, en parlant de ça, ça me rappelle, vous connaissez les Hershey, ce couple avec leurs détecteurs de métaux ?

— Je les ai vus plusieurs fois traîner dans le coin.

— Ils ont trouvé quelque chose de très intéressant le week-end dernier. Une statuette en quartz. A la vieille scierie.

— Du quartz ?

— Oui. Du travail plutôt primitif, mais Sam Hershey m'a dit qu'il l'avait trouvée à vingt centimètres de profondeur, ce qui me fait dire que ça ne doit pas être tout jeune.

— Art indien, vous croyez ?

— Je ne vois pas ce que ça pourrait être d'autre. Je suis allé voir Pete Zerphey mais il n'a pas pu l'identifier. Il dit que ça ne ressemble pas du tout au travail des Susquehannocks. J'en ai fait une reproduction, en vue d'aller faire un tour aux archives du musée William Penn dès que je pourrai bouger sans souffrir le martyr. Les Hershey m'ont dit qu'ils allaient porter la statuette au musée. Quelqu'un pourra peut-être en déterminer l'origine.

— Hum, tenez-moi au courant. Du quartz, hein ? J'ai horreur de travailler cette matière. Ça s'effrite au moindre coup de ciseau. Je me demande bien ce qu'on peut sculpter là-dedans.

— Comme je vous le disais, c'était d'une facture plutôt grossière. Allez, à bientôt. »

Fièvre de l'inspiration et chaleur du foyer ne sont pas toujours compatibles.

Alexander Smith, *Dreamthorp*.

Seuls quelques mètres séparaient la maison de Charlie Lewis de celle de Tom, accrochées, comme toutes les demeures de Dreamthorp, à flanc de coteau. Les rues tracées à l'emplacement de l'ancien phalanstère grimpaient à l'assaut des collines en épousant de longues boucles et de multiples méandres, de sorte que le premier étage d'une maison était au même niveau que le rez-de-chaussée des maisons situées au-dessus. Les soubassements donnaient directement sur la rue, protégés par des treillis en croisillons ; même les caves dotées de murs en dur en comportaient, afin de s'intégrer à l'ensemble.

L'atelier de Tom, situé à l'entresol et bien que complètement clos de murs, était lui aussi entouré d'un treillis de tous côtés, à l'exception d'une porte sur le côté qui donnait sur la maison de Charlie. C'est par cette porte qu'il entra en s'efforçant de ne pas faire de bruit. Il ne voulait pas en effet que son père ou sa mère sachent qu'il était là et avait envie d'admirer ses nouveaux outils en paix.

Il n'arrivait pas encore à comprendre pourquoi ses parents avaient décidé de passer l'été avec lui. Dans le passé, il leur avait souvent suggéré de quitter un peu la Floride et de venir passer un mois ou deux à Dreamthorp, mais c'était pendant que Susan était encore vivante et pouvait servir de tampon entre leurs trois personnalités discordantes.

Tom ne s'était jamais très bien entendu avec son père, professeur d'histoire à la retraite, toujours plongé dans les livres et qui n'avait toujours témoigné qu'un intérêt poli pour ses travaux. Pour son père, on faisait de l'art avec un pinceau ou des fusains, à la rigueur avec du papier et un stylo. La sculpture, surtout la sculpture sur bois, travail qui nécessitait l'emploi de ciseaux, de burins, d'outils tranchants de toutes sortes, était une activité beaucoup trop physique pour lui.

Une partie de son malaise provenait du désappointement qu'il avait éprouvé en constatant que son fils avait choisi de marcher sur les traces de son grand-père plutôt que de suivre les siennes. Le grand-père de Tom était un autodidacte. Il avait été peintre, menuisier et, bien qu'il n'eût jamais appelé cela de l'art, avait exécuté de nombreuses sculptures, des animaux surtout, mais aussi des coffres en haut relief qui étaient vraiment les plus belles choses que Tom ait jamais vues. Son grand-père lui avait transmis la joie qu'il y avait à travailler le bois, et Tom était immédiatement tombé sous le charme. Lors de sa dernière année au lycée, année où son grand-père était mort, l'œuvre qu'il avait déjà réalisée, encore tout jeune, lui avait valu, outre de nombreux prix, une bourse à l'université de Pennsylvanie. Là, sur l'insistance de son père, il s'était dirigé vers le professorat. Un diplôme d'enseignement était toujours « quelque chose sur lequel on pouvait se rabattre », ainsi qu'il ne cessait de lui répéter. Si Tom ne devenait jamais un intellectuel, il aurait au moins un métier apparenté à celui de son géniteur.

Etrange comme les talents et les dispositions sautaient les générations. Ed, son père, aurait été bien en peine de tailler un crayon, et Josh, son fils, ressemblait de plus en plus à son grand-père, à la grande joie de Frances, qui n'avait pourtant rien en commun avec son mari.

Ed était plutôt du genre à exprimer son désaccord par des silences de mort ou des allusions soigneusement voilées. Frances, en revanche, déballait tout sur la table et n'aimait pas que les choses traînent sur les roses. Tout le monde savait ce qu'elle pensait pour la bonne et simple raison qu'elle le faisait savoir vertement. Le tact lui était une notion totalement étrangère et la diplomatie était, pour elle, un mot qui n'existait que dans le dictionnaire. Lors de ses séjours, du temps où Susan était encore en vie, la première chose qu'elle faisait était de « passer la main dans les petits coins ». Le mouton subséquent, car il y en avait toujours un, finissait dans la poubelle, avec une moue de dégoût en guise de *de profundis*. « Vous devriez avoir une femme de ménage », était son antienne, suivie de près par : « Laissez-moi faire, je vais vous nettoyer tout ça bien à fond. »

Tom lâchait alors un juron et expliquait à sa mère qu'ils travaillaient tous les deux, Susan et lui, et que tout le monde se foutait de savoir s'il y avait de la poussière dans les coins. A la suite de quoi Susan, d'une patience angélique, calmait les esprits et emmenait Frances à la cuisine pour lui demander ce que diable elle pouvait bien mettre dans sa farce pour qu'elle soit si bonne. Tout s'apaisait ensuite jusqu'à la prochaine fois.

Mais Susan n'était plus là et Tom se sentait déjà prêt à exploser alors que sa mère n'était là que depuis quatre jours. Il avait cru pouvoir se servir de la catastrophe du Grand Théâtre comme d'un prétexte pour faire rester ses parents en Floride mais toute discussion avec sa mère s'était révélée impossible.

« Mais bien sûr que tu es bouleversé, lui avait-elle dit à l'autre bout de la ligne. Et Josh aussi, c'est pourquoi il faut absolument que nous venions. Je m'occuperai de la maison et de Josh, si tu as du travail à faire. De toute façon, nous avons déjà acheté les billets, alors autant venir... Si vraiment ton invitation tient toujours... »

Bien que Tom fût incapable de se rappeler les termes exacts de son invitation, ils étaient là et comptaient rester jusqu'à la fin du mois de juillet, soit six semaines au total.

Si Susan avait été encore là, les choses auraient été supportables, mais maintenant qu'elle était partie, Tom se retrouvait avec une femme de ménage à demeure, devant laquelle il avait toujours l'impression d'avoir oublié de prendre les patins, et un professeur particulier qui s'installait dans la salle de séjour avec un bouquin douze heures par jour. Lorsque l'ennui les gagnait, ils ne trouvaient rien de mieux à faire que de venir le rejoindre dans son saint des saints et de lui casser les oreilles pendant qu'il travaillait. Quand Susan était encore en vie, elle les empêchait gentiment, mais fermement, de venir le déranger, sachant qu'il travaillait mieux au calme. Depuis qu'elle était morte, il n'avait jamais pris autant conscience de tout ce qu'elle avait fait pour lui.

L'hiver précédent, Susan avait travaillé tard un soir à l'étude Merrill Lynch, à Lebanon. Il avait commencé à neiger dans la journée. Les routes de campagne, déjà détrempées, s'étaient rapidement transformées en patinoire et elle avait perdu le contrôle de son véhicule en voulant prendre le virage du pont qui franchissait la Little Conewingo. La voiture avait heurté la culée du pont. Bien qu'elle eût mis sa ceinture de sécurité, cela ne l'avait pas sauvée. Le volant lui avait défoncé la poitrine et elle était déjà morte lorsqu'un automobiliste s'était arrêté.

La police était venue lui annoncer la nouvelle et il avait su qu'il était arrivé un malheur dès qu'il avait découvert l'homme sous le porche d'entrée. L'agent avait jeté un regard embarrassé à Josh, qui se tenait juste derrière son père, mais Tom avait hoché la tête et l'homme leur avait annoncé la nouvelle. Tom était resté sans voix mais Josh avait réagi violemment. Il avait vomi tout le contenu de son estomac à longs jets brûlants et s'était écroulé au milieu de ses déjections, secoué de sanglots paroxystiques.

Veiller sur son fils lors des quelques jours qui avaient suivi lui avait permis de supporter sa peine. Ce n'est qu'au moment des funérailles qu'il avait compris quel abysse la mort de Susan avait ouvert dans sa vie. Il avait ressenti ce que devait vivre un amputé qui désire se servir de ses bras, ayant oublié un instant qu'il n'en a plus. Il avait alors seulement pris conscience que tout était changé et que rien ne serait jamais plus comme avant. Il s'était senti trahi, floué par Susan et par la vie. Elle n'aurait jamais dû rouler aussi vite sur une route verglacée, elle aurait dû passer la nuit dans un motel, elle n'aurait pas dû se tuer ainsi, aussi bêtement, aussi stupidement...

Mais la perte qu'il avait ressentie à sa mort n'était rien comparée à la rage froide qu'il éprouvait envers la main aveugle du destin, envers un monde où une chute de neige inattendue, une plaque de glace, la position d'un pneu sur la chaussée, une culée conçue et construite trente ans plus tôt par un ingénieur dont personne ne se souvenait plus du nom avaient tué la femme qu'il aimait, la compagne de sa vie.

Un monde pareil, n'avait-il cessé de ruminer, était un monde où il pouvait se passer n'importe quoi, où l'on pouvait à tout instant mourir sous une bombe, où les enfants pouvaient être torturés, où la mort pouvait survenir aussi anodinement qu'un coup frappé à la porte un soir d'hiver. Fort de cette amère constatation il s'était senti subitement devenir vieux.

Et c'était tout à fait ce qu'il ressentait aujourd'hui, malgré la présence de ses parents, devant lesquels il avait pourtant toujours l'impression d'être resté un enfant. Il décida d'appeler Karen, même si de lui parler lui faisait cruellement prendre conscience de leur différence d'âge. Lorsqu'il était avec elle, il se sentait beaucoup plus jeune que ses trente-six ans, comme si sa jeunesse et son enthousiasme étaient contagieux. Karen n'en était encore qu'à ouvrir les yeux sur des choses qu'il connaissait depuis longtemps et, même s'il était heureux de partager ses découvertes, il y avait aussi des moments où sa naïveté et sa personnalité mal affirmée le déconcertaient. Karen s'enflammait aussi à l'égard de choses pour lesquelles son propre enthousiasme s'était singulièrement refroidi et il avait parfois l'impression d'être un père en face de sa fille.

Mais il avait besoin d'elle en ce moment. Il s'empara du téléphone, à côté de sa table à dessin. Entendre sa voix fut comme une bouffée de printemps.

« Je suis contente que tu m'appelles, dit-elle. Tu m'as manqué, tu sais?

— Toi aussi tu m'as manqué. Mais j'ai du travail par-dessus la tête, en ce moment, avec mon père et ma mère qui sont là et un tas de commandes à terminer. Sans compter mes cours. »

Elle lui demanda ce qui s'était passé au Grand Théâtre et il lui dit ce qu'il savait, c'est-à-dire peu de choses. Elle l'avait appelé le dimanche soir, dès qu'elle avait appris la catastrophe aux informations de vingt-trois heures, et il l'avait rassurée en lui disant qu'il n'était pas présent, ce soir-là. Ils avaient déjeuné ensemble le mercredi à Harris Valley et ne s'étaient pas revus depuis.

« Ça tient toujours pour cet après-midi?

— Bien sûr. On va avoir un temps splendide.

— Allô? dit une autre voix.

— Oui? répondit Tom.

— Tommy?

— Maman, je suis au téléphone sur le poste de l'atelier.

— Oh! Excuse-moi, je ne savais pas que tu étais rentré. Je voulais appeler l'épicerie pour savoir s'ils n'avaient pas du porc frais. J'ai l'intention de faire du porc ce soir pour le dîner. Tu aimes le porc?

— Du porc... ce sera parfait.

— Je ne savais pas que tu étais en ligne.

— D'accord, maman, j'en ai pour une minute.

— Très bien. Bon, désolée.

— Karen?

— Je suis toujours là.

— Désolé de cette interruption.

— On ne devait pas dîner en ville, ce soir?

— Mais si.

— Oh! mais j'ai cru entendre que...

— Ce sera plus facile de lui expliquer plus tard.

— Bon, d'accord. Et ensuite, que fera-t-on? Tu m'invites chez toi?

— Ah! bon dieu, je ne sais pas...

— Comment ça, tu ne sais pas?

— Je veux dire bien évidemment. Mais pas ici... Je ne crois pas que...

— Josh ne s'est jamais rendu compte de rien.

— Oui, mais ce n'est pas tellement lui le problème. Ce serait plutôt mes parents.

— Merde, Tom, tu es un homme adulte et je ne suis plus une enfant. Je ne vois pas ce qui...

— Mais non, Karen, nous ne faisons rien de mal. Nous ne serons pas à l'aise, c'est tout... Qu'est-ce que tu dirais d'un motel?

— Un motel? s'exclama-t-elle d'une voix d'où tout accent printanier avait disparu.

— Oui. Ce pourrait être amusant, non? Rencontre clandestine, escapade amoureuse, le grand jeu, quoi.

— Oh! je vois.

— Bon, eh bien d'accord. Je passe te prendre à quatorze heures? »

Qu'il ne dîne pas ce soir à la maison, passe encore, mais quand il annonça qu'en outre il ne rentrerait pas de la nuit, il crut que la terre allait s'écrouler.

« Ah bon! Et où irez-vous donc? lui demanda sa mère.

— Dans un motel, probablement.

— Un motel? Avec cette fille?

— Ce n'est pas une fille mais une femme, et je l'emmène dans un motel parce que je ne voudrais pas froisser vos susceptibilités.

— Ah, parce que tu l'amènes ici lorsque Josh est là?

— C'est arrivé. Quelques fois.

— Tu crois que c'est vraiment un exemple à montrer à ce garçon?

— Maman, soupira-t-il. Tu m'excuseras, mais je n'ai nulle envie de finir moine.

— Personne ne te le demande, mais tu pourrais te montrer un peu plus discret...

— Ecoute, je l'amène ici pour ne pas laisser Josh tout seul, d'accord?

— Tu vas épouser cette fille?

— Nous n'en avons pas discuté et je n'ai aucune envie d'en discuter avec toi. »

Tout ce temps-là, son père était resté assis sur le canapé, les yeux rivés sur le livre ouvert sur ses genoux.

« Si nous te gênons, déclara-t-il soudain, nous pouvons toujours nous en aller.

— Bon Dieu ! je ne vois pas pourquoi vous partiriez. Je ne vous ai pas demandé de partir, je veux vivre ma vie, c'est tout. Il n'y a aucun souci à se faire pour Josh, il comprend très bien ces choses-là, alors par pitié, ce n'est pas la peine de faire tout un bordel de cette histoire ! » s'exclama-t-il en les plantant là pour aller retrouver Josh au premier.

Tom mentait à ses parents. Josh ne faisait aucun effort pour comprendre, absolument aucun. Il n'aimait pas Karen et ne cherchait nullement à le cacher, même après que Tom lui eut demandé de se montrer un peu plus gracieux quand elle était là. Il avait essayé de lui expliquer mais le garçon n'avait même pas voulu l'écouter. Bien qu'il ne l'eût jamais ouvertement accusé de trahir la mémoire de sa mère, il était clair que c'était ce qu'il pensait.

Tom aurait voulu qu'ils soient tous les deux plus proches. Josh releva le nez de ses illustrés quand il vit son père entrer dans sa chambre et se replongea aussitôt dans sa lecture.

« Comment ça va, fiston ?

— Bien.

— Je, hum, je me demandais... Karen et moi allons à la plage, cet après-midi. Ça ne te dirait pas de venir avec nous ?

— Hoooon.

— Tu serais le bienvenu. Et puis ça te ferait du bien. Tu as besoin de soleil, d'exercice.

— J'ai du travail à faire. »

Foutaises, pensa Tom sans le dire.

« Hon-hon... Bien, si tu changes d'avis nous serons là-bas vers les deux heures et demie.

— D'accord.

— Ah ! encore une chose. Ce soir, je ne rentrerai pas. Karen et moi dînons dehors. »

Le garçon releva les yeux de son illustré et regarda son père. Il ne dit pas un mot, ne plissa pas le front et ne fit pas la grimace. Quelque chose dans ses yeux lui donna à la fois envie de le frapper en plein visage et de le serrer contre lui. Mais après l'altercation qui venait d'avoir lieu avec ses parents, il ne pensait pas être capable d'en affronter une autre. Il perdrait son sang froid et dirait des choses qu'il regretterait plus tard. Il hocha la tête, sourit faiblement et quitta la chambre de son fils.

En été, je passais de longs moments à flotter sur le lac.

Alexander Smith, *Dreamthorp*.

Personne ne fut très bavard au cours du déjeuner, et Tom fut soulagé de quitter la maison pour aller rejoindre Karen. Avec sa veste de coton blanc et son maillot deux-pièces jaune, elle était tout simplement ravissante. Sa contrariété s'était envolée et elle l'avait embrassé fougueusement après avoir jeté son sac sur le siège arrière de la voiture.

Allongés sur leur serviette de plage, ils avaient chaud mais il y avait suffisamment d'air autour du lac pour leur apporter un peu de fraîcheur. Le lac de Dreamthorp, s'il n'était pas assez vaste pour permettre la pratique du hors-bord, comportait néanmoins une plage de sable blanc équipée de plongeoirs et l'on pouvait y louer des barques et des canoës. Derrière ses lunettes de soleil, Tom admirait le fin duvet blond qui couvrait les jambes de Karen. Les minuscules poils brillaient comme de l'or dans la lumière aveuglante et il eut soudain envie d'y poser sa tête pour sentir la douceur de sa peau contre la rudesse de sa joue.

Au lieu de cela, il tendit la main et la posa sur ses épaules, poisseuses d'huile solaire. Il la taquina sur les quantités d'huile dont elle s'enduisait et qui ne la protégeaient d'ailleurs nullement des ardeurs du soleil. La jeunesse, pensa-t-il. Sa peau était aussi blanche que du pin et aussi douce que du velours. Lorsqu'elle commencerait à se racornir, sur les cinquante ans, il ne serait probablement plus de ce monde, pensée déprimante s'il en fut.

« On va se plonger un peu dans l'eau ? Je commence à rôtir.

— Vas-y si tu veux. Je n'ai pas envie de bouger pour le moment. Peut-être un peu plus tard. »

Tom lui étreignit l'épaule puis se leva et s'étira. Il n'était pas encore trop mal, pour trente-six ans. Un peu de ventre, mais il faisait des exercices quotidiens pour se maintenir svelte et redoublait d'efforts quand, l'été, il buvait plus de bière qu'il n'aurait dû. D'abord, il était fortement charpenté (au lit, Karen l'appelait son ours en peluche) et plus il vieillirait, plus il lui serait difficile de garder un physique de jeune premier.

Au passage, il salua et adressa son plus beau sourire à divers voisins. Beaucoup le connaissaient depuis l'époque où, encore tout gamin, il venait passer ses vacances à Dreamthorp chez ses grands-parents. Il était venu ainsi chaque été jusqu'à son service militaire, l'année où il avait décroché sa licence. Il avait commencé par faire ses classes et, l'été suivant, il avait vécu la chute de Saigon. Peu après, ses grands-parents étaient morts tous les deux et leur maison avait été vendue.

Mais il était revenu à Dreamthorp aussitôt sa démobilisation. Il avait pris pension dans un hôtel bon marché de Lebanon et avait sillonné Dreamthorp en tous sens. Pendant une semaine, il s'était promené par monts et par vaux, tout autour de la ville, et était venu chaque jour s'asseoir sur la plage. Il s'était alors senti lavé de toute la boue qu'il avait connue à l'armée et avait eu envie de revoir Susan. Aujourd'hui, les chevilles mordues par l'eau froide, repensant à cette semaine-là, il se livra à un rapide calcul mental et se rendit compte que Karen n'était âgée que de sept ans à l'époque.

Il se plongea dans de nombreux calculs similaires — elle avait deux ans lorsqu'il avait fait l'amour pour la première fois, sept quand il avait épousé Susan, huit lorsque Josh était né. Ces chiffres le fascinaient et l'effrayaient. Il avait absolument besoin de quelqu'un.

Même s'il aimait travailler dans la solitude, il n'avait jamais été du genre à vivre seul. Il aimait les femmes et ne pouvait pas concevoir la vie sans elles, qu'elles soient épouses, amies ou amantes.

S'il était un ours, c'était un ours paisible : il aimait le calme et la tranquillité, toutes choses que sa liaison avec Karen ne pourrait jamais lui apporter. Il y avait des moments où elle était trop intense pour lui, trop pleine de vie. Il savait que leur aventure ne pouvait les mener nulle part mais s'y raccrochait comme à une bouée de sauvetage. Il fallait bien avouer que, en un sens, c'était le cas.

Tu as peur de la mort, se dit-il. Trente-six putains d'années seulement et tu as déjà peur de la mort. Cela semblait absurde et il savait que c'était à cause de Susan. Terrifié par la mort qui pouvait frapper à tout instant, il s'était tourné vers la jeunesse. Il avait beau savoir tout cela, il l lui était impossible d'expliquer toutes ces choses à Karen. Comment lui dire ce qu'il savait déjà mais qu'elle n'avait pas encore appris ?

Il plongea sauvagement dans l'eau fraîche pour chasser ses pensées et resta sous la surface aussi longtemps qu'il le put, donnant de grands coups de jambes dans les cordes immergées soutenues par des flotteurs rouges qui indiquaient les limites de la zone de baignade autorisée. Il remonta à la surface, à bout de souffle, et s'emplit les poumons d'une grande goulée d'air. Surpris, à quelques centimètres à peine de lui, il entendit les mêmes clapotements et les mêmes halètements rauques.

Il cligna des yeux et aperçut sa voisine, Laura Stark, qui flottait à côté de lui, ses cheveux d'un blond vénitien encore assombris par l'eau. Elle habitait la maison voisine de celle de Charlie Lewis, ancienne dépendance de la demeure de maître occupée aujourd'hui par Charlie.

« Mon Dieu, vous m'avez surpris, s'exclama-t-elle, à bout de souffle elle aussi. J'ai cru voir surgir la Créature du lac Noir ou le monstre du loch Ness.

— Désolé... Je faisais juste un peu de sous-l'eau. Je n'avais pas l'intention de vous effrayer. »

Il crut distinguer un sentiment étrange sur son visage, émotion qui fut immédiatement chassée par un sourire.

« Vous ne m'avez pas fait peur, pas vraiment. Comment va la sculpture ? Vous êtes le sculpteur, non ?

— Ça baigne, si vous me permettez l'expression », répondit-il en souriant à son tour.

Elle n'habitait Dreamthorp que depuis quelques mois. Charlie les avait présentés en mars dernier lorsqu'ils s'étaient rencontrés tous les trois à l'épicerie et avaient échangé quelques mots. Il crut se rappeler qu'elle travaillait dans une agence de publicité à Lancaster.

« Et comment va la publicité ? hasarda-t-il.

— Du tonnerre de Dieu.

— Pour quelle agence travaillez-vous, déjà ?

— Brown Advertising. Enfin, pas vraiment ; je suis Brown Advertising. Avec une associée.

— Ah ! Je ne vous connaissais pas sous ce nom-là.

— Non, Brown est le nom de l'ancien propriétaire. Nous avons préféré garder le nom pour garder aussi les clients. »

Tom hocha la tête, sans la moindre idée de ce qu'il convenait de dire ensuite. Comme si elle avait perçu son embarras, elle poursuivit :

« Bon, peut-être qu'on se verra au prochain concert ?

— Oui, je l'espère. »

Elle lui fit un petit geste de la main et se jeta en arrière, déployant les bras dans un impeccable dos crawlé. Une belle fille, se dit-il, ou plutôt une belle femme. Elle devait avoir dans les trente ans, bien qu'elle parût plus jeune. Après tout, ce n'était pas la première gamine venue qui pouvait se permettre de posséder une agence de publicité. Même une toute petite.

Il se mit lui aussi sur le dos et se laissa flotter quelques instants. Décidément, Laura Stark était tout à fait le genre de femme dont il aurait dû faire la connaissance, une femme qui aimait passionnément son métier, comme Susan, et qui aimait apparemment Dreamthorp autant que lui. Il avait remarqué les embellissements qu'elle avait apportés à sa maison. Elle avait l'air de savoir tout faire, peinture, menuiserie ; il l'avait même vue élaguer les branches de ses arbres, perchée sur une échelle assez haute pour le faire réfléchir. C'était une femme de tête, au comportement même un peu masculin, peut-être, mais il aimait les gens indépendants. Oui, il avait vraiment le sentiment que Laura Stark n'était pas ordinaire. Elle ne devait certainement pas bouder pour un oui ou pour un non comme Karen, et il devait en falloir beaucoup pour l'impressionner ou l'effrayer...

Il se rappela alors l'ombre qui était passée sur son visage quand il avait surgi inopinément à côté d'elle. La terreur qu'il avait lue dans ses yeux était sans commune mesure avec le fait d'être surprise en pleine baignade par un inconnu.

Il chassa ses pensées, décidant qu'il se faisait des idées. Il était indéniablement attiré par elle et peut-être lui prêtait-il des sentiments qu'elle n'éprouvait pas pour la rendre plus vulnérable, plus féminine et par conséquent plus attirante. Non, c'était une femme qui ne devait pas s'effrayer pour une peccadille. Il en était certain.

> Si vous faites le portrait d'une femme qui supporte tout avec une humilité constante, qui encaisse sans broncher tous les coups, d'où qu'ils viennent, qui courbe sans arrêt le dos, la paupière toujours humble et tombante, vous avez affaire, neuf fois sur dix, à une folle...
>
> Alexander Smith, *Dreamthorp*.

Laura Stark n'eut pas de cauchemars au sujet de l'incident du lac. Depuis qu'elle était enfant, elle avait toujours dormi d'un sommeil de plomb. Si elle rêvait, elle ne s'en souvenait jamais au réveil. Lorsque les autres parlaient de leurs rêves, et même de leurs cauchemars nocturnes, Laura se sentait jalouse et avait l'impression d'être privée d'une expérience ineffable et merveilleuse.

Mais ce sentiment disparut après l'intrusion de Gilbert Rodman dans sa vie. Les réveils de Laura étaient désormais si pleins de souvenirs effroyables qu'elle n'appelait plus les rêves de ses vœux. Ce qui lui avait paru une bénédiction dont elle aurait été privée lui semblait maintenant une malédiction à laquelle elle avait miraculeusement échappé et elle remerciait Dieu tous les jours de pouvoir oublier dans le sommeil les angoisses qui lui torturaient l'esprit pendant la journée.

Elle était maintenant dans une partie du lac très éloignée de la plage et elle ralentit ses mouvements, glissant sur l'onde fraîche et prenant plaisir au contact des vaguelettes qui ruisselaient sur ses cheveux comme... *du sang*.

Elle se remit vivement sur le ventre, plongea, refit surface et se propulsa vers la plage à grands mouvements puissants. Elle ne s'arrêta que lorsqu'elle sentit le sable de la plage sous ses doigts. Elle regagna sa serviette et laissa son regard errer sur la surface du lac. Elle y pensait encore. Elle ne le voulait pas mais ne pouvait pas s'en empêcher. Elle y pensait aujourd'hui comme elle y pensait tous les jours depuis neuf longs mois.

Tout avait commencé de si merveilleuse façon. Toute sa vie, Laura avait rêvé d'aller camper quelques jours dans l'Ouest mais n'en avait jamais eu le temps. Elle avait consacré les quelques années qui avaient suivi sa sortie de faculté à être l'épouse de Hank et à se faire un nom dans la publicité, deux buts qui, avait-elle rapidement découvert, étaient incompatibles. Hank voulait une brave petite femme d'intérieur, et il avait fallu des années à Laura pour comprendre qu'elle ne désirait pas, mais alors pas du tout, être une brave petite femme d'intérieur. Malheureusement, Hank ne l'avait jamais accepté et le divorce s'était plutôt mal passé. Au moins, ils n'avaient pas eu d'enfants et leur seule fortune se montait en tout et pour tout à leurs deux voitures et à leurs effets personnels.

Laura, finalement libre de se consacrer entièrement à sa carrière, s'était lancée à corps perdu dans son travail. A trente ans, elle gagnait cinquante-cinq mille dollars par an comme directrice du département produits de consommation de Kleenline Industries. Le côté créatif lui était maintenant interdit, sauf pour des corrections de dernière heure sur des promotions ou des campagnes déjà terminées. Par ennui, elle avait peu à peu accepté des projets ponctuels pour quelques petites agences de Lancaster et de Harrisburg. Elle avait un jour rencontré Trudy Doyle à la Brown Advertising. Trudy était la collaboratrice directe du président, Bob Brown — homme d'une soixantaine d'années souffrant d'hypertension artérielle et aux cheveux perpétuellement couverts de pellicules —, qui avait fondé l'agence, l'une des premières de Lancaster, en 1946.

Lorsqu'il était mort, sa veuve avait voulu vendre l'agence, avec son large portefeuille de clients bien établis, à Trudy, laquelle n'avait malheureusement pas les fonds nécessaires à la transaction. Mais à cette époque, Trudy et Laura étaient devenues de grandes amies et l'aversion de Laura envers Kleenline avait atteint un stade aussi terminal que l'attaque qui avait terrassé Bob Brown. Petit détail qui avait son importance, Laura, elle, avait de l'argent. Son métier était toute sa vie et ses seules dépenses consistaient en vêtements et en abonnements à divers clubs sportifs et athlétiques. Elle vivait chichement dans l'appartement où elle avait emménagé après son divorce, conduisait sa Chevy Nova de 1978 et se préparait elle-même un casse-croûte en guise de repas pour pouvoir manger au bureau.

Laura et Trudy avaient repris l'agence et étaient devenues associées en 1985. Celle-ci avait continué à prospérer encore mieux que du temps de Bob Brown. Elles avaient perdu quelques clients, trop conservateurs pour écouter les conseils d'une femme, mais avaient su en attirer d'autres, d'esprit un peu plus moderne. Trudy s'occupait de la gestion et de tout le côté administratif, Laura de la partie conception et création. En 1987, leur chiffre d'affaires dépassait les 250 000 dollars par an.

Laura n'aurait jamais pris de congés si Trudy n'avait pas insisté. « Prends un peu de repos, disait-elle. Tu es à jour, il n'y a pas le feu. Tim Cleveland est là pour effectuer le plus gros et tu ne retouches jamais son boulot. Dis-moi un peu à quand remonte ta dernière semaine de congés ? »

Laura n'aurait su le dire et c'est ce qui, en dernier ressort, l'avait décidée à suivre les conseils de Trudy. Elle avait troqué sa Nova agonisante pour une Toyota Cressida avec laquelle elle ne faisait pas plus de huit mille kilomètres par an, parfaite pour entreprendre un long voyage. Elle savait précisément l'itinéraire qu'elle voulait suivre et savait avec qui elle voulait partir.

Kitty Soames était jeune, insouciante et riche, Laura l'aimait beaucoup. Le père de Kitty siégeait au conseil d'administration du country club que fréquentait Laura. Elles s'y étaient rencontrées un jour à l'occasion d'une partie de golf. Le parcours terminé, elles avaient dîné ensemble et avaient terminé la soirée chez Laura.

C'est ainsi que leur amitié avait débuté, amitié, ainsi que Laura le soupçonnait et le redoutait de plus en plus, qui pouvait un jour se transformer en quelque chose de plus profond. Elles jouaient ensemble au tennis et au golf presque tous les week-ends, allaient au cinéma et dînaient souvent ensemble. La seule chose que Laura n'aimait pas en Kitty était les frasques amoureuses dont cette dernière se glorifiait.

Bien qu'elle n'eût que vingt-trois ans, Kitty assurait avoir fait l'amour avec tellement d'hommes qu'elle ne s'en souvenait même plus. Laura n'avait jamais eu confirmation de la chose mais avait toutefois remarqué l'attitude de coquetterie qu'affectait souvent Kitty quand un homme faisait mine de s'approcher d'elles dans un bar. Laura ne l'avait cependant jamais vue partir au bras d'un quelconque soupirant. Elle n'avait non plus jamais rencontré l'une des nombreuses conquêtes dont elle se targuait et en était finalement venue à croire que les rendez-vous galants et les longues nuits de débauche si explicitement décrites n'existaient que dans l'imagination de sa jeune amie. C'est à la même époque qu'elle avait commencé à se demander si Kitty n'était pas lesbienne, conclusion qui semblait logique puisqu'elle avait les mêmes doutes lancinants à son propre sujet.

Laura avait toujours été grande et n'était pas du genre gringalet. A l'école, puis au lycée, elle dépassait largement les autres filles d'une bonne tête. Fille unique, son père, vice-président d'une grosse société de Harrisburg, l'avait terriblement gâtée et Laura l'avait toujours adoré. Très tôt veuf, il l'emmenait presque partout avec lui, et l'endroit qu'elle aimait le plus était le club de tir dont il était président. Elle était de première force au tir à l'arc à l'âge de dix ans et savait se servir d'un fusil de chasse, d'une carabine et d'un pistolet à douze coups. Il l'emmenait également faire de grandes parties de pêche, et elle avait souvent passé les vacances de sa jeunesse dans le comté de Dauphin, riche en rivières à truites.

Tous les garçons de son âge, et la plupart des filles, pensaient qu'elle était bizarre, mais tout le monde l'aimait bien. Si les garçons ne l'invitaient que rarement, la plupart du temps pour des questions de pure convenance, elle avait néanmoins connu une adolescence heureuse.

Elle avait rencontré Hank à l'université. Hank, grand sportif, avait tout d'abord été ravi de pouvoir trouver une fille attirante qui soit à la fois un copain et une amante. C'est avec lui qu'elle avait perdu sa virginité et elle avait découvert à cette occasion que si faire l'amour était une activité agréable, en revanche cela n'avait rien de l'expérience renversante dont parlaient les films et les romans. Ils s'étaient mariés après avoir passé leur licence, l'année de la mort de son père, et Hank avait rapidement découvert qu'un copain de chasse ou de pêche n'était finalement pas ce qu'il souhaitait comme partenaire dans la vie, particulièrement quand ledit copain avait sa propre carrière.

« Putain, j'ai parfois l'impression d'avoir épousé un garçon avec des nichons », lui avait-il dit un jour lors d'une dispute particulièrement violente au sujet des priorités domestiques. Rien de ce qu'on avait déjà pu lui dire, lui ou quelqu'un d'autre, ne l'avait blessée aussi profondément. C'était dit crûment, méchamment, mais le propos comportait néanmoins une part de vérité. Bien qu'il ne l'eût jamais ouvertement traitée de gouine, elle savait que c'était ce qu'il pensait.

Ils n'avaient pas tardé à divorcer et Laura n'avait plus pensé qu'à son travail. Elle avait accepté quelques invitations masculines mais, refusant toute proposition de coucherie, les invitations s'étaient faites de plus en plus rares avec le temps. Elle n'éprouvait aucun désir sexuel pour les hommes qu'elle rencontrait. Avec Hank, le sexe avait été une expérience plaisante au début mais sans rien d'inoubliable, et la fornication était devenue une obligation ennuyeuse et fastidieuse. A la fin de leur mariage, il en usait comme d'une arme, un châtiment destiné à la punir, plutôt que comme un instrument d'amour. Le seul homme qu'elle avait jamais connu physiquement ne lui avait ainsi jamais témoigné la moindre attention en ce domaine et elle avait acquis la conviction, illogique mais irréfutable, que les hommes étaient étrangers à toute notion de tendresse.

C'est seulement en compagnie des femmes, énergiques comme Trudy ou sportives comme Kitty, que Laura se sentait heureuse et bien dans sa peau. A certains moments, quand elle était avec Kitty sous la douche, après une partie de tennis harassante, leurs corps se touchant presque, elle avait eu envie de la prendre dans ses bras, de l'embrasser, de sentir son corps, chaud, humide et luisant, contre le sien. Mais cela n'avait jamais dépassé le stade de la curiosité et, dans ces instants-là, elle détournait bien vite les yeux.

Elle n'avait jamais parlé de ses sentiments à Kitty ou à qui que ce soit d'autre et Kitty n'avait jamais laissé entendre qu'elle éprouvait les mêmes inclinations envers elle. Elles étaient amies et c'était ainsi qu'elles se voyaient et que les autres les voyaient, du moins en leur présence ; personne n'avait trouvé à redire ou n'avait fait la moindre remarque désobligeante quand elles avaient annoncé qu'elles partaient toutes les deux en balade pendant quatre semaines.

Kitty avait immédiatement accepté la proposition de Laura et elles s'étaient aussitôt lancées dans quelques emplettes, achetant assez de matériel pour équiper une armée de scouts, à savoir une luxueuse tente à deux places, deux sacs de couchage (dont on pouvait réunir les doublures, comme Laura n'avait pas manqué de le noter) et tout un assortiment de vêtement d'extérieur made in Hong Kong de toutes les couleurs qui pouvaient servir par tous les temps.

« Mon Dieu, Kitty, s'était exclamée Laura, on ne part que quatre semaines, pas quatre ans !

— Suppose que nous rencontrions Robert Redford, hein ? Je veux être aussi bonne que Meryl Streep.

— Mais nous ne partons pas en Afrique, Kitty.

— Peut-être, mais Robert Redford, lui, habite l'Utah. »

Avec leurs affaires personnelles, il y avait tellement de

choses à entasser dans la Cressida que Laura avait été obligée d'installer une galerie sur le toit pour transporter la tente et les sacs de couchage. Plusieurs jours avant le départ, Laura avait décidé d'emporter une arme avec elle. Après tout, elles étaient deux femmes seules et allaient traverser des contrées plutôt désertes. Elle avait donc glissé sous le siège avant un revolver calibre .38 chargé de cinq balles.

Elles s'étaient mises en route à la mi-août et avaient traversé les Etats des Plaines aussi rapidement que possible. Elles s'arrêtaient chaque nuit sur un terrain de camping et se levaient aux aurores chaque matin. Elles avaient mangé dans des restaurants jusqu'au Colorado, peu désireuses de se payer la corvée de cuisine sur le camping-gaz et de faire la vaisselle avant d'avoir atteint un endroit où s'installer quelques jours.

Elles avaient passé deux jours au Black Canyon de Gunnison, avaient fait un large détour par l'Arizona pour admirer le Grand Canyon, étaient ensuite remontées vers le nord et l'Utah pour visiter les parcs nationaux de Bryce et de Zion, puis avaient franchi la frontière du Wyoming. Le Yellowstone Park leur avait beaucoup plu et elles y avaient passé plusieurs jours. Finalement, elles avaient décidé de traverser l'Etat d'ouest en est pour voir les Black Hills. Trois semaines s'étaient déjà écoulées et elles étaient presque sur le chemin du retour. Nulle n'avait tenté la moindre approche vers l'autre.

Cette volonté d'éviter tout contact rapproché était une attitude consciente de la part de Laura. Ce ne serait pas elle qui ferait les premiers pas et elle aurait d'ailleurs été bien embêtée si Kitty s'en était chargée. Elles étaient bien, toutes les deux, et c'était tout ce qui comptait. La plupart des paysages étaient neufs aux yeux de Laura, Kitty avait déjà traversé la région avec ses parents alors qu'elle était encore au lycée mais n'en avait plus qu'un souvenir lointain. Toutes deux contemplaient donc ces merveilles pour la première fois.

Chaque soir, elles se faisaient un point d'honneur de

s'arrêter dans une bourgade pour se payer un petit gueuleton. Ces innocentes bacchanales s'étaient toujours déroulées dans la joie et la bonne humeur, sauf un soir à Egnar, Colorado, où elles avaient été serrées d'un peu trop près par deux cow-boys, ou plutôt deux ploucs du coin déguisés en cow-boys, comme Kitty l'avait déclaré plus tard. Laura avait finalement jeté l'argent sur la table et elles avaient quitté le restaurant sans même finir leur dessert. Les deux cow-boys les avaient suivies jusqu'au parking et s'étaient assis sur le capot de la Cressida, un de chaque côté, quand Laura avait mis le contact.

Laura revoyait encore la scène.

« Allez, les filles, quoi, venez, dit le plus grand des deux. Z'allez tout de même pas quitter le pays sans avoir croqué du cow-boy ?

— Et pis nous on fait ça bien mieux qu'tous les pedzouilles de, d'où ça qu'vous avez dit, déjà ? Pennsylvanie ? ajouta l'autre. Une nana connaît rien tant qu'elle s'est pas fait sauter par un mec du Colorado.

— Descendez de cette voiture, dit Laura en essayant de maîtriser les tremblements de sa voix, redoutant qu'ils ne prennent sa colère pour de la peur.

— Et si je descendais plutôt mon futal, hein, les mignonnes ? » dit le plus grand sans faire mine de bouger.

Laura passa la main sous son siège et brandit le calibre 38.

« Et si je vous descendais avec ça, plutôt ? » dit-elle en pointant le bras hors de la fenêtre, l'arme braquée.

Le cow-boy se fendit d'un sourire, mais d'un sourire jaune.

« Eh là, doucement. Pas la peine de s'énerver comme ça...

— Je suis calme mais je sens que ça ne va pas durer. Maintenant, foutez le camp. Et je m'adresse également à votre petit copain, l'autre andouille, là, celui qui est monté comme un asticot. »

Ils bondirent tous les deux du capot, le regard incertain.

« Où est votre tas de boue, les cow-boys? »

Les deux hommes se concertèrent rapidement du regard et le plus grand agita la tête en direction du bout du parking.

« Allons-y. Marchez devant. »

Les deux hommes se mirent en marche en direction du véhicule indiqué, une camionnette Chevy bleu ciel avec un toit ouvrant.

« Bien, ouvrez-la.

— C'est déjà ouvert, grogna le grand.

— Mettez la clef dans la serrure et tournez-la, lui dit Laura. Je veux être sûre que c'est bien la vôtre. Et pas un geste non plus vers la carabine que vous avez au-dessus de la lunette avant. »

L'homme sortit un trousseau de clefs de sa poche, en inséra une dans la serrure de la portière du passager avant et la fit tourner de droite à gauche.

« C'est bon. Maintenant, prenez la clef pour dégonfler les deux pneus de ce côté-ci.

— Quoi!

— Je ne voudrais pas qu'il vous prenne l'idée de nous suivre, bande de salauds. Allez, au travail. Et pas d'entourloupe parce que je n'hésiterai pas. Je suis sûre que des sales types dans votre genre ont une belle réputation dans le coin. Qui croira-t-on, à votre avis, deux bouseux ou deux innocentes jeunes femmes en vacances? »

L'homme hésita un instant et se tourna vers son ami, qui semblait être tombé dans un état d'hébétude totale.

« Putain, c'est pas vrai », marmonna-t-il.

Puis il s'agenouilla, dégoupilla la valve de sécurité et pressa la clef contre l'embout. Le chuintement sourd de l'air qui s'échappait parut un hymne de délivrance à Laura et elle se tourna vers Kitty qui, à sa grande surprise, arborait le sourire le plus satisfait qu'elle ait jamais vu sur le visage de quelqu'un.

« Bien, dit Laura lorsque les deux pneus furent dégonflés. Maintenant, rampez sous la camionnette.

— Vous voulez tout de même pas qu'on se glisse là-dessous? protesta le plus grand.

— C'est ça, mon gars, où je fais sauter ta grosse bite du Colorado.

— Ça va, ça va ! répliqua l'homme, la mine sombre. Mais vous l'emporterez pas en paradis, espèces de salopes. Non mais, a-t-on idée de traiter les gens comme ça ? Nous qui voulions juste nous amuser un peu...

— Sous la camionnette, vilain garçon. »

Les deux hommes se glissèrent sous le châssis. Laura fit ronfler le moteur de la Cressida et quitta le parking en faisant crisser les pneus.

« Je suggère de lever le camp immédiatement, dit-elle à une Kitty hystérique qui se tordait de rire sur son siège.

— Oh ! la la ! parvint-elle à dire entre deux sanglots. Monté comme un asticot ! Ouh ! la la ! »

Elles regagnèrent le terrain de camping, arrachèrent littéralement les piquets de terre, jetèrent, pêle-mêle, la tente et tout leur attirail sur le siège arrière et foncèrent vers le nord et la nationale 141.

« Pleins gaz ! hoqueta Kitty dans un nouvel accès de fou rire. On dirait Calamity Jane et Annie Oakley poursuivies par la troupe — une troupe de loulous ! Je ne savais pas que tu avais une arme, ajouta-t-elle quand elle fut enfin calmée.

— J'aurais préféré que tu n'en saches jamais rien.

— Ça me rassure tout de même.

— C'était de la frime, dit Laura. Ils ne nous auraient rien fait. Ils doivent être dans une de ces colères. »

Kitty resta silencieuse un moment et regarda défiler la nuit du Colorado derrière la vitre.

« On ne sait jamais ce que les gens vont faire », dit-elle à un moment donné.

Plus tard, en y repensant, Laura se dit que ces paroles prémonitoires auraient parfaitement pu s'appliquer à Gilbert Rodman.

Elles n'eurent plus de problèmes jusqu'à Saddle Junction. La plupart des endroits traversés étaient accueillants et, si Kitty adressait parfois la parole aux hommes qu'elles rencontraient dans les bars et les restaurants, ceux-ci semblaient comprendre qu'elle ne représentait pas une aventure possible et cherchait surtout à rendre son amie jalouse. La seule qui ne voyait rien était Laura.

Elles étaient toutes les deux fatiguées en arrivant à Saddle Junction vers dix-neuf heures ce soir-là. Elles étaient restées à Yellowstone plus longtemps qu'elles n'en avaient eu l'intention et il était hors de question de s'arrêter à Gillette. Bien que Saddle Juncion ne possédât pas de terrain de camping, elles s'arrêtèrent au poste de police local, un petit immeuble bas à l'extrémité de la seule rue de l'agglomération, et demandèrent s'il n'y avait pas un endroit où elles pourraient planter leur tente pour la nuit. Le shérif leur dit qu'elles trouveraient leur bonheur n'importe où dans la campagne, juste à la sortie de la ville, et qu'il y avait un coin charmant, près de la rivière, très fréquenté par les touristes. Il leur indiqua comment s'y rendre et, lorsqu'elles lui demandèrent où il était possible de manger un morceau, il leur suggéra le Big Horn Bar and Grill, autrement dit Chez Ted. Rien de bien extraordinaire, précisa-t-il, mais de la bonne nourriture et à boire à volonté.

Elles décidèrent d'abord de manger et se rendirent donc Chez Ted, longue construction à la façade de brique. A l'intérieur, un bar courait le long du mur de droite et, sur la gauche, se trouvaient les toilettes. Des tables étaient dressées au centre de la salle, des alcôves sur la gauche, face au bar. Elles choisirent une alcôve, sous des trophées de chasse accrochés au mur.

« Mon Dieu, dit Kitty en hochant le menton vers le mouflon pendu directement au-dessus de leur table, j'espère qu'il ne va pas baver sur nos sandwiches. »

Il n'y avait pas foule et Laura se demanda pourquoi la serveuse avait l'air si fébrile en prenant leur commande : sandwiches, frites et bière allégée. Il y avait trois hommes au comptoir, deux qui étaient ensemble et, à l'autre bout, un qui était tout seul, une bière à la main et un baladeur sur les oreilles. Un homme et une femme, plus âgés, occupaient une alcôve voisine et trois hommes d'une cinquantaine d'années étaient assis à l'une des tables au milieu de la salle, devisant tranquillement.

Laura n'aperçut aucun cuisinier à travers le passe-plat de la cuisine et découvrit pourquoi quand elle vit la serveuse jeter des frites surgelées dans une friteuse électrique et confectionner elle-même leurs sandwiches.

« C'est le coup de feu, ce soir, ma parole », dit-elle à Kitty.

La serveuse leur apporta leurs bières et leur dit, le souffle court, que le reste n'allait pas tarder à arriver.

« Marlene n'est pas venue ce soir, ajouta-t-elle avant de s'éloigner à la hâte.

— Sacrée Marlene, va, dit Kitty.

— La vie est une garce, lui fit écho Laura. Au Wyoming ! ajouta-t-elle en levant son verre de bière.

— Au Dakota du Sud, ma petite, nous ne sommes plus dans le Wyoming. »

L'homme assis seul au bar tourna la tête dans leur direction. Laura remarqua qu'il avait ôté son baladeur de ses oreilles. Il les regarda d'un air bizarre, puis sourit, se leva et s'avança vers leur table.

« Vous traversez le Dakota ? demanda-t-il.

— Oui », répondit Kitty avec un grand sourire.

Laura comprit pourquoi. Il était rudement bath, comme aurait dit Kitty : plus d'un mètre quatre-vingts, environ quatre-vingts kilos mais la taille mince, des cheveux noirs et bouclés, la peau mate, de grands yeux brillants et un sourire qui partageait harmonieusement son visage soigneusement rasé. Il portait une chemise de coton et des jeans artistiquement délavés. Il ressemblait à un détective indien tels qu'on les imagine à Hollywood.

« Moi aussi. Puis-je me joindre à vous ? demanda-t-il en se tournant vers le bar avec un regard dégoûté. Les gens du cru ne m'inspirent pas vraiment.

— Certainement, dit Kitty en se poussant pour qu'il puisse prendre place à côté d'elle.

— Merveilleux ! Je vais chercher ma bière et j'arrive. »

Laura ne put s'empêcher de faire les gros yeux à Kitty.

« Kitty...

— Oh, Laura, il est si mignon ! »

L'homme revint et s'assit juste en face de Laura. Son haleine sentait la bière et la menthe.

« Je m'appelle Gilbert.

— Gilbert comment? demanda Laura, qui aimait savoir à qui elle avait affaire.

— Gilbert Rodman, répondit-il en souriant. Et vous... ?

— Laura Stark.

— Kitty Soames. Alors comme ça, vous n'êtes pas du coin ?

— Ai-je l'air d'un de ces bouseux?

— Vous ressemblez à... un homme de l'Ouest, dit Kitty.

— Pour ne pas dire un Indien, hein? »

Le visage du dénommé Rodman perdit son sourire un instant. Kitty, elle aussi, avait remarqué cette ascendance, pensa Laura.

« Non, ce n'est pas ce que... »

Le sourire de Rodman réapparut aussi vite qu'il avait disparu.

« Y'a pas de mal. Ma mère avait du sang indien. Mais pas des Indiens de par ici. Je me balade, en ce moment, comme vous. J'ai toujours rêvé de voyager et il se trouve qu'en ce moment je dispose d'un peu de temps. J'en ai donc profité pour me payer une bécane.

— Mon Dieu, s'exclama Kitty. Comment pouvez-vous grimper toutes ces côtes?

— Pas un vélo, une moto. Un sac de couchage et une paire de chaussettes de rechange, et hop, en route.

— C'est cette espèce de gros engin, sur le parking, là-bas? » demanda Laura.

Gilbert approuva. Laura l'avait remarquée lorsqu'elles étaient arrivées. C'était une grosse cylindrée, avec des sacoches de cuir à l'arrière et un tableau de bord à l'avant qui ressemblait à la console d'un studio d'enregistrement.

« C'est un vrai monstre.

— Oh! pas vraiment. Disons qu'elle impressionne parce que j'ai rajouté des tas de choses. Tout le confort de la maison, quoi.

— Et où se trouve cette maison? demanda Kitty.

— Partout où je peux accrocher mon baladeur.

— Vous plaisantez, dit Laura. Tout le monde vient de quelque part.

— Oh, je fais partie de ceux qui sont chez eux partout », répliqua Rodman en souriant.

C'était un sourire rentré qui lui desserrait à peine les lèvres. Un sourire qui semblait plaire à Kitty mais que Laura n'appréciait pas du tout.

« Et vous, d'où venez-vous, toutes les deux?

— Pennsylvanie, répondit Kitty. Lancaster.

— Je n'y suis jamais allé. »

Leur commande arriva. Rodman fit remarquer qu'il était également affamé et demanda un hamburger et des frites, s'attirant un regard noir de la serveuse exténuée.

« Marlene n'est pas là, ce soir, confia Kitty.

— Qui est Marlene? L'une de vos amies?

— C'est la cuisinière. »

Ils parlèrent du parc de Yellowstone, car Rodman s'y était trouvé à la même époque qu'elles.

« C'est trop bête que nous ne nous soyons pas rencontrés là-bas, dit-il. On aurait pu faire la java. »

Faire la java. L'expression parut étrange à Laura. Cela faisait des années qu'elle n'avait pas entendu quelqu'un l'employer, et en tout cas toujours par des gens de plus de cinquante ans. Rodman, lui, ne devait même pas avoir trente ans.

« Mais je reconnais que les ours sont impressionnants, était-il en train de dire. Vous leur avez donné à manger?

— J'aurais bien voulu, répondit Kitty en secouant la tête, mais Mlle Chochotte, ici présente, a poussé des hauts cris.

— Ce ne sont pas des caniches, dit Laura. Des dizaines de gens sont dévorés chaque année par les ours.

— C'est parce qu'ils ne font pas attention, dit Kitty.

— Tu as beau faire attention, parfois, cela ne suffit pas, répliqua Laura.

— Vous êtes trop sur vos gardes, voyons! dit Rodman.

— On ne prend jamais assez de précautions avec une bête sauvage, répondit-elle.

— Vous avez peut-être raison. Oui, vous avez peut-être tout à fait raison », dit-il en la regardant droit dans les yeux.

Kitty jugea préférable de changer de sujet.

« Qu'est-ce que vous écoutez dans votre baladeur ?

— Du jazz. J'aime beaucoup le jazz. J'ai un magnétocassette sur ma bécane. J'écoute de la musique tout le temps.

— Vous devez en effet beaucoup aimer le jazz pour en écouter jusqu'ici, dit Laura.

— Oh ! vous savez, dans l'Ouest, ils ne connaissent que leur saloperie de musique country. Les Judds, Waylon and Willie et toutes ces conneries.

— Une musique de hors-la-loi, dit Laura.

— Hors-la-loi, répéta Gilbert. Hors-la-loi, ça me fait rire. Musique de gros ploucs qui ne savent pas bouger leur cul, oui.

— Et vous, vous savez ? » demanda Kitty.

Il regarda Kitty comme un chat qui s'apprête à croquer un oiseau.

« Quand il le faut », répondit-il.

La serveuse lui apporta ses frites et son hamburger. L'assiette tomba si violemment sur la table qu'elle tournoya quelques secondes comme une pièce de monnaie. Le temps qu'elle s'arrête, la serveuse était déjà de retour en cuisine.

« Qu'est-ce que vous faites, à part ça, Gilbert ? lui demanda Laura pendant qu'il aspergeait ses frites de ketchup.

— Qu'est-ce que je fais ? Ou bien qui suis-je ?

— Désolée, dit Laura avec un sourire crispé. Ce n'est pas toujours la même chose, non ?

— Pas toujours, dit-il en se léchant les doigts. Pas en ce qui me concerne, en tout cas. »

Qu'est-ce que toutes ces conneries, se demandait Laura, pouvaient bien vouloir dire ? Rodman la mettait mal à l'aise, non seulement à cause de ce qu'il disait, mais aussi à cause de la manière dont il regardait Kitty. Il ne faisait aucun doute que Kitty était une belle fille et bien des hommes se retournaient sur son passage. Mais jamais personne ne l'avait regardée de la façon dont Rodman la dévorait des yeux en ce moment. Ce n'était pas tellement qu'il la dévisageait avec lubricité, ce qui aurait contrarié Laura mais n'aurait pas été très grave. Non, il y avait quelque chose d'autre, quelque chose dont Kitty ne semblait pas se rendre compte. Kitty qui souriait, pouffait de rire et qui voulut même lui chiper quelques frites.

« Je ne ferais pas ça si j'étais vous », dit Rodman, un soupçon de menace dans la voix.

Laura se demanda à quel point cette attitude était feinte.

« Ah oui ? gloussa Kitty. Et pourquoi ?

— A cause de ce que j'ai fait à la dernière femme qui m'a piqué mes frites.

— Oh ! et que lui avez-vous fait ?

— Je l'ai tuée, dit Gilbert d'un ton calme, la fourchette levée. Je lui ai planté ma fourchette dans la nuque et je l'ai enterrée dans un fourré. »

Laura sentit un froid mortel lui courir le long du dos, incapable de détacher ses yeux de la fourchette. Kitty observa quelques secondes un silence gêné puis se força à rire.

« C'est tout ?

— Non, mais je ne voudrais pas gâcher votre repas. »

Le visage de Rodman, de l'autre côté de la table, était mortellement sérieux. Lentement, il sembla fondre comme de la cire et son affreux sourire apparut à nouveau. Puis il éclata de rire si bruyamment que les autres consommateurs tournèrent la tête vers eux.

« Vous êtes un drôle de couteau, vous, déclara Kitty.

— Ouais, c'est ce qu'on me dit toujours. »

Il gloussa et mordit dans son hamburger. Laura remarqua que Kitty n'avait plus envie de frites, tout à coup.

Kitty et Laura sirotèrent lentement leurs bières, regardant Rodman manger. Personne ne disait mot.

« Où passez-vous la nuit, ce soir? » demanda-t-il sur une dernière bouchée en laissant tomber sa serviette à côté de son assiette.

Kitty voulut répondre mais Laura lui coupa la parole.

« Nous ne nous arrêtons pas, ce soir.

— Vous allez rouler toute la nuit?

— J'aime bien conduire la nuit. Il y a moins de circulation. Nous nous relayons. L'une conduit pendant que l'autre dort.

— Ouais? Eh bien, on pourrait peut-être voyager ensemble. Nous allons dans la même direction, non? Ces bons vieux Badlands?

— C'est que... nous avons accompli tout ce voyage toutes seules et...

— Et vous ne voulez pas que je vous accompagne.

— A vrai dire... non.

— J'ai dit quelque chose qu'il ne fallait pas? demanda-t-il en faisant claquer sa langue sur ses dents, comme pour y déloger un morceau de nourriture. Je vous ai offensées d'une manière quelconque?

— Non, ce n'est pas ça. C'est simplement que...

— Parce que si je vous ai offensées, je m'en excuse. Je voulais juste plaisanter.

— Vous n'avez pas besoin de vous excuser.

— Et vous, qu'est-ce que vous en pensez? demanda-t-il en se tournant vers Kitty. Vous n'avez pas envie de voyager avec moi, vous non plus?

— Je... je ne crois pas.

— Vous n'aimez pas les mecs, ou quoi?

— Ça n'a strictement rien à voir avec ça, intervint Laura.

— Tiens donc? »

On pouvait nettement percevoir la menace dans sa voix, maintenant, même s'il parlait doucement pour ne pas être entendu des autres consommateurs.

« Eh bien, je vais vous dire ce que je crois, moi, déclara-t-il en les foudroyant toutes les deux d'un regard de mépris. Je crois que vous êtes deux gouinasses qui...

— Doux Jésus! s'exclama Laura.

— ...se broutent le paillasson et s'envoient en l'air avec des vibromasseurs, des godemichés et Dieu sait quoi encore. Je crois que tout ce qu'il vous faudrait c'est un vrai mâle qui vous...

— Fermez-la, voulez vous...

— ...ferait reluire toute la nuit. C'est toi qui fais le mec, hein, salope ramollie du clito ? C'est toi qui fais le jules ? C'est toi qui fourres l'autre morue avec ton poing, hein ? Ou peut-être que vous inversez les rôles, suivant l'humeur du jour, hein les pouffiasses ? »

Il se tut enfin. Laura, les ongles enfoncés dans les paumes, sentait la sueur lui couler dans le dos. C'est elle que Gilbert regardait, pas Kitty. Ses yeux semblaient avoir capturé toute la lumière des néons et étincelaient de haine.

« Vous n'êtes qu'un malade, réussit-elle à dire. Vous êtes vraiment malade. C'est un médecin qu'il vous faut. Vous me faites pitié, tiens. Nous allons partir maintenant. Et ne cherchez pas à nous suivre, sinon nous prévenons la police. »

Rodman sourit. Un sourire apparemment aussi ouvert et chaleureux que lorsqu'il était venu s'asseoir à leur table.

« La police ! Tout de suite ! s'exclama-t-il d'une voix où toute trace de colère avait maintenant complètement disparu. Bon Dieu ! ajouta-t-il avec un petit rire nerveux, j'ai bien peur de vous avoir offensées, finalement. »

Tremblante, Laura se leva.

« On s'en va, Kitty. »

Kitty ne pouvait pas bouger, bloquée par Rodman assis à côté d'elle. Celui-ci ne fit pas mine de se déplacer.

« Laissez-la passer », dit Laura.

Rodman se tourna vers Kitty, les bras croisés sur la table, et la regarda de côté, la tête penchée.

« Vous voulez vraiment partir ? Vous n'avez pas envie de rester avec moi ? »

Kitty déglutit avant de répondre.

« Je veux m'en aller. Excusez-moi.

— On pourrait bien s'amuser tous les deux, vous savez. Juste vous et moi. On se payerait une sacrée java.

— Kitty...

— Hé là, s'écria-t-il. Elle est assez grande pour se décider toute seule, non?

— Mon choix est fait, dit Kitty en se levant. Maintenant, laissez-moi passer.

— Je vous le dis, dit Rodman en secouant la tête d'un air navré, je n'ai jamais rencontré deux femmes aussi dures de toute ma vie. C'est une honte.

— Laissez-moi passer, merde! »

Kitty avait élevé la voix et les cow-boys vieillissants attablés au milieu de la salle tournèrent la tête dans leur direction.

« Hé, fiston, dit l'un d'entre eux, un homme au visage ridé et tanné par le soleil. Arrête donc d'embêter ces deux dames, tu veux? »

Gilbert le regarda d'un air ahuri.

« Je rigolais juste un peu, papa. Y'a pas de mal. »

Il se glissa hors de la banquette, se leva et se courba en deux devant Kitty.

« Si madame veut bien s'avancer », déclama-t-il.

Laura alla jusqu'au passe-plat de la cuisine et appela la serveuse pour régler leur addition.

« C'est pour moi, dit Rodman dans son dos. C'est le moins que je puisse faire, après avoir mangé en si galante compagnie. »

Laura l'ignora et la serveuse, remontant ses cheveux poisseux sur son front, lui tendit la note à travers le passe. Elle se dirigea vers le bar pour payer, Kitty pendue à ses basques comme un petit chien. Rodman haussa les épaules, se rencogna au fond de la banquette et, leur tournant le dos, se mit à manger ses frites. Laura entendit l'un des cow-boys lui dire quelque chose mais n'en comprit pas le sens exact. Rodman murmura une vague réponse et les cow-boys s'esclaffèrent et se tournèrent avec curiosité dans leur direction. Malgré sa rage, Laura se sentit rougir. Elle s'empara de la monnaie que lui tendait le barman, la fourra dans son sac et fila comme une flèche vers la sortie, Kitty dans son sillage.

« Espèce de salaud! cracha-t-elle lorsqu'elles furent toutes deux dans la voiture. Quel horrible fils de pute.

— Qu'est-ce qu'on fait? demanda Kitty.

— On trouve cette rivière et on se couche. Demain matin à la première heure, on met les voiles.

— Je me sentirais mieux si on partait tout de suite.

— Nous sommes toutes les deux trop fatiguées pour conduire. Tu veux avoir un accident et que ce salaud nous retrouve? D'autre part, réfléchis un peu : il est persuadé que nous allons filer séance tenante et, s'il le veut vraiment, il doit pouvoir facilement nous rattraper avec sa moto. La seule chose à laquelle il ne s'attend pas est que justement nous restions ici.

— Et puis tu as ton revolver, dit Kitty après un instant de réflexion.

— Exact. »

Elles trouvèrent l'endroit dont le shérif leur avait parlé et quittèrent la route principale pour une aire pavée de pierres inégales. Il y avait de la place pour garer plusieurs véhicules et un chemin qui descendait vers la rivière en coupant à travers de hauts buissons. Laura sortit son arme et l'accrocha à sa ceinture. Puis elles prirent tente, sacs de couchage, sacs à dos et lampe tempête, bien qu'il y eût encore un peu de lumière dans le ciel, et suivirent le sentier jusqu'au bord de l'eau. Il y avait là plusieurs tables de pique-nique, une benne à ordures et quelques endroits plats et surélevés qui étaient parfaits pour planter une tente. Ce qui fut fait en quelques minutes.

« Tu vas pouvoir dormir? demanda Laura.

— Il ne fait pas encore tout à fait nuit. Allons regarder la rivière jusqu'à ce qu'il fasse complètement noir. »

Elles s'assirent dans l'herbe côte à côte tandis que le soleil disparaissait dans leur dos.

« Ce type m'a fait une peur bleue, dit Kitty au bout d'un instant.

— Moi aussi.

— C'est bizarre... on ne sait jamais avec les hommes. On les croit gentils et... Même ces hommes à table, ils étaient de notre côté, puis il leur a dit quelque chose... ces choses que se disent les hommes entre eux, et ils sont passés du sien. Est-ce que ce sont tous d'infâmes salauds ? Je veux dire, est-ce qu'il n'y a que la baise qui les intéresse ? »

Laura n'en savait rien. Le seul homme qu'elle avait connu, excepté Hank, était son père et, pour ce qu'elle en savait, il avait interrompu toute vie sexuelle après la mort de sa mère.

« Je ne crois pas, dit-elle. En ce qui concerne mon père et ma mère — elle est morte quand j'avais six ans — ils s'entendaient très bien tous les deux, toujours en train de rire et de se faire des niches. Se serrer l'un contre l'autre, des choses comme ça, mais sans rien de sexuel. Oh, je suppose que cela en faisait partie, même si je ne m'en rendais pas compte à l'époque, mais tu vois ce que je veux dire. Mon père était un homme très gentil.

— Et Hank ?

— Hank était... un égoïste. Il n'en avait pas conscience mais c'était ainsi. Je n'ai pas eu de chance, je présume. Ce n'était pas l'homme qu'il me fallait.

— Je ne crois pas qu'un tel homme existe.

— Pourtant, tu devrais le savoir, ma chérie. D'après ce que tu m'as dit, tu as passé pas mal de temps à chercher l'oiseau rare. »

La remarque était moitié une plaisanterie, moitié une rebuffade, mais Kitty n'en perçut que le dernier aspect. Son visage se ferma, son menton trembla et des larmes se formèrent aux coins de ses yeux.

« Oh ! mon Dieu, Laura, commença-t-elle en sanglotant. Je me sens tellement sale... »

Laura mit son bras sur ses épaules, voulut le retirer, se sentant toute gauche, mais ne le fit pas.

« Allons, chuchota-t-elle. Qu'est-ce qu'il y a ?

— Je... je n'ai plus envie de coucher avec un homme. J'ai couché avec des dizaines d'hommes, il n'y a que ça qui les intéresse, tous autant qu'ils sont, mais je n'ai jamais rien ressenti. Il n'y a qu'eux qui comptent, tu comprends, ce que l'on peut faire pour eux, jamais l'inverse. Oh merde ! je les hais.

— Là, là, du calme...

— Je suis désolée, Laura.
— Ce n'est rien. Je suis là.
— Serre-moi contre toi, tu veux bien?
— Mais oui. Chhuut. »

Elles restèrent ainsi jusqu'à ce que le crépuscule soit complètement tombé, le bras de Laura sur les épaules de Kitty et la tête de Kitty nichée contre la poitrine de Laura. Les larmes de Kitty avaient trempé le coton de son t-shirt et Laura eut soudain froid, à mesure que la nuit fraîchissait.

« Allons nous coucher, dit-elle au bout d'un moment.
— Je voudrais m'endormir ici. Dormir à jamais.
— Je sais, dit Laura. Je sais. »

Elle dégagea doucement son bras et se releva.

« Brrr, il fait plutôt frisquet, tout d'un coup », dit Kitty.

Laura tendit la main et l'aida à se lever.

« Laura?
— Oui?
— Si on réunissait nos sacs de couchage? »

Laura ressentit un mélange de désir et de peur. Elle fit semblant de ne pas comprendre l'allusion.

« Il fait si froid que ça?
— Je veux juste dormir à côté de toi cette nuit. Je suis dans tous mes états. J'ai besoin de te sentir près de moi. »

Cela semblait rationnel. Il n'y avait pas la moindre invite sexuelle là-dedans, n'est-ce pas? Kitty avait besoin de sentir quelqu'un auprès d'elle, voilà tout. Laura était bien placée pour savoir qu'il y avait eu des moments dans sa propre vie où elle avait eu besoin de sentir quelqu'un à ses côtés et qu'il n'y avait jamais eu personne.

« D'accord », dit-elle.

Elles se glissèrent sous la tente et réunirent leurs deux sacs. Elles ôtèrent leurs jeans et Laura glissa son arme sous son oreiller. Elles s'allongèrent, ne portant que leurs t-shirts et leurs slips, comme elles le faisaient chaque soir. Il n'y avait là rien d'anormal, ne cessait de se répéter Laura. Elles dormaient ensemble, point.

Laura tendit la main pour éteindre la lampe tempête mais Kitty l'arrêta.

« Baisse-la un peu, simplement. J'aimerais qu'il reste un petit peu de lumière.

— Kitty..., dit Laura, une lueur de reproche dans les yeux.

— S'il te plaît, Laura. Je veux te voir.

— Oh, Kitty, dit Laura, sentant sa voix s'enrouer.

— Laura... » chuchota Kitty.

Elle se pencha vers elle, par-dessus son oreiller, et l'embrassa sur la joue. Laura détourna la tête.

« Laura..., répéta Kitty d'une voix pressante. S'il te plaît... »

Laura vit sa main se tendre, comme mue d'une volonté propre, et baisser la lumière. La tente avait à présent l'air d'être illuminée par une bougie. Elle sentit le bras de Kitty lui entourer la taille et l'attirer vers elle. Laura s'abandonna et pressa son corps contre le sien, les yeux pleins de larmes, heureuse d'avoir enfin trouvé quelque chose qu'elle cherchait depuis longtemps. La bouche de Kitty était douce et sa peau était soyeuse. Ses doigts sur son corps étaient si doux et si expérimentés que toute peur et tout sentiment de honte l'abandonnèrent.

Elle répondit aux avances de Kitty geste pour geste et bientôt leurs mains s'égarèrent vers le centre du désir qui les consumait. Laura sentit quelque chose grandir en elle, quelque chose qu'elle n'avait jamais éprouvé auparavant, quelque chose qui lui fit arquer le dos et raidir les jambes, quelque chose qui lui coupait la respiration et qui finalement se libéra, tel un grand oiseau auquel elle aurait donné naissance, un grand oiseau qui déploya ses ailes et prit son envol, la laissant fatiguée, heureuse et comblée.

Au bout de quelque temps, elle prit à nouveau conscience de la présence de Kitty, allongée à côté d'elle, le t-shirt relevé autour du cou, le visage rouge et en sueur, un sourire languide sur les lèvres.

« Laura », dit son amie, son amante, en promenant son doigt sur sa joue, sur ses lèvres.

Laura, bien éveillée, ferma les yeux et embrassa sa main.

« C'était merveilleux, dit Kitty. Je ne vois pas quoi dire d'autre. »

Laura ouvrit les yeux et hocha la tête.

« On en reparlera demain matin. Dormons, maintenant. »

Laura éteignit la lanterne et le noir se fit sous la tente. Kitty se pelotonna contre elle et elles fermèrent les yeux, chacune baignant dans la chaleur de l'autre.

Laura ne s'endormit pas immédiatement. Elle resta étendue, Kitty serrée dans ses bras, et pensa à ce qu'elles venaient de faire. Elle n'en avait pas honte. Au contraire, cela lui paraissait beaucoup plus naturel que tout ce qu'elle avait déjà connu, beaucoup plus tendre et amoureux, en tout cas, que ces furieuses et rapides explosions d'énergie et de passion dont elle avait fait l'expérience avec Hank.

Il n'y a aucun mal à cela, pensa-t-elle à mesure que le sommeil s'emparait doucement d'elle. Quoi qu'on en dise, il n'y a aucun mal à cela.

Mais pourquoi parle-t-on tellement de la mort, en ce moment?

Alexander Smith, *Dreamthorp.*

Lorsqu'elle se réveilla, elle pensa tout d'abord que le bruit qu'elle avait entendu était celui de la fermeture du sac de couchage et se demanda pourquoi diable Kitty se levait dans le noir. Puis elle se rendit compte que c'était un son plus chuintant, un bruit de...

Déchirure.

Elle étouffa un cri quand elle reconnut enfin le bruit pour ce qu'il était. Quelqu'un était en train de sectionner la toile de tente. Elle sentit un grand poids s'abattre sur sa poitrine, lui coupant la respiration, et quelque chose la frappa à la tête. Elle perdit presque conscience, sentit un nouveau coup s'abattre sur son crâne et crut que sa tête allait rentrer dans ses épaules. Elle se mit à dévaler le long d'une grande spirale noire et la douleur se répandit en elle, de plus en plus intense. Sa tête allait éclater, déjà son sang coulait. Elle s'évanouit sur ces dernières pensées.

Puis les ténèbres s'éclairèrent et elle entendit de la musique. Un saxophone hurlait quelque part, une batterie bourdonnait sur un tempo furieux, une basse pulsait comme un cœur gigantesque. Elle crut d'abord qu'elle rêvait, mais la douleur qui lui martelait les tempes lui apprit qu'elle était bien réveillée. La musique était bien réelle.

Elle ouvrit les yeux et les referma aussitôt, aveuglée par la lumière crue. Lorsqu'elle les ouvrit à nouveau, la première chose qu'elle vit fut Kitty, étendue nue non loin d'elle. Elle avait les yeux exorbités, révulsés, et un filet de sang s'écoulait de sa bouche. Ses seins avaient été sauvagement tailladés et n'étaient plus que deux plaies béantes. Son abdomen et ses cuisses largement écartées étaient couverts de sang à demi séché. Son pubis n'était plus qu'une pulpe sanglante qui suintait comme une éponge.

Laura voulut hurler mais ne put émettre qu'un sanglot étranglé. Elle crut qu'elle allait vomir à cause des remugles infects qui prenaient à la gorge, atroce odeur faite de sang, d'urine et de matières fécales. Elle se figea net en entendant quelqu'un glousser de rire. Gilbert Rodman.

La lampe tempête, poussée à son maximum d'intensité, l'illuminait en plein. Il était nu, accroupi aux pieds de Kitty, la peau marbrée de croûtes de sang. Son pénis était raide et violacé, dégoulinant de sang et d'humeurs. Un long couteau brillait dans sa main.

« Enfin, on se réveille. »

Il parlait d'une voix rauque, voilée, calquée sur le rythme de la musique sauvage qui jouait quelque part au-dehors.

« Je tenais absolument à ce que vous soyez réveillée pour la suite des événements », ajouta Rodman en se fendant d'un large sourire, les lèvres retroussées sur ses dents jaunes.

Laura eut soudain l'impression d'être devenue adulte, comme si elle n'avait jusque-là été qu'une enfant, inconsciente de la réalité, de ce que les gens étaient réellement capables de faire. Maintenant, elle le savait et savait aussi comment il fallait réagir. Elle pleurerait Kitty plus tard. Mais elle ne pourrait la pleurer que si elle s'en sortait.

Seule son arme pouvait la sauver.

Ses pensées défilaient à toute vitesse. Si le revolver était toujours là, si Rodman ne l'avait pas découvert et ne s'en était pas emparé, alors il était sous son sac de couchage. Allait-elle pouvoir s'en emparer et avoir le temps de tirer?

« Nous avons beaucoup de choses à faire. D'abord, ceci..., déclara Rodman en agitant son couteau devant lui pour qu'elle voie bien le sang qui noircissait la lame et ses poignets. Et ensuite, ceci, précisa-t-il en portant sa main gauche entre ses jambes et en empoignant son pénis dressé pour mieux le lui présenter. Qu'est-ce que tu dis de ça, hein, salope? Qu'est-ce que t'en dis? »

Ses yeux étincelaient et la main qui tenait le couteau tremblait d'excitation. Il voulait qu'elle ait peur, il savourait sa peur à l'avance, cela faisait partie du spectacle. Comment faire pour ne pas éveiller ses soupçons et s'emparer du revolver?

« S'il vous plaît, croassa-t-elle. Je vous en prie, ne me faites pas de mal, s'il vous plaît... »

Il n'était pas très difficile de jouer la comédie car elle était vraiment terrifiée. Mais en son for intérieur, elle raisonnait comme un vieux soldat, l'esprit agité de problèmes pratiques : trouver le revolver, le brandir, viser et faire feu.

« T'as peur, hein? murmura Rodman en commençant à se masturber lentement. Hein que t'as peur, salope? »

Elle se recula vers le fond de la tente en gémissant, tâtonnant autour d'elle à l'aveuglette, comme prise de panique. Dieu merci, le revolver était bien là, juste sous l'oreiller. Mais elle ne pouvait détacher ses yeux de la silhouette dantesque accroupie entre elle et le cadavre de Kitty.

Se tortillant et se tordant de côté pour qu'il ne remarque pas ses mains, elle se mit à gémir et à pleurer.

« Mais pourquoi faites-vous cela? Pourquoi voulez-vous me faire du mal? »

Elle désirait qu'il lui réponde afin de gagner un peu de temps mais voulait aussi une explication.

« Oh! mais je ne veux pas te faire de mal, dit-il en riant. Au contraire. Je vais juste te donner ce que tu mérites, tu vas voir. »

Sa main glissa sous l'oreiller du sac de couchage et sa respiration s'arrêta dans sa gorge. Elle enfonça la main plus avant et, une seconde plus tard, sentit le revolver sous ses doigts.

« Ce que... ce que je mérite? » bégaya-t-elle, sans quitter son bourreau des yeux.

Au-dehors, une trompette éclata, sauvage et passionnée. Les cymbales entrèrent en action.

« Comme si tu ne le savais pas, dit-il en continuant à s'astiquer vigoureusement.

« Non..., non... je... »

Elle avait réussi à sortir le revolver de son étui de cuir et se rappela que le chien était enclenché sur une chambre vide. Elle n'osait pas l'armer de peur qu'il n'entende le déclic de la détente, qui serait plus fort que s'il y avait eu une cartouche dans la chambre. Mais cela n'avait que peu d'importance, à une distance aussi proche. Si seulement elle pouvait le sortir et faire feu à temps, si seulement elle n'hésitait pas quand viendrait le moment...

« Mais si. Tu le sais, salope..., dit-il en se passant le couteau devant les yeux, le regard rivé au sien. Tu sais très bien ce que tu veux... hein? Tu vas voir, je vais te taillader la chatte et tu vas adorer ça. »

D'un geste rapide comme l'éclair, elle tira le revolver de sous le sac de couchage et, juste à l'instant où il se relevait pour bondir sur elle, fit feu par deux fois. Elle avait visé la poitrine mais les deux balles l'atteignirent plus bas. La première lui déchiqueta le pénis, lui fit exploser la vessie et lui perfora le péritoine. La seconde lui emporta le scrotum et lui arracha le gras de la fesse droite.

Le bruit des détonations et l'odeur de la cordite emplirent la tente. Le visage de Gilbert Rodman s'arrondit en un énorme *O* de surprise et de douleur. Le couteau lui échappa et il tomba sur le dos comme une tortue. Ses bras et ses jambes furent pris de tremblements spasmodiques puis tout son corps se figea sur une dernière convulsion. Seul son sang continua à s'échapper et à pisser le long de ses jambes, serpent rouge qui se faufilait en rampant hors de lui, tel un démon qui fuit à la hâte le corps agonisant qu'il habite.

Tout ce qui suivit fut aussi confus et trouble qu'un

rêve. Elle enfila fébrilement quelques vêtements, se précipita hors de la tente, passa devant la moto dont les baffles continuaient à claironner une musique de jazz, se rua dans la Cressida et fonça jusqu'au poste de police de Saddle Junction. Un jeune homme du nom de Willis l'écouta raconter son histoire et appela une ambulance. Puis, accompagnés du shérif, ils foncèrent jusqu'à l'aire de camping, sirène hurlante. Laura resta dans la voiture pendant que les deux hommes, l'arme dégainée, pénétraient dans la tente.

La musique avait cessé, Kitty Soames et Gilbert Rodman étaient toujours là mais seul Rodman était toujours en vie.

Nous ne sommes jamais quittés de nous-mêmes.

Alexander Smith, *Dreamthorp*.

Gilbert Rodman survécut à ses blessures. Il ne bougea pas et n'ouvrit pas les yeux. L'équipe médicale dépêchée sur les lieux crut qu'il était plongé dans un état de choc profond et fit ce qu'elle put pour arrêter l'hémorragie. Le shérif et Willis adoptèrent vis-à-vis de Laura une attitude étrangement ambivalente. On aurait dit qu'ils pensaient que Rodman avait bien mérité son sort mais ils n'étaient pas vraiment préparés à affronter le spectacle qui les attendait sous la tente. Laura surprit Willis en train de parler à quelqu'un sur la radio de bord et comprit quelques mots : « ... lui a fait sauter les couilles, mec, je ne te dis que ça... »

Laura passa la nuit dans le même hôpital que Gilbert Rodman. Une infirmière veilla sur elle toute la nuit, ce dont elle fut reconnaissante. Malgré cela, elle ne réussit pas à fermer l'œil.

Gilbert Rodman fut déclaré hors de danger mais ne reprit pas conscience. Les médecins ne purent trouver aucune raison particulière à son coma car il n'avait reçu aucune blessure à la tête, excepté un petit hématome à la tempe, ce qui n'était pas suffisant, selon eux, pour causer un tel traumatisme.

Une brève conférence fut tenue, au cours de laquelle il fut établi que Laura avait agi en état de légitime défense, en conséquence de quoi Gilbert Rodman, s'il sortait un jour de son coma, serait inculpé du meurtre de Kitty.

Puisque personne n'était capable de dire quand il se réveillerait — si même il se réveillerait un jour — Laura fut autorisée à retourner dans l'Est avec le corps de Kitty. Elle n'eut pas la force d'assister aux obsèques.

Elle ne pouvait s'empêcher de se sentir coupable. Elle se disait que la mort de Kitty était de sa faute, que si elles avaient continué leur route au lieu de s'arrêter pour la nuit à l'endroit que le shérif indiquait probablement à tous les campeurs à qui il prenait la fantaisie de se présenter, y compris peut-être Gilbert Rodman, Kitty serait toujours en vie. Cette idée la hantait et, quand elle rentrait chez elle après son travail, elle arpentait la salle de séjour de son petit appartement et revoyait Kitty dans cette même pièce, Kitty qui parlait et qui riait. L'appartement était plein de souvenirs de Kitty, souvenirs dont elle ne pouvait supporter l'éternelle confrontation car ils la ramenaient sans cesse à cette nuit sous la tente, à cette nuit où elles s'étaient endormies dans les bras l'une de l'autre.

Comme un péché délicieux, ces visions la tourmentaient, s'insinuaient dans ses pensées comme un succube quand elle gisait dans son lit, incapable de trouver le repos. Elle sentait toujours la présence de Kitty dans ses bras et se rappelait leur étreinte, juste avant qu'elle ne subisse celle de Gilbert Rodman.

Puis elle entendait la déchirure de la toile de tente, le son de cette musique, et très loin, aux portes de son esprit, les hurlements d'agonie de Kitty.

Elle n'arrivait pas à se persuader que ce qu'elles avaient fait n'était pour rien dans la mort de Kitty. Inextricablement mêlés dans son esprit, elle ne cessait d'agiter les spectres du péché et du châtiment.

Elle envisagea un moment de consulter un psychiatre mais ne put se résoudre à cette idée. Elle ne pourrait jamais, pensait-elle, parler à quelqu'un de ses relations avec Kitty. Cela devait rester un secret. Hormis elle, seule une autre personne était au courant, l'homme qui les avait surprises ensemble.

Elle était heureuse d'avoir tiré sur lui. La seule chose

qu'elle regrettait était de ne pas l'avoir tué. Si elle l'avait fait, elle ne se demanderait plus chaque matin avec angoisse s'il n'allait pas sortir de son coma. Elle ne redouterait plus qu'il s'échappe et se présente un jour devant elle, lourd de son secret et de la haine qu'il devait éprouver envers elle.

L'ironie était qu'elle ne savait même pas qui elle avait mutilé ni de qui elle avait peur. Gilbert Rodman n'était pas son vrai nom, que personne n'avait été capable de découvrir. Son portefeuille ne contenait aucune carte de Sécurité sociale ou de crédit, aucune trace de son identité, hormis un permis de conduire délivré par les autorités de l'Ohio à un certain Robert J. Mendoza. Après quelques recherches, la police avait découvert que Robert J. Mendoza avait été assassiné, probablement par un auto-stoppeur, sur une route déserte entre Republic et West Lodi, quelque sept mois auparavant. Ses papiers avaient disparu.

Le F.B.I. avait sondé ses fichiers et avait trouvé quarante-trois personnes qui répondaient au patronyme de Gilbert Rodman sur tout le territoire des Etats-Unis, toutes parfaitement et honorablement connues. Le Gilbert Rodman qui avait assassiné Kitty Soames et, selon toute vraisemblance, Robert J. Mendoza, fut répertorié sous le nom de John Doe ; ses empreintes digitales et ses caractéristiques dentaires furent comparées aux fichiers de la police fédérale mais ne purent être identifiées comme appartenant à quiconque.

Ainsi, c'était d'un homme sans nom que Laura Stark avait peur, d'un homme sans véritable identité et qui n'avait même plus sa conscience.

Du moins jusqu'aux dernières semaines.

Laura reçut l'appel à son bureau un lundi. Un certain sergent Chambers, de la police du Wyoming.

« Mademoiselle Stark, dit-il d'une voix bourrue, rendue rauque par le tabac. J'ai quelques mauvaises nouvelles à vous annoncer concernant l'homme que vous connaissez sous le nom de Gilbert Rodman. »

Dès qu'il s'était fait connaître, elle avait eu le pressentiment d'un malheur. Elle l'interrompit avant qu'il poursuive.

« Il s'est échappé. »

Cette déclaration parut le surprendre.

« Vous le saviez?

— Non. Non, je ne le savais pas. Je l'ai dev... Pour quelle autre raison m'auriez-vous appelée? »

Son cœur battait sourdement et Trudy la regardait d'un air bizarre. Laura se força à sourire.

« Hum, je suis désolé de vous le dire, mademoiselle Stark, mais vous avez vu juste. Il a repris conscience dans la journée d'hier. Apparemment, il ne s'en est pas vanté et, la nuit dernière, il a assassiné un médecin et a pris la fuite. Nous avons retrouvé la voiture qu'il a abandonnée et nous savons qu'il a continué sa route à pied. Nous ne devrions pas tarder à l'appréhender, mais je me suis dit que vous deviez être mise au courant de la situation.

— Vous croyez qu'il me recherche? demanda-t-elle en s'efforçant de parler d'un ton calme et anodin.

— Je n'en ai pas la moindre idée, mademoiselle Stark. C'est une possibilité que... qu'il ne faut cependant pas exclure. Quoique dans son état... De plus, il a toute une armée sur les talons, maintenant. Toutes les polices de l'Etat ont été alertées, de même que les forces du Nebraska et du Colorado. Il va lui être très difficile de passer à travers les mailles du filet. J'ai pensé que vous deviez être prévenue, puisque vous lui aviez dit où vous habitiez.

— Oui, merci, sergent. S'il y avait du nouveau, voudriez-vous me le faire savoir?

— Naturellement, mademoiselle Stark. Nous vous préviendrons immédiatement. Mais je ne m'inquiéterais pas trop, à votre place.

— Oh! ça ira.

— Laura, dit Trudy après qu'elle eut raccroché. Est-ce que... est-ce que c'est cet homme? Celui qui...

— Oui. Apparemment, il a l'air de se porter comme un charme. Et il est libre comme l'air.

— Quelle bande de connards! dit Trudy en se plongeant dans son tiroir, à la recherche d'une cigarette, comme elle le faisait toujours quand elle était bouleversée. Comment ont-ils pu le laisser filer comme ça, nom de Dieu?

— Je suppose qu'ils croyaient qu'il n'y avait pas de danger... qu'ils l'auraient remarqué s'il avait seulement ouvert un œil. Apparemment, ils se sont trompés. »

Trudy réussit à mettre la main sur son paquet de cigarettes, s'en colla une au coin du bec et se mit à la recherche de ses allumettes.

« Hon! tu crois qu'ils vont le rattraper? »

Laura sortit une boîte d'allumettes de la poche de son chemisier et la lança sur le bureau de Trudy.

« Tu les as encore laissées dans ma voiture.

— Merci. Tu crois qu'ils vont lui mettre le grappin dessus?

— Eh bien... oui, je présume. Ce sergent Chambers avait l'air très confiant. »

Trudy resta silencieuse un instant, tirant nerveusement sur sa cigarette.

« Dis donc, si tu venais dormir chez moi, ce soir?

— Mais non, voyons. Ce n'est pas nécessaire.

— Mais tu te sentirais sans doute plus en sécurité.

— Non, vraiment. Même si... ce maniaque vole un avion et arrive jusqu'ici, ce qui paraît hautement improbable vu l'état dans lequel il doit être, il croit que j'habite encore à Lancaster, si même il se rappelle ce détail.

— Les annuaires téléphoniques ne sont pas faits pour les chiens, tu sais. Il peut retrouver ta trace, s'il le veut.

— Je ne suis pas encore dans l'annuaire. Je n'habite Dreamthorp que depuis quelques mois.

— Laura..., insista Trudy d'un ton implorant.

— Tout ira bien. Je t'assure. »

Elle était tout de même heureuse d'avoir déménagé. Elle envisagea un instant l'idée d'aller passer quelques jours à Philadelphie mais, lorsqu'elle arriva en vue des arbres qui bordaient la route de Dreamthorp, elle abandonna ce projet. Le souvenir de Gilbert Rodman (car elle ne pouvait penser à lui autrement que sous ce nom) l'avait déjà poussée à déménager une fois et il n'était pas question qu'elle quitte maintenant Dreamthorp.

L'hiver précédent, son appartement lui était devenu insupportable et, quand elle avait pris conscience qu'elle cherchait tous les moyens possibles et imaginables pour éviter de rentrer chez elle le soir, elle avait décidé que le moment était venu de faire ses valises. Elle aimait beaucoup assister aux concerts du festival d'été de Dreamthorp et était fascinée par cette petite ville unique. Elle avait appelé une amie, agent immobilier, avec qui elle jouait parfois au golf et lui avait demandé de se renseigner sur les propriétés disponibles. La plupart des maisons étaient « gardées dans la famille », même si cela débordait du cadre strict des relations consanguines, et il était difficile, voire impossible, pour quelqu'un d'étranger à la ville de s'y établir.

Mais, un mois plus tard, son amie lui avait annoncé qu'une petite maison avec deux chambres serait libre au mois de mars et qu'elle avait persuadé le propriétaire, un ami personnel, de lui accorder la préférence. Laura était aussitôt tombée amoureuse de la maison qui, bien que petite, était plus grande que son appartement.

La demeure comportait un porche couvert qui courait sur toute la façade, avec une balustrade en treillis, sur lequel s'ouvraient les portes du salon à droite et de la salle à manger à gauche. La cuisine donnait sur l'arrière. Une grande salle de bains et deux chambres, séparées par un couloir, se partageaient l'étage. Les soubassements étaient ouverts aux éléments.

Des pins blancs entouraient la maison de tous côtés et les aiguilles des années passées formaient un tapis permanent. Dans tout Dreamthorp, il était impossible d'obtenir des pelouses dignes de ce nom (le pin est un arbre exclusif près duquel rien d'autre ne pousse), mais les aiguilles de pin avaient un petit côté sylvestre des plus charmants et il n'y avait pas besoin de se fatiguer à les tondre.

Laura avait emménagé au début du mois de mars et

avait découvert que la plus grande partie de son mobilier était trop contemporain pour son nouvel intérieur rustique. La maison avait été construite en 1908 et il y avait des boiseries apparentes presque partout : linteaux des portes, rampe de l'escalier, moulures du plafond. Elle avait vendu la plupart de ses meubles et en avait acheté d'autres chez un antiquaire de Lancaster. Il lui en avait coûté considérablement moins cher qu'elle ne s'y était attendue car il ne semblait y avoir que peu de demande pour le genre de vieux meubles qu'elle recherchait. Son seul luxe avait été un lit à colonnes qu'elle avait payé plus de deux mille dollars. Certains meubles dataient des années quarante à peine mais la presque totalité remontait au début du siècle. L'atmosphère d'ancienneté des lieux était renforcée par les gravures d'époque qui avaient remplacé les lithographies contemporaines décorant les murs blancs de son ancien appartement.

La maison était cependant loin d'être un musée. Dans le salon trônait un téléviseur soixante centimètres, un magnétoscope dernier cri et une chaîne haute-fidélité équipée d'enceintes des plus performantes. La cuisine était claire, agréable et étincelante avec ses éléments modernes. L'endroit était devenu son chez-elle, quelque chose que son appartement, avec son loyer mensuel et les voisins qu'on entendait de l'autre côté des cloisons, n'avait jamais été.

Laura aimait sa maison et se dit une nouvelle fois, en ouvrant sa porte et en respirant l'air du dehors, chargé de résine, qu'elle ne se laisserait pas chasser de Dreamthorp par des frayeurs irraisonnées.

Cependant, ce soir-là, elle vérifia soigneusement que toutes les portes étaient bien closes et, lorsqu'elle se mit au lit, ferma toutes les fenêtres, malgré la chaleur de l'été, brancha la climatisation dans sa chambre et plaça un revolver .38 sur sa table de nuit. Elle avait beau se dire qu'elle se comportait comme une idiote, cela ne la rassurait pas plus pour autant. Une arme lui avait déjà sauvé la vie une fois mais, même avec le revolver à proximité, elle mit longtemps avant de s'endormir.

Lorsqu'elle se réveilla, le lendemain matin, elle se sentit à peine reposée, comme si elle avait eu des rêves particulièrement agités durant la nuit dont, comme à l'accoutumée, elle ne pouvait pas se rappeler.

Le sergent Chambers l'appela trois jours plus tard pour lui apprendre que Gilbert Rodman, quel que soit son vrai nom, avait été retrouvé.

« La police a retrouvé son corps sur une route secondaire près de Long Pine, dans le Nebraska. Il était mort. La tête a été écrasée dans la chute, mais...

— La chute ? demanda Laura en s'emparant d'une chaise. Je ne comprends pas. Comment...

— Il a arrêté sa voiture — enfin, pas la sienne en réalité, mais un véhicule volé — au sommet d'une butte, arrosé tout l'intérieur d'essence, y compris lui-même, lancé la voiture dans le vide et apparemment enflammé une allumette. Un gosse qui se promenait non loin de là a tout vu.

— Mais... est-on bien sûr que c'est lui ?

— Il a laissé un mot qu'on a retrouvé au sommet de la butte. Il disait qu'il n'en pouvait plus, qu'il ne pouvait plus supporter ce qu'il était devenu... Je suppose qu'il voulait parler du coup de feu qui...

— Mais êtes-vous certain que c'était lui ? Je veux dire, a-t-il été formellement identifié ? »

A l'autre bout de la ligne, Chambers hésita quelques secondes.

« Eh bien... nous en sommes quasiment certains. La voiture a explosé quand le feu a atteint le réservoir, aussi vous imaginez qu'il n'en restait pas grand-chose. Les mains et le crâne étaient complètement carbonisés. On n'a pas pu relever d'empreintes et il n'a pas été possible non plus de comparer ce qui restait de ses dents avec son dossier médical. »

L'évocation de ces détails ne provoqua pas en Laura la nausée qu'elle redoutait. Elle se sentait au contraire la tête froide et l'esprit lucide mais il lui fallait avoir une certitude à tout prix.

« Alors, on n'est pas sûr que c'était bien lui.

— D'après le rapport du médecin légiste, mademoiselle Stark, l'homme avait la même taille et le même poids que Rodman. Il avait aussi le même groupe sanguin, on a pu le déterminer à partir de sang carbonisé. Si vous voulez une preuve définitive, indiscutable, non, nous n'en avons pas. Mais si vous voulez une preuve suffisante pour pouvoir dormir tranquille, alors je vous répondrai que vous pouvez raisonnablement être sûre que cet homme est bien mort. »

Laura ne répondit pas.

« C'était Rodman, mademoiselle Stark. Croyez-moi.

— Très bien, sergent, soupira-t-elle.

— Mademoiselle Stark...

— Oui ?

— Je me disais que si vous aviez le texte du mot qu'il a laissé... Je crois que ça vous aiderait à croire que c'était bien lui.

— Je... Pouvez-vous me le lire au téléphone ?

— Ce serait peut-être mieux que je vous en envoie une copie.

— Ça va prendre du temps et...

— Le langage employé est plutôt cru, mademoiselle Stark.

— Oh ! Aucune importance.

— Ecoutez, mademoiselle Stark, ce n'est pas que je... Vous aurez le mot dès demain. Je le poste ce soir. »

Chambers tint parole. Laura reçut le mot le vendredi après-midi à son bureau. Il disait ceci :

Rien à branler de la vie, rien à branler de Dieu, rien à branler de tout. J'y serais jamais arrivé. J'aurais jamais pu faire la peau de la salope qui m'a fait ça. J'arriverai jamais à la retrouver et je veux pas qu'on me reprenne. Je peux pas aller en prison comme ça sans putain de zob. Je préfère me foutre en l'air dans une grande boule de feu et aller en enfer. Satan me redonnera ma bite, une bite de fer et de feu. Et quand cette salope ira aussi en enfer pour ce qu'elle m'a fait je l'enfilerai avec ma bite de feu et je la baiserai jusqu'à la fin des temps.

Je m'en vais d'abord mais tu viendras aussi, Laura. On se retrouvera en enfer, alors prépare-toi. Pense à ma nouvelle bite, Laura, pense au couteau que je te planterai là où tu broutes les nanas.

On se reverra. Je t'aime, Laura.

GILBERT RODMAN

Elle se sentit souillée jusque dans la moindre fibre de son corps. La photocopie avait clairement reproduit les bavures, les furieux coups de stylo, et même la trame grossière du papier que Rodman avait utilisé. On aurait dit qu'elle était imbibée de la même rage insensée et de toute la haine que Rodman avait voulu faire passer dans ce triste et terrifiant message. Malgré elle, elle le relut une seconde fois. Elle sentit son estomac se soulever et se précipita aux toilettes juste à temps.

« Laura ? s'écria Trudy de l'autre côté de la porte. Tu vas bien ?

— Oui... oui, s'étrangla-t-elle après que le dernier spasme fut passé. J'avais juste... envie de vomir. »

Elle expulsa un dernier filet de bile et se nettoya les lèvres avec du papier toilette. Quand elle sortit, Trudy, le visage pâle, achevait de prendre connaissance du message de Rodman.

« Oh ! mon Dieu, Laura. Mon Dieu, cet homme est fou... »

Laura fondit en larmes et Trudy la prit dans ses bras. Puis Laura essuya son mascara qui avait coulé et secoua la tête.

« Ce n'est rien, ça va. Il est mort. Je le sais. Il est mort, maintenant. Il ne pourra plus me faire de mal. »

Le lendemain, allongée sur la plage du lac de Dreamthorp, elle essayait encore de s'en persuader.

Dreamthorp avait été frappé par le malheur, également, avec ce terrible accident du théâtre. Mais c'était fini, à présent, à la fois pour elle et pour la cité. Tout autour d'elle, les enfants riaient, les gens marchaient la main dans la main, le soleil brillait et le vent caressait son visage comme un amant. Les morts étaient enterrés et Gilbert Rodman n'était plus qu'un tas de chair carbonisée. Elle allait pouvoir enfin oublier et aller de l'avant, vivre sa vie.

> Quel recenseur fera pour nous le compte des morts?
>
> Alexander Smith, *Dreamthorp*

Gilbert Rodman haïssait l'Iowa. Rien que du terrain plat à perte de vue et d'immenses champs de blé, de maïs et de Dieu seul savait encore quelle saloperie. Au moins dans le Nebraska, il avait trouvé un semblant de colline pour bazarder la Chevrolet. Il est vrai qu'il avait eu un sacré coup de veine de tomber dessus.

Et il avait également eu la chance de trouver ce type qui faisait de l'auto-stop. Le gars, bien qu'un peu plus jeune que lui, avait à peu près ses proportions, même taille et sensiblement le même poids. Il était exactement ce qu'il cherchait, un type de New York qui traversait le pays en stop. Rodman avait appris ce qu'il voulait savoir assez facilement. Il avait dit au garçon qu'il étudiait la médecine à l'université du Nebraska, lui avait parlé de ses études, puis du sida et des précautions qu'il fallait maintenant prendre lors des transfusions sanguines, surtout en ce qui concernait les groupes sanguins rares, qu'il était de plus en plus difficiles de se procurer. Est-ce qu'il savait quel était son groupe sanguin?

Naturellement. O positif.

A cette nouvelle, Rodman s'était dit qu'il y avait décidément quelqu'un, Dieu ou Diable, qui veillait sur lui. C'était trop beau pour être vrai. Les empreintes n'étaient pas un problème — il lui arroserait les mains d'essence — et les dents, à supposer que l'hôpital ait fait un dossier, seraient pulvérisées par l'explosion. Mais il n'y avait pas moyen de truquer le groupe sanguin. Il savait que les flics trouveraient toujours un peu de sang, même séché ou carbonisé, et qu'on pourrait en déterminer le groupe rien qu'avec un minuscule caillot. Aussi, quand Larry avait déclaré qu'il était du groupe O positif, Rodman avait su que tout allait se passer comme sur des roulettes.

Larry avait posé quelques questions quand il avait bifurqué sur une route secondaire mais il lui avait dit qu'il préférait prendre un raccourci car il y avait des travaux sur la route à quelques kilomètres de là. Après avoir roulé quelque temps sans rencontrer le moindre véhicule, il s'était arrêté sur l'accotement.

« Qu'est-ce qui se passe? avait demandé Larry.

— Vais couler un bronze. C'est le moment d'en profiter.

— Oh! ça va. Je peux encore tenir cent cinquante kilomètres. »

Rodman avait tendu le bras derrière son siège.

« Papier toilette », avait-il marmonné.

En fait de papier toilette il s'était emparé du démonte-pneu qu'il avait glissé là et avait frappé légèrement Larry à l'arrière du crâne. Il s'était effondré dans son siège, à demi inconscient. Rodman avait ensuite pris la poignée de chiffons qu'il avait trouvée dans le coffre et la lui avait appliquée sur la bouche et le nez.

Larry avait mis longtemps à mourir. Quand sa respiration avait commencé à ralentir, il avait repris conscience un moment mais il était déjà si faible qu'il ne s'était débattu que faiblement contre l'étreinte de fer qui l'étouffait. Rodman avait ressenti un vague émoi au creux de l'estomac mais rien d'autre, rien, pas d'érection, rien de la sourde excitation qu'il ressentait d'habitude.

Il ne ressentait plus que de la haine, haine pour la femme qui avait tiré sur lui, et la haine s'était répandue en lui comme un fleuve de glace charriant des cristaux acérés comme des lames de rasoir. Elle aussi, cette garce, quand il la retrouverait, il lui ferait connaître la froideur glacée de son étreinte.

Quand Larry avait cessé de vivre, Rodman lui avait subtilisé son portefeuille et y avait trouvé soixante-trois dollars en monnaie et une carte Visa, ainsi que les habituels papiers d'identité. Il avait revêtu ses vêtements, excepté ses sous-vêtements à présent souillés, puis avait roulé jusqu'à un monticule qu'il avait repéré plusieurs kilomètres auparavant.

Le sommet de la butte était un petit plateau en pente douce. Il avait arrêté la voiture et serré le frein à main. Puis il avait placé Larry derrière le volant, jeté son sac à dos dans l'herbe et sorti le bidon d'essence du coffre. Il en avait répandu la moitié sur le corps de Larry et lui en avait versé un peu dans la bouche et sur les mains. Il avait posé le bidon sur le siège du passager et remonté toutes les vitres sauf celle du conducteur, qu'il avait laissée entrouverte.

Il avait sorti du papier et un stylo de sa poche et, penché sur le capot de la Chevy, avait écrit ce qu'on prendrait pour une lettre de suicide, du moins l'espérait-il. Il fallait qu'il soit convaincant et il s'en était tenu à la stricte vérité, bien que cela lui eût fait mal au ventre de l'écrire, d'être obligé d'admettre qu'il avait été blessé aussi profondément, aussi irrémédiablement. Ce qui le consolait était ce qu'il avait écrit à la fin. Oh, oui ! il la retrouverait un jour, cette salope.

Bien évidemment il ne l'aimait pas. Il n'avait écrit cela que pour qu'on le croie fou, assez fou pour se tuer de cette façon. Cela frapperait également l'esprit de cette garce, si jamais elle le lisait. Finalement, il était assez content de lui car il fallait bien avouer que ce « Je t'aime » final était la chose la plus perverse et la plus sale de toutes.

Je t'aime, Laura.

Oui, la plus sale. Il savait que l'amour était sale. N'avait-il pas l'exemple de sa mère ? Ça oui ce qu'elle avait pu l'aimer, son fils chéri, celle-là.

Avec l'image de sa mère en tête il avait posé la feuille de papier dans un endroit dégagé où il était sûr qu'on le trouverait, mais c'est avec l'image de la Grande Putain qu'il avait sorti son briquet de sa poche, ouvert la portière et desserré le frein. Quand la voiture avait commencé à partir doucement en avant, il avait claqué la portière et s'était mis à courir le long du véhicule. A moins de vingt mètres du bord, il avait frotté son briquet, l'avait jeté par la fenêtre et avait bondi de côté.

L'intérieur avait pris feu dans un grondement terrifiant et le corps de Larry s'était changé en torche. Il avait entendu les flammes rugir et siffler et vu les cheveux de Larry se changer en couronne ardente.

Une seconde plus tard, juste à l'instant où la voiture avait basculé par-dessus bord, les flammes avaient atteint le bidon d'essence. L'explosion avait fait voler les vitres en éclats et ce n'était pas une automobile mais une boule de feu qui était tombée sur la plaine, dix mètres plus bas. Il avait couru jusqu'au bord et, dans le crépuscule qui tombait, avait regardé la voiture se consumer. Quand les flammes avaient atteint le réservoir d'essence, qu'il avait pris soin de remplir, une énorme déflagration avait secoué toute la carcasse du véhicule, comme si l'explosion du bidon n'avait été qu'une répétition générale. Des morceaux de métal en feu — et de chair aussi, sans doute — avaient été projetés en l'air, bien plus haut que la butte sur laquelle il se tenait. Il aurait voulu rester là jusqu'à ce que les flammes s'éteignent, mais quelqu'un avait sûrement remarqué la lueur sur la plaine et allait probablement venir voir ce qui se passait.

Il avait ramassé le sac à dos de Larry, l'avait passé par-dessus ses épaules et s'était mis en route à travers champ. Bassett n'était qu'à une quinzaine de kilomètres.

Au bout de quelques kilomètres, il s'était souvenu de la liste. Il s'était assis sous un arbre, avait sorti une feuille de papier plié de la poche de sa chemise et avait trouvé un stylo dans le sac à dos de Larry. Il avait alors déplié la feuille et y avait griffonné, sous le nom du médecin qu'il venait d'assassiner, le nom de Larry avec la date du jour. Il avait décidé de tenir un registre de ses victimes pour montrer à Laura qu'il n'avait pas perdu la main et pour qu'elle sache bien qu'elle ne pouvait pas tomber entre les mains de meilleur praticien. Et si cette salope ressentait de la culpabilité à cause de tous ces gens qui étaient morts à cause d'elle, tant mieux. Il voulait qu'elle souffre de toutes les façons, il voulait lui infliger tous les supplices, même les tortures morales les plus subtiles.

Rodman avait remis la feuille dans sa poche. Il n'y avait pas de danger, il ne courait aucun risque. Ce n'était qu'un morceau de papier dont il pourrait facilement se débarrasser s'il était arrêté par la police. Et même s'il y avait un léger risque, cela en valait la peine car il avait peur d'oublier des noms s'il ne les notait pas. Les dates aussi, les dates étaient importantes. Car il voulait raconter à Laura tout, absolument tout ce qu'il avait fait pour parvenir jusqu'à elle.

> Comment il vivait, ce qu'il faisait quand il était étudiant, nous n'en saurons jamais rien. Le rideau ne va se lever qu'un court instant...
>
> Alexander Smith, *Dreamthorp.*

Deux jours plus tard, tandis que Laura Stark lézardait au soleil sur la plage de Dreamthorp, Rodman, lui, le sac de Larry toujours sur l'épaule et le pouce levé, se trouvait à Denison, Iowa, à la sortie du parking d'un routier. Il avait cinquante dollars en poche, ainsi qu'un couteau de poche avec une lame de quinze centimètres. Il venait de se raser, de se laver et de se brosser les dents dans les toilettes des hommes et avait mangé un steak et une salade de fruits.

Un camion ralentit et fit halte à côté de lui. Une femme blonde se pencha à la fenêtre du passager.

« Où c'est qu'tu vas, chéri ? lui demanda-t-elle d'une voix à la fois rocailleuse et veloutée où l'on discernait l'accent du Sud.

— Vers l'est, répondit-il en souriant. N'importe où vers l'est.

— Grimpe, dit-elle en ouvrant la portière et en se reculant vers le conducteur. Moi, c'est Cherry, lui, c'est Hod. »

Hod était un homme maigre et noueux qui sourit à Rodman de toutes ses dents cariées. Il portait un maillot sans manche avec un trou sur la poitrine, comme s'il se grattait fréquemment le sternum, une casquette de base-ball au nom des Royals, et un jean bleu foncé de coupe moderne.

« On va vers l'est jusqu'à la 61, puis on file vers le sud, dit-il.

— La Nouvelle-Orléans, expliqua Cherry, couvant Gilbert d'un regard appréciateur. C'est d'là qu'on est. »

La Nouvelle-Orléans. Le nom le frappa comme un poing. Il se força à sourire et observa Cherry.

C'était une grande teigne mal peignée qui approchait de la quarantaine. Une putain, décida Gilbert. Une salope qui avait le feu au cul. Elle portait un t-shirt sans manches, comme Hod, mais sans trou sur la poitrine. Elle ne portait pas de soutien-gorge et ses gros seins lui pendouillaient jusque sur l'estomac. On dirait une vache, pensa-t-il avec dégoût. Elle avait dû se charbonner les yeux avec une truelle et une couche d'un rouge pâteux lui craquelait les lèvres.

« On est mariés, Hod et moi, poursuivit Cherry, regardant toujours Gilbert avec une espèce de fascination. On fait la route ensemble, tous les deux. »

Gilbert hocha la tête et se tourna vers la fenêtre.

« Y'a des gens qui trouvent ça bizarre, dit Cherry.

— C'est pas si étrange que ça, répliqua Gilbert en haussant les épaules. Y'a bien des femmes qui conduisent des bahuts. »

Cherry s'esclaffa. On aurait dit un ours en train de se gargariser.

« Oh! bon Dieu, je s'rais incapab' de conduire un bahut. P't'êt' une tire, gloussa-t-elle en faisant durer le dernier mot.

— Ouais, lui fit écho Hod avec un petit rire étouffé. Elle est championne, côté tire.

— Hod se sent seul, su' la route, hein, le gros minet?

— Putain oui.

— Il aime bien trouver un peu d'amour en route, hein, pas vrai?

— Ma foi.

— Et j'tiens pas à c'qu'il aille tremper son biscuit n'importe où. Voyez c'que j'veux dire? Dites, c'est quoi vot'nom, au fait? »

La proximité des rondeurs plantureuses de Cherry le mettait mal à l'aise. Il pouvait sentir la sueur couler là où la hanche de Cherry se pressait contre sa cuisse. Le siège était large et il n'y avait aucune raison pour qu'elle se colle à lui de cette façon. Il essaya de se déplacer mais l'appuie-bras lui rentrait dans les côtes.

« J'te cause, chéri. C'est quoi ton nom ?

— Gil... Gilbert.

— Gilbert. T'as chaud, Gilbert ? Tu transpires. Hod, branche la climat', tu veux ? »

Hod referma sa vitre et Cherry fit de même côté passager. Ses seins se plaquèrent contre ses côtes et ses cheveux couleur de vieille paille et à l'odeur de fleurs fanées lui balayèrent le visage comme un voile. Il ferma les yeux et l'imagina, la tête posée contre sa poitrine, ses cheveux masquant tout son champ de vision.

Mère...

« Chéri ? »

Il ouvrit les yeux. Cherry était assise à côté de lui et le regardait. Le souci maternel ravinait les crevasses de son maquillage.

« Tu vas bien ? T'as envie de gerber, c'est ça ?

— Non, non, répondit-il d'une voix faible. Je vais très bien. Ce doit être la chaleur. »

Le climatiseur, branché à présent, expulsait des courants d'air frais. Il prit une profonde inspiration pour chasser l'odeur d'eau de Cologne bon marché dont Cherry s'était aspergé les aisselles.

« J'ai marché toute la journée. C'est gentil de m'avoir pris.

— Oh ! on est toujours heureux de monter quelqu'un, s'esclaffa Cherry. Particulièrement quand y sont aussi mignons que toi, Gilbert. »

Hod poussa un grognement d'approbation mais ne dit rien, les yeux fixés sur la route.

Soudain, tout fut clair. Hod était un voyeur. Il ne devait pas répugner à s'envoyer sa légitime mais ce qu'il préférait, son grand pied, c'était de la voir se faire enfiler par un autre. Ensuite, une fois bien allumé, Hod devait passer lui-même à l'action et sauter indifféremment Cherry ou le mâle qui la besognait.

Rodman se mit alors à poser des questions. Depuis

combien de temps étaient-ils mariés (quatre ans), depuis combien de temps Hod était-il chauffeur routier (dix-sept ans), comment avait-il commencé dans ce métier (il aimait simplement les bagnoles, et les bahuts c'était juste la taille au-dessus), où roulait-il le plus (le Sud, mais il voyageait aussi dans tout ce putain de pays), que faisait Cherry avant de se lancer sur les routes (esthéticienne) et depuis combien de temps accompagnait-elle Hod (deux ans, parce qu'elle en avait marre de le voir ramener des morpions à la maison, quand c'était pas autre chose).

Ils lui posèrent des questions à leur tour, auxquelles il répondit aussi interminablement que possible, brodant à l'infini. Les heures passèrent et le soleil se coucha.

Cherry était fort impressionnée par ses talents de conteur et Hod n'en perdait également pas une miette. Il leur parla de son service militaire, qu'il avait effectué en Allemagne de l'Ouest, et des maisons de passe de Hambourg. Quand Cherry lui demanda des détails supplémentaires, ainsi qu'il espérait bien qu'elle le ferait, il se lança dans des descriptions sans fin des plus folles perversions, depuis la coprophagie jusqu'à la nécrophilie. Cherry et Hod étaient littéralement pendus à ses lèvres.

Il pensa tout d'abord que plus il les garderait sous le charme de ce qu'il disait, plus ils accompliraient de route avant que la question d'une partie à trois ne vienne sur le tapis. Mais plus il parlait et plus ils étaient excités, plus ils le dégoûtaient et plus il avait envie de se les faire.

A minuit, ils s'arrêtèrent pour dîner et avaler un café dans un routier près d'Ames. Quand ils reprirent la route, il déclara qu'il était fatigué et qu'il allait piquer un petit roupillon. Cherry parut désappointée mais Hod lui dit de ne pas se gêner.

« Bordel, on a dormi tout l'après-midi, aujourd'hui. Y'a encore d'la route à faire. Mais vas-y, dors un peu. Toi aussi, Cherry, si tu veux. Comme ça, tu s'ras en pleine forme quand tu te réveilleras. »

C'était plus que Hod n'en avait dit durant tout le voyage.

« Oh ! moi, j'ai pas vraiment sommeil, dit Cherry. J'vais juste me serrer un peu contre mon gros minet », ajouta-t-elle en se pelotonnant contre Hod qui passa un bras osseux par-dessus ses épaules rebondies.

Rodman, heureux de l'intermède et désireux d'être lui aussi en pleine forme à son réveil, même si ce n'était pas pour les mêmes raisons que Hod, posa sa tête contre la vitre et ferma les yeux. Bien qu'il fût fatigué, il fit seulement semblant de dormir pour entendre ce que Cherry et Hod allaient dire à son sujet. Il s'écoula un long moment avant qu'ils ne se décident à parler.

« Y te plaît ? demanda Hod.

— Mmmm. Et toi ?

— Ouais, y m'paraît plutôt bien. L'a l'air d'avoir pas mal roulé sa bosse, le mec. Tu crois tout c'qu'il a dit sur ces filles qui s'font troncher après avoir pris d'la drogue comme si è zétaient mortes ?

— Oh oui ! répondit Cherry. Y sont plutôt cinglés, là-bas, en Allemagne. Y font toutes sortes de trucs bizarres.

— Ouais. Tout d'même, chier au-d'ssus d'une vitre et tout ça...

— Il a pas dit qu'il avait fait tout ça. C'est juste des trucs qu'il a vus.

— Tu crois qu'y s'ra d'accord ?

— J'espère bien que oui, bordel !

— T'inquiète pas. Dès qu't'auras enlevé ton t-shirt et qu'il aura vu tes gros nichons...

— Ça t'excite, hein ? Attends », gloussa Cherry.

Rodman sentit la banquette se soulever légèrement. Le fiel lui envahit la bouche et il s'empressa de le ravaler au fond de son estomac.

« Pourquoi qu'tu t'en occuperais pas un peu, d'mes gros nichons ? reprit Cherry. Tu craches pas d'ssus, d'habitude.

— J'vais m'en occuper, mais astique-moi d'abord un peu.

— Il a la trique, le gros cochon ? » pouffa Cherry.

Rodman entendit des bruits de fermeture Eclair et de

jean rabattu sur les genoux, bientôt suivis de sons mouillés et de lapements goulus. Hod se mit à respirer bruyamment. Imperturbablement, le camion filait sur la route comme un train sur ses rails, les pneus mordaient l'asphalte et le moteur ronronnait doucement. Rodman fit glisser lentement sa main le long de sa jambe droite et caressa le couteau qu'il avait glissé dans sa botte. Le contact de l'acier le rassura et le réconforta.

Il s'endormit. Et rêva.

Il rêva de sa mère.

Il rêva de sa mère quand son père les avait quittés pour ne plus jamais revenir, quand il était entré dans sa chambre et avait chuchoté dans le noir :

« Je m'en vais, Gilly. Je ne reviendrai pas, cette fois. Tu devras écouter ta mère et faire tout ce qu'elle te dira. Rappelle-toi que c'est toi l'homme de la famille, à présent. Il faudra que tu prennes ma place.

Alors ne t'inquiète pas et fais tout ce qu'elle te dira.

Tout ce qu'elle te dira... »

Il avait dix ans. Il ne comprenait pas pourquoi sa mère avait l'air tellement malheureuse. Il était là, lui, pour s'occuper d'elle. Il était l'homme de la famille, à présent, c'est son père qui l'avait dit. Mais sa mère était devenue chaque jour de plus en plus triste. Et de plus en plus bizarre. Elle voyait des choses qu'il ne pouvait pas voir, des choses qui n'existaient pas, il en était sûr. Elle disait que ses camarades étaient de méchants garçons, de sales gosses, et elle voulait qu'il ne les voie plus. Elle disait qu'il fallait qu'il rentre directement à la maison après l'école et il le faisait parce qu'il était obligé de faire tout ce qu'elle lui disait. Une nuit, il s'était réveillé et l'avait trouvée assise sur le bord de son lit, nue...

...nue, les jambes écartées, sur le bord de son lit, la main là où elle n'était pas faite comme lui. Il avait cru qu'il rêvait mais avait vu le poster sur le mur de sa chambre, dans la pâle lueur de la veilleuse, et avait su qu'il ne rêvait pas. Il avait fermé les yeux et s'était réveillé le lendemain matin. Sa mère lui avait préparé son petit déjeuner et lui avait souri...

même s'il savait que rien ne serait jamais plus comme avant et que ce qui était brisé ne pourrait plus jamais se réparer...

...mais cela n'avait pas d'importance car c'était si bon, si bien, si chaud.

Tout s'était brisé,
cassé à jamais.
Maman.

« Maman... »

Il s'éveilla lentement, remonta avec difficulté des eaux épaisses de son rêve et, dans les ténèbres, sentit une main se poser sur son genou.

« Ecoute-le, dit quelqu'un. Il appelle sa maman... »

De l'air frais lui balaya le visage. La main quitta son genou et glissa vers sa cuisse.

« Oooooh, l'a besoin de sa maman ? Mais ell' est là, sa maman. »

La main s'enfonça dans le gras de sa cuisse puis rampa vers son bas-ventre. Cherry, Hod, la Grande Putain et cette salope sous la tente. Sa main plongea dans sa botte, empoigna le couteau et l'enfonça jusqu'à la garde dans l'estomac grassouillet de Cherry.

Cherry couina.

« Cherry ? » demanda Hod.

Rodman s'éclaircit la voix pour chasser les dernières traces de sommeil.

« Rangez-vous. Elle est malade. Je crois qu'elle est malade. »

Il tourna et retourna la lame dans le sac mou de son estomac, comme un gourmet qui évide un melon avec une cuiller, et les yeux de Cherry s'agrandirent démesurément. Le camion freina brusquement, bondit, puis se stabilisa et s'immobilisa sur la bande de sécurité.

« Bon Dieu... marmonna Hod. Ah ! bon Dieu, Cherry, mon bébé, qu'est-ce que t'as... ? »

Hod enclencha le frein à main et se pencha vers Cherry. Rodman lui ouvrit la gorge d'une oreille à l'autre.

Le sang jaillit à flots et il repoussa Hod contre son

volant pour ne pas salir ses vêtements. Hod gargouilla un moment puis rendit son dernier souffle. Rodman reporta son attention sur Cherry, dont la bouche s'ouvrait et se refermait spasmodiquement, les yeux presque sortis de leurs orbites.

« Mais non, tu ne vas pas mourir, chuchota-t-il. Pas encore. Tu vas mettre beaucoup de temps avant de mourir, dit-il en approchant la pointe du couteau de son œil gauche. Et crois-moi, on va bien s'amuser avant, ma petite Laura. »

L'horloge du tableau de bord indiquait 2 h 38. Seul un poids lourd occasionnel passait en rugissant. Il retira les clefs du contact, ouvrit la porte du passager, empoigna Cherry sous les aisselles, la tira dehors et la traîna vers l'arrière de la remorque. Les portes n'étaient pas verrouillées. Une vague d'air froid et une odeur de viande congelée lui sautèrent au visage. Il souleva Cherry et la jeta dans le noir sur le plancher. Puis il retourna à la cabine, hala le corps de Hod, le fit rouler par-dessus le talus qui bordait la route et l'abandonna dans les mauvaises herbes. Il nettoya rapidement le sang qui maculait la banquette et jeta les chiffons sous le camion. Cela fait, il grimpa dans la remorque, referma la porte derrière lui et alluma l'éclairage intérieur.

Cherry gisait entre des piles de caisses, les yeux grands ouverts. Sa respiration faisait des halos blancs dans l'air réfrigéré. Ses mains étaient plaquées contre son abdomen, comme si elle essayait d'empêcher son sang de se vider. Il lui trancha la langue pour qu'elle ne puisse pas crier.

Comme si, penché à la surface d'un étang paisible seulement troublée par les ronds des araignées d'eau, vous aperceviez tout à coup un visage mort monter lentement de la vase, plus visible de seconde en seconde...

Alexander Smith, *Dreamthorp*.

Tom Brewer ressentait toujours un malaise en présence de Karen. Souvent, quand il se réveillait au milieu de la nuit et tendait la main, il pensait d'abord que c'était Susan qui était à ses côtés. Ses doigts continuaient leur exploration et il prenait rêveusement conscience qu'il y avait une différence et que si c'était Susan, c'était Susan telle qu'elle était il y avait des années, comme s'il remontait les années à rebrousse-temps, comme si la peau de Susan était aussi douce que lorsqu'ils avaient dormi ensemble pour la première fois, comme si les kilos supplémentaires dus à sa grossesse et à l'âge avaient disparu, comme si ses seins, qu'elle avait toujours trouvés trop gros à son goût, avaient rapetissé jusqu'à tenir confortablement au creux de ses paumes.

Généralement, à ce stade de son exploration, il comprenait que c'était Karen, et non Susan, qui était allongée à côté de lui. Le fait de se trouver dans le même lit que cette fille assez jeune pour être la sienne le rendait fier et triste en même temps. Il se serrait contre elle et elle se réveillait de cette façon instantanée qu'ont les jeunes, se tournait vers lui et l'embrassait, sans se soucier du goût amer que la nuit avait laissé dans leurs bouches, prête à faire l'amour de nouveau.

Cette disponibilité amoureuse l'avait d'abord surpris et l'effrayait encore un peu. S'il voulait être honnête, il croyait se rappeler qu'il avait connu la même chose avec

Susan, au début, avant que l'accoutumance et la routine de la vie quotidienne n'aient arasé les pics, ralenti les courants.

Aujourd'hui, avec Karen, il retrouvait la fraîcheur et la nouveauté mais n'était pas sûr de pouvoir goûter pleinement les émois de la passion et de la jeunesse. Ce n'était pas une question de performance car la présence de Karen l'inspirait suffisamment. Mais après l'amour, quand il reposait dans ses bras, il avait l'impression d'avoir perdu autre chose que sa semence, il avait le sentiment de perdre le peu de jeunesse qui lui restait dans une liaison futile qui ne pouvait connaître aucune issue heureuse. Il avait l'impression de se conduire comme un imbécile, même s'il était incapable de s'en empêcher.

Karen le tenait et il trouvait facile d'admettre qu'il était obsédé par elle. Que cela ne pouvait lui apporter que déboires et désillusions, il ne le savait que trop. Le mariage était hors de question, comme toute forme de relation à long terme. Elle passerait sa licence en mai prochain et Dieu seul savait ce qui se passerait ensuite. Il ne la voyait pas du tout dans l'enseignement et il fallait donc mettre un trait sur toute perspective de vie commune à Dreamthorp, lui enseignant les rudiments des arts plastiques à Harris Valley, elle la musique dans quelque institution des environs. Au lieu de cela, elle prendrait sa flûte et partirait pour une école de New York ou de Philadelphie. La pauvre petite comptait bien faire carrière mais, si elle possédait une technique décente, elle était tout ce qu'on voulait sauf une véritable artiste.

Karen, selon lui, ne ferait jamais la moindre étincelle dans un orchestre, à commencer par celui de Harris Valley où elle n'occupait qu'un emploi subalterne. Cependant, malgré ses limites, elle avait confiance en elle et croyait dur comme fer qu'elle jouerait un jour dans une grande formation.

« Tout ce qu'il me faut, lui avait-elle dit le jour de leur premier rendez-vous, c'est un professeur qui saurait découvrir mes talents cachés. »

Tom n'avait pas osé lui dire qu'il ne fallait pas rêver et qu'elle aurait peut-être intérêt à s'exercer un peu plus d'une heure par jour ainsi qu'elle le faisait. Il avait été suffisamment échaudé lorsqu'il avait voulu que Josh apprenne le piano et n'avait plus de conseils à donner.

Pour toutes sortes de raisons, toute vie commune était impossible et Tom en était plutôt soulagé. Il lui aurait été difficile de prendre à nouveau des engagements avec une femme, particulièrement après avoir vécu si longtemps avec une épouse comme Susan.

Mais aujourd'hui, allongé à côté d'elle dans la chambre du motel tandis que les premières lueurs de l'aube filtraient à travers les rideaux, il ne voulait ni la quitter ni qu'elle le quitte. L'aimait-il vraiment ? Au début, il avait certes été flatté d'avoir pu séduire une fille aussi jeune et aussi attirante, mais ses sentiments allaient-ils au-delà de la satisfaction éprouvée par le vieux beau à déguster du tendron ? Il n'en était pas sûr. Il savait seulement que s'il ne pouvait plus partager son rire, faire l'amour avec elle, il se sentirait encore plus seul et vide qu'il ne l'avait été avant de la rencontrer.

Elle bougea doucement et se tourna vers lui.

« 'Jour, dit-elle.

— Bonjour, chuchota-t-il, conscient du goût abominable qu'il avait dans la bouche et regrettant de ne pas s'être glissé dans la salle de bains pour se laver les dents avant qu'elle se réveille.

— Quelle heure est-il ? demanda-t-elle en roulant sur le dos. Pourquoi est-ce qu'on ne peut jamais tirer tout à fait les rideaux de ces satanées chambres d'hôtel ? Le jour passe toujours au travers. »

Il ouvrit la bouche pour lui demander si elle avait vraiment une longue expérience des chambres d'hôtel mais se ravisa, pensant qu'elle pourrait peut-être ne pas le prendre comme une plaisanterie. La première fois qu'ils avaient couché ensemble, il avait bien vu à son comportement qu'elle n'était pas une oie blanche. Il s'y attendait mais n'avait guère apprécié la chose, même s'il s'était souvenu de ses propres frasques d'étudiant, brèves rencontres dont l'une s'était terminée par la grossesse de Susan et leur mariage. Susan avait eu deux amants avant qu'il ne la rencontre et cela l'avait préoccupé, la première année de leur mariage. Mais il s'y était fait et, le temps aidant, avait fini par l'oublier.

Mais il ne pouvait pas oublier aussi aisément les fredaines de Karen. L'un de ses anciens petits amis était inscrit à son cours d'été d'initiation à la sculpture, un grand garçon qui faisait partie de l'équipe première de basket-ball. Tom était sûr qu'il était au courant de leur liaison. Il y avait une note de condescendance dans sa voix quand il répondait à ses questions. Le jeune homme n'était pas un très bon sculpteur, n'avait d'ailleurs aucune aptitude artistique particulière et lui avait avoué qu'il ne s'était inscrit à son cours que pour gagner sans trop d'efforts une unité de valeur.

Cette situation était inconfortable mais n'avait rien de dramatique. Après tout, leur liaison était un secret de polichinelle, même si cette chère Mme Martin, qui présidait aux destinées de la section Beaux-Arts, ne l'avait pas convoqué dans son bureau pour le mettre en garde. La situation l'embarrassait-elle ? Pour ce qu'il en savait, il n'y avait aucune règle précise en ce qui concernait les relations entre professeurs et étudiants, du moins tant que tout se passait entre célibataires. Harris Valley se targuait d'être une institution libérale et de n'être inféodée ni à l'Etat ni à une Eglise. Il fallait bien prouver son libéralisme d'une façon quelconque, non ?

« Quelle heure est-il donc ? demanda Karen une nouvelle fois.

— Six heures et quart, répondit-il en regardant sa montre. Tu veux dormir encore un peu ? »

Elle se rapprocha de lui et posa sa main sur sa poitrine.

« Je ne sais pas. Tu as une meilleure idée ? »

Ce dont il avait vraiment envie était qu'ils prennent une douche et se brossent les dents. Il était aussi maniaque dans le domaine de l'hygiène corporelle que Karen était experte en matière de fellation et il se sentait mal à l'aise à l'idée de devoir se rendre une mutuelle politesse sans s'être débarrassés des traces de la nuit.

« Si on prenait une douche ?

— Ohhhh, gémit-elle. Il faut une raison spéciale pour prendre une douche d'abord, non ? »

Continuer à tergiverser aurait été grossier. Il céda donc à son désir et, au bout de quelques minutes, se sentit suffisamment détendu pour pouvoir presque apprécier. Malgré tout, ce fut avec un soupir de soulagement qu'il se mit dans la position traditionnelle et la pénétra.

« Pourquoi es-tu si tendu ? lui demanda-t-elle après leur étreinte, la main sur ses testicules.

— Je ne suis pas tendu », dit-il.

Une femme qui aurait eu plus d'expérience des hommes n'aurait pas relevé l'allusion, mais Karen avait le manque de tact de la jeunesse.

« Ah bon ? répliqua-t-elle. Je te sens pourtant bien raide.

— Ça te déplaît ? plaisanta-t-il. D'accord, je suis un peu tendu.

— Pourquoi ?

— Oh c'est juste que... »

Que s'apprêtait-il donc à lui dire, qu'il se faisait un sang d'encre parce qu'il avait peur de sentir mauvais ? Quel aveu mesquin et vieux jeu. Bon Dieu, il devait trouver autre chose.

« Je... j'ai l'impression de tourner en rond, c'est tout.

— Tu parles de ton travail ?

— En partie. »

C'était on ne peut plus vrai. Puisqu'elle en parlait, autant foncer, même s'il ne savait pas très bien dans quelle mesure elle pouvait le comprendre.

« Je n'arrive à rien, en ce moment. Impossible de faire quoi que ce soit de valable, dit-il en mettant les mains derrière sa nuque et en soupirant profondément. Le bois est pourtant une matière vivante, non ? Alors explique-moi pourquoi je piétine et n'avance pas ?

— Attends une minute, dit-elle en fronçant les sourcils et en posant un doigt sur sa bouche. De quoi est-ce que tu es en train de parler? De tes cours?

— De... mon travail. La sculpture, répondit-il, confus.

— Oh! dit-elle en hochant le menton. Je croyais que tu parlais de tes cours.

— Mes cours?

— Tu as dit ton travail et je pensais...

— Je considère la sculpture comme mon travail, dit-il, plus ennuyé qu'il n'aurait voulu le montrer.

— Mais ce n'est pas avec ça que tu gagnes ta vie. »

Un instant, Tom eut l'impression d'être couché avec sa mère.

« Si tant est que l'argent soit un critère de valeur. »

Sur sa dernière déclaration d'impôt, il avait déclaré 23 000 dollars au titre de son traitement d'enseignant, 22 000 dollars correspondant au salaire de Susan et 2 500 dollars issus de la vente de ses œuvres.

« Peut-être pas, dit Karen. Mais ce devrait être l'activité à laquelle tu consacres la majeure partie de ton temps, et c'est l'enseignement, non? demanda-t-elle en remontant le drap sur sa poitrine, geste qu'il trouva puéril et mesquin, comme un enfant qui ramasse ses jouets et rentre chez lui.

— En ce moment, oui.

— Ah? Qu'est-ce que c'est censé vouloir dire? »

Elle avait l'air plus jeune que ses vingt et un ans et Tom se demanda ce que diable il pouvait bien faire dans ce lit avec elle, comment toute cette histoire avait commencé. Il était en colère contre elle et contre lui-même.

« Ça veut dire que je ne resterai peut-être pas professeur toute ma vie.

— Oh? Tu vas sculpter des santons, maintenant?

— T'as pas fini de me casser les couilles?

— Ah, parce que je te les casse? »

Il se tint coi, la rage au cœur, ne voulant pas pousser la discussion plus loin.

« Je ne sais pas ce qui ne tourne pas rond, chez toi,

dit-elle. Je ne comprends pas ce que tu essayes de me dire, c'est tout. Désolée. »

Il aurait dû répondre que cela n'avait pas d'importance et l'embrasser, lui faire à nouveau l'amour, mais il n'en avait pas envie. Il avait plutôt envie de la gifler, même s'il savait qu'il en était totalement incapable, de la retourner sur le ventre et de lui flanquer une bonne fessée, sans aucune idée lubrique derrière la tête mais pour se sentir mieux, comme si lui faire du mal pouvait diminuer sa propre peine.

« Je vais prendre une douche, dit-elle. Je te garde une place ?

— Non, Non, merci. »

Elle se leva et traversa la chambre sur la pointe des pieds. Quelques secondes plus tard, il entendit le bruit de l'eau qui coulait. Il fut tenté d'aller la rejoindre mais s'en abstint.

Au lieu de cela, il resta étendu, pensant à sa vie et à son art, comme il l'appelait pompeusement. Les deux souffraient des mêmes défauts, raideur et manque de fluidité.

Dieu merci, il avait choisi le bois, une matière qui vivait et qui respirait. Le bois pouvait être aussi doux que le marbre le plus fin, aussi dur que l'acier le mieux trempé. Le bois pouvait être modelé et façonné selon ses désirs les plus intimes. Ce n'était pas la faute du bois s'il n'avait pas encore réussi à faire œuvre valable, c'était la sienne, uniquement la sienne. Il y avait dans le bois des choses merveilleuses et somptueuses, abominables et terrifiantes, pour l'homme assez habile à les deviner et leur redonner une nouvelle vie. Un jour, même s'il ne savait pas encore ce dont il était capable, il y arriverait.

Il avait lu quelque part qu'il fallait être un petit peu fou pour être artiste. Peut-être deviendrait-il fou, juste un peu, juste assez.

« Tommy ? »

Karen se tenait dans l'encadrement de la porte, une serviette nouée autour des hanches, les seins nus. Ses cheveux étaient humides, et sa peau, fraîchement frottée, était d'un rose luisant.

« Tu aimes ce que tu vois ? »

Il y avait un sourire moqueur et malicieux sur son visage, comme si elle essayait de se faire encore plus jeune qu'elle n'était. Tom se sentit subitement submergé par une vague de chagrin et de culpabilité et souhaita, si fort qu'il aurait donné son âme pour que ce soit vrai, que Susan soit toujours vivante.

« Alors ? » dit Karen, la main sur les hanches.

Tom laissa retomber sa tête sur l'oreiller.

« Je crois que je vais dormir un petit peu. Il est encore tôt. »

Karen lâcha un petit reniflement dans lequel Tom lut un grand nombre de choses mais surtout du mépris pour son âge, pour ses rêves, pour son manque de désir. Puis elle laissa glisser sa serviette à terre et se recoucha. Elle lui tourna le dos et, quelques minutes plus tard, se rendormit.

Il n'eut pas cette chance et ne put retrouver le sommeil. Au contraire, l'image de Susan se précisa de plus en plus devant ses yeux et il eut soudain envie de pleurer. Il chassa ces souvenirs de son esprit et concentra ses pensées sur le bois et sur ses mains, fortes comme des marteaux et précises comme des ciseaux. Mais il avait du mal à faire abstraction de l'endroit où il se trouvait et, sans cesse, ses yeux s'égaraient vers le plafond taché de la chambre.

Ils se levèrent à neuf heures et demie, prirent leur petit déjeuner et regagnèrent Dreamthorp.

« Tu veux aller faire un tour à la plage, cet après-midi ? » demanda-t-il, plus par politesse que par envie réelle.

Elle semblait avoir surmonté son dépit et hocha la tête.

« Pourquoi ne pas passer d'abord chez toi, traîner un peu, lire le journal... Rien ne presse. »

Elle surprit son changement d'expression.

« Quel est le problème ?

— Mes... mes parents sont là.

— Et alors ? C'est chez toi, non ? Si ça les dégoûte

trop, ils n'ont qu'à aller faire un tour. Merde, on ne baise pas sous leur nez, que je sache ?

— Karen, c'est juste que... »

Il ne finit pas sa phrase parce qu'il ne savait pas quoi dire. Elle avait raison. Il était chez lui et il n'avait aucun motif d'avoir honte sous prétexte que ses parents étaient là.

« Très bien, soupira-t-il. Prenons le *Times*[1] au passage. »

1. Il s'agit bien sûr du *New York Times*, pour lequel il est conseillé de réserver sa journée si l'on veut venir à bout de la copieuse édition dominicale *(N.d.T.)*.

Les jours d'été sont longs, parfois même épuisants.

Alexander Smith, *Dreamthorp*.

Il était presque onze heures quand Tom gara sa Subaru devant chez lui. Charlie Lewis était assis sous son porche et, comme d'habitude, écoutait du jazz. Tom crut reconnaître le morceau, ce devait être Charlie Parker. Charlie leur fit signe de la main et gratifia Karen d'un sourire paternel.

« Allez viens, dit Tom. Je vais te présenter mes parents. »

Josh regardait la télévision dans la salle de séjour.

« Bonjours, Josh, dit Tom, Karen est là.

— Salut, Josh, dit Karen en souriant. »

Josh tourna la tête vers elle mais ne lui rendit pas son sourire. Il ne lâcha pas un mot et reporta aussitôt son attention sur l'écran.

« Où sont ton grand-père et ta grand-mère ?

— Cuisine », marmonna le garçon.

Ils étaient effectivement là. Ed lisait le journal local, une tasse de café froid oubliée devant lui, et Frances, vêtue d'un court tablier qui cachait son short et la faisait paraître presque nue, telle une soubrette sexagénaire, était bien évidemment en train de passer l'éponge derrière le réfrigérateur. Elle adressa un sourire torve à Karen et jeta l'éponge dans une bassine c' plastique.

« Tu fais le ménage le dimanche matin, maintenant ? demanda Tom.

— Je parie que tu ne nettoies jamais par-là, dit-elle sur un ton accusateur. Je me trompe ? Honnêtement ?

— Non, maman, soupira Tom. Je ne nettoie jamais derrière le frigo. Bon, si tu voulais ôter ce tablier, je pourrais te présenter Karen. »

Tom essaya de rendre les présentations aussi rapides et indolores que possible. Le visage de son père ne changea pas d'expression mais celui de Frances passa par des dizaines d'états d'âme. Aux yeux de ses parents, il pouvait voir combien Karen paraissait jeune et il la ramena sous le porche presque de force. Là, ils se plongèrent dans la lecture du *Times*, Karen oisivement, Tom fébrilement, comme s'il avait un rendez-vous et n'avait pas de temps à perdre.

Juste avant midi, Ed, un livre à la main, et Frances, un panier de victuailles sous le bras, vinrent les retrouver sous le porche.

« Nous avons décidé d'aller faire un petit pique-nique, déclara Frances. Nous avons demandé à Josh de nous accompagner mais il ne veut pas venir. »

Tom ne put déchiffrer l'expression de sa mère. Il n'aurait su dire si elle était contente de leur infliger la présence de Josh ou si, au contraire, elle aurait préféré qu'il vienne avec eux pour le soustraire à l'influence déplorable de son père. Quels que soient ses motifs, il n'était pas fâché d'être dispensé du repas dominical en famille. Il ne savait pas s'il aurait supporté les incessantes allées et venues de sa mère de la cuisine à la salle à manger et vice versa, dès que l'assiette, le verre ou la tasse de quelqu'un aurait été vide, ou la mine renfrognée de son père, le nez plongé dans son assiette, qui n'aurait relevé l'échine et n'aurait consenti à suivre la conversation des yeux qu'une fois la dernière bouchée avalée, attendant avec impatience de pouvoir quitter la table pour aller retrouver un de ses chers bouquins d'histoire.

Ed et Frances leur dirent rapidement au revoir et s'éloignèrent, apparemment aussi soulagés de s'en aller que Tom de les voir partir.

« Tu as faim ?

— Non, dit Karen. On a pris le petit déjeuner assez tard. Tout à l'heure, peut-être. »

Il hocha la tête et se leva. Josh n'avait pas bougé du canapé, où il regardait maintenant un film de Tarzan.

« Tu travailles, aujourd'hui?

— A une heure », répondit Josh.

Josh travaillait à temps partiel à la station-service Mobil, la seule de Dreamthorp, depuis quelques jours. Ted Johnson, un homme d'une soixantaine d'années au visage taillé à coups de serpe et aux ongles perpétuellement maculés d'huile et de cambouis, avait surpris son aide attitré en train de se servir dans la caisse et l'avait renvoyé séance tenante. Tom était venu faire le plein sur ces entrefaites et Ted, dont la langue redoutable ne s'arrêtait jamais, lui avait appris l'incident. Ted ayant besoin d'un nouvel aide, Tom avait proposé Josh, pensant que c'était là le moyen idéal de lui faire mettre le nez dehors tout en lui assurant un peu d'argent de poche. Josh n'avait jamais manifesté le moindre intérêt pour les voitures ou les moteurs, mais tout ce dont avait besoin Ted Johnson c'était de quelqu'un pour tenir la pompe, laver les pare-brise et rajouter de l'huile s'il le fallait, pas pour régler un moteur ou changer des bougies.

Josh avait été d'accord, c'est-à-dire qu'il n'avait pas refusé, et, s'il fallait en croire les déclarations de Ted, faisait du travail acceptable. « Un brave gosse, lui avait dit Ted. Plutôt calme, mais bon travailleur. » Josh travaillait vingt heures par semaine, touchait le salaire minimum et en mettait de côté la plus grande partie.

« Tu veux manger quelque chose? lui demanda Tom.

— J'emporterai un casse-croûte.

— Non. Ecoute, qu'est-ce que tu dirais si je te préparais quelque chose. Un peu de pâtes? De la soupe?

— Je peux me débrouiller tout seul.

— Mais non, laisse-moi faire. Je t'appellerai quand ce sera prêt. »

Tom regagna le porche, informa Karen qu'il allait préparer quelque chose à Josh et qu'ils mangeraient tous les deux plus tard. Elle hocha la tête, sans relever les yeux de son journal. Il gagna la cuisine, fit chauffer un peu de soupe de poulet déshydratée et sortit de la salade composée, une orange et du lait du réfrigérateur.

« A table ! »

Josh s'assit et se mit à manger lentement. Tom s'assit en face de lui.

« Tu n'as pas faim ? demanda finalement Josh.

— Non. Je mangerai plus tard avec Karen. »

Josh le regarda un instant, soupira, puis plongea de nouveau les yeux dans son assiette.

« Tu l'aimes vraiment bien, dit-il, comme s'il n'arrivait pas à comprendre les raisons d'une chose aussi absurde. Tu vas l'épouser ?

— Nous n'avons même pas abordé le sujet, dit Tom en baissant la voix pour ne pas être entendu de Karen.

— Comment c'était, la nuit dernière ?

— Qu'est-ce que ça veut dire ? demanda Tom en se sentant rougir jusqu'aux oreilles.

— Tu as passé un bon moment ?

— Très bon, merci.

— Tommy ? appela Karen depuis le porche.

— Un moment, j'arrive !

— Tommy, déclara Josh en levant les yeux au ciel. Maman ne t'appelait jamais comme ça.

— Je ne veux pas entendre ce genre de...

— Elle ne t'appelait jamais comme ça, répéta Josh, la voix tremblante.

— Josh, ne me fait pas perdre patience...

— Je ne... pourquoi qu'elle te plaît ?

— Ce n'est pas le moment de discuter de...

— ... Ce n'est jamais le moment ! »

Josh avait maintenant des larmes dans les yeux.

« Josh, écoute, je t'ai déjà parlé de tout ça. J'ai déjà essayé de t'expliquer...

— M'expliquer ? Qu'est-ce que tu veux m'expliquer ? Que tu l'aimes plus que maman ?

— Josh !

— Tu ne l'aimes pas, dit Josh en quittant la table. Tu ne peux pas l'aimer... »

Tom entendit claquer la porte d'entrée et trembler les marches du porche. Il ne chercha pas à retenir son fils mais resta assis, les épaules voûtées. « Tu es encore jeune, Tom, ne cessaient de lui répéter ses amis. Tu peux encore trouver chaussure à ton pied. C'est un cap difficile à passer, c'est tout. On sait. On sait combien cela doit être dur. »

Non, ils mentaient. Ils mentaient tous. Ils ne savaient pas. Ils ne pouvaient pas savoir. Personne ne pouvait savoir. Mais il les écoutait. Il entrait dans leur jeu.

« Tom ? »

Pas de Tommy, cette fois, ce dont il lui fut reconnaissant.

« Oui ? dit-il à Karen qui se tenait dans l'encadrement de la porte.

— Qu'est-ce qui ne va pas avec ce gosse ?

— Il est... perturbé.

— Je ne comprends pas pourquoi tu supportes tout ça. Je te le dis, si jamais j'avais agi comme ça avec mes parents, ils m'auraient...

— Ouais ? Très bien, mais je ne suis pas ton père, même si je suis assez âgé pour l'être. »

Elle le regarda un long moment et il put lire le ressentiment sur son visage, marqué de rides qu'il n'avait jamais vues auparavant, comme si toute sa jeunesse était entièrement factice.

« Je crois que tu ferais mieux de me ramener chez moi, dit-elle d'un ton froid.

— Oui. Je pense que ce serait une sacrée bonne idée. »

Il ne décoléra pas de tout le trajet. Ils n'échangèrent pas une seule parole, pas même quand il prit son sac sur le siège arrière et le lui tendit. Il n'avait pas envie de parler, de s'excuser, d'essayer de lui faire comprendre le drame dans lequel Josh et lui vivaient depuis la mort de Susan. Il ne savait pas s'il voulait qu'elle comprenne ou n'y voie que des enfantillages.

Si elle comprenait, il n'aurait jamais la force de la quitter. Même maintenant, tandis qu'il rentrait chez lui, il ressentait son absence comme un grand vide à l'intérieur de lui. C'était puéril, et même pervers, mais c'était ainsi. Il avait essayé de combler le vide laissé par la mort de Susan avec une vulgaire petite amourette, tentative vouée à l'échec. Il essaya de chasser Karen de ses pensées, d'accepter la perte d'une seconde amante en moins d'une année.

Mais il déraisonnait, Susan avait été bien plus qu'une amante. Elle avait été sa femme, sa meilleure amie, celle à qui il confiait à la fois ses rêves et ses frayeurs. La perdre était la pire des choses qui pouvait lui arriver. Même sa propre mort n'aurait pas été un tel malheur.

Il trouva la maison vide à son retour. Toujours furieux, il descendit à la cave, s'empara d'un maillet et de son vieux ciseau numéro un et se mit à attaquer sauvagement un bloc de chêne d'un mètre cube qu'il avait acheté la semaine précédente. Il se jeta littéralement sur le rondin et le déchiqueta, l'écorcha à grands coups de ciseau qui faisaient voler les copeaux. Il n'avait qu'une idée imprécise de ce qu'il cherchait à faire — il pensait vaguement à une tête, massive et bestiale. Mais ce n'était pas une volonté de création qui le portait, non, c'était plutôt une envie féroce de destruction. Ou peut-être était-ce les deux : tout détruire et voir ce que cela donnerait.

Il s'interrompit au bout de quelques minutes, en nage, et laissa tomber maillet et ciseau. Il regarda le bloc qu'il venait de saccager : ce n'était pas là l'œuvre d'un sculpteur mais plutôt du travail de bûcheron.

« Stupide, se murmura-t-il à lui-même. Stupide. »

Il ramassa ses outils et les rangea sur son établi.

« Je suis désolé, dit-il tout bas au bloc de bois, à Susan, à Josh. Désolé. »

Il regagna le rez-de-chaussée, sortit un pack de six Heineken du réfrigérateur et alla rejoindre son voisin. Charlie était naturellement assis sous son porche. Du jazz jouait en sourdine à l'intérieur de la maison. Tom siffla et Charlie releva le nez de son journal. Tom brandit ses Heineken à bout de bras et Charlie approuva d'un signe de tête.

« Je ne suis pas du genre à refuser une bonne bière allemande, dit Charlie.

— C'est une bière hollandaise.

— Hollandaise, allemande, c'est du pareil au même. Ce n'est pas un brasseur[1] qui me contredira, hein ? En ce qui me concerne, si je ne répugne pas à absorber ce saint breuvage avant une heure de l'après-midi le jour du Seigneur, je ne savais pas que vous vous adonniez au même vice. Dois-je en conclure que le remue-ménage de tout à l'heure en serait en partie responsable ? »

Cela ne dérida pas Tom.

« Est-ce que je peux vous parler ? Sérieusement ?

— Mais oui, mon garçon.

— Susan me manque, Charlie. Elle ne manque plus que je ne l'ai jamais dit à quelqu'un, plus que je ne l'ai jamais montré. Et je ne sais pas quoi faire.

— Je connais ça, répondit Charlie. J'ai vécu le même genre de situation. Vous venez de vous engueuler avec cette fille ? Cette Karen ?

— Oui.

— Et... c'est fini entre vous deux ?

— Je crois, oui. Je l'espère, en tout cas. Et cependant, il faut que je me retienne pour ne pas l'appeler et lui dire que je suis désolé.

— Vous croyez qu'il y avait le moindre avenir dans cette liaison ?

— Foutre non !

— Alors ne l'appelez pas, dit Charlie en haussant les épaules.

— On fait parfois des erreurs dans sa vie.

— Dites-vous que vous l'appellerez demain. Puis dites-vous la même chose demain et ainsi de suite. Tenez, c'est ce que je fais chaque fois que je dois appeler le jardinier pour qu'il vienne tailler mes arbres. »

Tom porta sa bouteille à ses lèvres mais la reposa sans y avoir touché.

« Et on finit par rester seul, dit-il doucement.

1. Jeu de mots entre brewer (brasseur) et Brewer (nom de Tom). Dutch=non seulement Hollandais mais aussi Allemand, surtout en Pennsylvanie, très densément peuplée d'émigrés allemands au XIIIe siècle. *(N.d.T.)*.

— Vous avez Josh.

— Vraiment ? Je n'en suis pas sûr... Il m'a dit qu'il croyait que je n'avais jamais aimé sa mère.

— Bon Dieu, dit Charlie.

— Vous ne pouvez pas savoir comme ça fait mal. Je ne me faisais pas — du moins c'est ce que je croyais — autant de souci pour lui que pour moi. Je me disais que plus vite nous aurions dépassé cette épreuve, plus vite la vie reprendrait son cours. Merde, c'est ce que tout le monde n'arrête pas de me répéter.

— Tout le monde n'y connaît nib, oui, dit Charlie. Il est bon d'avoir du chagrin. Tout le monde a besoin d'éprouver du chagrin. J'en ai eu quand Jane est morte. J'ai été malade à en crever. Je le suis toujours, d'ailleurs. Et je crois que c'est encore pire quand on perd quelqu'un à votre âge, jeune comme vous l'êtes. On ne pense pas à la mort, à cet âge-là.

— Jeune comme je suis, dit Tom en souriant. Il y a longtemps que je ne me suis pas senti jeune.

— Il n'est jamais trop tard. »

Tom se tut un moment. Quand il reprit la parole, ce fut à peine sur le ton du murmure.

« Vous savez, je n'ai pas pleuré, à la mort de Susan. Je me sentais vidé. Vide. Mais je n'ai pas pleuré. Et je n'ai pas pleuré depuis.

— C'est ce que je disais. Un jour, vous verrez, vous pleurerez.

— Je ne sais pas, Charlie. Je ne sais pas. C'est comme si je n'y croyais pas encore. Comme si j'allais la trouver quand je rentre à la maison. Je crois que je n'ai toujours pas réalisé. Je ne peux pas accepter le fait qu'elle soit morte. »

Quand Ed et Frances regagnèrent la maison, vers quinze heures, ils trouvèrent les deux hommes assis à la même place. Ils avaient liquidé le premier pack de Heineken et en avaient largement entamé un second. Tom souriait à nouveau. Frances, hérissée par la désapprobation, refusa l'invitation de Charlie de « s'asseoir un moment » et préféra rentrer.

Quand Josh fut de retour, à dix-huit heures, cependant, toute bonhomie l'avait quitté ; Tom prit son fils à part, loin des oreilles indiscrètes de sa grand-mère, et lui déclara qu'il ne reverrait plus Karen.

« Vous vous êtes disputés tous les deux ?

— Oui.

— A mon sujet ?

— Non, dit Tom après un temps d'arrêt. Pas à cause de toi. Juste... des choses en général. En tout cas, je n'aime pas beaucoup ton comportement, ces derniers temps.

— Ouais ? Eh bien, moi non plus.

— Ne me force pas à te frapper, Josh. Tu es trop vieux pour ça. »

Tom ne se rappelait pas l'avoir frappé depuis l'âge de six ans.

« Alors, puisque Karen n'est plus là et que tu n'as plus de raison de faire la tête, ne joue pas ce petit jeu avec moi, tu veux ?

— D'accord, approuva Josh d'un air morne.

— Il me semble que des excuses ne seraient pas superflues.

— Des excuses ? Pourquoi ?

— Pour t'être conduit comme un petit con.

— Désolé, répondit Josh en le regardant droit dans les yeux, de m'être comporté comme un petit con.

— Biieeen, approuva Tom en mettant dans sa voix autant de sarcasme qu'il en était capable. Voilà les plus belles excuses que j'aie entendues depuis longtemps. »

Ils s'observèrent un instant comme deux chiens près de se jeter sur le même os.

« Va te laver les pattes et le museau, dit finalement Tom. Grand-mère prépare le repas. »

Cette nuit-là, quand tout le monde fut endormi, Josh releva silencieusement la fenêtre de sa chambre, se faufila jusque sur le toit du porche et se laissa glisser au sol le long d'un pilier. Puis il sauta au bas des marches et disparut dans la nuit.

> La mort ne vient pas souvent se promener par ici, mais lorsque cela lui arrive, elle est accueillie avec autant de respect que monsieur le comte en personne.
>
> Alexander Smith, *Dreamthorp.*

Le lundi était pour Tom Brewer le jour le moins chargé. Il avait son cours d'initiation à dix heures le matin, puis une heure de paperasse de onze à douze. Ce lundi-là, personne ne vint assister à son cours. Il déjeuna à la cafétéria de Harris Valley et rentra aussitôt après.

En arrivant chez lui, il s'entendit héler du haut de la rue par Alice Penworth. Elle portait, comme à son habitude, un vieux jean délavé et un sweat-shirt, atours non réglementaires pour une femme qui devait avoir largement dépassé les soixante-dix ans. Elle avait passé toute sa vie à Dreamthorp. Tom l'avait plusieurs fois rencontrée chez Charlie Lewis, où elle ne détestait pas s'arrêter prendre une bière. C'était une mine de renseignements sur Dreamthorp et elle savait tout ce qui s'y était passé au cours des soixante dernières années.

« Tom, dit-elle en arrivant jusqu'à lui, le front soucieux. Je me demandais si vous ne pourriez pas m'aider.

— Mais naturellement, Alice. Que puis-je faire ?

— Eh bien, je n'ai par vu Martha Sipling depuis samedi et j'ai peur qu'il ne lui soit arrivé quelque chose. Je ne suis pas du genre à me mêler de ce qui se passe chez les autres, vous le savez, mais cela fait plusieurs jours que je n'ai pas aperçu le moindre signe de vie chez elle et cela ne ressemble pas du tout à Martha.

— Elle est peut-être partie trois ou quatre jours.

— Absolument pas, répondit Alice en secouant énergiquement la tête. Nous ne sommes pas ce que j'appellerais des amies intimes, même si nous sommes voisines, mais à mon avis, elle ne serait pas partie sans me prévenir. Et il y a de la lumière qui brille au premier depuis samedi. Enfin, je l'ai remarquée hier au soir, à la tombée de la nuit, et elle brûle encore. Martha ne serait jamais partie en laissant la lumière allumée comme ça. J'ai vraiment peur qu'il lui soit arrivé quelque chose.

— Vous voulez que j'appelle la police ?

— Non, non. Vous comprenez, si jamais elle était là, je me sentirais terriblement idiote. Vous savez, ces vieilles femmes hystériques qui font une montagne d'une taupinière.

— Bon, qu'est-ce que vous voulez que je fasse ? demanda Tom poliment. Nous ne pouvons tout de même pas pénétrer chez elle par effraction.

— Oh ! ce n'est pas la peine. J'ai une clef. Martha m'en a donné une, au cas où : si le feu se déclarait ou s'il y avait une fuite d'eau pendant qu'elle est à sa réunion évangélique, enfin des choses comme ça. Vous devez vous demander pourquoi je ne suis pas tout simplement allée frapper chez elle pour voir de quoi il retourne. Pour ne rien vous cacher, j'ai un petit peur.

— Naturellement, approuva Tom. Je vous accompagne. »

La maison de Martha Sipling était la seconde après celle de Laura Stark, celle d'Alice étant la troisième. C'était l'une des plus vastes maisons de Dreamthorp mais Martha était la dernière survivante des Sipling. Son mari était mort voici des années et leur seul enfant était tombé en Corée.

« Voyez-vous, déclara Alice en chemin, ça devait être dans les années cinquante. Simon Beech, qu'il s'appelait. Il habitait Thoreau Street. C'était un homme renfermé qui ne se liait pas très facilement. Un beau jour d'hiver, ses voisins se rendent compte tout à coup qu'ils ne l'ont pas vu depuis une semaine. Il ne recevait pas beaucoup de courrier, ce qui fait qu'ils ont mis un moment avant de s'inquiéter. Il n'avait pas le téléphone, non plus. Bref, ils ont tout de même fini par défoncer la porte. Lorsqu'ils sont entrés, ils ont été accueillis par une puanteur atroce. Il avait un petit chien, voyez-vous, et le chien l'avait... enfin, je vous passe les détails. Il avait eu une crise cardiaque et le chauffage avait continué à marcher, poussé à fond. C'était épouvantable. Il a fallu des mois pour faire disparaître cette odeur et pouvoir vendre la maison. C'est celle où habitent maintenant les Allen.

— Qu'est devenu le chien?

— Je ne sais pas », dit Alice, quelque peu surprise, comme étonnée de ne pas connaître cette partie de l'histoire.

En arrivant à la maison, son attention fut attirée par des problèmes plus immédiats.

« Là. Vous voyez la lumière, là-haut? »

Effectivement, on distinguait une pâle lueur au premier.

« Vous verrez mieux par ici, dit Alice. C'est la lumière du couloir. Venez. La clef ouvre la porte de derrière. »

Ils contournèrent la maison et s'avancèrent jusqu'à la porte. Alice lui tendit la clef et il la glissa dans la serrure. Il crut tout d'abord que ce n'était pas la bonne clef, puis comprit que la porte ne devait pas beaucoup servir et que la rouille avait fait son œuvre. Elle finit tout de même par s'ouvrir en grinçant.

L'odeur les frappa immédiatement. Ce n'étaient pas des relents de pourriture mais plutôt une odeur de moisi, de renfermé, à laquelle s'ajoutait autre chose, une odeur plus âcre, acide et métallique, que Tom ne reconnut pas sur le moment.

« Cette odeur de moisi, ce sont ses chapeaux, dit Alice. Mais cette autre odeur... »

Ils entrèrent et posèrent le pied sur le lino de la cuisine. Le seul bruit était celui du tic-tac d'une pendule en provenance d'une pièce sur la façade. Tom jeta un rapide coup d'œil autour de lui. Tout paraissait en ordre. Il n'y avait qu'une seule assiette sur la nappe à carreaux de la table, flanquée d'un couteau, d'une cuillère et d'une fourchette. Des canevas brodés étaient accrochés aux murs d'un jaune vif et les lieux brillaient comme un sou neuf.

Ils traversèrent la pièce et passèrent dans la salle à manger. Une table massive aux pieds de chêne sculpté, quelques chaises, un grand vaisselier plein de bibelots de porcelaine blanche ou bleue. A cause des arbres qui entouraient toute la maison et des lourds rideaux qui masquaient les fenêtres, la pièce était très sombre. Il voulut allumer la lumière mais eut peur de passer pour un couard aux yeux d'Alice.

Tom prit soudain conscience d'un autre bruit, régulier comme le tic-tac monotone de la pendule.

« Ecoutez, vous entendez ça? Il y a une autre pendule? »

Alice se figea sur place et tendit l'oreille.

« Non, c'est trop lent. On dirait quelque chose qui goutte. Qui coule lentement. Mon Dieu, pourvu qu'un tuyau n'ait pas lâché. Ça vient de la pièce d'à côté. Les escaliers sont à l'autre bout. »

Tom franchit la porte et ne put s'empêcher de frémir. Une seconde, il crut qu'une foule de gens assis dans la pénombre le regardaient en silence. Des gens dont il discernait mal le visage. Il ne put s'empêcher de pousser un cri étouffé.

« Des chapeaux, lui dit Alice. Juste des chapeaux. Elle les collectionne. Allumez la lumière. »

Il alluma la lampe Tiffany qui trônait sur un guéridon près de l'entrée et la pièce s'illumina d'une lueur vieux rose. Le mur qui faisait face à la porte était occupé par une immense bibliothèque vitrée aux rayons couverts de dizaines de chapeaux. Des tables de différentes hauteurs étaient alignées contre les autres murs, toutes portant de nombreuses têtes de mannequins coiffées d'un chapeau. Rien que des chapeaux de l'époque victorienne, ornés de plumes et de rubans, qui rappelaient désagréablement un musée d'oiseaux empaillés. Ils s'accordaient parfaitement avec l'atmosphère de la pièce, aux murs tapissés d'un papier sépia filigrané de plantes grimpantes vert sombre qui allaient se perdre dans les hauteurs du plafond. Tout respirait la vieillesse. L'odeur était ici beaucoup plus forte, non seulement l'odeur de moisi qui se dégageait des chapeaux, mais aussi cette autre odeur âcre qu'il ne parvenait pas à identifier.

Son attention fut soudain attirée par un chapeau, posé sur une table à moins de deux mètres de lui. Un chapeau de velours, semblait-il. Un chapeau de velours d'un rouge bordeaux aux moires brillantes, plus brillantes que celles des autres. Il voulut s'en approcher, entendit de nouveau un bruit liquide et vit alors une goutte d'eau s'abattre en clapotant sur le velours bordeaux.

Il essaya d'abord de se convaincre qu'il ne s'agissait que d'eau. Comme l'avait dit Alice Penworth, il devait y avoir une fuite quelque part au premier. Une autre goutte suivit la première quelques secondes plus tard. Il tendit le bras, posa la main sur le velours trempé et sentit sous ses doigts un liquide poisseux. Rouge et poisseux comme du sang.

« Mon Dieu », murmura Alice Penworth en regardant le plafond.

Tom suivit la direction de son regard et vit une grande tache sombre et irrégulière qui salissait le plâtre, une grande flaque de sang qui coulait lentement goutte à goutte. Il voulut dire quelque chose mais aucun son ne put franchir ses lèvres. Il s'éclaircit la gorge bruyamment. Cela parut faire sortir Alice de sa contemplation horrifiée.

« Est-ce qu'il y a... un téléphone, par ici?

— Dans la cuisine, répondit Alice.

— Bien. Appelez la police.

— Une ambulance plutôt, non? demanda-t-elle d'une voix hachée.

— Oui, si vous voulez, dit Tom qui pensait qu'il était cependant trop tard. Une ambulance. »

Alice fila vers la cuisine et il releva les yeux vers le plafond.

D'une certaine manière, il aurait préféré rester au rez-de-chaussée jusqu'à l'arrivée de la police. Cependant, s'il y avait encore le moindre espoir que la vieille dame soit encore en vie, alors il devait monter au premier lui porter secours. Il y avait eu un drame, ici. Et il ne croyait pas à un accident. Non seulement il y avait eu un drame mais il avait le sentiment confus et désagréable qu'une menace planait encore dans l'air. Il n'aurait su dire d'où lui venait cette certitude.

Il fallait aller voir.

Il traversa la pièce sur la pointe des pieds, s'assurant au passage que les visages des mannequins ne le suivaient pas de leur regard inexpressif. Les marches de l'escalier grincèrent horriblement quand il s'y engagea ; il fit halte à mi-chemin du palier et entendit la voix étouffée d'Alice au téléphone.

Il y avait quelqu'un avec lui et les secours n'allaient pas tarder. Ragaillardi, il se remit en marche et parvint sur le palier. Il déboucha sur un large couloir éclairé. C'était là que la lumière était restée allumée. Au bout du couloir, juste en face de lui, il aperçut un grand coffre de bois. Il y avait de tels coffres dans presque toutes les maisons de Dreamthorp, meubles massifs pourvus d'un lourd couvercle qui pouvait se rabattre contre le mur.

Celui-ci était en place, refermé sur les hanches et les jambes de Martha Sipling, qui seules dépassaient. La tête et le haut du torse n'étaient pas visibles. Des traînées de sang à demi coagulé lui marbraient les cuisses et avaient coulé sur ses mules de duvet blanc.

Tom regarda le coffre de rangement avec stupéfaction. Le couvercle était apparemment tombé sur Martha Sipling au moment où celle-ci était penchée, à la recherche de Dieu sait quoi. Ou plutôt, le couvercle avait été soigneusement refermé sur ses hanches, la broyant en deux.

Il traversa le couloir et put constater que le couvercle était en fait entrouvert. Mais d'un centimètre à peine. De Martha Sipling, la chemise de nuit plaquée à la peau, on ne voyait que les jambes et les fesses, dégoulinantes de sang.

Sous ses yeux, la moitié inférieure du corps glissa

lentement hors de la chemise alourdie de sang et tomba à ses pieds dans un flot d'intestins répandus.

Tom eut un haut-le-cœur et faillit en avoir un autre à la pensée de ce qu'il devait y avoir à l'intérieur du coffre, refermé comme une bouche vorace sur la chemise de nuit ensanglantée. Il voulut rebrousser chemin mais il avait les jambes en coton et le souffle court. Dans un éclair de folie, il imagina les deux jambes sectionnées se relever soudain de leur propre volonté et se précipiter sur lui, pataugeant dans leur propre sang. Il se rua vers l'escalier et dévala les marches quatre à quatre sans regarder dans son dos.

Alice Penworth était toujours au téléphone.

« Oh ! une minute, s'il vous plaît, dit-elle à quelqu'un. Le voilà, ajouta-t-elle en le regardant avec un mélange d'appréhension et de curiosité.

« Elle est morte, dit Tom. Il y a... Elle est morte.

— Il dit qu'elle est morte. Bien. D'accord, nous allons le faire... oui. Au revoir. »

Et elle raccrocha.

« Qu'est-ce qu'il y a, Tom ? Que s'est-il passé ?

Tom secoua la tête et surprit son reflet dans un miroir accroché dans un coin de la cuisine, entouré d'anges peints. Son visage devait être aussi blanc que leurs ailes.

« On... quelqu'un l'a tuée.

— Vous voulez dire que...

— Elle a été assassinée. Je ne vois pas comment on pourrait décrire autrement ce que... »

Il s'interrompit, sentit son repas lui remonter dans l'œsophage, aperçut la porte des toilettes, s'y précipita, s'effondra sur la cuvette, étincelante de propreté comme toute la maison, et se vida l'estomac.

La crise passée, il rejoignit Alice à la cuisine, assise à la table devant l'assiette vide que Martha Sipling avait sortie pour un repas qu'elle ne prendrait jamais plus, et s'installa à côté d'elle.

Un quart d'heure plus tard une voiture de la police s'arrêta devant la maison. Bret Walters et Stu Bottomly en sortirent. Bret était le shérif de Chalmers, ville située à cinq kilomètres de Dreamthorp et qui comptait deux mille habitants de plus ; Stu était son adjoint. Stu faisait meilleure impression parce qu'il avait plus fringante allure — grand, mince et jeune. Bret Walters, lui, était petit et trapu, tendance qui ne faisait que s'accentuer avec l'âge. Ils frappèrent à la porte d'entrée juste au moment où une ambulance arrivait, toutes lumières allumées mais sirène éteinte.

Tom se leva et alla ouvrir la porte.

« Bonjour Tom, comment ça va ? demanda Bret avec un sourire incertain.

— J'ai connu mieux, répondit Tom en laissant entrer les deux hommes. Mme Sipling est en haut.

— Elle est... ? »

Tom hocha la tête.

« Bon, dit Bret, allons-y. Nous allons procéder aux premières constatations. Le médecin légiste sera là d'une minute à l'autre. Vous devriez rentrer chez vous, vous aussi, mademoiselle Penworth. Je passerai chez vous enregistrer vos déclarations. Simple routine.

— Parfait, dit Tom. Vous savez où nous habitons. »

Il connaissait Bret et Stu à cause du festival annuel de Dreamthorp. Tom faisait partie du comité d'organisation et les deux hommes, avec quelques vigiles engagés pour l'occasion, fournissaient le service d'ordre lors des diverses manifestations. Ils étaient bien braves mais Tom ne les croyait pas vraiment préparés à ce qu'ils allaient trouver au premier.

Quand il regagna son domicile, Josh était parti travailler et ses parents se trouvaient à la plage. Il s'installa sous le porche, un verre de Jack Daniel's à la main, ne pouvant chasser de ses pensées ce qu'il avait vu chez Martha Sipling. Il avait dit à Alice qu'il croyait que c'était un meurtre et il était sûr d'avoir raison, même s'il n'en avait pas encore la preuve formelle. Il imagina la vieille femme, penchée au-dessus du coffre ouvert. Que le lourd couvercle s'abatte sur elle et la tue, soit. Mais la couper proprement en deux, il ne voyait pas comment cela était possible.

Non, la seule façon d'expliquer sa mort était d'admettre que quelqu'un lui avait violemment refermé le couvercle sur le dos, à plusieurs reprises et avec un acharnement systématique.

Il frissonna et faillit vomir à nouveau. Les choses avaient été différentes, au Grand Théâtre, il y avait eu des décisions à prendre, des blessés à secourir. Mais là, il était condamné à l'inaction.

Il avala une bonne gorgée de whisky et vit une voiture remonter la rue. Le médecin légiste, pensa-t-il. Il lui souhaitait bien du plaisir. Deux hommes en uniforme — dont l'un avec une caméra — sortirent du véhicule et entrèrent dans la maison. Tom resta assis quelques minutes de plus, puis prit conscience de dégager une forte odeur de sueur. Il rentra, prit une douche et se changea. A quinze heures, Ed et Frances revinrent de la plage et il se borna à leur dire qu'il y avait eu un accident et que Martha Sipling était morte. Frances devint quasiment hystérique. Ed réagit avec plus de calme et s'absorba dans la lecture de son dernier livre de chevet.

Il descendit à son atelier mais, incapable de se concentrer, retourna sous le porche. Il sortit dans la rue, vit que l'ambulance et la voiture du médecin légiste étaient parties mais qu'une voiture de la police d'Etat était maintenant garée derrière celle de Bret. Il retourna chez Martha Sipling et trouva Bret et Stu assis sur les marches du porche d'entrée. Bret s'essuyait le front avec un grand mouchoir et Stu semblait sur le point de se trouver mal, blanc comme un linge. Tous deux avaient l'air d'avoir contemplé leur propre mort.

« Le légiste dit que la mort serait d'origine crapuleuse, lui dit Bret.

— Est-ce que cela signifie qu'il y a eu meurtre?

— Ça en a toutes les apparences, en tout cas. »

Il tordit son mouchoir, trempé de sueur.

« Nom de Dieu, rien que d'y penser, j'en ai encore froid dans le dos.

— A quand remonte le dernier meurtre commis à Dreamthorp, Bret? demanda Stu d'une voix aiguë et nasillarde qui surprenait toujours Tom.

— Il n'y a pas eu de meurtre depuis que je suis shérif. Et même shérif adjoint. Bon Dieu, je pense que ça doit au moins remonter aux années quarante, avec ce type qui a tué sa femme et s'est ensuite fait justice parce qu'il avait découvert qu'elle le trompait. Ça s'est passé dans une maison de Whittier Street.

— Il y a tout de même quelques meurtres à Chalmers, déclara Stu, comme avec une pointe d'orgueil dans la voix.

— Oui, approuva Bret. Un tous les quatre ou cinq ans, peut-être. Mais ce sont des choses qui arrivent quand vous avez quelques milliers de personnes rassemblées au même endroit. Et la plupart du temps ce ne sont pas des crimes crapuleux. Mais là...

— Vous avez la moindre idée de ce qui a bien pu se passer ? demanda Tom.

— Eh bien, les types de la police d'Etat sont là, à présent, dit Bret. Ils ont beaucoup plus d'expérience que nous en matière d'enquête criminelle. A eux de jouer.

— Vous l'avez vue, dit Tom. Vous croyez qu'il peut s'agir d'un accident ?

— Non. Cent fois non. Mais il n'y a aucun signe de violence, pas de porte fracturée ni de fenêtre cassée. Et vous dites que la porte de derrière était fermée ?

— C'était fermé devant et derrière, dit Tom, se revoyant encore en train de batailler avec la serrure.

— C'est la chose la plus horrible que j'aie jamais vue, dit Stu. Ce ne peut être qu'un maniaque.

— Ne dis pas des choses pareilles, dit Bret à son adjoint d'un ton rogue. Tu veux que ce genre de rumeur se répande partout ? Avec ce que nous réservent déjà les journaux ! »

Comme par un fait exprès, une Ford Escort de la station WJMP-TV jaillit du bout de la rue et vint se ranger juste en travers de la chaussée.

« Hé là ! s'écria Bret. Vous ne pouvez pas rester ici. Barrez-vous. »

Le conducteur fit une grimace écœurée mais obéit aux directives de Bret et alla se garer un peu plus loin, ce qui fut heureux pour Laura Stark, dont la Cressida surgit à son tour dans Emerson Street. Elle ralentit, aperçut les voitures de police et la Ford de la station de télévision, salua Tom au passage et alla se garer devant chez elle.

Tom écouta un instant Diane Sherman, une reporter du journal du soir de WJMP, interroger Bret, puis décida de rentrer chez lui. La journaliste le héla en le voyant partir.

« Excusez-moi, monsieur. Savez-vous ce qui s'est passé ici ?

— Non », répondit-il sans détourner la tête ni ralentir le pas.

Laura Stark sortait de sa voiture quand il passa devant chez elle.

« Bonjour, dit-elle avec un sourire timide. Qu'est-ce qui se passe ? »

Il lui sourit à son tour, ce qui n'était pas difficile. C'était une belle femme, grande et large d'épaules, mais qui portait bien sa taille et n'essayait pas de la cacher comme tant d'autres l'auraient fait. Une femme au port noble et altier. Il aurait voulu lui sourire plus longuement mais le moment était mal venu.

« Martha Sipling. Il s'est produit un accident. Elle est morte. »

Les yeux de Laura s'agrandirent.

« Mon Dieu, c'est... affreux. Comment est-ce arrivé ?

— Elle a été écrasée par le couvercle d'un gros coffre. »

Mais il n'avait pas envie de mentir à cette femme et elle découvrirait la vérité tôt ou tard.

« En tout cas, c'est la version officielle. Ce n'est pas un accident, elle a été assassinée.

— Assassinée...

— C'est moi qui ai découvert son corps. Ce n'était vraiment pas beau à voir.

— Est-ce qu'on... sait qui a fait ça ? »

Elle semblait avoir peur, songea Tom. A juste titre, d'ailleurs, car lui-même en frémissait encore.

« Non. La police vient juste d'arriver.

— Bien, dit Laura en hochant la tête. Tenez-moi au courant si vous apprenez du nouveau, voulez-vous ?

— Je n'y manquerai pas. Mais je suis sûr qu'on en parlera au journal télévisé de ce soir. En attendant, fermez bien votre porte.

— Soyez sans crainte. Au revoir. »

Laura ferma toutes les portes et les fenêtres, brancha la climatisation dans toutes les pièces et s'installa devant la télévision. Le journal local de dix-huit heures ne lui apprit rien qu'elle ne sût déjà. « Présomption d'origine criminelle » était pour l'instant le seul commentaire des autorités. Deux cas d'individus suspects qui rôdaient dans les environs avaient été signalés au cours des deux dernières semaines et il était demandé aux citoyens de Dreamthorp d'être sur leurs gardes et de signaler tout fait bizarre à la police de Chalmers.

Laura dîna, travailla sur un projet jusqu'à vingt et une heures, prit un bain et se mit au lit en compagnie d'un roman de P.G. Wodehouse avec l'espoir de ne pas penser à ce qui s'était passé à deux pas de chez elle.

Cet espoir fut vain. Elle n'arrivait pas à s'intéresser aux calamités qui s'accumulaient sur les épaules de Bingo Little et de Bertie Wooster et referma le volume. Il y avait des intrigues plus importantes à éclaircir. Elle avait beau imaginer des dizaines de scénarios différents à la mort de Mme Sipling, à chaque fois le visage du tueur était celui de Gilbert Rodman, même si elle savait qu'il était mort et qu'il était parfaitement impossible qu'il eût quoi que ce soit à voir dans cette affaire. Même si, par miracle, il avait échappé à la mort, s'était lancé à sa recherche et avait découvert où elle vivait, il n'aurait pas exercé sa vengeance aveugle sur la vieille, frêle et insignifiante Martha Sipling.

Non, si Gilbert Rodman, quel que soit son vrai nom, était à ses trousses, elle l'aurait trouvé en train de l'attendre derrière la porte en entrant. Il ne lui aurait pas fait la grâce d'un avertissement en tuant d'abord une innocente vieille dame.

Elle posa son livre sur la table de nuit et jeta un coup d'œil à son radio-réveil. Il n'était qu'un peu plus de vingt-deux heures. Si au moins elle pouvait s'endormir elle cesserait de penser au drame d'aujourd'hui et à celui qui avait eu lieu neuf mois plus tôt. Elle éteignit la lumière et ne cessa de voir le visage de Gilbert Rodman se dessiner devant ses yeux. Afin de chasser cette image, elle évoqua Tom Brewer.

Elle se sentait attirée vers lui. Il n'était pas beau mais il avait du charme ; ses traits rudes avaient quelque chose d'amical et de rassurant. Elle se rappela le jour où il avait surgi à côté d'elle à la surface du lac et se remémora avec plaisir son visage ouvert, ses larges épaules et ses cheveux bruns bouclés aux tempes qui commençaient à blanchir, signe de son âge.

Les traits de son visage remplaçant ceux de Gilbert Rodman, torturés d'angoisse et de haine, elle glissa peu à peu dans le sommeil et se fit la réflexion, juste avant de s'endormir, que Tom Brewer lui rappelait beaucoup son père.

Partout où la mort pose les yeux, la peur et le silence se font. Bien qu'elle finisse un jour par poser les yeux sur chacun, elle répugne à se révéler avant le moment venu. Elle préfère l'embuscade à l'attaque de front et fond sur sa proie avec des ruses de Sioux.

Alexander Smith, *Dreamthorp.*

« C'est véritablement une pièce peu courante, dit Amelia Peters derrière le désordre qui encombrait son bureau. C'est d'origine delaware, pas de doute, une tribu appelée les Lenapes. Des statuettes de ce genre ne sont pas rarissimes mais je n'en avais jamais vu qu'une seule en quartz. La première, j'étais étudiante à l'université de Pennsylvanie il y a... oh ! tellement d'années que je ne m'en souviens même plus. »

Elle gloussa et entreprit de se rouler une cigarette avec sa machine à rouler. Sam Hershey reprit la statuette sur le bureau et la considéra avec un intérêt nouveau. Esther, assise à côté de lui, tirait un sourire mauvais.

« Est-ce qu'elle a de la valeur ? » demanda Sam.

La conservatrice ouvrit sa boîte d'un coup sec, laissa échapper un « merde » de surprise attristée, retira de sa machine une vilaine chose rabougrie qui pouvait charitablement passer pour une cigarette et se la coinça entre les lèvres.

« Oui, dans une certaine mesure. »

Elle parlait lentement et distinctement mais avec un voile rauque dans la voix et Esther pensa qu'elle avait dû faire récemment une crise cardiaque.

« Si vous voulez vous en séparer le musée sera très heureux de l'acheter pour sa collection d'antiquités indiennes. »

Esther faillit s'en étrangler. Ainsi, cette saloperie

valait quelque chose, finalement. Sam allait être invivable pendant des semaines, après un coup pareil. Plus ce vulgaire caillou vaudrait cher, plus il allait en faire des gorges chaudes. Elle voyait déjà le tableau. Il allait débarquer à leur club, fier comme Artaban, et raconter à tout le monde qu'il avait trouvé quelque chose que le musée William Penn de Harrisburg, « si-si-si », avait payé en espèces sonnantes et trébuchantes, « voui-voui-voui ». Au fait, qu'est-ce que cette pauvre Esther avait trouvé, dernièrement? Deux-trois p'tites piécettes, la malheureuse.

« Hum, oui, marmonna Sam. Cela dépend du prix proposé.

— Naturellement, répondit Mlle Peters en consumant d'une seule bouffée trois bons centimètres de sa cigarette. Oh, bien sûr! ne vous attendez pas à des merveilles, mais vous aurez droit à votre nom sur la plaque, puisque c'est vous qui l'avez trouvée.

— Mon nom sur la plaque? »

Esther grimaça en voyant les yeux de Sam s'éclairer. Une plaque. Au musée William Penn. Il ne pensait plus seulement à l'argent. Ne voilà-t-il pas qu'il lui prenait des envies d'immortalité, maintenant?

« Combien en proposez-vous? demanda Esther.

— Oh, disons dans les soixante-quinze dollars », répondit la conservatrice.

Le regard de Sam se ferma brusquement. Quelle douche, mon pauvre ami, songea Esther.

« C'est tout?

— C'est la loi de l'offre et de la demande, mon cher monsieur, répondit Mlle Peters. Il n'y a pas beaucoup de collections privées pour ce genre de choses. Bon, disons que je suis autorisée à aller jusqu'à cent dollars, mais c'est tout.

— Autorisée? releva Esther, subodorant une piste. Cela signifie-t-il que les décisions sont en fin de compte soumises à un quelconque comité, qui pourrait autoriser plus?

— Oui, tous les achats sont soumis à l'approbation du

conseil d'administration. Quant à surenchérir, encore faudrait-il que je le recommande. Or je ne le ferai pas. En fait, à bien y réfléchir, cent dollars me paraissent même une somme un peu élevée.

— En ce qui nous concerne, ce serait parfait, bredouilla Sam.

— Bien », dit Mlle Peters.

Elle éparpilla une nouvelle fois le désordre de son bureau, dévasta des piles de journaux, de livres et de revues de poésie.

« Nom d'un chien, où est-ce que j'ai bien pu fourrer ces sacrés formulaires ? »

Elle finit par exhumer une offre type, la rédigea et demanda à Sam de signer à l'endroit indiqué.

« Vous devriez recevoir la somme dans les trente jours. Si ce n'était pas le cas, ne vous inquiétez pas. Ça prend parfois plus longtemps. Voyons... commença-t-elle en se calant au fond de son fauteuil et en aspirant une longue et ultime bouffée de son mégot... vous dites que vous avez trouvé cet objet près de Dreamthorp ? Où cela, exactement ?

— Euh... pourquoi me posez-vous cette question ? demanda Sam d'une voix inquiète.

— Eh bien, vous avez probablement découvert une tombe, répondit Mlle Peters. Il y a peut-être là un site archéologique qui mériterait d'être répertorié et protégé.

— Vous voulez dire, demanda Esther, que vous allez envoyer quelqu'un là-bas pour...

— ...procéder à des fouilles, naturellement. Voyez-vous, cette statuette est une amulette funéraire, elle servait à veiller les esprits des morts. A franchement parler, la région de Dreamthorp n'a jusqu'à présent livré aucune sépulture lenape, aussi, si cette amulette n'est pas un objet rapporté, ce qui paraît peu probable, nous nous trouvons devant une découverte intéressante.

— Bien, euh... dit Sam en s'éclaircissant la voix. Y a-t-il une raison qui s'oppose, puisque c'est Esther et moi qui l'avons trouvée, à ce que nous fassions les fouilles nous-mêmes ?

— Hélas oui, monsieur Hershey. De bonnes et excellentes raisons, même. Vous n'êtes pas archéologues. Vous feriez probablement beaucoup plus de mal que de bien.

— Oh! mais nous prenons les plus grandes précautions, mademoiselle Peters, se récria Sam. D'ailleurs, beaucoup de gens nous autorisent à creuser chez eux, alors qu'ils le refusent à d'autres, parce que nous laissons toujours les lieux en parfait état.

— L'archéologie ne consiste pas à remettre en place cinq ou six mottes de gazon, monsieur Hershey. Cet endroit doit être répertorié et protégé.

— C'est ça. Comme ça, on ne pourra plus y aller! s'exclama Esther, outrée.

— Hélas ! »

Mlle Peters chamboula une nouvelle fois le dessus de son bureau, à la recherche, cette fois, de sa boîte à rouler les cigarettes.

« Encore faudrait-il que le site soit officiellement reconnu? demanda Esther qui commençait à retrouver le sourire.

— Oui, dit Mlle Peters en disposant filtre et tabac entre les rouleaux de sa machine.

— Pour cela, continua Esther, il faudrait que nous vous indiquions son emplacement exact. Et alors là, vous pouvez toujours courir. »

Amelia Peters ouvrit sa machine, un tantinet nerveuse, et tout le tabac s'éparpilla aux quatre coins de son bureau.

« Zut, j'ai oublié le papier, maugréa-t-elle. Refuser de nous indiquer où est situé l'endroit serait une attitude très irresponsable de votre part, madame Hershey.

— Esther... intervint Sam, alarmé.

— Est-ce qu'il y a une loi contre ça? Rétention d'informations ou quelque chose comme ça? demanda Esther dont le sourire tournait au rictus.

— Bien sûr que non, dit Mlle Peters. Nous ne sommes pas un Etat policier. Nous ne pouvons pas vous forcer à nous dire où...

— Alors, c'est parfait, dit Esther en se levant. Ce sera tout.

— Mais j'aurais cru qu'en tant que bons citoyens, vous vous seriez fait un devoir de nous le dire, ajouta Mlle Peters.

— Eh bien, nous allons y repenser, déclara Esther. Allez viens, Sam. »

Sam se leva, rouge de confusion.

« Je, euh... merci beaucoup pour, euh... la transaction. Hum, j'aurai tout de même droit à mon nom sur la plaque ? »

Mlle Peters hocha la tête d'un air morne.

« Magnifique. Eh bien... à bientôt peut-être », dit Sam en suivant sa femme hors du bureau.

« Quel culot ! marmonna Esther en prenant la direction de l'ascenseur. Madame croyait qu'on allait gentiment tout lui dire comme ça, pour ses beaux yeux. Eh bien, elle peut toujours attendre, crois-moi...

— Esther, peut-être qu'on aurait dû...

— Oh ! ne sois pas idiot. Sais-tu combien il y a de sites funéraires indiens par ici ? Des dizaines. Toutes ces salades qu'elle nous a débitées sur l'importance prétendue de notre découverte, ce n'était qu'un attrape-nigaud, si tu veux mon avis. Tout ce qu'elle voulait, c'était savoir où nous avons trouvé la statuette. »

Elle enfonça le bouton de l'ascenseur et prit son mari à témoin.

« Pourquoi les gens du musée devraient-ils tirer toute la gloire de cette découverte ? Et puis nous pouvons creuser tout aussi soigneusement qu'eux. Que diable, si nous pouvons tamiser la terre sans même faire une éraflure à une malheureuse pièce de monnaie, nous pouvons prendre autant de précautions avec des bouts de poterie, d'ambre ou d'os, tu ne crois pas ?

— Je suppose, dit Sam. A dire vrai, je serais plutôt déçu de ne pas pouvoir retourner là-bas. Et c'est une réalité, c'est nous qui avons trouvé la statuette.

— Sûr. Et sur le domaine public, en plus. Tu vas voir : bientôt on devra payer une taxe.

— Ecoute, dit Sam. On va aller faire un petit tour là-bas et si nous trouvons quoi que ce soit, des murs, des fondations, nous appellerons Mlle Peters.

— D'accord. Mais, à mon avis, il y a peu de chance qu'on tombe sur des fondations. »

L'ascenseur s'arrêta et les laissa dans le hall.

« Regarde, dit Sam. Est-ce que ce ne serait pas Charlie Lewis ? »

C'était bien lui. Il sortait du bâtiment des archives, une chemise sous le bras, et leur fit signe quand il les aperçut.

« J'ai obtenu quelques informations sur votre découverte de l'autre jour, leur dit-il quand il fut assez proche pour être entendu malgré le bruit de la circulation. C'est bien d'origine indienne, comme qui dirait. Je ne vous comptabiliserai pas mes nombreuses heures de recherche mais, la prochaine fois que je perds un lingot dans mon jardin, j'espère que vous me le retrouverez gratis.

— Marché conclu, gloussa Sam. Ah ! nous venons juste de vendre la statuette au musée.

— Vraiment ? soupira Charlie. J'espère que vous en avez tiré un bon prix.

— Cent dollars », dit Sam.

Charlie hocha la tête, sans se compromettre.

« Je suppose qu'il n'y a pas un marché énorme pour ce genre de choses. Est-ce qu'ils vous ont dit ce que c'était ?

— Une amulette funéraire, dit Esther

— Hum ! C'est même un peu plus que ça. C'est un totem qui était enterré sur certaines tombes pour empêcher les mauvais esprits d'en sortir.

— Les mauvais esprits ? demanda Sam.

— C'est ce que disent les ouvrages spécialisés. Les Indiens plaçaient de tels totems sur la tombe des ennemis abattus ou des meurtriers, enfin tous ceux qu'ils n'avaient aucune envie de voir revenir.

— Mlle Peters ne nous a pas parlé de ça, dit Sam.

— Elle a sans doute pensé que ce petit détail était sans importance pour des béotiens tels que vous, cela dit sans offense. Bon, leur dit-il en prenant congé, mes recherches n'ont servi à rien, tant pis. Remarquez, j'aime autant passer l'après-midi dans une bibliothèque climatisée que dehors par une chaleur pareille. Que voulez-vous, il faut bien qu'on s'occupe, nous autres vieilles gens, pas vrai?

— Parlez pour vous, Charlie », dit Esther en riant.

Un souvenir assombrit son visage et elle redevint sérieuse.

« Dites, demanda-t-elle à voix basse, est-ce qu'on a découvert quelque chose au sujet de cet assassinat, à deux pas de chez vous?

— Non. Rien encore, répondit Charlie en redevenant lui aussi plus sérieux. On est maintenant à peu près certain qu'il s'agit d'un meurtre. Mais il n'y a pas de motifs apparents et aucun suspect pour l'instant.

— Il se passe de drôles de choses, depuis quelque temps, fit observer Sam. Avez-vous entendu parler de ce vieux monsieur qui est tombé dans ses escaliers la semaine dernière?

— Un bien grand malheur, en effet, dit Charlie. D'ailleurs, poursuivit-il en riant sous cape, c'est peut-être votre faute à tous les deux.

— Pardon? s'exclama Sam.

— J'ai bien peur que vous n'ayez libéré quelque esprit maléfique. Vous devriez avoir honte.

— Oh, Charlie! dit Esther, une trace de malaise dans la voix. Il n'y a vraiment pas de quoi plaisanter.

— Si maintenant on ne peut plus s'amuser avec de vieilles légendes indiennes !

— Je trouve juste qu'on meurt décidément beaucoup à Dreamthorp, en ce moment.

— « Au printemps nous nous moquons de la mort/ La mort qui emportera nos enfants, qui séparera tous ceux/ Qui sont unis et emportera au loin tout souvenir de l'amour », cita Charlie.

— Quoi? demanda Sam.

— Simplement une façon pour James Branch Cabell de dire mangez, buvez et soyez heureux, car demain vous serez morts. Si nous rions de la mort, nous en aurons moins peur, même si c'est toujours elle qui rit la dernière. »

Sur le chemin du retour, Sam et Esther se demandèrent qui était au juste James Branch Cabell, se firent plusieurs fois la réflexion que Charlie Lewis était indéniablement un brave homme mais qu'il était aussi parfois plutôt bizarre, et décidèrent de retourner le week-end prochain à la clairière où Sam avait trouvé l'amulette.

> L'été décore chaque pierre du village comme, au temps de la reine Elisabeth, on promenait l'arbre de mai au milieu des fêtes et des processions.
>
> Alexander Smith, *Dreamthorp*.

Ce week-end vit également la première de *Le Héros et le soldat* de Shaw, non pas au Grand Théâtre, sinistré, mais à la Maison de la culture, qui avait prêté sa salle pour la circonstance. Construits en 1903, les bâtiments étaient toujours du même jaune pisseux qu'à l'origine, chaque couche venant régulièrement s'ajouter à l'ancienne. Certains beaux esprits juraient d'ailleurs leurs grands dieux que les murs avaient doublé d'épaisseur depuis 1903.

Au fil des ans, la Maison de la culture avait abrité des milliers de conférences, des centaines de spectacles, d'innombrables concerts de musique de chambre et une multitude de représentations théâtrales. Mais *Le Héros et le soldat* était la première production d'une certaine importance à être montée entre ses murs spartiates, même si c'était par la bande. La salle n'était pas vraiment faite pour les représentations théâtrales. Une estrade surélevée de cinq ou six mètres de large faisait office de scène et il n'y avait pas de rideau. Les projecteurs étaient fixés sur des échafaudages de fortune disséminés dans la salle qu'il fallait contourner pour entrer ou sortir.

L'autre gros problème était qu'il y avait moitié moins de places assises qu'au Grand Théâtre. Ce n'était cependant pas une catastrophe : les locations avaient été interrompues dès la tragédie connue et le nombre de représentations avait été porté à trois par semaine.

Malgré tous ces problèmes, la salle était confortable et agréable, plus intime que celle du Grand Théâtre. Ce samedi soir là, 27 juin, la tragédie qui s'était déroulée deux semaines plus tôt était à peu près oubliée de tout le monde.

Pour l'heure, chacun n'avait en tête que la pièce, le metteur en scène, qui venait de New York et même de Broadway, figurez-vous, et les acteurs, dont plusieurs étaient apparus à la télévision, aussi bien aux Etats-Unis qu'en Angleterre.

Tom se fraya un chemin parmi le tohu-bohu et gagna sa place au second rang, juste au moment où les lumières se mettaient à clignoter pour indiquer le début de la représentation.

A côté de lui, il y avait un fauteuil vide. Karen ne viendrait pas. Il avait souscrit deux cartes d'abonnement, comme il le faisait toujours depuis sept ans, date à laquelle le Grand Théâtre avait abandonné les acteurs amateurs en faveur des professionnels. Pour la première fois aussi, Susan ne serait pas avec lui. Il avait demandé à ses parents si l'un d'eux voulait l'accompagner mais chacun avait refusé, Frances ayant déclaré qu'elle préférait regarder la télévision.

Le premier acte se passa relativement bien, compte tenu des circonstances. La première difficulté pour les acteurs était d'entrer et de sortir. L'arrière-scène faisant défaut, ils sortaient derrière des rideaux tendus de chaque côté de l'estrade, où ils devaient rester jusqu'à leur prochaine entrée. Tom se demanda ce que pouvaient faire ces malheureux, obligés de se serrer quand ils étaient plusieurs à sortir en même temps. Dans ces conditions, changer de costume relevait de la gymnastique. Il faut que le spectacle continue, pensa-t-il.

A l'entracte, il sortit faire un tour dehors, où les vendeurs habituels s'étaient installés. Il prit un café et gagna le couvert des arbres. Tom aperçut alors Laura Stark, toute seule, en train de boire une limonade.

« Vous aimez la pièce? demanda-t-il.

— Du moins ce que je peux en voir. »

Elle avait un beau sourire. Des dents blanches et régulières.

« Je suis plutôt mal placée. Et comme il n'y a pas de pente, je vois surtout beaucoup de têtes.

— Venez donc à côté de moi ! »

Il avait parlé avant même de réfléchir, mais au diable la timidité.

« Je suis au deuxième rang.

— Il y a une place libre ?

— Oui. Une place que j'avais réservée. Comme ça, vous pourrez regarder tranquillement le second acte.

—... Eh bien, merci. »

Tom s'attacha à ne rien lire dans son acceptation. Après tout, elle n'avait aucune raison de ne pas accepter.

Il l'observa discrètement pendant le reste de la pièce et la trouva décidément très belle, malgré sa grande taille. En fait, ils étaient tous deux de la même grandeur, alors qu'il aurait juré tout à l'heure être le plus grand des deux. Elle avait un rire magnifique qu'il entendit plusieurs fois avant la fin de la pièce.

La représentation terminée, il lui demanda si elle n'avait pas une petite faim et lui proposa d'aller faire un tour au Palais des Glaces.

Le Palais des Glaces était une autre institution de Dreamthorp. On y servait toutes sortes de crèmes et de coupes glacées, des sandwiches et quelques boissons, la spécialité de la maison étant le ricky, mélange d'eau gazeuse, de citron et de gin. Laura commanda une coupe à la vanille et un Coca Light et Tom, lui, se contenta de profiteroles dégoulinantes de chocolat chaud.

« Mon péché mignon, avoua-t-il, suivi de près par une certaine tendance à abuser de la bière en été. »

Une serveuse leur tendit leur commande par-dessus le comptoir. Laura tendit la main vers son sac.

« Laissez, c'est moi qui régale, dit-il.

— Non, vraiment. Je tiens à payer ma part. »

Il haussa les épaule et s'inclina.

Ils allèrent s'asseoir dehors sur la terrasse de bois qui

flanquait l'établissement. La nuit était chaude et seul un souffle d'air ployait doucement les branches des pins, juste au-dessus de leurs têtes.

« La plupart des hommes font toute une histoire quand une femme veut payer sa consommation. »

Tom fut surpris qu'elle revienne sur le sujet.

« Ce n'est pas parce que vous êtes une femme, dit-il. Je vous l'aurais proposé même si vous étiez un homme.

— Désolée. C'est étrange. Les hommes et les femmes.

— Etrange? dit-il, la cuillère pleine de chocolat.

— Les relations. Cet esprit de possession. C'est la même chose si vous travaillez ensemble. L'homme éprouve toujours le besoin de protéger la femme.

— Vous avez raison, approuva Tom. C'est dans les gènes, je suppose. Des générations et des générations de... de mâles possessifs? Je vous promets de ne pas me montrer possessif. Je n'ai d'ailleurs aucune raison de l'être. Pourquoi ne pas changer de sujet?

— Cela vous met mal à l'aise.

— Non, pas du tout. C'est juste que... les choses sont difficiles pour moi, ces derniers temps. Au niveau des relations, justement. »

Elle l'étudia avec attention, ne voulant pas rouvrir de vieilles blessures.

« Problèmes conjugaux? »

Il soupira et posa sa cuillère.

« Ma femme est morte l'hiver dernier. Dans un accident d'automobile. »

Elle était désolée d'avoir posé une pareille question mais il était trop tard.

« Oh, mon Dieu! C'est... Je suis désolée. Cela doit être effectivement... très difficile.

— Oui.

— Je sais ce que vous ressentez », dit-elle.

A sa réaction, elle sut qu'elle venait encore de gaffer. Probablement avait-il déjà entendu ce refrain des centaines de fois.

« Vraiment? Vous avez perdu quelqu'un, vous aussi? »

C'était bien le cas, non?

« Oui. Une amie très proche, l'année dernière.

— Une amie? répliqua-t-il, comme si le parallèle lui semblait peu évident.

— Une très bonne amie, poursuivit-elle en insistant sur le mot. J'ai beaucoup souffert. Beaucoup.

— Oh, je veux bien vous croire... La glace est en train de fondre. Plus un mot jusqu'à ce que ces profiteroles soient bien à l'abri dans mon estomac, d'accord? »

Ils terminèrent leur coupe en silence, savourant l'instant présent.

« Vous aimez Dreamthorp, n'est-ce pas? demanda Tom.

— Beaucoup, dit-elle. Même après les événements des dernières semaines.

— Une catastrophe, un accident, un assassinat. C'est effectivement beaucoup pour une petite ville comme la nôtre. »

Laura laissa errer son regard autour d'elle : des gens attablés en terrasse, dans l'air frais du soir, ou qui se promenaient par les rues, main dans la main.

« Tout cela semble impossible, dit-elle. Regardez les gens. Je n'ai jamais connu un endroit aussi paisible, aussi... sylvestre, bucolique. On se croirait dans un décor, tellement c'est beau.

— Non, il ne s'agit pas d'un décor. Mais bien d'une ville réelle... Une petite ville de rêve. C'est vraiment un endroit merveilleux, unique au monde.

— Vous aimez beaucoup Dreamthorp, vous aussi?

— Oui, beaucoup. Je ne peux m'imaginer vivre ailleurs qu'ici. Si vous restez assez longtemps, vous finirez par ressentir la même chose.

— Je crains que ce ne soit déjà fait. Une chose m'étonne, cependant. Je m'attendais à trouver toute une colonie d'artistes en arrivant ici. Or vous êtes le seul que j'ai rencontré.

— Dreamthorp est une ville de retraités. C'est l'endroit idéal pour passer ses derniers jours. Du moins, tant qu'on est encore valide. Je ne sais pas, peut-être que les artistes s'épanouissent mieux en dehors de la routine. Et il est vrai que Dreamthorp est une petite ville bien assoupie.

— Vous semblez constituer l'exception à la règle.

— Oh, j'ai mes propres problèmes. D'autre part, artiste est un bien grand mot en ce qui me concerne. Je n'ai pas fait grand-chose, ces derniers temps. Je dirais même que je suis dans une impasse totale, pour être franc.

— Qu'est-ce que vous sculptez ?

— Des oiseaux, des animaux, enfin pas grand-chose. Des babioles, principalement.

— J'aimerais bien voir vos œuvres.

— Ah ?

— Pas spécialement vos babioles, mais les choses dont vous êtes fier.

— Eh bien, ça se résume à peu de chose, en réalité. Mais il y a quelques pièces dont je ne suis pas trop mécontent. Vous voudriez les voir maintenant ? Ce soir ?

— Si c'est possible, oui. »

Elle crut qu'elle avait été trop directe. Elle avait peur qu'il n'interprète mal sa demande et aurait voulu qu'il soulève une objection quelconque, maintenant qu'elle avait parlé.

« Mais absolument. Mes parents sont chez moi, en ce moment, vous aurez donc l'immense joie de les rencontrer. Il n'est que onze heures et mon père regarde toujours le dernier journal. Mon fils sera probablement couché. Mais mon atelier est à la cave. On y va ? »

En chemin, Laura s'efforça de faire taire ses craintes. Elle allait visiter l'atelier d'un sculpteur. Un point c'était tout et elle avait tort de s'inquiéter.

Ainsi que Tom l'avait prédit, son père regardait les informations. Sa mère était déjà montée se coucher. Il écourta les présentations et entraîna Laura vers son atelier.

« Le saint des saints, dit-il d'un large geste de la main. Plutôt spartiate, mais je m'y sens bien. »

Un établi courait le long d'un mur, muni d'une scie

sauteuse à une extrémité et d'une scie à ruban à l'autre. Un tour à bois, une perceuse et une scie circulaire occupaient le centre de la pièce. En face de l'escalier, un fourneau et une table à dessin complétaient l'ameublement.

Laura n'accorda qu'un rapide regard à tous ces outils. Des dizaines de statuettes et de figurines étaient disséminées partout dans l'atelier. Elle s'avança jusqu'à l'établi où était posé, tapi, aurait-on dit, un bloc de pin blanc dégrossi à la diable. Haut d'une trentaine de centimètres, le bloc avait été taillé à la ressemblance d'un corps humain, les mains et les pieds disproportionnés par rapport au reste, les traits brutaux et grossiers. Ce manque de recherche plut beaucoup à Laura.

« Intéressant que vous remarquiez justement celle-ci et non ces dizaines de charmants oiseaux.

— Des oiseaux, on en voit partout, bien que les vôtres soient très beaux. En revanche, je n'avais jamais vu quelque chose de semblable.

— Je me suis inspiré de certaines statuettes yougoslaves. Tout l'art consiste à suivre le dessin du bois plutôt que de vouloir rechercher la forme à tout prix. Les proportions sont inexactes, mais...

— Plus justes, lui souffla-t-elle.

— Oui, plus vraies. Plus en harmonie.

— Vous en faites beaucoup dans ce genre-ci?

— Malheureusement, non. Je l'ai terminée l'automne dernier, juste avant la mort de Susan, ma femme. Depuis, pour une raison ou pour une autre, je bricole mais n'arrive à rien de bon. »

Laura repéra un gros bloc de chêne blanc. On aurait dit qu'il avait été attaqué par un vandale, grossièrement équarri et balafré de sauvages coups de ciseau.

« Votre dernière œuvre?

— Forme abstraite, dit Tom. Une expérience. Vous ne préférez pas voir mes dernières babioles? »

Il lui montra quelques personnages comiques, des oiseaux et un grand aigle qu'il sculptait pour le dessus de cheminée du président de Harris Valley.

« Je n'aime pas les aigles, dit-il en riant. On en voit partout. »

Ils quittèrent l'atelier et regagnèrent le rez-de-chaussée. Il lui montra un pic à tête rouge qui trônait sur une étagère dans l'entrée.

« Je n'aime pas beaucoup le bois quand il est peint, en général, mais ce pic est la première œuvre que j'ai faite en arrivant à Dreamthorp et j'y attache une valeur sentimentale. Ce n'est pas moi qui l'ai peint, mais Bill Singer, un de mes confrères de Harris Valley, comme tous mes oiseaux.

— Il est... ravissant.

— Merci. Je fais des oiseaux ravissants.

— Il n'y a pas de mal à sculpter les oiseaux, vous savez? dit Laura. Ces babioles, comme vous dites. Les gens adorent ça.

— Oui, je suppose. Mais voyez-vous, j'aurais plutôt envie de sculpter quelque chose à faire se dresser les cheveux sur la tête, plutôt que de faire dans le ravissant.

— Je suis sûre que vous y arriverez.

— Je l'espère. Vous voulez boire quelque chose?

— Non, merci. Il se fait tard.

— Je vous raccompagne jusque chez vous?

— J'habite à deux pas. Merci, mais je vais rentrer seule.

— Vous en êtes sûre? Je veux dire, après ce qui s'est passé la semaine dernière...

— C'est tout près. S'il se passe quelque chose, je hurle, promis...

— Bon, je resterai sous le porche quelques instants.

— D'accord, parfait.

— Bien. J'ai pris beaucoup de plaisir à discuter avec vous.

— Moi aussi, dit Laura.

— Vous avez déjà une idée pour le pique-nique du 4 Juillet[1]?

— Non, pas vraiment. Enfin, je n'ai pas encore décidé ce que je ferai.

1. Fête nationale aux Etats-Unis *(N.d.T.)*.

— Ça vous dirait de vous joindre à nous ? Je dis nous, car il faut bien sûr compter la sainte famille.

— Eh bien, je ne sais pas...

— Ma mère se charge du repas, vous apportez le dessert. Qu'est-ce que vous en dites ? »

Elle ne put s'empêcher de rire. Un rire aussi frais et ingénu que celui d'une adolescente.

« Bon, d'accord. Disons oui.

— Magnifique. Je vous appellerai pour mettre au point les derniers détails. »

Ils se souhaitèrent bonne nuit. Il s'attarda sous le porche et la regarda rentrer chez elle comme il l'avait promis.

Il y avait beaucoup de choses en lui, songeait Laura. Du chagrin, à cause de la mort de sa femme, tout d'abord, mais aussi de la colère, dirigée vers on ne savait quoi ou qui. Sa famille ? La sculpture ? La vie en général ? Il était facile d'être en colère, plus difficile de trouver l'apaisement. Elle aussi avait ressenti de la colère, envers son mari, d'abord, puis envers cet homme, ce monstre plutôt, qui avait transformé sa vie en cauchemar dont elle commençait à peine à s'éveiller.

Parvenue devant sa porte, elle entendit une sorte de piétinement étouffé dans les buissons, sur le côté de la maison. Ce n'étaient pas les pas réguliers, inexorables et menaçants des films d'horreur, non, mais un trottinement malhabile. Elle pensa à un animal.

Elle pensa également à ce qui était arrivé à Mme Sipling, tout près de là, glissa rapidement sa clef dans la serrure, rentra chez elle et referma vivement sa porte. Ce bruit l'inquiétait. Elle sortit et chargea le revolver qu'elle avait rangé dans son cabinet d'armes quand elle avait appris la mort de Gilbert Rodman et se promena dans toutes les pièces de la maison, premier y compris, ouvrit les placards et regarda sous les lits. C'était idiot mais cela la tranquillisa. Après avoir vérifié que toutes les portes et les fenêtres étaient bien fermées, elle commença à décharger son arme mais s'interrompit après avoir ôté la deuxième balle. Elle rabattit le chien et glissa le revolver sous les coussins du canapé du salon. Puis elle monta se coucher et s'endormit en pensant à Tom Brewer.

Tom éteignit la lumière du porche et rentra. Il avait passé une bien meilleure soirée qu'avec Karen. Il n'avait pas eu le sentiment de jouer un rôle et surtout n'avait ressenti aucune différence d'âge, comme c'était toujours le cas avec Karen. Compte tenu de ses déclarations au Palais des Glaces, il avait tout d'abord cru avoir affaire à une militante féministe en mal de discussion, mais avait rapidement révisé son jugement. Elle ne soutenait aucune thèse mais voulait seulement être traitée comme un être humain.

Ce qu'il avait le plus apprécié c'était son intérêt pour la statuette naïve.

La dame avait du goût.

Il n'avait pas prévu de lui demander de se joindre au pique-nique familial. C'était venu comme ça et il en était heureux. S'il avait réfléchi, il n'aurait probablement jamais eu le courage de lui demander, Karen était différente — Karen serait venue sans qu'il ait même à le lui demander. Mais il connaissait déjà assez Laura Stark pour savoir que ce ne serait pas elle qui prendrait l'initiative. S'il voulait la revoir, c'était à lui de faire les premiers pas.

Son père s'était endormi dans son fauteuil. Il baissa le volume de la télévision et monta se coucher.

Au passage, il s'arrêta devant la chambre de Josh et colla son oreille à la porte. Tout était calme. Il frappa doucement et n'obtint pas de réponse. Il tourna lentement la poignée, entrebâilla la porte et aperçut la bosse familière sous les draps. Combien lui faudrait-il encore d'années, se demanda-t-il, pour qu'il perde cette habitude de remonter les draps jusqu'au-dessus de sa tête, avec juste un trou au niveau de la bouche pour respirer? Il sourit, se rappelant qu'il avait fait la même chose étant gosse. Mais cette manie lui était déjà passée depuis longtemps à son âge.

Il tendit l'oreille et n'entendit aucun bruit de respiration, masqué par les mille et un murmures de la nuit. Il referma la porte et gagna la salle de bains pour prendre une douche. Il aurait voulu savoir quand Josh allait à nouveau l'aimer comme avant.

Il flottait dans la salle de bains un soupçon de *Jean Naté*, le parfum de sa mère. Il était heureux qu'elle soit déjà montée se coucher, même s'il savait que son père n'allait pas manquer de lui signaler la visite impromptue de la nuit, ce qui lui vaudrait très certainement une séance d'interrogatoire en règle au petit déjeuner. Qui donc était « cette nouvelle fille » ?

Il prit sa douche, grimpa dans le lit qui paraissait bien grand, maintenant qu'il y dormait seul, et pensa à « cette nouvelle fille », à Karen et surtout à Susan, qui lui avait tout donné, fils, amour, amitié, bonheur et douleur infinie.

Son père était couché depuis une heure et demie, son grand-père avait éteint la télé et rejoint sa grand-mère depuis une heure quand Josh Brewer regagna sa chambre par le toit du porche, prit quelque chose de lourd à sa ceinture et le cacha dans un tiroir. Puis il gagna la salle de bains sur la pointe des pieds, se lava et se mit au lit, pensant à ce qu'il avait vu et à ce qu'il avait fait.

Il s'endormit en pleurant dans son sommeil.

Alors les bois se couvrent de rouille, les hêtres se tachent de brun et le moindre souffle d'air fait chuchoter les feuilles mortes.

Alexander Smith, *Dreamthorp*.

C'était un beau dimanche, chaud et sans un seul nuage, trop chaud pour bien des habitants de Dreamthorp. Le printemps avait été sec et l'été s'annonçait encore plus sec. L'épais tapis d'aiguilles qui couvrait le sol n'avait plus cette familière élasticité d'éponge sous le pied. Au contraire, on sentait les aiguilles craquer sous la semelle et on avait l'impression de marcher sur des carcasses friables de colonies d'insectes, de broyer des dizaines de carapaces fragiles. Il n'avait pas plu depuis plusieurs semaines et, même si les feuilles des arbres étaient encore vertes, un soupçon de jaune commençait à s'y mêler. Le niveau du lac avait beaucoup baissé et des bancs de vase qui n'étaient plus visibles depuis de nombreuses années étaient à présent à fleur d'eau. Des squelettes de branches englouties depuis longtemps crevaient maintenant la surface.

La sécheresse rendait l'air lourd d'électricité statique. Chacun avait les nerfs à fleur de peau en raison des événements des semaines précédentes et le temps ne faisait rien pour arranger l'affaire. Le soleil desséchait la terre, les feuilles, la peau. Tout le monde suait à grosses gouttes et prenait son mal en patience. Martha Sipling avait été enterrée dans le cimetière de Grubb Church, à huit kilomètres de Dreamthorp, et les scellés mis sur sa maison. La police n'avait aucune piste sérieuse. Même sous le couvert des arbres, la température dépassait les quarante degrés à l'intérieur de la maison fermée. Les tapis, les rideaux, les boiseries étaient restés imprégnés d'une lourde odeur de sang.

Tandis que Dreamthorp brûlait sous le soleil, ce dimanche matin là, à Dubuque, Iowa, il tombait des cordes.

Alors qu'il traversait une partie de la ville riche en bars, snacks aux néons rutilants, entrepôts et hôtels de passage, Gilbert Rodman aperçut tout à coup une pute qui faisait le pied de grue. Elle était sous une arcade, engoncée dans un vieux pantalon à la mode quinze ans plus tôt, mais que voulez-vous? les prolos du coin n'étaient pas très regardants. Elle avait de longs cheveux noirs, le teint mat, les joues creuses et grêlées de traces d'acné. Des pattes d'oie lui alourdissaient le coin des yeux. Ses gros seins étaient comprimés dans un corsage étriqué qui lui laissait le dos nu, et de la quincaillerie bleu turquoise tintait à son cou et à ses bras.

Elle ressemblait tant à la Grande Putain qu'il avait dû se retenir pour ne pas se précipiter sur elle et lui faire la peau sur place.

Il aurait commis une folie. Ce n'était pas sa manière, son style. Il procédait avec lenteur, méthode et précision. Ce n'était qu'à ce prix qu'il n'avait jamais été ni suspecté, ni interrogé, ni arrêté.

Et ce ne serait pas encore le cas cette fois.

Il attendrait qu'il n'y ait plus de danger, puis ferait ce qu'il avait à faire. Il leur ferait payer, à toutes, à la Grande Putain et à l'autre salope qui l'avait castré.

Castré !

Il resserra les doigts sur son magnéto portable et laissa la musique couler en lui.

C'était un appareil bon marché, le bas de gamme Sony sans système Dolby, mais qui ne lui avait pas coûté un sou. Hod et Cherry n'en auraient manifestement plus jamais besoin. Leurs cassettes n'étaient que de la merde, rien que cette saloperie de musique country. Mais il avait trouvé un disquaire qui avait une sélection de cassettes de jazz décentes et en avait acheté quelques-unes avec ce qu'il avait trouvé dans le portefeuille de Hod. A la recherche d'un endroit où passer la nuit, il avait accosté un zonard qui traînait dans la rue mais avait alors aperçu la belle de nuit sanglée dans sa quincaillerie turquoise. Plus besoin de se préoccuper pour trouver une chambre ; il n'avait plus envie de dormir, tout à coup

Il était vingt-trois heures. Il demeura indécis sur la manière d'opérer. Il ne voulait pas la suivre dans un hôtel. Il lui fallait un endroit plus tranquille où elle pourrait hurler à s'en déchirer les tympans. Il avait fait ce qu'il fallait pour que Cherry ne puisse pas crier, au cas où un flic se serait arrêté pour vérifier le chargement, mais cette fois, il voulait entendre sa victime piailler tout son soûl. Il avait remarqué une file d'entrepôts, à quelques blocs de là. Ce serait parfait. Elle y regarderait peut-être à deux fois avant d'accepter de le suivre dans un endroit pareil mais il avait en poche largement de quoi l'appâter. Hod avait quatre cents dollars dans son portefeuille.

Au moment où il allait l'aborder, un homme en costume de polyester, cravate et bottes de cow-boy, s'approcha d'elle et engagea la conversation. Posté de l'autre côté de la rue, Rodman était trop loin pour entendre, mais il n'avait nul besoin des dialogues. La femme hocha la tête et fit signe au cow-boy de la suivre.

Il traversa la rue et suivit le couple à distance respectueuse, se glissant dans la nuit au milieu des cris, des bruits de la circulation et de la musique rock qui grondait jusque sur les trottoirs.

« ... pour toute la nuit?

— T'as assez pour toute la nuit?

— Tu veux parler monture ou monnaie? »

Une voiture pétaradante passa à cet instant et il n'entendit pas la fin du dialogue. Toute la nuit. C'était plutôt fâcheux mais il fallait faire contre mauvaise fortune bon cœur. Fort de cette résolution, il décida de les suivre jusqu'à leur hôtel, d'attendre le départ du cow-boy, le lendemain matin, et de l'aborder à son tour dès qu'elle serait seule. Même s'il devait pour cela attendre toute la nuit.

Le couple entra à l'hôtel Excelsior, qui faisait le coin de la rue. Il attendit dehors et observa de loin la fausse cérémonie de l'enregistrement. Un homme chauve et vieillissant prit une clef au tableau accroché au mur derrière lui, empocha son dû et indiqua la direction des étages aux deux tourtereaux.

Il attendit qu'ils aient disparu vers l'ascenseur pour entrer et dit au veilleur de nuit qu'il désirait parler à un certain M. Fenton. Pendant que l'homme fouillait dans son registre, il passa en revue les clefs accrochées au tableau. Elles étaient presque toutes là, sauf trois, au troisième étage — chambres 305, 307 et 309.

Le gardien lui dit qu'il était désolé mais qu'il n'y avait apparemment aucun M. Fenton dans l'hôtel. Il le remercia et s'en alla. Un quart d'heure plus tard, il se faufila dans l'hôtel par la porte de service et monta jusqu'au troisième étage. Là, il colla l'oreille aux portes des chambres 305, 307 et 309. Dans la dernière, il entendit des grognements et des halètements caractéristiques.

Juste en face de la porte 309, il remarqua une autre porte, marquée « service ». Elle n'était pas fermée et ne contenait qu'un lavabo, un balai plongé dans un seau d'eau et un placard fermé. La pièce empestait l'urine, mais le sol était propre. Il se délesta de son sac à dos, s'assit par terre et attendit une demi-heure. Il retourna écouter à la porte 309 et, cette fois, entendit ronfler. Le sourire aux lèvres, il quitta l'hôtel Excelsior avec son magnéto et son sac à dos et se dirigea vers la rangée d'entrepôts.

Deux heures plus tard, il retourna à l'hôtel, les mains vides, et s'enferma à nouveau face à la porte 309. Il dormit agréablement, se réveillant chaque fois qu'il entendait du bruit dans le couloir. Il entrouvrait alors la porte pour voir ce qui se passait mais personne ne sortit de la chambre 309.

S'il avait le sommeil léger, en revanche ses rêves étaient fébriles et agités. Il rêva de sa mère en train de mourir sur son lit — celui où elle l'avait attiré jour après jour —, agonisant chez elle parce qu'il n'y avait plus d'argent pour l'emmener à l'hôpital. D'ailleurs, à quoi cela aurait-il servi puisque tout avait déjà été tenté.

C'est toi qui m'as fait ça, c'est toi.

Il avait appris la vérité plusieurs mois auparavant. Quand quelqu'un l'avait traité d'enculé de sa mère à l'école, il avait ri. Il avait ri, mais jaune. Les autres l'avaient alors regardé d'une drôle de façon et lui avaient dit des choses, des choses qu'il n'avait pas aimées et qu'il avait maladroitement tenté de nier. Ses réponses n'avaient pas paru leur convenir tout à fait et ils avaient deviné la vérité. Ils l'avaient publiquement accusé des pires atrocités et il s'était empêtré dans des explications maladroites. Au bout d'un moment, tout le monde s'était tu. Le conseiller d'orientation l'avait appelé dans son bureau et lui avait posé des questions en employant des mots qu'il n'avait pas compris, des questions auxquelles il avait pourtant fallu répondre. A l'époque, sa mère était déjà mourante, clouée dans son lit, ses cheveux noirs étalés sur l'oreiller, le teint jaune et cireux.

C'est toi qui m'as fait ça, regarde ce que tu as fait, tu m'as empoisonnée, mon propre fils m'a empoisonnée, voilà ce que c'est que de faire l'amour avec sa mère.

Mon propre fils m'a donné le cancer.

Il se réveilla juste avant l'aube au son d'un bruit régulier qui emporta les derniers mots de sa mère à l'agonie, paroles qu'il entendait toujours, encore et sans cesse, même à des centaines de kilomètres. Il l'avait laissé mourir toute seule et avait quitté La Nouvelle-Orléans. Il s'était lancé sur les routes du vaste monde et était devenu Gilbert Rodman. Il avait gardé son prénom et emprunté son nom à un obscur récit inachevé d'Edgar Poe.

Rodman.

Il serait un Rodman.

Il prit conscience que le bruit qu'il entendait était celui de la pluie qui tambourinait sur le toit, plusieurs étages au-dessus de sa tête, et dégoulinait le long de conduits invisibles. Il se leva, s'étira et se passa un peu d'eau sur le visage au-dessus du lavabo. Puis il se rassit et attendit sagement l'ouverture de la porte de la chambre 309.

L'homme aux bottes de cow-boy quitta les lieux à sept heures et demie. La pute sortit deux heures plus tard. Il la suivit dans la rue à quelque distance. La pluie tombait avec violence. Elle s'abrita dans le renfoncement d'une maison, le temps que le feu passe au vert, et il se glissa à ses côtés.

« Vous travaillez? » demanda-t-il, une timide lueur d'espoir noyé au fond des yeux.

Elle se tourna vers lui et lui jeta un regard froid.

« Pas ce matin, mec, répondit-elle d'une voix rauque, pourrie par le vice.

— Soyez gentille, dit-il de sa meilleure voix de péquenot. Si vous croyez que c'est marrant de travailler la nuit. Quand j'ai enfin un peu de temps libre, les belles filles sont fatiguées et rentrent se coucher.

— J'te l'fais pas dire. »

Le feu changea mais elle ne fit pas mine de traverser.

« Ça pourrait te rapporter un peu de fraîche. Qu'est-ce que tu dirais de vingt-cinq billets, reprit-il d'un ton dégagé, ne voulant pas paraître trop nerveux.

— Pour combien de temps, alors? Parce que pour vingt-cinq tickets, j'aurais pas des heures à t'accorder. »

Il l'étudia plus soigneusement. Elle était plus vieille qu'il ne l'avait pensé. Bien. Cela ne lui déplaisait pas.

« Et qu'est-ce que t'aurais en tête? » demanda-t-elle, pas plus aimable qu'il ne le fallait.

Parfait, tout ça.

« Oh tu sais! les trucs habituels, quoi, s'esclaffa-t-il timidement. J'sais bien qu'avec c'qui tombe c'est pas le moment de parler de pompier, mais...

— Bref, tu voudrais que j'te taille une pipe, commenta-t-elle sobrement.

— Euh, oui... J'aimerais bien. Et puis, je déteste pas les trucs plus conventionnels, tu sais. Euh...

— Bref, tu voudrais me sauter », soupira-t-elle.

A son haleine, il était clair qu'elle ne s'était pas lavé les dents des frasques de la nuit.

« Soixante tickets, alors, annonça-t-elle.

— Merde, c'est pas donné, s'exclama-t-il, l'échine

convenablement bourrelée de dépit devant l'importance de la somme.

— Heures supplémentaires, mon chou, se récria-t-elle, exhibant des dents rongées par le tartre. Mais tu verras, tu le regretteras pas.

— Pour le prix, j'espère bien.

— On va aller à l'Excelsior. J'ai mes petites entrées dans la maison.

— Non, allons chez moi, dit-il.

— Et où c'est, chez toi ?

— A quatre blocs de là, sur Lexington.

— Quoi ? Y'a rien que des entrepôts, par là-bas !

— C'est dans l'un des entrepôts. Je suis gardien de nuit. »

Elle lui jeta un drôle de regard mais haussa les épaules. Mon Dieu, pensa-t-il, qu'elle est bête. Parfait, splendide, tout n'en serait que plus facile.

« Il pleut, dit-elle. T'as une tire ou on marche ? »

Ce fut à son tour de hausser les épaules.

« T'as vu un taxi quelque part, toi ? »

Parvenue à une cinquantaine de mètres de l'entrepôt qu'il avait découvert quelques heures plus tôt, cette pouffiasse s'arrêta brusquement, refusant d'aller plus loin.

« Qu'y a-t-il ? »

La pluie s'était transformée en un fin brouillard et ses cheveux noirs brillaient.

« Je ne sais pas, dit-elle. Ça ne me dit trop rien d'entrer là-dedans. Je me sens pas rassurée.

— Allons, dit-il. Ecoute, c'est pas de ma faute si je suis obligé de faire un métier pareil. J'te trouve bien r'gardante, sous prétexte que t'as une méchante piaule sous les combles. Tu vas voir, j'me suis arrangé un chouette petit coin. Oui, là-dedans », conclut-il en tendant le bras vers un énorme bâtiment de briques sales.

L'enseigne, Tyler Bearings, était à peine discernable sur la façade.

« Allez, s'il te plaît ! » s'écria-t-il du ton pleurnichard du pauvre type qui aurait bien voulu tirer sa crampe.

N'était-ce pas son boulot, à elle une professionnelle,

de faire quelque chose pour soulager cette grosse, grosse envie de mâle aux abois?

Elle médita la chose un instant puis hocha la tête.

« D'accord. Soixante-dix billets.

— Soixante-dix? »

En réalité, il n'en avait rien à foutre. Il pouvait même lui en promettre mille, si elle voulait. Il les récupérerait toujours. Mais il fallait jouer le jeu.

« Je croyais t'avoir entendu parler de soixante.

— Changement de tarif, mon gars. Soixante-dix.

— Bon... dit-il, l'air d'un chien battu. D'accord. C'est la loi du marché. Mais j'espère que t'es pas trop gourde.

— T'occupes », dit-elle en se décidant.

Quelques heures auparavant, il s'était introduit dans l'entrepôt par une fenêtre et avait laissé la porte d'entrée ouverte. Ils pénétrèrent sous une énorme voûte métallique qui allait se perdre dans les ténèbres du plafond. Le peu de lumière qui régnait provenait d'une rangée de fenêtres poussiéreuses qui courait sur tout un mur. Les lieux étaient vides, à l'exception d'une couverture étalée à même le sol et du magnéto de Cherry et de Hod. La pluie, qui avait redoublé de violence, mitraillait sauvagement la toiture métallique.

Il referma la porte. L'effeuilleuse jeta autour d'elle un regard incertain.

« J'ai envie de faire ça là, dit-il.

— Là? Ici? Mon cul, oui! s'écria-t-elle, partagée entre la colère et la peur.

— Ça, j'vais m'en occuper, n'aie crainte! Allons, je plaisantais. J'ai vraiment envie de te baiser là. Sérieux.

— Bon Dieu, tu veux dire sur cette couverture?

— Tu vas pas encore augmenter tes prix?

— Tu veux rire. Ecoute, mon pote, il n'est absolument pas question que je me fass...

— ... Cent dollars, dit-il calmement. C'est tout ce que j'ai. Appelons ça un caprice, une fantaisie, d'accord? Que veux-tu, moi, il me faut mes aises pour baiser. »

La proie était ferrée et ne pouvait plus lui échapper. La cause était entendue.

« Bordel, cent dollars, c'est pas mal, non? Hé ! regarde, elle est propre, cette couverture. »

Elle s'avança de quelques pas.

« J'ai même de la musique, t'as vu? »

Il enfonça une touche et les accents du *Misterioso* de Thelonious Monk surgirent de la nuit.

Elle se tortilla sur place un instant. Pourvu qu'elle prenne l'excitation qui devait se lire sur son visage pour du désir. Elle haussa les épaules. Il lui ferait payer, à cette mijaurée. On allait bien voir comment elle allait les hausser, ses putains d'épaules, lorsqu'il lui aurait coupé les tendons.

« D'accord, dit-elle. Quel bordel ! Le fric d'abord, tu veux? »

Il sortit cinq billets de vingt dollars qu'elle glissa aussitôt dans son sac.

« Tu veux que je me déshabille tout de suite?

— Ouais. »

Elle quitta ses chaussures, fit glisser son pantalon sur ses hanches et son corsage par-dessus sa tête. Elle ne portait pas de soutien-gorge.

« Tu te désapes pas? demanda-t-elle.

— Toi d'abord, dit-il. Enlève ton slip, aussi. Mais garde tes bijoux. J'aime beaucoup les bijoux indiens. Ça me rappelle quelqu'un. Avec du sang indien dans les veines. Séminole. Presque aussi belle que toi. »

Elle sourit, déjà prête, pensa-t-il. Elles étaient toutes pareilles. Toutes des chiennes en mal d'amour.

« D'accord, dit-elle, entièrement nue. A toi, maintenant.

— Y'a pas le feu. J'ai envie de prendre tout mon temps. Allonge-toi. »

Elle s'exécuta et s'étendit sur la couverture. Le manche du couteau, glissé dans sa botte, lui battait la cheville. La musique jouait en sourdine, fraîche et douce. Il s'agenouilla à côté d'elle, les mains sur les hanches.

« C'est toi qui vas le faire, dit-il. Déshabille-moi. »

Elle sourit d'un air las, gigota quelques instants sur la

couverture pour se placer juste entre ses jambes, déboucla sa ceinture et descendit la fermeture de son jean.

« C'est bien, dit-il d'une voix rauque. Maintenant, glisse un peu ta main par-là. Touche-moi. »

Elle leva une main, la posa sur son ventre puis la glissa sous la ceinture du caleçon. La musique gémit. Elle marqua un temps d'arrêt, intriguée, puis plongea la main plus avant.

Son visage prit le même jaune bilieux que celui de la Grande Putain sur son lit de mort.

« Oh, murmura-t-il. Tu as découvert mon secret. »

La bouche de la femme s'ouvrit toute grande. Sa main se figea.

« Tu devrais avoir honte, dit Gilbert. Tu sais que ce n'est pas très beau de fouiner dans les petits secrets des gens ? »

Elle se mit à trembler. Il plongea la main dans sa botte. Il pleuvait toujours.

La mort n'est jamais si terrible que lorsqu'elle se présente.

Alexander Smith, *Dreamthorp*.

Cet après-midi-là, la promenade habituelle de Sam et Esther Hershey fut gâchée par les hantises paranoïaques de Sam, qui ne cessait de répéter qu'ils étaient probablement surveillés et qu'il aurait peut-être mieux valu attendre encore un peu, « le temps que les flics laissent tomber ».

« Sam, lui redit Esther pour la vingtième fois. Tu penses bien que le musée n'a pas les moyens d'engager des hommes pour surveiller ce que l'on fait. Je t'assure que tu te fais des idées.

— C'est que j'ai aucune envie d'être arrêté, moi, maugréa Sam.

— Mais personne ne va t'arrêter. Bon, où doit-on creuser, d'après toi ?

— Il aurait mieux valu amener les détecteurs.

— Les Indiens ne connaissaient pas le métal, Sam.

— Je veux dire comme camouflage. On va se poser des questions, si quelqu'un nous voit en train de creuser.

— Mais personne ne nous verra. Tiens, on va creuser à l'endroit où tu as trouvé l'amulette. Où est-ce que c'était, au fait ?

— Là-bas, je crois, dit Sam. J'ai bien rebouché le trou mais je crois que c'était près de cet arbre. »

Il s'avança jusqu'à un pin blanc à l'épaisse ramure qui avait échappé à la hache des bûcherons au début du siècle.

« Oui, je crois que c'est là. Le sol est tout mou, regarde. »

Sam se mit à creuser avec ardeur tandis qu'Esther surveillait les alentours.

« Je peux faire quelque chose? demanda Esther.

— Non. Tu me remplaceras un peu si je suis fatigué.

— Je crois que tu devrais prendre plus de précautions.

— Comment ça, plus de précautions? » répliqua Sam.

Au même instant, sa pelle heurta violemment un caillou.

« Rappelle-toi ce qu'a dit Mlle Peters, au musée. Tu risques de casser quelque chose. Il peut y avoir des poteries, des bijoux et Dieu sait quoi encore, là-dessous. On dirait un éléphant dans un magasin de porcelaine.

— Je ne vais rien casser du tout. Putain, que cette roche est dure.

— De la roche?

— Oui. Nous n'avons jamais creusé aussi profond, jusqu'ici. Ce n'est que de la caillasse, là-dessous. »

Sa pelle rencontra à nouveau une grosse pierre. Il s'agenouilla, empoigna la pierre, grosse comme le poing, et la lança dans les buissons.

Esther s'assit sur une souche et le regarda travailler.

« Tu sais ce qu'il te faudrait avec toutes ces pierres? Une bonne pique en fer.

— Nous n'avons pas de pique, dit Sam en s'épongeant le front avec son mouchoir.

— Il y en a une à la maison.

— Ça nous fait une belle jambe, tiens!

— Je pourrais aller la chercher. C'est l'histoire d'une demi-heure. »

Sam souffla longuement et jaugea sa pelle du regard, le visage rouge et le front luisant.

« Tu sais où elle est?

— Dans le garage. Juste après la porte.

— Bon, dit Sam. D'accord, vas-y. Je ne peux pas continuer à travailler avec une lime à ongles, ajouta-t-il en lui lançant les clefs de la voiture.

« Je vais continuer à creuser un peu en surface par ici. Je ne peux pas aller plus profond sans la pique. »

Elle lui fit au revoir de la main et remonta le sentier jusqu'à l'endroit où ils avaient laissé la voiture. Resté seul, Sam s'assit sur la souche qu'Esther venait de quitter et se frotta les mains pour les nettoyer. Le sol était si sec que la poussière le fit éternuer. Il s'étira pour soulager la raideur de sa poitrine puis se remit à l'ouvrage, à l'ombre du gros pin blanc.

A quelques centimètres de profondeur, le tranchant de son instrument heurta quelque chose qui n'était pas de la pierre. Il se mit à quatre pattes et plongea les mains dans la terre poussiéreuse. Il sentit sous ses doigts quelque chose de forme régulière mais de texture grossière.

Sam extirpa l'objet de terre et étouffa un grognement de déception quand il vit que ce n'était qu'un gros clou, long d'une dizaine de centimètres et épais comme un doigt. Il se demanda ce que valaient les vieux clous rouillés et l'enfonça dans un nœud du gros pin pour le retrouver plus tard.

Il continua à creuser des trous peu profonds tout autour du pin, s'arrêtant dès qu'il rencontrait la pierre. Le vent se prit dans les branches des arbres et il espéra qu'il allait pleuvoir. S'il pleuvait, il devrait revenir un autre jour.

Il s'interrompit quelques instants, fatigué, et balaya des yeux la forêt alentour. Les branches des arbres étaient immobiles, pétrifiées dans la chaleur de l'été ; il n'y avait pas le moindre souffle d'air et pas une feuille ne bougeait. Pourquoi entendait-il donc toujours ce doux bruit de feuilles agitées par le vent ?

Il leva les yeux vers le pin sous lequel il se tenait et crut sentir son sang se geler dans ses veines.

Les branches de l'arbre bougeaient, bien qu'il n'y eût pas le moindre vent. Elles bougeaient, mais indépendamment les unes des autres, tels de gros serpents ou des bras faméliques tendus vers lui. Cloué sur place, il observa le phénomène sans songer à s'enfuir.

Sa première réaction fut de croire que tout cela n'était pas réel, que c'était impossible et qu'il devait rêver. Mais il fut traversé par une violente douleur et comprit que tout ce qu'il vivait était réel. La douleur irradiait dans tout son corps. Il ne savait pas dans quel cauchemar il était plongé, mais il avait mal. Atrocement mal.

Une douleur de chien, suffoquante et lancinante. Une douleur fulgurante. Chacun de ses nerfs porté au rouge, il sentit la rude écorce de l'arbre s'imprimer dans sa chair et le clou...

Le clou.

La douleur lui fouailla les entrailles et, tel un cheval affolé par le fouet, il partit au galop et se mit à courir autour de l'arbre, emporté par la démence, plus lourd à chaque pas réussi, mais aussi plus léger à chaque tour accompli.

Léger, de plus en plus vide.

Il eut l'impression de se vider totalement et, lorsqu'il fut tout à fait vide, sentit sa course s'arrêter et son corps halé tout contre le tronc. Epouvantable, intolérable, la douleur explosa une dernière fois en lui et le plaqua spasmodiquement contre le tronc.

Esther fut de retour cinquante minutes plus tard. La pique de fer n'était pas derrière la porte du garage, où elle aurait pourtant juré l'avoir vue, et elle avait perdu du temps à la chercher. Elle l'avait finalement trouvée dans les chevrons et avait dû grimper sur une caisse pour l'atteindre. L'instrument était plus lourd qu'elle ne l'avait cru et lui avait glissé des mains. La pique était tombée et s'était plantée dans le sol de ciment, maintenant zébré d'une longue fissure. Sam n'allait sans doute pas apprécier ses exploits et elle souhaita qu'il eût trouvé quelque chose. Mieux valait qu'il fût de bonne humeur lorsqu'elle lui parlerait des dégâts.

Esther pénétra dans la clairière en sifflotant mais s'arrêta net en apercevant Sam étendu dans l'herbe, allongé sur le dos. Il ne venait tout de même pas de faire une crise cardiaque? Le tronc du pin au pied duquel il était allongé semblait couvert de quelque chose de bizarre. Ou plutôt entouré de plusieurs tours de ficelle, de grosse ficelle grise et sale. Une ficelle attachée au ventre creux de Sam d'un côté, à un gros clou planté dans le tronc de l'autre.

Stupéfaite, elle s'approcha de ce curieux phénomène. Même au pied de l'arbre elle ne put déterminer la nature de ce qui y était attaché. Elle n'avait encore jamais vu quelque chose de semblable. Elle ne comprit pas ce que c'était, même quand elle vit l'horrible gouffre ensanglanté qu'était devenu le ventre de Sam et se mit à hurler, ni quand, plus tard, elle fut emportée par une ambulance, hurlant toujours alors qu'elle n'avait plus de voix pour crier. Elle n'aurait jamais imaginé qu'on pût vider quelqu'un de ses intestins.

En manière de plaisanterie, il dit qu'il ne pouvait pas pleurer.

Alexander Smith, *Dreamthorp.*

Tom Brewer était assis sous le porche. Sa mère vaquait naturellement à quelque tâche ménagère urgente et son père était en train d'éplucher le dernier numéro de *History* dans la salle de séjour. Josh regardait *Star Trek* dans sa chambre. La soirée était chaude et étouffante. Il trouvait que la bière avait un goût amer et était sur les nerfs. Chaque fois qu'il entendait un bruit de moteur, il espérait voir apparaître la voiture de Laura Stark dans la rue mais cet espoir était toujours déçu. Ce devait être une dingue du travail. Il ne savait trop ce qu'il ferait s'il voyait sa voiture arriver. Irait-il lui parler? Il avait envie de parler à quelqu'un d'autre que ses parents ou son fils, toujours enfermé dans son mutisme.

Il aperçut Charlie Lewis qui passait dans la rue et l'invita à venir s'asseoir un moment.

« Ça ne fait qu'empirer, dit Tom.

— Ça oui. C'est pourquoi je suis là.

— Hon?

— Je collecte de l'argent pour l'Association de défense du troisième âge, avoua Charlie, la voix grave.

— De quoi est-ce que vous parlez?

— Campagne pour la sécurité, dit Charlie. Il semblerait que nos deux Sherlock Holmes de Chalmers soient incapables d'empêcher les fous meurtriers de rôder en toute liberté. Aussi avons-nous décidé de prendre nous-mêmes le problème en main, nos vieilles mains pleines de rhumatismes. Figurez-vous qu'il y a une agence à Harrisburg où l'on peut recruter des vigiles pour quinze dollars de l'heure.

— Ils vont patrouiller la nuit, ou toute la journée ?

— Eh bien, puisque Sam Hershey a été tué en plein jour, je ne crois pas qu'il faille se limiter aux rondes de nuit.

— Mais comment pourront-ils fouiller tous ces bois ?

— Vous croyez qu'il y aura beaucoup de monde à se balader dans les bois, après ce qui s'est passé ?

— Evidemment, dit Tom. A propos, vous avez une idée de ce qui est arrivé à Sam Hershey ?

— Bret Walters m'a raconté ce qu'il avait vu. Il était plutôt secoué et avait envie de parler à quelqu'un. Il y a des choses qui sont inimaginables.

— Expliquez-moi un peu. On n'en a pas beaucoup parlé, au journal télévisé. D'après ce que j'ai compris, il a été mutilé.

— Le mot n'est qu'une pâle approximation de la réalité. Bret m'a dit qu'en fait, il avait tout l'intestin grêle sorti hors du ventre et attaché autour d'un tronc d'arbre.

— Quoi ? Vous devez plaisanter. Ou c'est Bret Walters qui s'est payé votre tête.

— C'est pourtant la triste vérité. Je n'avais jamais vu Bret dans un état pareil, il était blanc comme un linge.

— Bon Dieu, comment...

— Vous avez vraiment envie de le savoir ?

— Oui.

— Vous ne donneriez pas d'abord un verre à un vieil homme assoiffé ? Pour ses artères ? »

Tom alla jusqu'à la cuisine et revint avec deux Jack Daniel's et de la glace. Charlie avala la moitié de son verre d'une gorgée.

« On lui a arraché et cloué le nombril à un arbre après lui avoir sorti tous les intestins...

— Charlie...

— Cloué au tronc avec un gros clou rouillé. Il avait les intestins enroulés autour de l'arbre. Trois fois, d'après Bret. Et pas un petit, d'après lui. »

Tom resta silencieux quelques instants, ne parvenant pas à envisager pareille sauvagerie, pareille monstrueuse folie.

« Mais comment quelqu'un a-t-il pu faire ça?

— Je ne sais pas. Sam...

— Quoi, Sam? Que voulez-vous dire?

— Je veux dire que Sam Hershey s'est enroulé lui-même autour du tronc et ce, par trois fois. Après qu'on lui eut arraché et cloué le nombril. Il a tourné et pataugé dans son propre sang. Il y avait ses empreintes partout. Et il avait toujours l'autre extrémité de l'intestin accroché au ventre.

— Mais c'est impossible.

— Le médecin légiste pense que quelqu'un l'a fait tourner autour de l'arbre, comme un cheval autour d'un manège. Tout son corps était meurtri et sa peau lacérée. Il y avait du sang partout et des bouts de... de chair sur certaines branches, comme si on l'avait fouetté avec. Je n'ai jamais entendu parler de quelque chose d'aussi atroce.

— Doux Jésus... murmura Tom. Qui d'autre est au courant de cette histoire?

— Eh bien, Bret était encore en état de choc quand il m'a raconté tout ça, mais il n'en a parlé à personne d'autre. Si je vous en parle, c'est que je sais que vous pourrez comprendre, après ce qui est arrivé à Martha Sipling. Mais les détails ne seront pas rendus publics. La chose a été présentée comme un meurtre, sans plus de précisions.

— On dirait que c'en est bien fini de la sérénité bucolique de Dreamthorp, commenta Tom, le front soucieux.

— Ça, vous pouvez le dire. Remarquez, à part ce maniaque, qui ravale Jack l'Eventreur au rang de simple communiant et terrorise les populations, c'est une petite ville tout à fait charmante. »

Tom n'eut pas le courage de rire et préféra changer de sujet.

« Hum, il y a eu quelques changements, récemment.

— J'ai effectivement cru remarquer un nouveau visage féminin...

— Rien ne vous échappe.

— Vous fréquentez ma voisine? Ne le niez pas, on vous a vus ensemble en train de déguster une crème glacée.

— Nous parlions.

— Je ne saurais trop vous conseiller la prudence. Voyez-vous, à Dreamthorp, des choses beaucoup moins graves que ça en ont contraint plus d'un au mariage. Est-ce à dire que votre idylle avec cette délicieuse étudiante est terminée?

— Vous savez que vous êtes curieux comme une vieille belette? répondit Tom, mi-amusé, mi-offusqué.

— La curiosité est l'un des privilèges de la vieillesse, mon garçon. C'est dans la Constitution. »

Charlie fit tourner ses glaçons dans son verre et renversa la tête en arrière.

« Comment va Josh, au fait? demanda-t-il en gobant un glaçon.

— Josh... est Josh. En ce qui le concerne, on ne peut pas dire qu'il y ait beaucoup de changement.

— J'aurais cru que votre... séparation d'avec votre jeune amie lui aurait considérablement amélioré l'humeur.

— Pas spécialement.

— Il faut lui laisser le temps.

— Il travaille. A la station Mobil. Ted m'a dit qu'il était content de lui.

— C'est un brave gosse. Un peu perturbé, peut-être, mais c'est tout. Il va retrouver son équilibre. C'est dur, pour un petit garçon, vous savez?

— Ce n'est pas plus facile pour ceux qui sont plus grands », dit Tom.

Et ce n'était pas non plus très facile pour une femme.

Laura rentra chez elle à vingt heures trente, juste avant la tombée de la nuit. A Dreamthorp, le soir tombait toujours plus vite sous les arbres et elle dut tâtonner un instant avant de pouvoir glisser sa clef dans la serrure. Une fois rentrée chez elle, elle alluma toutes les lumières, inspecta toutes les pièces pour s'assurer qu'elle était seule, se servit un verre et passa en revue les problèmes qui lui agitaient l'esprit.

Elle s'inquiétait à cause du maniaque qui avait tué Sam Hershey et, probablement, Mme Sipling, et se tracassait pour ce nouveau contrat avec cette chaîne de magasins d'accessoires automobiles de Philadelphie. Elle se mit quelque chose au micro-ondes et alluma la télévision. Elle mangea tout en regardant Clint Eastwood débarrasser une ville de la vermine et monta se coucher à vingt-deux heures, après le film.

La fenêtre de sa chambre était relevée de cinq centimètres pour laisser entrer un peu de la fraîcheur de la nuit. Elle traversa la pièce pour fermer la croisée et entendit un bruit furtif au-dehors. Elle frissonna et releva légèrement le store.

Il y avait quelqu'un. Là-bas, là où le terrain était en pente tellement raide qu'il était difficile de s'y tenir debout, une forme se déplaçait, aplatie au sol. Quelqu'un qui avançait en prenant apparemment des précautions. L'inconnu se déplaçait lentement et s'éloignait de la maison, progressant vers le haut de la colline, comme s'il voulait contourner la demeure.

Elle prit sa robe de chambre pendue à un crochet derrière la porte, gagna la chambre d'amis, face à la sienne, et prit le pistolet semi-automatique calibre 22 qu'elle gardait au-dessus de l'armoire. Elle le chargea et retourna dans sa chambre. Quand elle remit le nez à la fenêtre, l'inconnu avait disparu dans la nuit.

Elle attendit mais ne vit rien bouger. Elle tendit l'oreille mais ne perçut pas le moindre bruit.

Gilbert? Es-tu encore vivant?

C'était absurde. Bien sûr qu'il avait cessé de vivre. Il était mort et enterré. Il y avait un fou dangereux qui rôdait dans les rues de Dreamthorp, mais il y avait malheureusement une multitude de fous dangereux de par le monde. Gilbert Rodman n'était plus.

Laura attendit quelques instants encore et, ne voyant rien se produire, abaissa le store. Le téléphone était posé sur la table de nuit, dernier fil qui la reliait au monde. Elle décida d'appeler Tom Brewer. Il répondit à la quatrième sonnerie.

« Tom, c'est Laura. Laura Stark. »

Il parut heureux d'entendre le son de sa voix.

« Oh ! Comment ça va ?

— Eh bien, disons que je serais plutôt nerveuse, en ce moment. Je viens d'apercevoir quelqu'un en train de rôder sous mes fenêtres.

— Devant ou sur l'arrière ? demanda-t-il, inquiet.

— Sur l'arrière, mais...

— J'arrive tout de suite.

— Non. Il n'y a plus personne, maintenant. Ce serait inutile.

— Quelqu'un peut encore rôder aux alentours.

— Mais non, Tom, je vous assure. Et puis je suis armée, assura-t-elle.

— Il ne faut pas prendre ça à la légère, Laura. Il se passe des choses terribles en ce moment.

— Je sais. Mais vraiment, ce n'est pas la peine de vous précipiter jusqu'ici pour m'arracher aux griffes de la mort.

— Non ? Vous m'appeliez pour quoi, exactement ?

— Je voulais... juste vous parler. »

Ils parlèrent. Ils parlèrent pendant près d'une heure de cuisine, de théâtre, de films et d'endroits qu'ils connaissaient tous les deux ; ils parlèrent de San Francisco et de La Nouvelle-Orléans, de Manhattan, de Seattle, de Baltimore et de Philadelphie.

Et de Chicago.

Sans même qu'on le soupçonne, la mort hante jusqu'aux plus suaves musiques...

Alexander Smith, *Dreamthorp*.

Pendant que Laura Stark et Tom Brewer parlaient de Chicago, une voiture se rangeait sur le parking Dwight D. Eisenhower de cette dernière ville. Gilbert Rodman sortit du véhicule, remercia le représentant qui l'avait pris en stop et s'éloigna à pied. Quelques minutes plus tard, il déboucha sur West Van Buren et prit la direction du centre. Il trouva un hôtel bon marché et mit deux jours avant d'oser chercher son nom dans l'annuaire téléphonique.

Il y était. Daniel H. Vernon. De même que l'adresse. Il glissa une pièce dans l'appareil et composa le numéro. C'est une femme qui lui répondit.

« Danny est là ? » demanda-t-il sans chercher à dissimuler sa voix.

Qui pouvait le reconnaître ?

« Danny joue ce soir, répondit la femme d'une voix lasse et maussade.

— Où ça ?

— Au Blue Light, bon Dieu, où voulez-vous qu'il joue ? C'est de la part de qui, d'abord ? »

Il raccrocha, chercha l'adresse du Blue Light et appela un taxi.

La façade du Blue Light, conformément à son nom, était éclairée d'une violente lumière bleue, ce qui masquait un peu la saleté du trottoir. Le nom de l'établissement s'étalait en grandes lettres bleues lumineuses au travers de la devanture vitrée, où une carte défraîchie annonçait : « Ce soir, Al Joss Quartet. »

Il lui en coûta deux dollars pour pénétrer dans les lieux. Il alla s'asseoir au bar et commanda une bière. Il en but la moitié et se tourna vers la minuscule scène où officiait le Al Joss Quartet. Ils en étaient au milieu d'une version du morceau de Dexter Gordon, *Bikini*, et semblaient connaître leur affaire. Le batteur, un Noir d'âge moyen mal rasé, se démenait comme un beau diable pendant que le pianiste, un Blanc aux cheveux grisonnants, faisait des merveilles dans les aigus du clavier. Le bassiste, noir comme la nuit, palpait avec bonheur les cordes de son instrument. L'homme qui jouait du saxo, muet pour l'instant, tournait le dos à l'assistance, la tête auréolée de lumière.

Quand il se mit à jouer, crachant des notes comme on crache dans la poussière, Gilbert Rodman reconnut immédiatement son père. Il ne l'avait pas vu depuis quinze ans mais il était impossible de se tromper sur sa tignasse caractéristique, à présent généreusement teintée de gris, ou sur son nez cassé. Quelqu'un l'avait frappé avec une bouteille de bière quand Gilbert avait quatre ans.

Et même s'il avait totalement changé physiquement, il n'aurait pas pu se méprendre sur les sons qui sortaient de ce saxo, qu'il faisait gémir comme une femme. Une femme qui geint pour qu'on la prenne, comme elles font toutes dans ce cas-là. Toutes. Ça gémit et ça se casse de plaisir, ça hurle son plaisir à la face du monde. Même lorsqu'il était gosse, la musique du saxophone de son père le mettait dans un état étrange. Même encore aujourd'hui, alors qu'il n'était plus qu'une caricature d'homme, il éprouvait toujours les mêmes émotions.

Il y avait longtemps qu'il aurait dû venir trouver son père.

Sa mère lui avait dit, voilà des années, que le « fumier » avait quitté Chicago et que, en ce qui la concernait, il pouvait aller se faire pendre où il voulait. Il s'était dit qu'il irait retrouver son père, plus tard quand il serait grand, pour l'entendre à nouveau jouer du saxophone. Il accepterait peut-être de lui apprendre à en jouer. Il pourrait peut-être un jour, lui aussi, produire ces sons merveilleux qui rendaient les gens fous, fous mais heureux.

Puis il avait couché avec sa mère. Il avait couché avec la femme de son père et c'était une chose abominable, à ce qu'on lui avait dit. D'ailleurs, sa mère était morte à cause de cela. Il avait cru qu'il ne pourrait plus jamais regarder son père en face et, chaque fois que ses errances l'avaient ramené dans l'Illinois, il avait fait un large détour pour éviter Chicago. Pour lui, Chicago était semblable à ces endroits sur les cartes où les anciens géographes inscrivaient : « Au-delà de ces régions vivent des Dragons. »

Mais les choses étaient différentes, aujourd'hui. Lui aussi avait été puni par où il avait péché, puisque cette salope de Pennsylvanie s'en était chargée cette nuit-là sous la tente. Il ne pourrait plus jamais trahir son père. Pourquoi ne pas aller le voir? N'était-il pas temps de tout oublier et de tout pardonner, maintenant qu'il avait payé un si grand prix?

Il avait la bouche sèche. Il finit sa bière et en commanda une autre pendant que le quartet se lançait dans *Lady Be Good*. Ils enchaînèrent sur *Moon Rays* puis firent une pause. Il vit son père disparaître avec son saxophone derrière un rideau, sur la gauche de la scène, et promena son regard sur le public. La salle était comble.

Les lieux se partageaient entre Noirs et Blancs, chacun à sa table et sans se mélanger. L'assistance était calme et plutôt âgée. C'est lui qui devait être le plus jeune, à l'exception peut-être d'une table de jeunes gens bon chic bon genre qui devaient avoir moins de trente ans, et dont les vêtements un peu trop « tenue de soirée » et les manières bruyantes lui firent penser qu'il devait s'agir d'une bande de copains en goguette plutôt que d'habitués. Chacun semblait être là pour écouter la musique, pas pour boire, assis tranquillement à sa table derrière une bière ou un cocktail.

A part le barman qui lui demanda s'il désirait autre chose, personne ne lui adressa la parole. Autour de lui, toutes les conversations roulaient sur la musique ou les femmes. Mais la musique, surtout, et plus précisément le jazz. Il surprit les noms de Coleman, Coltrane, Gillespie, Miles, Bird et d'autres plus récents, comme Weather Report, Oregon ou Stanley Jordan. Il fut tenté un instant de se joindre à un groupe mais, pris d'une inexplicable timidité, préféra rester seul à boire sa bière et à attendre.

Cinq minutes plus tard, son père et le bassiste traversèrent la salle et vinrent s'accouder au bar. Son père portait une chemise bleu clair au col usé, une veste bleue aux coudes lustrés et un pantalon noir dans lequel il avait l'air d'avoir dormi plusieurs nuits de suite. Il n'avait pas de cravate et des rides profondes lui creusaient le visage. Mais il ne se rappelait pas son père comme quelqu'un de jeune. Vue de près, sa chevelure était encore plus impressionnante que dans son souvenir. Le seul autre homme qu'il avait vu avec une tignasse pareille était Don King, l'organisateur de combats de boxe, et c'était un Noir. Ce n'était pas possible, il devait se mettre du gel chaque matin.

Les deux hommes étaient à trois mètres à peine de lui. Il se racla la gorge et prit la parole, espérant que son père ne reconnaîtrait pas sa voix.

« J'aime beaucoup votre musique. Est-ce que je peux vous offrir un verre ? »

Le bassiste sourit largement de toutes ses dents jaunes mais son père, avec cette vieille attitude distante qui l'avait toujours effrayé et intimidé, se contenta de le regarder droit dans les yeux et de hocher la tête.

« Comme d'habitude, dit-il au serveur.

— La même chose, moi aussi, dit le bassiste. Alors comme ça on aime le jazz, hein ?

— Oui. Vous vous débrouillez bien, les mecs. C'était une très bonne version de *Moon Rays*.

— Vous au moins, vous connaissez, dit son père en prenant place sur le tabouret voisin du sien. Vous savez qui en est l'auteur ?

— Horace Silver, répondit-il immédiatement.
— Mais c'est qu'il serait doué, le môme, dit son père d'une voix où perçaient les accents noirs de la rue.
— Comment que tu t'appelles, mon gars ? » demanda le bassiste.
Il ne pouvait pas dire qu'il s'appelait Gilbert.
« John Rodman. Johnny.
— Johnny. Moi, c'est Freddy et voici Danny. Tu es du coin ?
— Non, dit-il. Je viens du Sud.
— Tu parles vraiment pas comme un gars du Sud.
— Enfin, j'en suis parti tout jeune. L'accent n'a pas eu le temps de me coller aux semelles.
— Où ça exactement, dans le Sud ? demanda Danny.
— Louisiane. La Nouvelle-Orléans. »
Gilbert retint son souffle. Mais il avait tort de s'inquiéter et l'évocation de ce nom ne provoqua aucun trémolo dans la voix de son père.
« J'ai bossé à La Nouvelle-Orléans, à une époque. Y'a des années de ça. Un endroit sublime, pour le jazz.
— Dites-moi... demanda-t-il lentement comme s'il venait seulement d'en prendre conscience. Vous ne seriez pas Danny Vernon ? »
Son père hocha la tête.
« Je possède votre disque, celui que vous avez signé avec Hampton Hawes pour Prestige.
— Ça alors, dit Danny, un vague sourire aux lèvres. Ça doit bien dater de trente ans, ce vieux truc.
— C'est un classique. J'en ai même acheté un autre, tellement le premier était usé. »
Le pianiste apparut derrière le rideau de scène ; les deux hommes finirent leurs verres et se levèrent.
« Bien, dit Danny. Faut qu'on y aille. Puisque tu nous as payé un verre, y'a quelque chose qui te ferait plaisir ? »
Il resta songeur un instant.
« Qu'est-ce que vous diriez de *Groovin' High ?* »
Il se rappelait son père en train de peiner sur le morceau de Charlie Parker, jurant sauvagement quand

ses lèvres le trahissaient, exultant triomphalement quand il réussissait à l'exécuter sans couac.

« Tu me plais bien, tiens, dit Danny en se fendant pour la première fois d'un vrai sourire. On va t'envoyer ça super, môme. »

Ils prirent congé mais, parvenu au milieu de la salle, son père sembla se raviser.

« Si jamais tu traînes dans le coin après le spectacle, viens nous rejoindre, dit-il en se retournant vers le bar. On boira un coup et on pourra mieux discuter. »

Danny n'avait pas menti et exécuta une interprétation splendide de *Groovin' High*. Leur prestation terminée, Danny et Freddy le rejoignirent au bar. Le batteur et le pianiste, eux, regagnèrent sagement le domicile conjugal. Ils burent beaucoup, parlèrent encore plus et se séparèrent sur la promesse de se revoir le lendemain.

Allongé dans les draps moites de sa chambre d'hôtel, la tête étourdie par la bière, Gilbert Rodman décida que les affaires qui l'appelaient en Pennsylvanie pouvaient bien attendre un peu. Cette garce n'allait pas s'envoler. D'autre part, officiellement, il était mort. Il n'y avait aucune raison pour qu'elle s'inquiète. Elle l'attendrait.

JUILLET

D'habitude, on a moins de choses à faire l'été que l'hiver et, plus les jours allongent, plus on devient préoccupé, oppressé, tourmenté... Le ciel est trop bleu et, à l'approche du soir, quand les lueurs mourantes du couchant s'attardent aux cieux et nous inspirent des pensées qui ne sauraient s'exprimer avec des mots, nous prenons brusquement conscience de notre petitesse et de notre fragilité. Le jour met un temps infini à mourir, solennel et funèbre sur le crêpe du ciel, mais le veilleur solitaire, lui, est incapable de trouver le repos.

Alexander Smith, *Dreamthorp.*

Les enfants ont peur, même de ceux qu'ils aiment le plus ou connaissent le mieux...

Montaigne, cité par Alexander Smith, *Dreamthorp*.

Le pique-nique à Dreamthorp, ce 4 Juillet là, ne fut pas le plus joyeux que la ville ait connu. Les morts récentes jetaient partout un voile de tristesse. La participation était limitée aux citoyens de Dreamthorp et à leurs invités, et la foule se montait à peine à deux cents personnes. Tout le monde souriait et il y avait même quelques rires, mais on sentait bien que tout le monde avait peur.

« Regardez les gens, dit Laura à Tom en prenant un hamburger sur la plaque et en le glissant entre deux tranches de pain. On dirait les passagers du *Titanic* qui attendent l'iceberg.

— Oui, tout le monde à l'air sinistre », avoua Tom.

Il jeta un regard aux alentours vers la dizaine de tables ombragées, chacune flanquée de son gril. A leur propre table, à quelques mètres en arrière, son père et sa mère avaient l'air de s'ennuyer et Josh était plongé dans la lecture d'un magazine, totalement absent. Il n'avait même pas touché au contenu de son assiette.

« Quelqu'un veut un autre hamburger ? » demanda Laura.

Josh ne répondit pas. Ed secoua la tête et marmonna un « non, merci ». Frances se leva et rassembla assiettes et gobelets de papier pour aller les porter à la poubelle.

« Laisse, maman, je vais le faire. Reste donc assise, dit Tom.

— Mais non, laisse-moi faire, répondit Frances en se jetant sur les papiers gras. Pourquoi n'allez-vous pas faire un tour, tous les deux? »

Tom soupira et se tourna vers Laura.

« Ça vous tente?

— Ma foi oui. Josh vient avec nous?

— Josh? Tu veux venir avec nous jusqu'au lac? »

Josh releva le nez de son magazine, parut se laisser tenter mais secoua finalement la tête.

« Non, merci », dit-il en se replongeant dans sa revue.

Tom haussa les épaules et ils partirent vers le lac, à quelques centaines de mètres de là.

« J'ai bien failli l'avoir, cette fois, dit Tom lorsqu'ils ne furent plus à portée de voix. J'ai vraiment cru qu'il allait se laisser convaincre.

— Il aurait été le bienvenu, dit Laura.

— Je crois qu'il le sait. »

Ils se turent quelques instants. Quand ils atteignirent le sentier qui menait au lac, Tom reprit la parole.

« Je crois qu'il vous aime bien.

— Il ne le montre pas trop, en tout cas.

— S'il ne vous aimait pas, il le ferait savoir, ne vous inquiétez pas.

— Vraiment?

— Je vous parle en connaissance de cause. »

Tom lui parla alors de Karen et de l'hostilité déclarée de son fils à son égard.

« Cela fait un an que sa mère est morte. Il ne sait pas encore tout à fait où il en est.

— Puis-je faire une observation? demanda-t-elle avec hésitation.

— Certainement.

— Ça ne va peut-être pas vous faire plaisir.

— D'accord.

— Je ne connais pas Josh depuis très longtemps. Vous m'aviez un peu parlé de lui mais, aujourd'hui, c'est la première fois que je le rencontre. Ça va peut-être vous paraître déplacé mais...

— Oui? Continuez.

— Je crois... que Josh est très perturbé. Bien plus qu'il ne veut le montrer.

— Qu'est-ce qui vous fait croire une chose pareille ?

— Eh bien, beaucoup de choses. La façon dont il marche. La manière dont il regarde les gens quand il pense que personne ne l'observe. Et puis ce magazine...

— Oui ?

— Il ne tournait même pas les pages. Je ne l'ai pas vu tourner une seule page en vingt minutes. Discrètement, je me suis arrangée pour jeter un coup d'œil par-dessus son épaule en passant. C'était un article sur le marché des changes. Vous devez bien vous douter qu'il n'en a pas lu une seule ligne. Il était totalement ailleurs, enfermé dans ses pensées. Ce n'est pas un comportement normal, même pour un garçon renfermé de son âge... »

Parvenus au lac, ils s'assirent sur le muret de pierre qui bordait la plage.

« Je sais qu'il a très mal accepté la mort de sa mère, dit Tom. Mais je ne sais plus quoi faire avec lui. Je pensais que ça lui ferait du bien de revoir ses grands-parents, il s'est toujours très bien entendu avec eux, mais c'est à peine s'il leur dit bonjour. Il travaille bien, c'est une bonne chose, mais il n'y a pas moyen de lui arracher un mot. Non, je ne sais plus quoi faire.

— Avez-vous songé à le montrer à un psychologue ?

— Oui... J'y ai songé...

— Mais vous n'avez pas encore pris de décision ?

— Non. Je n'envisage une telle solution qu'en dernier ressort.

— Il ne faut pas penser ainsi. Il ne faut pas vous mettre martel en tête parce qu'il sera suivi par un psychiatre. Je crois que cela pourrait l'aider.

— Mes parents rentrent chez eux dans deux semaines. Je verrai alors à ce moment-là.

— Pas avant ?

— Vous ne connaissez pas ma mère. Si jamais j'emmenais Josh chez un réducteur de tête, je n'aurais pas fini d'en entendre parler. Imaginez quelle honte ce serait pour la famille si jamais on apprenait que Josh était suivi par un psychiatre. Moi, passe encore, elle est persuadée que je suis un dangereux original. Mais Josh ? Jamais de la vie. »

Laura allongea les jambes et planta un orteil dans le sable.

« Tom, je ne voudrais pas avoir l'air d'insister. Ce n'est pas mon genre...

— Mais non, vous avez raison. Je sais qu'il a des problèmes, mais j'avais besoin d'entendre quelqu'un d'autre me le dire. Charlie Lewis a essayé, plusieurs fois, mais il est d'une autre génération et ne croit guère aux vertus de la psychiatrie. J'apprécie néanmoins votre... franchise.

— A condition que nous en restions là, c'est cela ? »

Tom s'esclaffa puis se dégrisa.

« Peut-être que j'aurais besoin d'un... d'un traitement, moi aussi, à bien y réfléchir.

— Vous me semblez au contraire posséder toutes vos facultés.

— Rien de fatal, alors ? »

Ils quittèrent le muret, ôtèrent leurs chaussures et leurs chaussettes et s'avancèrent vers la plage.

« Assez parlé de mes ennuis. Que devenez-vous, en ce moment ?

— J'ai du travail par-dessus la tête. Trop, en réalité. Nous venons de décrocher un contrat avec une grosse boîte de Philadelphie. Renco Auto Parts, vous connaissez ?

— Oui. Ils ont un magasin à Lebanon. Une grosse chaîne, non ?

— Vingt-trois implantations en Pennsylvanie et cinq dans le New Jersey. C'est une chance inespérée, pour une agence comme la nôtre. Mais il a fallu mettre les bouchées doubles. Je ne rentre jamais chez moi avant la nuit et je passe tous mes week-ends sur le projet. Je n'avais pas vraiment le temps de venir pique-niquer aujourd'hui, à vrai dire, mais pour une fois, au diable le travail.

Ils traversèrent la plage, gagnèrent le terrain de jeux et se choisirent chacun une balançoire.

« C'est que c'est toute une histoire de tourner un film publicitaire.

— Combien de temps dure un tournage, normalement ?

— Trois jours. Pas plus, j'espère, car le budget est limité. C'est un court métrage d'animation avec ces personnages en mousse synthétique, vous savez. Normalement, je n'aurais dû y être que mercredi, pour le montage, mais c'est la première fois que nous employons cette technique et je veux voir comment les choses se passent. Il y a toujours des problèmes quand on utilise un nouveau média.

— Quand partez-vous ?

— Demain dimanche, dans l'après-midi. Nous commençons à la première heure lundi matin. Et Philadelphie n'est pas tout près d'ici.

— Quand rentrez-vous ?

— Jeudi, si tout va bien.

— Si on dînait ensemble, jeudi soir ? Pour célébrer l'heureux événement ?

— D'accord, dit-elle. Mais disons plutôt vendredi. Il est bien rare qu'il n'y ait pas un impératif de dernière heure sur un film.

— Parfait. On dînera et on ira au spectacle ensuite.

— Fifty-fifty ? demanda-t-elle avec un sourire moqueur.

— Oui ! Vous pourrez même tout payer, si vous voulez.

— Marché conclu, dit Laura en riant. Je vous appelle à mon retour. »

Pour rentrer, ils firent un détour par les ruines du Grand Théâtre. Le toit sinistré avait été démantelé et emporté, mais les piliers brisés et les fauteuils fracassés étaient toujours en place. Les décombres et les gravats étaient protégés par des barrières de sécurité.

« J'espérais que tout aurait été rasé, dit-il, qu'il n'y aurait plus rien.

— Je sais, dit Laura. Moi aussi. Mais l'enquête n'est pas terminée et il faudra du temps pour déterminer la cause de toutes ces morts. Si on découvre un jour la vérité, ajouta-t-elle après un instant de réflexion. »

Le week-end se déroula dans le calme. Il n'y eut pas de mort affreuse et aucun étranger ne fut signalé en train de rôder dans les parages. L'équipe de vigiles engagée par les citoyens inquiets quadrilla les rues et redonna un peu confiance à chacun. Les vigiles patrouillaient aussi la nuit, munis de lanternes sourdes pour qu'on les reconnaisse, mais tout le monde n'était pas tranquille.

Le dimanche soir, Tom suggéra, compte tenu de l'insécurité qui régnait sur la ville, que ses parents abrègent leur séjour et regagnent la sécurité toute relative de Miami. Naturellement, sa mère refusa tout bonnement d'en entendre parler. Ce n'était qu'une affaire de semaines. La police allait bientôt mettre la main sur ce maniaque, ces gens-là commettaient toujours des erreurs. Bien que son père eût été visiblement soulagé de retourner en Floride, il n'avait rien dit, comme à son habitude, et avait laissé sa femme trancher.

Le lundi, Josh travailla toute la journée à la station-service. Il rentra à dix-sept heures et fila directement à sa chambre. Quand Tom l'appela pour le dîner, il n'obtint pas de réponse et trouva le garçon endormi sur son lit.

« Josh ? » dit Tom en lui secouant doucement l'épaule.

Josh se réveilla en sursaut, comme s'il avait peur de quelque chose.

« Qu'est-ce qu'il y a ? demanda Tom. Qu'est-ce qui ne va pas, Josh ?

— Rien, répondit le garçon en secouant la tête. Rien.

— Tu es fatigué ?

— Oui.

— C'est ton travail ? Tu veux qu'on réduise les heures ?

— Non, ça va très bien. »

Tom s'assit au bord du lit. Il se rappelait le temps où Josh était plus jeune, quand il venait le border le soir, qu'il posait sa main sur son front ou ses épaules, qu'il embrassait sa joue, incroyablement douce. A quand tout cela remontait-il ? Quatre ou cinq ans, pas plus, mais qui semblaient pourtant une éternité.

« Alors, qu'est-ce qui ne va pas ? demanda-t-il, désireux que le garçon sente tout l'amour qu'il éprouvait pour lui.

— Rien, répondit Josh d'une voix lointaine, pas foncièrement hostile, cependant.

— Tu ne veux pas me dire ce qui ne va pas ? Peu importe la raison, je comprendrai. »

La drogue ? songea-t-il, espérant presque que ce soit le cas.

« Je sais que tu as beaucoup de chagrin. Moi aussi. »

Josh le regarda avec une lueur de colère dans les yeux et tourna la tête contre le mur.

« Ta mère me manque autant qu'à toi, que tu le croies ou non. Si je peux faire la moindre chose, Josh... n'importe quoi, demande-le-moi. Tu es mon fils et je t'aime. Si tu as besoin d'aide, je t'aiderai. »

Josh se tourna vers lui, les larmes au bord des yeux.

« Papa. Je... je voudrais te dire... quelque chose...

— Hé, vous deux là-haut ! A table, voyons ! Le rôti est en train de brûler ! » éclata la voix criarde de Frances au rez-de-chaussée.

Le visage du garçon se ferma. Le contact était rompu.

« On ferait mieux de descendre, dit Josh.

— Laisse tomber le repas pour l'instant. Ne fais pas attention. Qu'est-ce que tu voulais me dire ?

— Oh, rien... »

Il y avait pourtant quelque chose. Et il n'en saurait jamais rien à cause d'un putain de rôti que sa mère faisait toujours trop cuire, de toute façon.

« Attends, dit-il. Attends un peu, Josh. Il y a quelque chose que je voudrais te dire, moi aussi. J'aimerais que nous... que nous suivions une thérapie, tous les deux.

— Une thérapie ?

— Oui.
— Tu crois que je suis cinglé?
— Non. Bien sûr que non. Je me disais simplement que...
— Je ne veux pas. Il n'en est pas question.
— Est-ce qu'on ne pourrait pas au moins en discuter?
— Non! hurla Josh en sautant au bas de son lit.
— Josh, attends! »
Tom s'élança derrière lui mais Josh se rua dans l'escalier et disparut par la porte d'entrée.
« Dieu du ciel, dit Frances, où court-il comme ça? Il ne sait donc pas qu'il est l'heure de manger?
— J'en doute, dit Tom d'un ton sec. Il le sait. Nous le savons tous. Il se trouve simplement que nous n'avons pas faim, dit-il en se dirigeant vers la porte de la cave. Je descends travailler un moment. J'aimerais qu'on ne me dérange pas. Sous aucun prétexte. »
Il claqua la porte derrière lui, laissant pour une fois sa mère sans voix.
Tom ne trouva aucun réconfort dans son atelier. Le morceau de chêne sur lequel il peinait depuis plusieurs jours ne semblait pas posséder plus de vie qu'une vieille souche. Il voulut se mettre au travail mais n'y parvint pas. Il ne cessait de penser à Josh, se demandant ce que son fils avait voulu lui dire, ce qu'il avait enfin décidé de partager avec lui avant que sa grand-mère ne se mette à ameuter les populations pour une histoire de rôti.
Que pouvait-il faire pour que Josh accepte enfin de se confier à lui?
Cette pensée en tête, il se remit au travail avec une ardeur renouvelée et précisa ses coups de ciseau. Mais il avait beau tailler, creuser, évider, quelque chose n'allait pas. Il ne tirerait rien de ce bois-là. Il lui fallait quelque chose de plus...
De plus grand.
Oui. C'était cela. Il avait besoin de largeur et de profondeur, de masse et de volume. Ce qu'il voulait faire ne pouvait se réduire à la taille d'un oiseau, fût-ce d'un aigle. Non, il lui fallait quelque chose de taille humaine.

Josh s'appuya contre un arbre et fondit en larmes. Il avait courut tout le long du chemin et s'était précipité dans les bois. Personne ne l'avait vu.

« Maman... », murmura-t-il, comme s'il s'attendait à la voir apparaître, passer un bras autour de son cou et le serrer contre elle, comme elle le faisait autrefois quand quelque chose n'allait pas.

Mais elle n'était pas là et il s'assit à terre au pied d'un chêne moussu. Il avait failli tout dire à son père et il était en colère contre lui-même. Il s'était presque fait avoir par l'homme que la nature avait fait son père, avait failli pleurer dans ses bras et été bien près de tout lui avouer, lui avouer ce qu'il avait fait et s'apprêtait à refaire. Parler aurait été une grave erreur, car il savait que son père lui mentait quand il disait qu'il aimait encore sa mère. Il ne l'aimait pas, ce n'était pas possible, pas avec toutes les cochonneries qu'il faisait avec toutes ces femmes. D'abord, cette gamine, celle qui était presque aussi jeune que lui, et puis l'autre maintenant, la plus vieille.

Josh connaissait parfaitement les mystères de la vie. Il avait lu *Hamlet*. Pas la pièce mais une adaptation en bandes dessinées qu'il avait trouvée dans un coffre plein d'illustrés ayant appartenu à son père quand il était jeune. Il avait cependant très bien saisi toute l'histoire. Hamlet, qui aimait beaucoup son père, était devenu fou quand sa mère, à peine veuve, s'était jetée dans les bras de son oncle. Ainsi, la mère avait été incapable d'attendre que le cadavre du père soit refroidi : c'était cela qui lui avait fait perdre la tête. Dans le cas de sa famille, les rôles étaient inversés mais, à part ce détail, la situation était la même. Il n'avait pas vu son père pleurer depuis la mort de sa mère, pas une fois. Il n'avait pas pleuré lors de l'enterrement ni plus tard, à la maison, alors que lui avait eu envie de pleurer pendant des semaines.

Quand les gens étaient mariés, ils le restaient. C'était ainsi que les choses étaient censées se dérouler. Certes, il y avait des cas de divorces et beaucoup des parents de ses camarades d'école étaient divorcés. Mais c'était parce qu'ils ne s'aimaient pas assez au départ pour rester ensemble. Et son père, lui, n'était pas divorcé, il était veuf, nuance. Il devait donc avoir du chagrin et Josh ne comprenait pas pourquoi il n'en avait pas.

Quand on était marié, on s'aimait, il n'y avait pas à sortir de là.

Il songea à Mme Goodwin. Elle était mariée et aimait certainement son mari. Il était sûr qu'ils faisaient sauter le matelas, comme disait son copain Artie Huber. Faire sauter le matelas. Comme papa et maman le faisaient tous les deux quand maman était encore en vie. Il les avait entendus, plusieurs fois, quand il s'était levé pour boire un verre d'eau à la cuisine ou aller aux toilettes. Au début, il avait eu peur, mais quand il avait été en âge de comprendre la nature de l'activité à laquelle se livraient ses parents, il avait parfaitement admis la chose. Cela voulait dire qu'ils s'aimaient toujours, non ? Il avait compris que les gémissements de sa mère étaient dus au plaisir et non à la souffrance. Il voulait que sa mère soit heureuse. C'était parfait ainsi.

Mais quand son père faisait sauter le matelas avec cette punaise de Karen, là non, là les choses étaient différentes. Surtout qu'ils faisaient l'amour dans le même lit que sa mère, ce qui était encore pire. Fallait voir également comme elle criait. Jamais sa mère n'aurait crié comme ça.

La première fois qu'il avait surpris son père et cette Karen était la nuit où il avait rêvé de sa mère. Il avait eu des éjaculations nocturnes, précédemment, mais jamais encore en rêvant de sa mère. Il s'était réveillé au beau milieu de la nuit, tout poisseux et torturé de pensées coupables, avait jeté son pyjama souillé dans le panier à linge, s'était recouché et s'était masturbé dans un carré de tissu qu'il avait ensuite plié et caché sous son matelas. Cela avait été la première et la dernière fois qu'il avait rêvé de sa mère.

Mais il n'arrivait pas à l'oublier et projetait son visage sur celui de toutes les femmes. Comme Mme Goodwin, par exemple. Elle avait environ trente-cinq ans, elle était grande et mince et avait un beau visage régulier, encadré de cheveux blonds ramenés en chignon sur la nuque ou tombants sur les épaules, selon le jour. Elle faisait toujours le plein à la station-service et avait toujours un mot gentil pour lui. Elle conduisait une petite MG rouge, un modèle 1967 retapé par son mari, d'après ce qu'elle lui avait dit. Josh l'avait aperçu une ou deux fois, ce mari ; c'était un petit homme chauve qui portait costume et cravate durant la semaine, maillot de corps et short le week-end, et conduisait une Audi grise. Il avait l'air sympathique, lui aussi, même si Josh le connaissait moins bien que sa femme. Ils habitaient non loin de là, en haut de Longfellow Street, une maison entourée par les arbres.

A la pensée de Mme Goodwin, Josh se remit debout et coupa à flanc de colline à travers les bois, préférant atteindre Longfellow Street par l'arrière. La maison des Goodwin était la quatrième. M. et Mme Goodwin étaient assis sous leur véranda. M. Goodwin fumait une cigarette et Mme Goodwin buvait ce qui devait être du thé glacé. Ils levèrent la main quand ils l'aperçurent passer dans la rue.

« Bonjour, Josh, s'écria Mme Goodwin. On est de patrouille, ce soir ?

— Non, madame Goodwin. Un petit tour, c'est tout. »

Puisqu'il n'y avait pas moyen d'opérer par la façade, il allait procéder autrement. Il descendit Longfellow Street, remonta Elm Road et tourna dans Alcott Street, où il lui fut facile de se glisser derrière la maison des Goodwin.

C'était mieux. Les arbres étaient épais, par ici, et on pouvait facilement s'y cacher. Les pins prédominaient mais il y avait aussi de grands chênes qui avaient l'air faciles à escalader et d'où l'on devait avoir une vue plongeante sur les fenêtres du premier.

Il se lécha les lèvres et examina les alentours. Le soir tombait et il faisait de plus en plus sombre sur la petite ville. C'était l'heure qu'il préférait.

Satisfait de ces travaux d'approche, Josh rentra chez lui. Il avait faim, il était fatigué et ne reviendrait pas ce soir.

Mais il reviendrait plus tard, même s'il se sentait déjà coupable. Il avait failli tout avouer à son père et s'était repris à temps. Heureusement, car il n'aurait pas compris. Personne n'aurait compris.

Les arbres généalogiques plongent leurs racines dans le passé, les branches lourdes du poids des générations disparues.

Alexander Smith, *Dreamthorp*.

« Donc, vous croyez qu'il faut attendre encore un peu pour commencer le traitement ? » demanda Charlie Lewis.

On était en fin d'après-midi, le lendemain, et tous deux, se frayant un chemin parmi les taillis, progressaient vers l'ancienne scierie.

« Je pense que oui, répondit Tom. Je viens juste d'en accepter le principe, il faut le temps que l'idée fasse son chemin.

— Peut-être, répondit Charlie, mais s'il a vraiment tous ces problèmes, je pense que le plus tôt serait le mieux.

— J'étudierai la situation quand mes parents seront partis.

— Comme je vous comprends. Quand est-ce qu'ils partent, déjà ? A la Noël, c'est ça ? »

Comme s'il y avait une justice, une branche lui cingla méchamment le front et il étouffa un juron.

« Je savions bien que j'aurions jamais dû prendre cette saloperie de chemin, fulmina-t-il.

— C'est vous qui avez voulu faire un peu de marche, non ? Il me semble même me souvenir que c'était excellent pour le cœur.

— Si vous écoutez tout ce que racontent les vieillards séniles, à présent.

— Si vous m'expliquiez pourquoi vous teniez à venir là.

— Curiosité morbide. Se prendre pour Rouletabille et découvrir un indice que l'inspecteur Lestrade n'aurait pas vu.

— L'inspecteur Lestrade c'est dans les récits de Sherlock Holmes.

— Détail, détail », marmonna Charlie.

Une minute plus tard, Tom et Charlie surgirent d'un dernier carré de fourrés et débouchèrent dans la clairière.

« C'est là ? demanda Tom.

— Oui. Bienvenue dans la Forêt hantée. L'arbre, là-bas. C'est le seul qui soit assez gros. »

Ils s'avancèrent vers l'énorme pin blanc, l'un des plus grands que Tom avait jamais vus. Il devait bien faire dans les dix mètres de circonférence à la base. L'écorce, près du pied, était considérablement plus sombre que le reste du tronc.

« On dirait qu'on a arrosé le pied, dit Tom.

— Oui, approuva Charlie. Enfin, c'était pour laver... ce qu'il y avait dessus, ajouta-t-il en louchant vers l'arbre. Que Dieu ait pitié des restes de ce pauvre homme. »

Dans les fissures de la rude écorce, des débris organiques à demi pourris achevaient de se décomposer sous les rayons du soleil. A environ quatre-vingts centimètres du sol, l'écorce était fendue d'un grand trou.

« Vous aviez raison, dit Tom. C'est encore plein de sang.

— La terre était imbibée de sang, regardez, on voit encore les traces, dit Charlie. C'est là qu'il était. Il paraît qu'il fallait avoir le cœur bien accroché. Incroyable. Même maintenant, je n'arrive toujours pas à y croire. Comment concevoir qu'on puisse commettre des atrocités pareilles ? A mon avis, on ne devrait pas l'abattre tout de suite.

— Parce que l'arbre va être abattu ?

— D'après Bret, oui. L'enquête est terminée. En tout cas la police a pris des tas de photos. Personnellement, je ne tiens pas à les voir.

— Mais pourquoi couper cet arbre ? demanda Tom.

— Je ne sais pas. Par superstition, peut-être, pour qu'il n'en reste rien. Pour ne pas faire peur aux promeneurs dans notre genre. »

Tom sortit son couteau de poche, déplia la lame et la planta dans l'écorce.

« Je ne vous savais pas amateur d'accessoires de musée des Supplices, commenta Charlie.

— Il ne s'agit pas de ça. Mais il me vient juste à l'idée qu'on pourrait débiter un excellent morceau, là-dedans.

— Je vous trouve un rien morbide. »

Tom débarrassa le tronc d'une partie de son écorce et passa sa lame sur le bois blanc exposé.

« C'est du beau bois, dit-il. De toute façon... on va l'abattre...

— Mais c'est qu'il serait sérieux, ma parole. Tom, rentrons. Allons boire une bière et laissons Bret Walters transformer cette saleté d'arbre en bûchettes.

— Mais ce n'est qu'un arbre, Charlie. J'ai absolument besoin d'un bloc de bonnes dimensions. Que je sois damné s'il n'y a pas moyen d'en tirer un billot de deux mètres sur soixante centimètres.

— Moi, ce que j'en dis, soupira Charlie. Vous n'avez qu'à demander à Bret Walters. Il doit envoyer quelques gars à la fin de la semaine. Peut-être que si vous lui proposez d'abattre l'arbre vous-même, soulageant par là le budget de la police de Chalmers d'un tronçonnage dispendieux...

— Ce n'est pas une mauvaise idée. Je ne vois pas pourquoi il refuserait. »

Bret Walters n'y vit aucune objection mais lui fit promettre de ne pas utiliser le lieu de provenance comme argument publicitaire.

Le lendemain, accompagné de Charlie, il retourna à la clairière, cette fois par le sentier réglementaire et au volant d'un camion emprunté à la station Mobil. Il s'était assuré le concours de deux jeunes gens, recrutés parmi les élèves de son cours de sculpture, et ils s'attaquèrent au tronc à l'aide d'une scie passe-partout. L'arbre faisait quinze mètres de haut et, dans sa chute, entraîna plusieurs arbrisseaux avec lui. Ils sectionnèrent le tronc en huit parties, chargèrent, grognant et suant à grosses gouttes sous la chaleur torride, le morceau que Tom voulait faire découper à l'arrière du camion et tirèrent les autres à l'écart dans les fourrés.

Quand il immobilisa le camion devant l'entrée de Burke's Lumber, à Lebanon, il suscita un certain émoi parmi les ouvriers. Comme il le souhaitait, le bois fut préalablement débarrassé de toute son écorce, égalisé, profilé, débité en un bloc des deux mètres de haut sur soixante centimètres de large et chargé une nouvelle fois à l'arrière du camion. Il fallut ensuite le décharger et le faire passer avec précautions par la porte de son atelier.

Tom remercia les deux étudiants, les gratifia chacun d'un billet de dix dollars, les ramena sur le campus et put enfin rentrer chez lui admirer le bloc à loisir.

« Eh bien, voilà, Michel-Ange, dit Charlie. David n'attend plus que vous lui donniez vie.

— David était en marbre. Pas en bois.

— D'accord. Pinocchio, alors! Ça vous va?

— Pas vraiment. »

Tom laissa courir ses mains sur la surface rugueuse.

« Je ne sais pas encore ce que ça va donner.

— Oh! vous ferez très vite connaissance, tous les deux. Bien, je vous laisse, maintenant que la glace est rompue.

— Merci pour le coup de main, Charlie.

— Y'a pas de quoi. Soulever des blocs de deux cents kilos, j'adore ça.

— Vous prendrez bien une bière avant de partir?

— J'aurais préféré dix dollars. Enfin... A plus tard. »

Tom examina longuement le bloc de pin blanc, en fit le tour, le palpa sur toutes les faces, jaugea la disposition des fibres, caressa les nœuds du bout des doigts. Aucune partie molle, rien que de l'aubier dur comme l'acier.

Il y a quelque chose dans ce bois, pensa-t-il. Quelque chose qui n'attend que moi. Qui est à moi, maintenant. Mais quoi?

Il prit un tabouret et recula au fond de son atelier. Le bois blanc resta muet, silencieux.

Nous sommes tous nos propres despotes, nous tremblons de ce que vont dire les voisins.

Alexander Smith, *Dreamthorp.*

Sur les moniteurs retour, l'ours vint se poster à côté d'un pot d'échappement aussi haut que lui et bomba fièrement le torse, le mufle tourné vers la caméra. Puis il sortit du champ en sautillant et les écrans s'éteignirent.

« Voilà, dit l'ingénieur du son. Qu'est-ce que vous en dites ? »

Laura Stark soupira et avala une gorgée de café.

« Il sautille toujours, dit-elle d'un air las. Vous pouvez me dire pourquoi il sautille comme ça ?

— C'est vous qui vous imaginez qu'il sautille, répondit le metteur en scène. J'ai coupé tous les bondissements. C'est ce que vous vouliez, eh bien c'est fait. Qu'est-ce que tu en penses, Billy ?

— Bon Dieu, je n'en sais fichtre rien, répondit l'ingénieur du son en haussant les épaules.

— Il sautille, dit Laura, contrariée. Je maintiens qu'il sautille.

— Et moi je vous dis qu'il saute, insista le metteur en scène. Qu'est-ce que tu en penses, Billy ? »

Laura laissa fuser un soupir d'exaspération.

« Billy n'est pas votre client, Kevin. C'est moi, votre client. Je vous dis que ce putain d'ours se trémousse de trop. Il ne sautille pas, il se dandine. Bon, je vous ai déjà dit hier que l'ours de la Renco ne sautillait pas. Je m'en fous d'ailleurs complètement mais pas le président de cette digne maison.

— Mais il est tellement mignon.

— L'ours de la Renco n'est pas censé être mignon tout plein, suis-je assez claire ? L'ours de la Renco est un gros macho, pas Winnie l'ourson, mon petit Kevin. L'ours de la Renco vend des accessoires automobiles, d'accord ? Avec un ours aussi gnangnan, ça m'étonnerait beaucoup que les types se précipitent dans une succursale de la Renco quand ils auront besoin d'une pièce de rechange.

— Ça veut dire quoi ça, hein? demanda Kevin, la narine frémissante.

— Ça veut dire qu'il faudrait qu'il soit un peu plus viril et qu'il arrête de se trémousser. Contentez-vous de faire ce que je vous avais demandé, d'accord? »

Les mâchoires de Kevin tremblèrent et, pendant un moment, Laura crut qu'il allait se mettre à pleurer.

« Mais ça va me demander toute la nuit. Ça aussi c'était compris dans le programme, peut-être, quand vous m'avez demandé ce que vous vouliez? grinça-t-il entre ses dents.

— Désolée, dit-elle. Mais je vous signale que par votre faute nous dépassons nos temps de studio. Aussi je vous trouve bien bon de venir me parler d'heures supplémentaires quand il ne s'agit que de corriger vos erreurs. Qu'est-ce que vous en pensez, Billy?

— Ne me mêlez pas à ça. Moi, tout ce que je fais, c'est pousser les boutons.

— Bon, dit Kevin. Puisqu'il faut le faire. L'allure virile, hein?

— Mâle en diable », dit-elle, s'efforçant de ne pas éclater de rire en voyant le petit homme chauve se dresser du haut de son mètre soixante-cinq et quitter le studio avec l'air de quelqu'un qui va se jeter sous le train.

Dès que la porte se fut refermée en chuintant, ils partirent tous deux d'un vaste éclat de rire.

« C'était splendide, dit Billy en s'essuyant les yeux. Il n'arrête pas de faire des trucs comme ça. Si on n'était pas toujours sur son dos à lui tanner le cuir, il ferait marcher Rambo avec le petit doigt en l'air.

— Vous croyez qu'il sera prêt demain ? » demanda Laura, soudain inquiète.

Pourvu que Kevin ne se mette pas en tête de traîner volontairement les pieds ou, pis encore, ne transforme pas l'ours de la Renco en folle tordue.

« Il sera prêt, dit Billy. Il est pénible, mais une fois qu'on lui a bien botté le train comme vous venez de le faire, il avance. Nous pourrons commencer le montage définitif demain, ne vous en faites pas.

— C'est que deux jours de dépassement de budget, ça suffit.

— C'était une éventualité que vous aviez prévue, non ? Après tout, il n'y a qu'à considérer que c'est le problème du client.

— D'accord, il paye. Mais c'est une enveloppe globale, si les coûts augmentent, nos profits diminuent.

— Dans ce cas-là, dit Billy en souriant, je ne vois qu'une seule façon de contenir vos frais généraux dans des limites raisonnables. Laissez-moi vous inviter à dîner ce soir.

— Oh, Billy, non. Je...

— Pourquoi pas ? Cela fait maintenant trois jours que nous travaillons ensemble. Je crois qu'il est temps de se découvrir un peu mieux en tant qu'êtres humains, vous ne croyez pas ? En tout bien tout honneur. »

Elle le regarda un long moment et ne lut aucune arrière-pensée sur son visage. Il avait contribué à rendre ces trois jours supportables, tout compte fait, avec son amabilité et sa bonne humeur constante. En outre, il ne manquait pas d'un certain charme, si on les aimait dans la quarantaine grisonnante. Il avait un beau visage viril aux traits réguliers, était mince et bien fait. Il était gentil, surtout. Après avoir supporté Kevin toute la journée, elle pouvait bien s'accorder un peu de détente en amicale compagnie au lieu de retourner à l'hôtel Hyatt et de demander qu'on monte son repas dans sa chambre pour ne pas avoir l'impression de manger seule.

Ils roulèrent jusqu'à un petit restaurant qui servait une cuisine de La Nouvelle-Orléans. Sur la chaude recommandation de Billy, ils commandèrent un poisson au beurre noir qu'elle réussit à terminer mais dont elle n'aurait pas fait des folies.

« C'était bon, mmm? demanda Billy, essuyant sans vergogne le fond de son assiette avec son pain.

— C'était délicieux, mentit-elle. Epicé, en tout cas.

— C'est ce qui fait le sel de la vie. Dites-moi, Laura, vous êtes mariée? »

La question la mit mal à l'aise. S'il avait le moindre doute, alors pourquoi l'avait-il invitée?

« Non.

— Vous l'avez déjà été?

— Oui... Une fois.

— Moi aussi. Ça ne marchait plus entre nous. Vous avez des enfants?

— Non. Dieu merci. »

— Oh! ce n'est pas si terrible. J'en ai deux. Deux garçons. Je les prends tous les week-ends et deux semaines pour les vacances d'été. En général on va pêcher dans l'Etat de New York. Ils ont douze et treize ans, maintenant, et ils s'y sont très bien fait. »

Ils commandèrent un dessert puis sirotèrent un sherry. Billy faisait les frais de la conversation, parlant de ses enfants, des causes de l'échec de son mariage, de son travail, de son espoir d'ouvrir son propre studio dans un an ou deux. Au moment de régler l'addition, Laura offrit de payer son écot mais Billy refusa avec véhémence.

« C'est moi qui vous ai invitée, rappelez-vous? La note est pour moi. »

La température était douce, dehors, et, malgré la succulence toute relative du dîner, Laura se sentit heureuse et détendue en remontant dans la voiture de Billy. Elle croyait qu'il allait la ramener directement à son hôtel, puisqu'il était presque vingt-trois heures et qu'ils devaient commencer tôt le lendemain matin, mais il négligea de mettre le moteur en marche. Au lieu de cela, il passa son bras derrière ses épaules et l'attira contre lui avec l'intention manifeste de l'embrasser.

Laura se raidit et le repoussa gentiment mais fermement. Les yeux de son vis-à-vis, réduits à deux fentes énamourées, s'élargirent de surprise, réelle ou supposée.

« Vous ne croyez pas que nous sommes trop vieux pour ce genre de petits jeux ? demanda-t-il.

— Si vous voulez parler des parties de jambes en l'air sur la banquette arrière, tout à fait.

— Ce n'est pas la peine de faire tant de manières. Laura, je sais ce que vous ressentez. Moi aussi, je ressens la même chose. Nous sommes des adultes, Laura, nous sommes libres et ne causons de tort à personne. »

Quelle gourde ! Elle aurait dû s'en douter. Elle aurait bien dû savoir comment tout cela allait se terminer.

« Ce n'est pas ça, dit-elle d'un ton sec.

— Bon, écoutez, si c'est votre santé qui vous préoccupe, je suis okay de ce côté-là. J'ai subi un test de dépistage du sida la dernière fois que j'ai donné mon sang. Pas de problème, je suis séronégatif, vous n'avez aucune crainte à avoir. Et si vous êtes toujours réticente, je ne suis pas le genre de gars qui se sent diminué avec un préservatif. En fait, c'est une très bonne idée, les préservatifs. On se sent plus décontracté, voyez ?

— Billy, dit Laura en essayant de contenir la fureur qu'elle sentait la gagner. Je crois que vous feriez mieux de me ramener tout de suite à mon hôtel pendant que nous pouvons encore espérer entretenir des relations strictement professionnelles...

— Hé là ! Attendez...

— Vous me faites pitié, Billy.

— Je vous fais pitié ? s'exclama-t-il avec une surprise qui ne semblait cette fois nullement feinte. Comment ça ?

— Votre... votre certitude de pouvoir me glisser dans votre lit, c'est ridicule.

— Eh bien, je suis désolé, mais bon Dieu, on est au XXe siècle, vous savez ? Je crois que je peux lire dans les gens et...

— ... disons qu'en ce qui me concerne, vous vous êtes trompé, voilà tout.

— Non, dit-il après l'avoir dévisagée quelques instants. Non, je sais ce que je dis. Je ne me suis pas trompé. »

La rage au ventre, il tourna la clef de contact, fit rugir le moteur et quitta le parking du restaurant.

« Peut-être que Kevin avait raison, marmonna-t-il dans sa barbe.

— A quel sujet? demanda-t-elle.

— Rien. »

Il faisait semblant d'avoir parlé trop haut par inadvertance mais elle était certaine qu'il savait très bien ce qu'il faisait.

« Que vouliez-vous dire?

— Rien.

— Alors si ce n'est rien, cela n'a pas d'importance, n'est-ce pas? »

Elle se sentait idiote. C'était le genre de repartie que se lançaient les gosses à l'école mais elle voulait savoir, voir ses soupçons confirmés.

« Oh, c'est stupide, vraiment. Il était en colère, lui aussi. »

Il resta un moment silencieux puis reprit, sans plus besoin d'être sollicité.

« Il dit... D'après lui, vous seriez plutôt du genre à foncer au Vénus après le travail.

— Le Vénus? Qu'est-ce que c'est que ça?

— Juste un bar. Enfin un club, plutôt. Un club pour femmes », précisa-t-il avec juste ce qu'il fallait de mépris dans la voix.

Laura se sentit soudain glacée et l'image de Kitty, nue dans ses bras, surgit à son esprit.

« Et qu'y a-t-il de mal dans un club féminin?

— Ce sont des femmes qui aiment d'autres femmes, dit Billy en laissant fuser un rire gras. Remarquez, moi je ne veux rien insinuer. Mais Kevin est tellement cancanier. Que voulez-vous, les pédés sont comme ça. »

Ils accomplirent le reste du trajet en silence.

« Merci pour le dîner, dit Laura d'un ton froid.

— Hé ! je m'excuse. Vraiment, je me sens plutôt stupide. Je suis désolé.

— Pourquoi? Parce que vous êtes tombé sur une gouine?

— Moi, ce ne sont pas mes oignons.

— Vous avez raison. Vous avez foutrement raison! »

Elle fit claquer la porte et ne se retourna pas avant d'avoir retrouvé la sécurité de l'entrée. Quand elle tourna la tête, la voiture de Billy n'était plus là.

Elle ne monta pas à sa chambre mais alla droit au bar, s'assit à une table et commanda un gin tonic qu'elle but presque aussitôt pour se calmer les nerfs. Elle en commanda un second, qu'elle but plus lentement mais sans décolérer. Avec les verres et le sherry ingurgités au dîner, ses pensées commençaient à devenir confuses et les souvenirs de Kitty qu'elle avait essayé de réprimer remontaient lentement du fond de son cerveau. Kitty si belle, à la peau et aux lèvres si douces.

« Kitty, murmura-t-elle. Oh, Kitty... »

Peut-être que ce salopard de Billy avait raison, après tout. Peut-être que cette petite tapette de Kevin avait raison, lui aussi. Elle sourit amèrement à cette pensée. Oui, Kevin et elle avaient peut-être plus de choses en commun qu'elle ne le croyait. Qu'avait-il cru deviner, au juste? Avait-il raison? Etait-elle le genre de femmes à frayer au Vénus?

Le Vénus. C'était peut-être ce dont elle avait besoin. C'était le moment ou jamais. Elle était seule dans une ville inconnue et personne n'en saurait jamais rien.

Si elle avait été plus sobre elle n'aurait sans doute jamais osé y aller. Mais la boisson lui avait brouillé l'esprit, les insinuations de Billy l'avaient bouleversée et le souvenir de Kitty était revenu la hanter. Elle se dirigea vers la rangée de cabines téléphoniques et chercha le numéro du Vénus dans l'annuaire. Il y était. Nom, adresse et numéro de téléphone. Elle décrocha et composa le numéro. Une voix féminine lui répondit et lui donna les informations nécessaires : non, il n'y avait aucune condition d'inscription pour entrer, oui, les gens pouvaient venir seuls (la femme avait ricané à ce moment-là), bien sûr que la maison était ouverte en ce moment, on ne fermait qu'à deux heures du matin.

Laura pensa un moment faire un crochet par sa chambre pour se rafraîchir un peu mais savait que si elle le faisait, sa résolution faiblirait et elle ne mettrait pas le nez dehors. Elle se contenta de filer aux toilettes des dames, rajusta son maquillage, se lissa les cheveux, s'aspergea à la hâte d'un nuage de *Binaca* et sortit attendre un taxi.

Je garde ma passion pour moi seul,
comme un gâteau, et je la déguste en privé.

Alexander Smith, *Dreamthorp.*

Le Vénus était situé dans une rue tranquille bordée de grands arbres protégés de grilles en fer forgé. C'était le troisième bâtiment d'une rangée de vieilles maisons en grès. Le voisinage n'était pas conforme à l'idée qu'elle s'en était faite et les lieux inspiraient confiance. Une enseigne sculptée à la main proclamait en lettres dorées : le Vénus. C'était tout. Pas d'enseigne lumineuse, pas de lumières rouges. On faisait dans la discrétion.

Le trajet en taxi avait pris une vingtaine de minutes et Laura se sentait quelque peu dégrisée. Lorsqu'il s'était arrêté, elle avait failli demander au chauffeur de la ramener à l'hôtel Hyatt mais s'était ravisée et lui avait laissé un généreux pourboire. Elle était restée sur le trottoir et avait regardé les feux arrière du taxi disparaître dans la nuit. Devant la porte d'entrée, elle avait hésité un instant : fallait-il frapper à la porte vitrée ou entrer comme si de rien n'était? Elle choisit la dernière solution.

Elle fut accueillie, dès la porte franchie, par une femme séduisante vêtue d'un smoking noir qui lui donnait énormément d'allure. Elle se tenait derrière un comptoir de bois sculpté sur lequel un grand registre était ouvert.

« Bonsoir, dit la femme en souriant. Votre nom?

— Oh, bafouilla Laura. Je... je ne suis pas membre, mais on m'a dit au téléphone...

— Bien sûr. Vous pouvez acquitter un droit d'inscription pour la soirée. Vingt-deux dollars.

— Oh... très bien. Parfait... »

L'hôtesse prit l'argent que Laura lui tendait et indiqua du geste une lourde porte de chêne, au bout du couloir face à la porte d'entrée.

Laura accomplit lentement les quelques mètres qui la séparaient de la porte, les yeux agrandis par la surprise. Elle avait l'impression d'être en visite chez sa grand-mère. D'élégantes tentures rouges couvraient les murs et un chandelier de cristal jetait une chaude lumière jaune sur le tapis oriental brun et vert qui couvrait le sol.

A la porte du sanctuaire, Laura connut un moment d'hésitation.

« Entrez, l'encouragea l'hôtesse. Et passez une bonne soirée. »

Laura prit une profonde inspiration et poussa la porte.

A première vue, le Vénus n'avait pas l'air décadent pour un sou. En fait, l'atmosphère était victorienne, un rien guindée, même, version féminine des clubs anglais au climat feutré. L'ameublement consistait en lourds fauteuils de cuir disséminés comme des îles tout autour de la grande salle. Un bar occupait tout le mur de gauche et seules quelques femmes y étaient assises. D'autres, plus nombreuses, étaient groupées autour de quelques tables. Cela lui rappela, en plus sombre, le salon de réception de l'hôtel Algonquin.

Toutes les femmes présentes étaient très bien habillées, et aucune, ainsi qu'elle fut soulagée de le constater, ne portait de bottes ou de chaînes. Elles semblaient avoir la trentaine ou plus et devisaient tranquillement autour d'un verre. De la musique baroque jouait en sourdine. Le bourdonnement sourd des conversations s'évanouit à l'instant où elle fit son apparition et tous les visages se tournèrent dans sa direction, curieux et expectatifs. Sous le feu de cette inspection générale, elle se sentit véritablement disséquée, papillon égaré à un congrès d'entomologistes.

Malgré sa gêne, elle alla jusqu'au bar, prit place sur

l'un des tabourets et demanda un gin-tonic à la serveuse, une fille d'à peine vingt ans qui, concession badine au dévergondage victorien, était habillée d'une tenue de servante, avec une jupe très courte qui dévoila une culotte brodée de dentelles quand elle se pencha pour attraper la bouteille de Bombay.

Laura avala son gin, essayant d'analyser ses émotions, de déterminer si la tension qui l'habitait était d'origine sexuelle ou était simplement de l'appréhension et de la maladresse à se trouver dans un endroit inconnu. Tout ce qu'elle avait bu au restaurant et à l'hôtel ne faisait rien pour clarifier ses pensées. Que faisait-elle là ? Elle était sur le point de demander un autre verre à la serveuse, qui ne cessait de la lorgner du coin de l'œil, quand elle sentit une main se poser sur son épaule. Elle se retourna et aperçut une femme encore plus grande qu'elle, les cheveux noirs parsemés de mèches blanches. Elle portait une robe noire fermée très haut sur la gorge et un pendantif autour du cou dont le diamant central, qui brillait de mille feux, devait certainement être authentique.

« Je m'appelle Diane », déclara la femme.

Ses dents étaient blanches et régulières. Elle avait la voix rauque et dégageait une odeur de tabac et de whisky.

« Mes amies et moi n'avons pu nous empêcher de remarquer que vous étiez seule. Nous nous demandions si vous aimeriez vous joindre à nous. »

Laura se força à sourire.

« Merci. C'est très aimable à vous mais... »

Quelle excuse inventer ? Pourquoi une femme venait-elle ici si ce n'était pour rencontrer d'autres femmes ? Elle devait accepter l'invitation. Dans son esprit, elle n'avait pas d'autre choix.

« Oh, venez. Vous n'allez pas continuer à boire toute seule, ce n'est pas amusant. C'est comme ça qu'on devient alcoolique. »

Sa main aux longs doigts fuselés toucha celle de Laura.

« Venez. Les fauteuils sont très confortables. »

Laura sauta au bas de son tabouret et put se rendre compte à quel point la boisson avait entamé ses perceptions. Elle avait néanmoins envie d'un autre verre.

« Je... il faut d'abord que je prenne un gin-tonic. »

Diane hocha la tête et fit signe à la fille derrière le bar.

« Margo, apporte-le là-bas. »

Puis elle prit Laura sous l'aisselle, la serrant plus qu'il aurait été normal, et l'entraîna vers la table où l'attendaient ses amies.

Trois autres femmes étaient assises dans des fauteuils de cuir autour de la table basse. Toutes semblaient avoir autour de la quarantaine.

« C'est la première fois que vous venez ici ? » demanda sa voisine de gauche.

Elle avait quelques kilos de trop, même si elle les portait bien, et un visage rond et rose de chérubin.

« Oui, en effet. »

La serveuse apporta son gin-tonic et Laura s'en empara comme d'une bouée de sauvetage. A sa droite, la main de Diane reposait possessivement sur le bras de son fauteuil.

« Comment vous appelez-vous, ma chère ? » demanda celle qui était en face d'elle.

Elle portait une robe rouge qui découvrait largement la naissance d'une poitrine splendide généreusement offerte à l'attention générale. Au vu des rides qui lui creusaient le visage, elle devait être nettement plus âgée que ses compagnes.

« Laura.

— Laura. C'est un prénom charmant. J'ai eu une amie qui s'appelait Laura. »

La femme qui n'avait pas encore dit un mot ne cessait de la dévorer des yeux. Une très belle femme aux grands yeux violets, à la peau magnifiquement bronzée et dont le cheveux blonds encadraient un visage d'une perfection sculpturale. Surprise par l'intensité dévorante de ces yeux violets, Laura eut peur de lâcher son verre et le posa sur la table, interloquée et fascinée à la fois.

« Laura... » murmura la femme.

Elle dut déglutir avant de pouvoir répondre. Comme dans un rêve, la salle paraissait lointaine et lumineuse.

« Oui... ? »

Elle se sentait timide et gauche devant cette Diane chasseresse.

« Je m'appelle Janet. Détendez-vous. Nous n'allons pas vous mordre. »

Les quatre amies s'esclaffèrent et Laura rit aussi. Tout le monde se mit alors à parler et elle se crut, ni plus ni moins, à quelque réunion au bar du Country club. Les quatre femmes discutaient de leur travail, de la mode, de la télévision et de mille autres sujets ; la seule indication de leur préférence sexuelle pouvant être décelée dans la manière dépréciative dont elles parlaient de leurs employeurs ou de leurs collègues masculins.

Quand Diane quitta la table pour se rendre aux toilettes, Janet vint se placer à côté d'elle et lui chuchota quelques mots à l'oreille.

« J'aimerais bien que nous montions au premier.

— Monter au premier? répéta Laura, sans comprendre.

— Diane est aussi froide qu'un glaçon. Mais vous et moi... pourrions passer un excellent moment, ajouta-t-elle en effleurant des doigts la joue de Laura. Arrangeons-nous pour ne plus être là quand elle reviendra. »

Janet se leva et lui prit la main. La tête vide, Laura se leva et la suivit. Les deux autres femmes les regardèrent partir avec une sorte d'indifférence morose qui apprit à Laura qu'elle n'était pas la première à monter au premier avec Janet.

L'ascension de l'escalier lui sembla faire partie d'un rêve. Laura ouvrait la marche et Janet suivait, la tenant par les hanches. Parvenues sur le palier, Janet reprit la direction des opérations et l'entraîna le long d'un grand couloir. Elles pénétrèrent dans une salle caverneuse et faiblement éclairée qui semblait ne contenir qu'un lit, un énorme lit à colonnes qui tanguait comme un navire. Janet la fit asseoir au bord du lit et lui caressa doucement les bras. Puis ses mains remontèrent sur ses seins. Laura se raidit, incapable de réagir, incapable de céder ou de se dérober aux caresses de plus en plus intimes.

Janet s'agenouilla à ses pieds, introduisit une main entre ses jambes, tira la langue et lécha, très légèrement, le creux de son genou. Laura se mit à trembler, non d'extase contenue mais de honte et de peur.

« Non... gémit-elle. Non, s'il vous plaît... »

La main droite de Janet glissa vers les rondeurs de ses cuisses et la gauche se posa sur sa poitrine. Laura se crispa à ce contact et sentit la pointe de ses seins se durcir involontairement sous les doigts inquisiteurs. Puis la main qui était sous sa jupe chercha à s'introduire plus avant et à forcer l'entrée de ses cuisses.

Janet la regarda d'un œil interrogateur et Laura lui demanda d'arrêter. Janet s'exécuta, surprise et contrariée. Laura se releva, empoigna son sac, qu'elle avait emporté sans même sans rendre compte et n'avait pas lâché, rajusta sa tenue, passa sans un mot devant Janet, regagna le rez-de-chaussée, où elle déposa un billet de vingt dollars sur le comptoir, et quitta le Vénus sans explication. Elle marcha une centaine de mètres avant de s'arrêter et vomit tout ce qu'elle avait bu et mangé, toute son humiliation, au pied d'un arbre.

Elle laissa son estomac se calmer puis se remit lentement en marche en direction du prochain carrefour, où les lumières vives lui apprirent qu'elle venait de quitter les quartiers résidentiels et les maisons de grès brun. Un taxi survint et elle le héla d'une voix faible.

Elle se fit reconduire à son hôtel, gagna directement sa chambre, se déshabilla et prit une douche brûlante. Après quoi, elle vomit une nouvelle fois dans le lavabo des toilettes et tomba dans son lit. Elle se réveilla aux petites heures de l'aube, le corps soulevé de spasmes douloureux, et eut juste le temps de vomir dans la corbeille à papier. Au matin, toujours malade, elle lava la corbeille dans la baignoire et pleura, la tête posée sur l'émail blanc. Quand la crise fut passée, elle se lava le visage, et s'habilla, prête à affronter le monde.

> Je le croyais capable du meilleur, bon, intelligent, enfin tout !
>
> Alexander Smith, *Dreamthorp.*

« La vie est belle, Freddy, dit Danny Vernon en tirant une bouffée de son joint. La musique, le cul, voilà comment je comprends la vie.

— Ouais, mais je trouve que tu tires salement sur le joint, Danny. Arrête un peu de fumer cette saloperie tant qu'on n'a pas commencé à jouer, t'entends ?

— Merde, quoi. C'est pas pour ce que je fume. Encore un petit coup de jaja ? » ajouta-t-il en passant le joint à Freddy.

Il en restait encore quasiment cinq centimètres.

« Non. Et tu devrais t'arrêter aussi.

— Fais pas chier, Freddy. Voilà que tu deviens aussi emmerdant que ma bourgeoise. Et toi, ça te dit ? demanda-t-il en tendant le joint à Johnny.

— Non, merci Danny. J'en reste à la bière. »

Putain, ça, il était vraiment zarbi, le citoyen. Ce n'était pas qu'il y avait quelque chose d'étrange à ne pas vouloir tirer sur un pétard, des tas de mecs faisaient la tronche sur le tosh, ces temps-ci. Non, c'était quelque chose qu'il avait dans les yeux, le Johnny, dans cette façon qu'il avait de le regarder quand il croyait qu'il ne s'en rendait pas compte. Mais il était plutôt sympa, tout compte fait. Il venait les écouter chaque soir depuis maintenant une semaine et s'y connaissait en jazz comme un vrai pro, même s'il ne jouait pas lui-même. Finalement, un mercredi soir, Danny l'avait invité en coulisses.

Les coulisses, c'était un bien grand mot : elles se résumaient à une méchante pièce avec des toilettes, quelques chaises fatiguées, un divan et des cendriers sur pied. Mais c'était un endroit où on pouvait fumer un joint tranquille ou se faire une petite ligne, car il arrivait que certains fanas bien branchés vous glissent un ou deux grammes de coke pour jouer le morceau de leur choix. Johnny semblait aimer cette ambiance et avait l'air aux anges.

Al Joss, le pianiste qui avait donné son nom à l'ensemble, avait demandé à Danny ce qui pouvait bien lui passer par la tête d'inviter n'importe quel zozo en coulisses, mais il s'était calmé au bout de quelques jours et avait plutôt Johnny à la bonne, maintenant. Seul Sam, le batteur, semblait ne pas pouvoir l'encaisser et filait au bar dès qu'il le voyait débarquer.

« Fais pas gaffe, lui avait dit Danny en le voyant peiné par cette attitude. Les Nègres n'ont pas le sourire depuis la mort de Bird. Il dit qu'il est dans un "état de deuil perpétuel". Moi, je crois plutôt que c'est un gros con. Ignore-moi ça. »

Le programme terminé, ils allaient s'asseoir au bar et discutaient jusqu'à la fermeture. Chacun rentrait ensuite chez soi, même si, dans le cas de Johnny, personne ne savait où il créchait. Mais ce soir on était vendredi, et les vendredis, sainte pute, étaient des jours spéciaux pour Danny Vernon et Freddy Jefferson. Al et Sam regagnaient ce soir-là tranquillement leurs pénates, comme tous les soirs, mais le vendredi, Danny et Freddy passaient la nuit à tringler les putes. Cela faisait sept ans que les réjouissances duraient. Tout émoustillé, Danny se demanda s'ils n'allaient pas se payer une petite partie à trois et en toucha quelques mots à Freddy, entre deux morceaux.

« Tu crois qu'il aime la viande noire, mec?

— S'il y a déjà goûté, ça m'étonnerait qu'il ait envie d'autre chose, répondit Danny en haussant les épaules. S'il n'y a jamais goûté, il est grand temps de parfaire son éducation. »

Après la fin du morceau, Danny et Freddy retrouvèrent Johnny au bar où il les attendait. Danny aimait bien la manière dont le visage du môme s'éclairait lorsqu'il les voyait arriver, et cette façon qu'il avait de faire signe au barman de leur servir la même chose que d'habitude.

« Non, pas ce soir, mon gars. Ce soir, c'est la fête, Johnny, tu vois ce que je veux dire ? Ce soir nous allons dans un endroit différent et tu es invité à venir avec nous. »

Danny lut de l'étonnement, presque de la contrariété, sur le visage de Johnny, comme si ce petit salaud n'appréciait pas de voir ses bonnes vieilles habitudes dérangées. Attends mon gars, songea Danny avec un sourire, on va faire de toi un homme nouveau. Tu ne seras plus le même, mon petit Johnny, une fois que tu seras passé par chez Minnie. Attends qu'on ait brisé l'écorce, mon vieux, qu'on voie un peu ce qu'il y a dessous.

« Où ça ? demanda Johnny, que l'idée n'enthousiasmait manifestement pas plus que ça.

— Un endroit qu'on connaît bien, susurra Freddy, des étoiles dans les yeux.

— T'aimeras ça, dit Danny. J'te dis que ça, fils. »

Une lueur encore plus étrange que d'habitude fulgura dans les yeux du garçon et Danny se demanda ce que diable il avait bien pu dire de bizarre. On se demandait souvent si c'était du lard ou du cochon, mais il y avait quelque chose dans ce gosse que Danny ne pouvait s'empêcher d'aimer.

Non, pensa-t-il, ce n'était peut-être pas le terme exact. Quelque chose vers quoi il était attiré aurait été plus juste. Oui, c'était ça. Ne voilà-t-il pas qu'il devenait pédé, sur ses vieux jours ? Lui, ce qu'il aimait, c'était une belle nana étalée sur le dos, les jambes écartées et les seins à l'air, de gros nichons noirs sur les draps blancs, alors virer pédé, il n'en avait rien à glander et c'était le cadet de ses soucis.

« Oui, dit Johnny. Mais où ?

— Chez Min-nie, répondit Freddy en détachant chaque syllabe et en frissonnant de façon suggestive.

— C'est une boîte de jazz?

— Ça, tu vas pouvoir te faire astiquer le saxo toute la nuit! s'esclaffa Danny bruyamment.

— Ah? Ça me botte, déclara Johnny d'une voix faible.

— Bon, conclut Danny. Amène-toi. On prend la voiture de Freddy. »

C'était une limousine rouge, une Cadillac 1968, la peinture rutilante et les chromes étincelants. Freddy s'installa derrière le volant, Johnny prit place à côté de lui à l'avant et Danny monta à l'arrière.

« Jolie limousine, déclara Johnny.

— J'étais chauffeur dans le temps, quand je ne jouais pas encore. C'est le genre de bahuts que j'avais l'habitude de conduire. Un jour le grand patron est mort et m'a laissé cette tire en héritage, tu te rends compte? Tu penses si j'étais content. Mais je l'ai repeinte en rouge. On aurait dit un vrai corbillard, toute peinte en noir. On appelle ça une limousine surbaissée. Je ne te raconte pas le nombre de nanas qui ont pu se faire surbaisser la petite culotte sur la banquette arrière!

— C'est pour ça que ça pue toujours le poisson, dans ta tire? pouffa Danny à l'arrière.

— T'occupe. Une fois que c'est sec, ça ne colle pas au siège.

— C'est qu'il la bichonne, sa putain de bagnole, ma parole.

— Euh... commença Johnny en se raclant la gorge, ça doit téter pas mal, un engin pareil.

— Je n'en sais rien. Combien je peux faire aux cent? Je n'ai jamais fait gaffe. De toute façon, je ne sors jamais de la ville.

— Qu'est-ce que tu penses du Blue Light? demanda Danny après quelques minutes de silence.

— C'est une bonne boîte. Très bonne musique, surtout. Comment vous avez fait pour vous rencontrer, les mecs?

— Parce que ça t'étonne qu'on se soit rencontrés? demanda Danny.

— Non, non. Je voulais simplement dire que…

— … que Freddy et Sam sont noirs alors que le pianiste et moi sommes blancs?

— Non. Non! Ce n'est pas ce que je voulais dire.

— C'est bon, mon gars, dit Danny, le jazz est un moyen de mélanger les races beaucoup plus efficace que bien des choses sur cette putain de terre. Quant à moi, je suis juste un nègre blanc, alors. »

Freddy gloussa doucement derrière son volant mais cela n'empêcha pas Danny de poursuivre.

« J'aime les Noirs. J'aime leur musique — parce que le jazz est leur musique —, la meilleure, évidemment. J'aime leur façon de marcher, de parler, et la manière dont leurs femmes baisent. Je ne travaille qu'avec des Noirs et ma femme est une Noire.

— Vous êtes marié? demanda Johnny.

— Exact. Tu ne t'en serais jamais douté, hein? J'ai été marié quatre fois, en fait. A chaque fois je suis tombé sur une salope pire que la précédente mais j'ai toujours repiqué au truc. J'aurais peut-être dû rester avec la première, c'était la meilleure du lot. »

Danny ne savait pas pourquoi il racontait tout ça à ce môme mais, maintenant qu'il avait commencé, il ne voyait pas l'intérêt de s'arrêter.

« C'est bizarre mais c'était la seule Blanche. Enfin, elle était un peu typée. Elle avait du sang indien dans les veines, du sang séminole, pas de ces Indiens bouffeurs de curry. Ah Sainte Vierge! ce qu'elle pouvait couiner quand elle s'envoyait en l'air! Bon Dieu, ça se passait à La Nouvelle-Orléans, il y a quoi, vingt-cinq ans? Elle est morte il y a longtemps. Le plus drôle c'est qu'on n'a jamais divorcé. Je crois que j'ai épousé Eula avant d'apprendre la mort de la première, ce qui fait que j'ai dû être bigame un certain temps. Je ne me suis jamais fait pincer, en tout cas, et c'est trop tard maintenant. Délai de prescription, mon petit gars.

— Délai de prescription? s'exclama Freddy. Je

croyais que c'était pour déterminer si une fille est en âge de procréer ou non.

— Je m'a encore trompé! répondit Danny. J'aime beaucoup l'humour des Noirs, aussi. Bon, c'est pas tout, mon gars, mais maintenant que je t'ai tout dit de moi, si tu me parlais un peu de toi?

— Parler de moi?

— Oh, rien de personnel, si tu n'en as pas envie. Le jazz, par exemple? Pourquoi aimes-tu tellement ça? »

Johnny regarda au-dehors et s'absorba dans la contemplation des lumières qui défilaient.

« Je ne sais pas. J'aime le son de cette musique. C'est comme la vie.

— La vie? Qu'est-ce que tu veux dire, la vie? demanda Freddy.

— C'est comme... comme de mourir jeune et beau.

— Eh bien, mon petit Johnny, tu n'es pas avec la bonne bande, je te le dis, commenta Danny. On n'est plus tout jeunes et on est tout ce qu'on veut sauf beaux.

— Parle pour toi, mon frère, s'esclaffa Freddy.

— Non, non, dit Johnny. Je veux simplement dire qu'il y en a eu tellement — Bird, Coltrane, Bud Powell, Dolphy, Clifford Brown — qui sont morts si jeunes. Ils auraient pu faire tellement de choses.

— Nous sommes la preuve vivante qu'on peut faire de vieux os dans le jazz, répliqua Freddy. Et puis tu oublies Duke Ellington et Sidney Bechet. Sans parler de Louis Armstrong. Et de Dexter Gordon, qui joue toujours et a même fait du cinéma. Il est devenu une idole alors qu'il avait déjà plus de soixante ans. Tu vois, mec, qu'il y a de l'espoir.

— Ça me semble seulement... poursuivit Johnny, très... romantique.

— Il n'y a rien de romantique à mourir jeune, dit Danny. Ni à mourir vieux d'ailleurs, si tu veux mon avis. »

Freddy s'engagea dans un parking public ouvert toute la nuit et tendit trois billets au gardien.

« Vaut mieux prendre ses précautions par ici, dit-il. Autrement on se fait tout piquer. »

Ils sortirent du parking et remontèrent la rue. Non seulement le môme était souvent bizarre mais il était en plus susceptible comme il n'était pas permis. Danny posa sa main sur son épaule.

« Détends-toi, fils, dit-il. Tout baigne. »

Ils s'arrêtèrent devant un long bâtiment rectangulaire qui ressemblait à un vulgaire immeuble d'habitation et pénétrèrent dans l'entrée. Un vieux Noir en tenue de portier les accueillit d'un large sourire, assis sur un fauteuil pliant.

« Comment ça va, ce soir, Frank ? demanda Freddy.

— Bien, monsieur Freddy. On est venu s'en défoncer une baveuse ? demanda le portier, hilare et déjà prêt à tomber de sa chaise.

— Faudrait d'abord qu'il y ait ce genre d'articles à défoncer chez Minnie », répondit Danny.

Cette réplique jeta le portier dans des transports célestes d'où il ne put redescendre qu'à grand renfort de gloussements extasiés et de grandes claques sur les cuisses.

« Frank fait partie des murs, dit Freddy en montrant les portes de l'ascenseur. Je l'ai toujours vu là.

— C'est normal qu'il n'y ait pas d'enseigne... dehors ? » demanda Johnny.

Ses deux aînés s'esclaffèrent de concert.

« C'est pas trop le genre de la maison, dit Danny. La publicité se fait uniquement de bouche à oreille.

— Ouais, comme tu dis, bouffi, approuva Freddy. Oreilles rebattues ou couilles rabattues, c'est du pareil au même, si tu vois ce que je veux dire.

— Tu plaisantes, mon gars ? demanda Danny en gratifiant Johnny d'un regard attentif. Tu veux dire que tu ne sais vraiment pas dans quel genre d'endroit on est ?

— Je crois que j'ai deviné. C'est un bordel.

— Eh ben voilà », dit Freddy.

Danny lui fit signe de rester tranquille.

« Ça t'embête, Johnny ? Tu aimerais mieux ne pas nous accompagner ? Nous, tu vois, on a l'intention de prendre notre pied, mais si ça ne te dit rien, tu n'es pas forcé de venir.

— Je vous suis », dit finalement Johnny.

Les portes de l'ascenseur s'ouvrirent sur un couloir aux murs de béton peints en jaune.

« Par l'escalier, là-bas, dit Danny. Le clandé occupe tout l'étage. Au départ, il y avait des appartements. L'immeuble a été construit au début des années soixante. Ça croule de partout et tout a été déclaré zone insalubre mais Minnie est toujours là. »

Danny devait se forcer pour ne pas sourire. Il était sûr que Johnny s'imaginait une grosse matrone noire habillée de soie et parée de plumes, un mélange de Mammy Eisenhower et de Belle Watkins dans *Autant en emporte le vent*. En réalité, la porte s'ouvrit sur une grande femme svelte et vêtue d'une robe fuseau de satin blanc qui épousait chaque courbe de son corps marqué par la cinquantaine.

« Soir, Minnie. On t'a emmené un ami. Je te présente Johnny.

— Mais c'est qu'il est rudement mignon, le gars, répondit Minnie d'une voix voilée, gratifiant Johnny d'un sourire à faire se damner la moitié des mâles de la ville — Noirs ou Blancs. On va bien s'occuper de lui, tu vas voir. »

Danny se demanda ce qu'elle pouvait bien lire sur le visage de Johnny.

« On est un petit nerveux, à ce qu'on dirait ? » demanda-t-elle.

Johnny nia d'un signe de tête.

« Bon, tant mieux. Parce que tu n'as aucune raison de l'être. Toutes mes filles sont en bonne santé. Elles subissent un test tous les mois pour le sida et personne ne fait rien ici sans capote. Alors, rassuré ? »

Johnny se contenta d'agiter une nouvelle fois la tête.

« Les filles en ont, pas besoin de courir à la pharmacie. Bon, les gars, les filles vous attendent. Pour toi, la petite gouape, je crois que Cindy sera parfaite. Très jeune et très belle. Tu vas voir, tu vas l'adorer. Vous autres, les vieux de la vieille, pas besoin de vous indiquer le chemin. Viens avec moi, mon grand. »

Danny regarda le garçon s'éloigner au bras de Minnie et se demanda pensivement s'il avait bien fait de l'amener. Il avait une drôle de façon de rentrer les épaules, comme s'il avait peur ou était tourmenté par quelque chose. Cindy était une brave fille. Il n'avait jamais été avec elle mais il lui avait parlé quelquefois. C'était une fille adorable, douce et gentille. Tout à fait ce qu'il fallait à Johnny.

Cindy Jackson était fatiguée. Elle avait commencé dès vingt heures et s'était déjà envoyé ses quatre clients dans la soirée. Deux étaient des clients réguliers, hommes d'un certain âge qui n'avaient pas d'exigences particulières et se fatiguaient vite, le genre de mâles qu'elle pouvait se taper toute la nuit tout en restant assez en forme le lendemain matin pour une petite partie de tennis.

Mais les deux autres étaient des jeunes gars pleins de sève-sève qu'ils avaient tous les deux répandue, elle était bien placée pour le savoir, dans leur capote. Le premier avait remis ça, n'en ayant apparemment pas eu assez la première fois, et avait voulu la sodomiser en guise de gâterie. Elle n'aimait pas se faire prendre de cette façon, mais si le gars payait et utilisait un préservatif, elle se laissait faire et faisait passer ses gémissements de douleur pour des grognements de plaisir. C'était très important, ne cessait de répéter Mlle Minnie. Si jamais ça te fait mal à t'en faire hurler, ma chérie, arrange-toi pour hurler de plaisir. En général, les choses se passaient assez bien et la douleur restait supportable. La plupart du temps.

Un faible coup retentit à la porte de sa chambre. Elle bondit sur le lit, se recoiffa à la diable et croisa modestement les jambes.

« Entrez », s'écria-t-elle.

La porte s'ouvrit et Minnie apparut, flanquée d'un beau jeune homme plutôt séduisant.

« Cindy, ma chérie, voici Johnny. C'est la première

fois qu'il vient chez nous. Tâche d'être gentille avec lui, d'accord ?

— Tout ce qu'il voudra, mademoiselle Minnie, ne vous inquiétez pas », répondit Cindy en coulant une œillade assassine au nouvel arrivant.

Quelque chose n'allait pas et, sous le feu de ce regard, Cindy sentit la peur la traverser fugitivement à l'idée de s'enfermer dans sa chambre avec cet inconnu. Il souriait, mais d'un sourire glacé, luisant de cruauté. Quand Mlle Minnie se tourna vers lui pour lui faire signe d'entrer, son sourire retrouva comme par enchantement la clarté du soleil au-dessus des nuages. L'homme entra dans la chambre et Mlle Minnie referma la porte sur lui.

« Bonsoir, dit Cindy. Bon, allons-y. Vous... vous ne voulez pas venir vous asseoir un peu à côté de moi ?

— Je voudrais surtout que vous ôtiez vos vêtements », dit-il d'un ton plat.

Elle hocha la tête et commença à se déshabiller.

« Enlevez tout. »

Elle fit disparaître ce qu'elle portait encore et se renversa sur les draps, pose langoureuse savamment étudiée qui avait souvent fait ses preuves.

« Allez, venez plus près. Je me sens toute seule, dans ce grand lit. »

Il s'avança jusqu'au lit et parcourut des yeux sa peau légèrement café-au-lait, ses seins fermes, sa taille mince et ses hanches étroites, presque masculines.

« Je peux... te prendre dans ma bouche. Pas besoin de préservatif pour ça. »

Il la regarda un instant droit dans les yeux.

« Je préfère en mettre un. Tu en as ? »

Cindy tendit la main vers le tiroir de la table de nuit et lui tendit un petit sachet de plastique.

« C'est du boyau de mouton. C'est plus cher mais les hommes préfèrent. Avec ça c'est comme si tu n'en portais pas. »

L'homme fit sauter le sachet dans sa main, en déchira l'extrémité, sortit le préservatif et laissa tomber l'emballage sur le tapis. Il déplia la membrane, glissa un doigt dans l'ouverture, puis un second, un troisième, un quatrième, comme s'il voulait y fourrer toute la main et s'en faire une mitaine. Il voulut glisser le pouce mais il n'y eut pas moyen. La membrane n'était pas indéfiniment extensible. A travers la muqueuse transparente, sa main ressemblait à celle d'un cadavre, jaune et luisante de lubrifiant.

« C'est sans danger, dit-il. Du sexe sans danger. »

Il se pencha vers elle et elle ferma les yeux, se rassurant en se disant qu'elle n'avait jamais eu de problèmes auparavant, pas vraiment, et en priant pour que ce ne soit pàs différent cette fois-ci, même si elle savait que ce ne serait pas le cas. Cette fois, redoutait-elle, les choses allaient être très, très différentes.

Si l'on aime bien écouter le vent d'hiver hurler au-dehors, bien au chaud au creux de son lit, on se calfeutre en tremblant sous les couvertures quand la tempête se met à souffler et menace d'emporter la toiture.

Alexander Smith, *Dreamthorp*.

Le retour à Dreamthorp, ses rues sylvestres, ses carrefours bucoliques, fut une vraie fête pour Laura. Dreamthorp était un havre de paix dans un monde en proie au chaos, même si la ville avait connu son lot de drames au cours des dernières semaines. Ces assassinats étaient une tragédie, un cancer qu'il fallait localiser et exciser pour que la vie retrouve son cours normal. La police allait mettre la main sur ce tueur, elle en était sûre. Dreamthorp ne pouvait tolérer cette plaie ouverte en son flanc.

Son séjour à Philadelphie s'était mieux terminé qu'il n'avait commencé. Bien qu'elle fût dans une forme épouvantable le mardi matin, elle avait néanmoins pris les choses en main et, transportée par une colère froide qui ne l'avait pas quittée de la journée, n'avait admis que la perfection. Elle avait complètement terrifié le pauvre Kevin et même impressionné Billy. Peu lui importait qu'on la prenne pour une lesbienne car elle savait qu'elle ne l'était pas, du moins elle n'avait pas les mêmes goûts que les femmes du Vénus. Elle considérait qu'elle était encore capable d'éprouver une passion féminine — après tout, elle en avait fait l'expérience une fois — mais, de même que tout le monde était capable de commettre un meurtre en certaines circonstances, elle n'avait aucune envie de se poser des questions existentielles sur sa personnalité sexuelle.

Il était midi lorsqu'elle arriva à Dreamthorp. La bande

vidéo trois quarts de pouce pour laquelle elle avait dû se démener comme une diablesse était sur la banquette arrière. Le vendredi après-midi, satisfaite du montage final, elle s'était rendue au siège de la Renco et avait organisé une projection pour la direction. A la fin du spot de trente secondes, le président s'était tourné vers elle, le sourire aux lèvres.

« Dites donc, il est rudement bien, cet ours », avait-il déclaré.

Alors, elle avait su qu'elle venait de le mettre dans sa poche.

Elle avait maintenant pour seule perspective agréable de se prélasser tout l'après-midi sous sa véranda puis d'aller dîner et se rendre ensuite au théâtre avec Tom Brewer. Elle était si heureuse d'être de retour qu'elle en aurait pleuré. Ce tournage qui ne devait durer que deux jours avait en fait demandé une semaine. Oui, pensa-t-elle, mais c'était déjà arrivé et cela se reproduirait encore. La société pouvait se permettre de perdre un peu d'argent sur ce spot, elle comptait un client de plus et, qui plus est, un client satisfait. Tout allait bien.

Laura déjeuna légèrement, emmena un livre sous la véranda et, au bout d'une heure de lecture, monta faire une sieste réparatrice. Le téléphone la réveilla à seize heures. C'était Tom, qui semblait aussi heureux d'entendre sa voix qu'elle l'était d'entendre la sienne. Il lui dit qu'il avait essayé de l'appeler plusieurs fois depuis mercredi soir pour être sûr que le rendez-vous de ce soir tenait toujours et promit d'être devant chez elle à dix-huit heures.

Il fut ponctuel. Ils dînèrent tôt et arrivèrent à la Maison de la culture de bonne heure. Elle lui parla de sa semaine cauchemardesque à Philadelphie, passant toutefois sous silence le dîner avec Billy et sa visite au Vénus, et il s'apitoya comme il convenait sur son sort. Lorsque s'ouvrit le premier acte des *Dix petits nègres*, ils baignaient à nouveau dans le même climat qu'elle avait ressenti la dernière fois.

Après la pièce, ils retournèrent au Palais des Glaces.

Laura invita ensuite Tom à boire un verre chez elle, puisque c'était maintenant à son tour de lui offrir l'hospitalité. Ils préparèrent leurs verres dans la cuisine — gin-tonic pour Laura, scotch glace pour Tom — et les emmenèrent sous la véranda, où ils s'assirent pour prendre le frais. Tom la mit au fait des menus événements qui avaient troublé la ville durant la semaine et lui fit part de la réaction de Josh quand il lui avait parlé de thérapie. Laura lui prit la main et lui dit qu'il était facile de comprendre sa réaction mais que cela ne devait pas l'inciter à revenir sur sa décision. Josh avait besoin d'aide, qu'il en ait conscience ou non. Tom le savait bien.

Laura ne retira pas sa main et Tom non plus.

« On dirait qu'on a peur de faire du bruit pour ne pas alerter les parents, aux aguets derrière les rideaux... » dit finalement Tom.

Ils éclatèrent de rire tous les deux.

« C'est vrai que tout cela a un petit côté victorien », dit Laura.

Il pressa doucement sa main et elle répondit à son étreinte. Puis il glissa sa main sous son menton et plongea le velours de ses yeux dans les siens. Leurs lèvres se joignirent, chastes et ardentes. Ce n'était pas là un simple prélude à l'acte sexuel mais un témoignage d'amour, songea Laura, à la fois troublée et ravie.

Ils se séparèrent et échangèrent un regard complice. Il n'y avait pas besoin de se presser, ils avaient le temps, toute la vie s'ils le voulaient.

Le moment était si intense, le soir si calme, qu'elle faillit lui demander de rentrer pour faire l'amour. Mais elle s'en abstint, elle n'aurait su dire pourquoi.

« Il se fait tard, fit-elle au contraire observer.

— Oui, c'est vrai, dit-il en soupirant. Il va falloir que j'y aille.

— Effectivement... Vous avez encore une longue route à faire avant de rentrer chez vous. »

Cela les fit rire tous les deux.

« Vous voulez autre chose à boire?

— Non, merci, répondit-il. Je dois m'en aller. N'est-ce pas? ajouta-t-il après un temps de réflexion.

— Oui, ce serait mieux. Avant que mes parents ne vous jettent dehors. »

Ils se levèrent de leurs fauteuils et il la prit dans ses bras. Elle se serra contre lui, apaisée par sa corpulence et la force qu'elle sentait en lui, et ils s'embrassèrent à nouveau, moins chastement, cette fois. Il lui caressa les cheveux et lui souhaita bonne nuit.

Laura dormit bien, cette nuit-là. Elle ne se réveilla qu'une fois, s'attendant presque à trouver Tom Brewer allongé auprès d'elle.

« Mais qu'est-ce qu'il lui a fait?

— Je ne sais pas, Danny. Cette garce de Minnie n'a pas voulu me le dire.

— Bon, il l'a amochée?

— Je ne crois pas. S'il l'avait tabassée, elle aurait crié.

— Mais alors, qu'est-ce qu'il lui a fait, bordel?

— Il lui a fait peur. C'est ce que dit Minnie.

— Elle est bien bonne celle-là! Avec quoi? Avec une bite de quarante centimètres? Merde, Freddy, quoi, parle!

— Puisque je te dis que Minnie n'a rien voulu me dire. De toute façon, tu en sais autant que moi.

— Non. J'étais parti. Tu sais comment devient Becca quand je rentre trop tard. Une vraie pute en chaleur, toujours à renifler l'odeur des autres femmes. Quand j'ai quitté ce boxon, le môme était assis en bas. J'ai cru qu'il avait terminé. Je lui ai payé son coup et lui ai donné de quoi rentrer à son hôtel. Je n'ai pas aperçu cette petite pute de Cindy.

— Tout ce que je sais, c'est qu'à un moment j'ai entendu Minnie qui gueulait tellement que je suis sorti de ma piaule. « Ne me ramenez jamais ce mec ici, vous entendez? J'ai pas envie d'avoir un malade qui vienne emmerder mes filles », qu'elle me jette à la figure. C'est tout ce qu'elle n'arrêtait pas de brailler, impossible d'en savoir plus, si ce n'est que ton pote lui a tellement flanqué la trouille, à la Cindy, qu'elle ne sait même plus où elle habite. Minnie dit que si jamais ton pote remet les pieds là-bas, elle appellera Big Jim pour qu'il le passe par la fenêtre. J'aime autant te dire que je n'ai pas traîné sur les vases. J'ai payé ce que je devais et j'ai filé à l'anglaise avant qu'elle n'appelle Big Jim, rapport qu'il était entré avec moi, c'te punaise. A mon avis, t'as eu tort de l'emmener là-bas.

— Oui. Oui, bien sûr. Je ne crois pas que ce soit son truc, les putes. Il disait que ça le bottait mais il crânait. D'accord, on le ramènera plus là-bas.

— Je ne veux plus l'emmener nulle part, Danny. Ce type est bizarre. Il est peut-être gentil mais on ne peut pas se fier à lui. Il... me fout les jetons, parfois.

— Tu te fais des idées.

— Mon cul, oui. Je te dis qu'il est bizarre.

— Ah! tu es aussi trouillard qu'une vieille femme, tiens. Ecoute, Johnny a peut-être sa façon à lui de traiter les putes, mais c'est le cas de tout le monde. C'est pour ça qu'elles se font payer, pour faire tout ce que n'aiment pas faire les femmes et les petites amies. C'est comme ça, mec.

— Peut-être. En tout cas, je ne veux plus le voir traîner avec nous.

— Je te dis que tu te fais des idées.

— Mais qu'est-ce qui te prend, à faire chier comme ça? T'en pinces pour lui, oui ou merde?

— Je pourrais te frapper, Freddy. Je pourrais te botter ton gros derrière noir et tu sais que je l'ai déjà fait. Et je pourrais recommencer. Tout de suite, là, au beau milieu de ce bar, si jamais tu dis encore quelque chose comme ça. Je te dis que Johnny est un brave petit gars. Arrête de le dénigrer dans son dos.

— D'accord. D'accord, si c'est toi qui le dis.

— Parfaitement. Je ne sais pas pourquoi mais je le sens. Et puis rideau, avec toutes ces conneries. On ne le ramènera plus chez Minnie mais il viendra nous voir ici aussi souvent qu'il le voudra.

— Oui... oui. Bon, te mets pas en boule encore une fois. Bon Dieu, qu'est-ce qui t'a pris de t'enticher de ce mec, Danny?

— J'en sais foutrement rien.
— Bordel, moi non plus. »

L'amour des pères pour leurs fils, pensa Tom, pouvait expliquer un grand nombre d'erreurs et de faiblesses. Il était allongé dans son lit et ne pouvait trouver le sommeil, agité de pensées diverses. Il songeait à ses sentiments à l'égard de Laura Stark et à la manière dont son fils allait réagir à cette nouvelle situation. Que Laura ait un âge plus en rapport avec le sien était un avantage, de même que le fait d'habiter Dreamthorp. Il se créerait vite une certaine familiarité puisque Laura habitait la même rue.

D'autre part, Laura semblait aimer Josh. Même si ce n'était pas le cas, elle prenait tout de même ses problèmes à cœur, chose qui passait au-dessus de la tête de Karen. Ils avaient eu des relations conflictuelles dès leur première rencontre, ces deux-là. Il se maudit pour la centième fois et, pour la centième fois, se demanda pourquoi il s'était lancé dans pareille amourette. Il n'avait pensé qu'à son seul plaisir et non aux vrais problèmes de Josh. Quel sale égoïste il était.

Il regarda son réveil et vit qu'il était un peu plus de onze heures trente. Il commençait ses cours tôt le lendemain matin mais n'arrivait pas à dormir. Cela faisait trois jours qu'il ne dormait pas, obsédé par Laura Stark, par Laura Stark et de l'avenir qui s'ouvrait devant eux. N'était-il pas en train de bâtir un château sur du sable, à partir de deux malheureuses rencontres et autant de baisers? Mais Tom était un romantique incurable. Ce qu'il cherchait, chaque fois qu'il regardait une femme, était une épouse, non une compagne d'une nuit. Et Laura Stark lui semblait parfaite.

Il avait l'impression d'être redevenu un adolescent rêveur, allongé dans son lit, qui se demande s'il aime et s'il est aimé en retour. Pourraient-ils partir en lune de miel, si Josh n'y voyait pas d'objection? Il ne ferait pas, se jura-t-il en lui-même, deux fois l'erreur de considérer le garçon comme un personnage secondaire, jamais plus il ne le traiterait de façon aussi mesquine.

Au bord du sommeil, Tom entendit un bruit, quelque part. Une détonation lointaine, un bruit de poche de papier qu'on fait éclater après l'avoir gonflée. Il tendit l'oreille et s'assit dans son lit mais le bruit ne se renouvela pas. Il entendit craquer le lit dans la chambre de ses parents, face à la sienne, mais ce fut le seul bruit qu'il entendit avant le mugissement d'une sirène, un quart d'heure plus tard.

Redoutant un incendie, il bondit hors de son lit et courut à la fenêtre. Ce n'était pas la sirène d'incendie, Dieu merci. A la lueur des éclairs rouges qui déchiraient les ténèbres, il aperçut deux véhicules, sans doute une voiture de police et une ambulance, se diriger vers le sommet de la colline et tourner dans Longfellow Street.

Il approcha une chaise de la fenêtre, partagé entre le désir de retourner se coucher et l'envie de s'habiller pour aller voir ce qui se passait. Finalement, il réalisa un compromis et alla boire un verre d'eau dans la salle de bains. Au passage, il colla son oreille à la porte de Josh mais n'entendit rien. Il entrouvrit légèrement la porte, aperçut la forme familière sous les draps et remarqua que la fenêtre était légèrement relevée. Voilà qui était plutôt étonnant car Josh avait la phobie des insectes.

Il traversa silencieusement la chambre et ferma la fenêtre. Il s'arrêta devant le lit de Josh pour le regarder dormir, attendri. Dans la faible lumière en provenance du couloir, il s'aperçut que quelque chose clochait. Il ne savait pas qui était dans ce lit mais ce n'était pas son fils. Effrayé, soudain, il souleva les draps et découvrit des couvertures et un oreiller artistiquement disposés. La sonnette retentit à l'entrée.

La peur s'insinua en lui, telle une vague glacée, et il se rappela cette autre nuit, il y avait encore moins d'un an. Il savait que si un policier à la mine grave l'attendait sur le seuil, il en mourrait de chagrin.

Tom Brewer ne mourut pas, même si ce fut un policier qu'il trouva dans l'entrée, en l'occurrence Bret Walters. Rien qu'à voir son visage, Tom comprit immédiatement qu'il était arrivé un malheur.

« Josh ? » demanda-t-il d'une voix rauque.

Bret hocha la tête.

Au premier, une voix éclata soudain dans la cage d'escalier.

« Tom ? Qu'est-ce qui se passe ? demanda Frances.

— Retourne te coucher, maman. Ce n'est rien. »

Il ne savait comment elle aurait réagi à l'annonce d'une pareille catastrophe. Il n'avait pas envie de la voir car il sentait qu'il l'aurait frappée.

« Mais toutes ces sirènes...

— Retourne te coucher ! »

Il l'entendit haleter de stupéfaction puis refermer violemment la porte de sa chambre.

« Que s'est-il passé ? demanda-t-il à Bret.

— On n'est encore sûr de rien, mais il semblerait que... votre fils... enfin Josh... ait été frappé par une balle.

— Il est mort ? »

Bret Walters hésita puis baissa la tête.

« Je suis désolé, Tom. »

Tom se sentait vide, incapable de parler. Il prit son imperméable, oublié sur le portemanteau, l'enfila par-dessus son pyjama et rejoignit Bret Walters dehors. C'est à peine si ses jambes pouvaient le porter et il dut s'asseoir un instant sur les marches du porche.

« Le fumier... murmura-t-il. Ce fumier a tué mon enfant ! Ce... cette saloperie de maniaque. Vous devez l'arrêter, Bret, vous devez retrouver ce fils de pute et l'empêcher de continuer à nuire... »

Bret avait l'air horriblement gêné. Il s'assit à côté de Tom et posa son bras sur ses épaules. Tom sentit que ce geste le mettait mal à l'aise.

« Non, Tom... Vous vous trompez. Nous savons qui a tué Josh.

— Quel est le nom de cette ordure ?

— Ralph Goodwin.

— Ralph... Ralph Goodwin ? »

Ralph Goodwin, un voisin ? Le petit, l'amical, le chauve Ralph Goodwin avec sa charmante épouse et la MG rouge ? Ralph Goodwin, l'homme qui avait éventré

Sam Hershey et mutilé Martha Sipling ? Et qui maintenant avait assassiné Josh ? Ce n'était pas possible. C'était grotesque.

« Ralph Goodwin... C'est lui le tueur ? »

Bret Walters, indécis, dansait d'une fesse sur l'autre.

« Ralph a tiré sur votre fils depuis sa chambre, Tom. Josh était dehors, juste derrière la fenêtre. Il était perché dans un arbre et avait un couteau.

— Je... je ne...

— La police de l'Etat est là-bas, Tom. Ils pensent que votre fils était le rôdeur qu'on avait signalé depuis quelque temps. Peut-être même... le tueur.

— Mais c'est... Ce sont des mensonges ! bégaya Tom.

— Oui, oui. Je sais, Tom. Mais les faits sont là. Les Goodwin ont aperçu quelqu'un qui les observait, perché sur un arbre, et bon Dieu, vous savez comme moi que tout le monde est un peu sur les nerfs en ce moment, avec tous ces meurtres et...

— Ce sont des mensonges, Bret !

— Tom ? » dit quelqu'un.

Tom se tourna et aperçut Charlie Lewis qui était sorti sur le pas de sa porte.

« Qu'est-ce qui se passe ?

— Il y a eu... un accident, répondit Bret. Et Josh a été abattu.

— Mon Dieu ! » dit Charlie.

Il traversa la pelouse qui séparait les deux maisons et s'approcha lentement des deux hommes.

« Il faut que j'aille là-bas. Il faut que je voie Josh.

— D'accord, Tom. Bien sûr, dit Bret. Mais vous savez... il a été atteint en pleine tête... »

Tom ne pouvait pas se laisser aller à pleurer maintenant, sous peine de ne plus pouvoir s'arrêter. Il devait retenir ses larmes, attendre d'avoir vu Josh. Plus tard, plus tard il pourrait pleurer, se laisser aller. Mais pas maintenant. Pas encore.

Bret Walters avait raison. C'était affreux. La balle, tirée avec un Mauser, lui avait emporté la moitié de la calotte crânienne. Le visage, cependant, était intact. Bien que les brancardiers lui aient refermé les yeux et la bouche, il n'y avait pas à se méprendre sur l'expression de profonde stupéfaction qu'on pouvait encore lire sur ses traits.

Mon pauvre petit. Mon pauvre, pauvre tout petit.

Il posa la main sur la joue de Josh. La peau était encore élastique, sans aucun poil, d'une douceur infinie.

Oh, mon tout petit.

Pour la première fois, il était heureux que Susan ne soit plus en vie. Quant à lui, il aurait souhaité être mort.

Il leva les yeux vers les fenêtres du premier et aperçut le crâne brillant de Ralph Goodwin. Il était en robe de chambre, en train de pleurer contre la fenêtre. Sa femme, plus grande que lui d'une demi-tête, était serrée contre lui et, à la façon dont ses épaules tremblaient, on pouvait voir qu'elle pleurait aussi. Ils connaissaient Josh. S'ils pensaient qu'il était le tueur, auraient-ils pleuré ainsi, auraient-ils versé des larmes sur un monstre? Non, Ralph Goodwin savait ce qui s'était passé, savait quelle terrible méprise il venait de commettre.

Il y avait aussi des larmes dans les yeux de Charlie Lewis. Tout le monde pleurait sauf lui. C'était bien ce qui était le plus triste.

L'homme qui a une tombe ou deux dans le cœur n'a pas besoin de hanter les cimetières.

Alexander Smith, *Dreamthorp.*

Laura appela Tom le lendemain soir. Elle était rentrée tard la nuit précédente et n'avait rien entendu. Elle n'avait appris la tragédie qu'en ouvrant le journal après le dîner dans le restaurant où elle s'était arrêtée en route. De retour chez elle, elle avait appelé Tom tout de suite.

« Tom, c'est Laura. Je viens juste d'apprendre ce qui est arrivé à Josh. Oh, Tom... Tom, je suis désolée...

— C'est un terrible accident. Une erreur. »

Il semblait avoir du mal à contrôler sa voix. On aurait dit celle, numérisée, d'un ordinateur.

« Tom, vous allez bien?

— Ça va.

— Est-ce que je peux faire quelque chose?

— Non. »

Il avait beau affecter une indifférence glacée, Laura sentait qu'il était sur le point de s'effondrer. Il s'enfermait dans sa douleur, se murait en lui-même.

« En avez-vous déjà parlé avec quelqu'un?

— La police.

— Et vos parents? »

Elle l'entendit pousser un profond soupir.

« Ma mère est... incapable de s'exprimer normalement en ce moment. Mon père, lui, ne semble pas en avoir envie.

— Je veux vous voir, Tom.

— Non, Laura.
— Il faut que je vous parle. J'arrive tout de suite.
— Non. »

Il y eut un silence au bout de la ligne puis ce fut lui qui ajouta :

« C'est moi qui arrive tout de suite. »

Quelques minutes plus tard, il frappa à sa porte, le regard vide et hanté. Ses yeux étaient secs et creux et il semblait avoir vieilli de cinq ans. Il n'avait pas dû beaucoup dormir, ces derniers temps.

« Bonjour, dit-il d'une voix sans timbre.
— Entrez », dit-elle en lui tenant la porte ouverte.

Elle le conduisit jusqu'au salon et il se laissa tomber sur le canapé, les épaules voûtées, les mains nouées entre les genoux. Elle prit place en face de lui dans un fauteuil.

« Comment est-ce arrivé, Tom?
— Vous avez lu les journaux?
— Mais j'aimerais l'entendre de votre bouche. Vous savez que ce que l'on raconte dans les journaux n'est souvent qu'un tissu de mensonges.
— Oh, ce n'est jamais dit ouvertement, dit-il avec un sourire amer. On procède par insinuation, tout simplement. La police est venue me trouver, cet après-midi. Ils m'ont dit que Josh n'avait absolument rien à voir avec la mort de Sam Hershey. Il travaillait à la station-service, ce jour-là, et Ted l'a confirmé. D'autre part, où Josh aurait-il pu trouver la force de... de commettre de telles atrocités?
— Mais qu'est-ce qui s'est passé? »

Il leva vers elle des yeux ravagés d'angoisse.

« Il jouait les voyeurs, voilà. Il observait toute la nuit ce qui se passait chez les gens. Il avait une paire de jumelles, mais ça les journaux n'en ont pas dit un mot. Ça ne cadre pas avec le portrait d'un assassin. En revanche, ils ne se sont pas privés d'insister sur le couteau.
— Il avait vraiment un couteau sur lui?
— Bon Dieu, je ne sais pas. Peut-être était-ce pour se

protéger ? Peut-être avait-il peur ? Pas assez, en tout cas, pour interrompre les petits jeux stupides. Bon Dieu, il devait être...

— ... obsédé, finit-elle pour lui.

— Je savais qu'il avait des problèmes mais je n'en connaissais pas la gravité. Si seulement j'avais ouvert les yeux un peu plus tôt, peut-être que j'aurais pu faire quelque chose avant qu'il... Je ne blâme pas Ralph Goodwin, poursuivit-il. Bon, vous entendez du bruit, de l'autre côté de la fenêtre de votre chambre, et vous savez qu'un fou rôde dans la nature. Vous sortez votre arme et vous allez voir à la fenêtre ce qui se passe. Vous apercevez quelqu'un caché dans un arbre, peut-être armé, vous prenez peur et vous tirez. Il n'était qu'à quelques centimètres de la fenêtre... Non, je ne blâme pas Ralph. Mais je le hais. Je le hais pour... avoir assassiné mon fils. Mais je ne lui en veux pas, n'est-ce pas étrange ? Je peux comprendre sa réaction. Je la comprends... mais je ne peux pas l'accepter. »

Son visage était rouge, à présent, et il respirait par saccades. Laura se pencha vers lui, prête à se lever pour l'aider, le soutenir, faire ce qu'elle pourrait.

« Je n'ai pas encore réussi à pleurer, reprit-il. Est-ce que ce n'est pas remarquable ? Je n'ai pas encore versé une seule larme. J'aurai tout le temps de pleurer, plus tard. Peut-être même que si j'attends trop longtemps ce sera trop tard... comme avec Susan... »

Ses yeux s'embuèrent, sa bouche se tordit et il fondit en larmes. Laura fut auprès de lui en une seconde et l'entoura de ses bras. Il semblait ne plus pouvoir s'arrêter de sangloter et des gémissements convulsifs lui déchiraient la poitrine. Elle le serra contre elle comme un enfant et il se laissa aller, remettant sa peine entre ses mains.

Les sanglots finirent par s'estomper et il s'arracha à son étreinte, posant la tête sur le dos du canapé.

« Je... je m'apprêtais juste à dire que j'étais désolé. Mais ce n'est pas vrai. Je suis heureux.

— Nous sommes si proches, dit-elle tout en sachant qu'il ne pouvait pas la comprendre. Oui, si proches. »

Bien sûr, il ne la comprit pas mais prit sa main, humide de ses larmes, et la garda dans la sienne.

« Je ne veux pas retourner là-bas ce soir. Pas dans cette maison. Mes parents et...

— Restez ici.

— Je n'ai aucune idée derrière la tête, vous savez? Je dormirai là. Si toutefois j'arrive à fermer l'œil.

— Ne faites donc pas de manières, dit-elle. D'une façon ou d'une autre, cela devait arriver. Laissez-moi vous réconforter cette nuit. Vous avez besoin qu'on vous aide. Et moi aussi. Cela fait tellement longtemps, moi aussi, si longtemps que je n'ai pas pleuré. »

Le lendemain matin, Tom se réveilla aux côtés de Laura Stark. Ce n'était plus Karen, ni même sa chère Susan. C'était Laura, qui l'aimait et qu'il aimait. Laura, qui avait su voir sa peine et voulait la partager.

Il l'observa longtemps dans la faible lumière du matin qui entrait par les rideaux de la fenêtre. Son visage était délicatement marqué par les années et l'expérience, marqué par la peine et le chagrin, lui aussi.

Cela lui fit penser à Josh. Pauvre Josh, mort et allongé sur une table à la morgue de l'hôpital de Chalmers, pauvre Josh qu'il aurait pu sauver s'il avait su quel abîme avait ouvert en lui la perte de sa mère. Il se leva et gagna le couloir. Il s'assit sur le palier et pleura une nouvelle fois, seul cette fois.

Au moins, il lui restait Dreamthorp. Et maintenant, il avait Laura.

Ils prirent un léger petit déjeuner dans la cuisine et n'échangèrent que peu de paroles. Les obsèques étaient prévues pour le lendemain et Laura lui demanda si elle pouvait y assister.

« Je passerai vous prendre, dit-il.

— Cela ne risque pas de contrarier vos parents?

— Il ne sont plus capables de la moindre émotion.

— Non, ce n'est pas la peine de venir me chercher. Tel que je connais Charlie Lewis, il viendra. Je viendrai avec lui.

— Très bien. C'est peut-être mieux, dit-il en la regardant avec une curiosité soudaine.

— Qu'y a-t-il ? demanda-t-elle.

— Parlez-moi de l'amie que vous avez perdue. Quand vous m'en avez parlé, l'autre soir, je n'ai pas compris. Les choses sont différentes, à présent. Racontez-moi. »

Laura se versa une autre tasse de café. Puis elle lui parla de Kitty, de Gilbert Rodman et du drame qui s'était déroulé sous la tente. La seule chose dont elle ne lui parla pas fut de ce qu'elle avait fait avec Kitty.

« Gilbert Rodman n'est pas son vrai nom, conclut-elle. D'ailleurs il n'a... il n'avait, se corrigea-t-elle, pas besoin d'un nom. C'était un monstre, un démon à figure humaine. Oh, pas dans le bar où nous avons eu le malheur de le rencontrer, mais quand je suis revenue à moi et que je l'ai vu... continua-t-elle, la voix rauque, accroupi au-dessus de Kitty... Il ressemblait à un démon. Couvert de sang. Hideux. Barbare. Je n'avais jamais vu — et surtout jamais imaginé — quelque chose d'aussi horrible. Et même si je sais qu'il est mort, j'ai encore peur. Je ne cesse de penser à lui, encore et toujours. Et aussi à Kitty...

— Mon Dieu, Laura.

— C'est fini, maintenant.

— Rien n'est jamais tout à fait fini, dit-il en secouant la tête. On apprend à survivre, c'est tout. Tout comme... il va falloir que je survive sans Josh. »

Elle sourit amèrement.

« C'est comme si toute forme d'amour, d'attachement... n'apportait que malheur et chagrin, n'est-ce pas ?

— C'est le prix à payer, je suppose.

— C'est un prix bien élevé, dit-elle.

— Vous avez raison. Mais parfois nous n'avons pas le choix. »

Il but une dernière gorgée de café et posa sa tasse sur la table.

« Il faut que je me sauve. J'ai tellement de choses à faire.

— Ça va aller?

— Ne vous inquiétez pas, je serai trop occupé pour penser.

— Appelez-moi si vous avez besoin d'aide. »

Elle s'attarda sous le porche et le regarda rentrer chez lui. Il était encore tôt et il n'y avait pas un chat dans les rues. Personne ne saurait qu'ils avaient passé la nuit ensemble. Ce côté pratique la fit sourire mais au fond cela n'avait aucune importance. Peu lui importait les qu'en-dira-t-on. Elle avait aimé dormir auprès de Tom Brewer, se réveiller à ses côtés, partager avec lui le café du matin, lui raconter sa vie, ses frayeurs. Peut-être qu'un jour elle aurait le courage de tout lui dire.

Puis elle pensa à Josh et se sentit coupable de rêver à l'avenir alors que le pauvre garçon, au terme d'une vie tragique et trop courte, n'avait plus d'autre horizon qu'une tombe au fond du cimetière. Laura sentit sa gorge se nouer et ses larmes près de couler. Pauvre Josh, pensa-t-elle. Pauvre Tom. Pauvre tout le monde.

Tom se sentait coupable. Malgré l'histoire que lui avait racontée Laura, malgré la mort de son fils, malgré tout ce que le destin lui avait infligé, il ressentait toujours, telle une petite flamme vivace tout au fond de lui, une furieuse envie de vivre et d'être heureux. Il lui semblait avoir enfin trouvé ce qu'il cherchait, non pas l'amour de son fils, qu'il ne connaîtrait maintenant plus jamais, mais l'amour sincère d'une femme qui avait souffert.

Il le tenait son sujet. Il savait ce qu'il allait faire du billot de pin qui était dans sa cave.

Mais oui. Gilbert Rodman, voilà.

Qui aurait pensé rencontrer un cortège funèbre en ce lieu?

Alexander Smith, *Dreamthorp.*

L'assistance respirait la poussière.

C'était un vendredi chaud et sec, et les rafales de vent qui balayaient le cimetière lorsqu'on s'y attendait le moins n'apportaient aucune fraîcheur. Tout le monde se frottait les yeux, même ceux qui n'était pas rongés de remords ou de chagrin.

L'allocution funèbre, des plus brèves, fut prononcée par le pasteur de l'église où les Brewer avaient une concession au cimetière, une petite parcelle qui contenait les restes des grands-parents paternels de Tom et d'un oncle qui était mort en Allemagne, seulement un peu plus âgé que Josh, pendant la Seconde Guerre mondiale. Le corps de Susan y reposait aussi et c'était maintenant celui de Josh qu'on allait y mettre.

A nouveau réunis, pensa Tom. Il aurait aimé pouvoir les rejoindre et se sentait misérable face au cercueil ouvert, malgré les paroles du pasteur, vaines promesses de vie éternelle qui ne trouvaient plus qu'un faible écho dans les derniers vestiges de catéchisme qu'il avait gardés de son enfance. Il n'avait plus mis les pieds dans une église depuis que Josh avait déclaré qu'il ne voulait plus aller aux cours d'instruction religieuse, le dimanche. Peut-être le moment était-il venu d'y retourner? Même si, comme il le craignait et le soupçonnait, le pasteur ne racontait que des mensonges, il était sincère et cela faisait du bien à entendre.

Il étouffait dans son costume, vieux de huit ans et passé de mode, mais c'était le seul costume noir qu'il possédait. La sueur lui coulait sous les aisselles et au creux du dos. Ses chaussures lui étranglaient les pieds. Une poussière lui entra dans l'œil, qu'il chassa d'un geste négligent. Il trouvait la poussière bienvenue. Il n'avait pas besoin de se forcer pour avoir les yeux larmoyants. Il n'y avait rien de mal à pleurer, mais cela n'aurait fait que l'affaiblir et il avait besoin d'être fort. Pour sa mère, en particulier.

Frances avait été très choquée par la mort de son petit-fils. Aussi « bizarre », comme elle l'avait dit, qu'il soit devenu, ces derniers temps, elle l'aimait profondément, de l'amour sans partage que permettent les différences de génération. Quand Tom était rentré à la maison, ce mardi soir là, et avait appris la mort de Josh à ses parents, Frances était devenue hystérique et Ed avait dû la calmer avant de la mettre au lit. Son père était resté à ses côtés jusqu'à ce qu'elle s'endorme puis était venu le rejoindre au rez-de-chaussée.

Il avait pleuré. Ses yeux étaient tout rouges et gonflés.

« Je suis désolé, Tommy, avait-il dit. Je ne peux... Je ne sais pas quoi dire. J'ai du mal à exprimer ce que je ressens. Mais je sais ce que j'aurais ressenti si nous t'avions perdu au même âge que Josh. Il n'y a rien de plus fort que l'amour d'un père pour son fils, même si on ne s'entend pas toujours très bien. Il y a toujours quelque chose, là, qui est... »

Il n'avait pu continuer et un sanglot lui avait échappé.

« Je t'aime, Tommy, je t'aime vraiment. Je suis fier de toi. Je l'ai toujours été. Et Josh était... un brave garçon. Oui, un brave garçon. »

Puis son père avait posé son bras sur son épaule et était monté retrouver sa mère au premier. Depuis, ils n'avaient plus reparlé de la mort de Josh. Ils n'avaient plus besoin de se parler avec des mots et devaient conjuguer leurs efforts pour s'occuper de Frances.

Cependant, Tom ne pouvait s'empêcher de penser que son père le rendait secrètement responsable de la mort de son fils, même si une telle idée était absurde. Il se blâmait lui-même et pouvait voir le reproche inscrit sur tous les visages. Mais non, ce n'était que la poussière qui les faisait grimacer ; il n'y avait nul reproche dans leurs yeux. Tout le monde pleurait la mort de Josh. Sa mère s'agrippait à lui, les ongles plantés dans son bras, mais il était heureux du dérivatif que lui apportait la douleur.

Laura était au troisième rang, à côté de Charlie Lewis. Elle aussi se frottait les yeux et reniflait fréquemment. Charlie avait l'œil sec mais la mine basse. Lorsqu'il était venu habiter la maison d'à côté, Josh avait cinq ans et ils avaient immédiatement sympathisé. Ce n'était que depuis la mort de Susan que Josh avait repoussé l'amitié du vieil homme, ainsi qu'il avait repoussé beaucoup de choses.

Tom aperçut quelques-uns de ses camarades d'école, qu'il avait cessé de voir et qui étaient malgré tout venus aujourd'hui lui dire un dernier adieu. Ses professeurs étaient là, également, ainsi que le proviseur. Il y avait aussi beaucoup de voisins et de ses collègues à Harris Valley. Il devait y avoir au moins une centaine de personnes rassemblées là, et il se demanda si tout le monde ne commençait pas à être un peu fatigué de venir assister aux obsèques de la famille Brewer.

Le bourdonnement des paroles du pasteur s'interrompit. Tom releva les yeux et vit que la cérémonie était finie. La famille, ou ce qu'il en restait, ne recevrait pas les condoléances à la maison ; il n'y aurait pas d'assiettes en papier, pas de rôti froid, pas de café en train de fumer à la cuisine, pas de réunion embarrassée de gens qui ne savaient pas quoi se dire. La famille ne disposait pas d'un défunt emporté à un âge canonique et le couplet habituel, si utile bien souvent, du « C'est une vraie bénédiction qu'il n'ait pas souffert » aurait donc été totalement déplacé pour l'occasion. Quand l'ordonnateur des pompes funèbres y avait fait allusion, Tom avait répondu que tout le monde n'aurait qu'à rentrer chez soi. Et c'est ce que tout le monde fit.

Tom en premier. Il n'avait aucune envie de rester et de regarder le cercueil s'enfoncer sous terre. Il n'avait besoin d'aucune preuve supplémentaire de la mort de Josh.

Charlie Lewis n'avait pas tardé à venir le retrouver.

« Je vous rejoins tout à l'heure, Charlie. Gardez les bières au frais. »

Charlie sourit tristement et retourna chez lui.

« Tommy, dit Ed au bout d'un instant, nous rentrons lundi. J'ai appelé et réservé nos billets hier soir.

— Papa, tu sais que...

— Non. Ça vaut mieux. Il te faut du temps pour surmonter cette épreuve. Nous n'aurions pas dû venir, pour commencer. Tu n'as pas besoin de nous avoir sans arrêt sur le dos. Mais si nous pouvons faire quoi que ce soit, appelle-nous, d'accord ?

— Bien sûr, promis. »

Il prit un repas léger avec ses parents puis alla retrouver Charlie. Il avait effectivement gardé les bières au frais. Ils parlèrent de tout et de rien, du base-ball et du temps, mais pas du tout de Josh. Puis la conversation dévia vers Laura Stark. Selon Charlie, entre tomber amoureux de Laura Stark et se casser une jambe, le choix était facile. Tom rentra chez lui après une seconde bière.

Il appela Laura, la remercia d'être venue aux obsèques et la supplia de l'accompagner à la représentation théâtrale le lendemain soir, requête à laquelle elle consentit avec bonne grâce. Puis il raccrocha, dit à son père qu'il serait dans son atelier et descendit à la cave.

Gilbert Rodman était là. Il était là, à l'intérieur de ce morceau de bois, et il suffisait de le relâcher. Tom ne savait pas à quoi il ressemblait mais savait ce qu'il était — une brute malveillante, un meurtrier à l'esprit déséquilibré. Il fit lentement le tour du bloc de bois, comme si la créature qui était à l'intérieur pouvait subitement lui sauter au visage.

Tom prit peu à peu conscience, les yeux braqués sur le morceau de bois, d'une autre présence au cœur des fibres, autre que celle de Gilbert Rodman. C'était l'arbre sur lequel Sam Hershey avait subi son agonie. Il avait beau savoir que le bois n'était pas doué de conscience ou d'intelligence, il sentait la présence de cet autre dément, sans nom et sans visage, qui avait assassiné deux personnes et était indirectement responsable de la mort d'une troisième, son propre fils. Ils étaient deux, là-dedans, deux êtres semblables, animés de la même rage folle.

Quand il posa la main sur le bloc, il crut sentir de la chaleur sous ses doigts, une tension qui cherchait avidement à se libérer.

Très bien. Il allait libérer cette tension. Avec toute son habileté, avec tout son art.

Il empoigna ses outils.

Tom Brewer passa le reste de la journée du vendredi et la plus grande partie du samedi à travailler dans son atelier, ne s'arrêtant que pour dormir, manger ou répondre à Bret Walters au téléphone. Il n'y aurait pas de charges retenues contre Ralph Goodwin. Il le plaignait beaucoup et il n'avait pas été surpris quand Bret lui avait dit que Ralph et sa femme projetaient de vendre leur maison et de quitter Dreamthorp. Son manque de soif de vengeance le surprit, mais il ne souhaitait aucun mal à Ralph Goodwin.

Le dimanche matin, Tom termina l'ébauche de son sujet. Tel que le bloc se présentait maintenant, on aurait dit un géant prêt à bondir, les genoux pliés.

C'était du bon travail. Primitif, mais plein de force. Il y avait là le potentiel d'un chef-d'œuvre. Son chef-d'œuvre.

« Tu es là, Gilbert? Je sais que tu es là. Je te vois, tu sais? »

Cet homme au rire idiot et aux propos confus, a-t-il jamais aimé ?

Alexander Smith, *Dreamthorp.*

Gilbert Rodman, le vrai Gilbert Rodman, si un tel être existait, n'était pas dans l'atelier de Tom Brewer à Dreamthorp. Il était à Chicago, allongé sur un canapé dans l'appartement de Danny Vernon. Il avait un goût horrible dans la bouche. La seule chose dont il se souvenait avant de s'endormir était son père qui l'aidait à gravir une volée de marches.

« Tu peux pas rentrer chez toi dans l'état où t'es... Tu dormiras sur le canapé... après qu'on s'en sera jeté un dernier... »

Ils étaient tous les deux ivres morts. Danny avait eu une altercation avec Freddy, qui voulait retourner chez Minnie mais avait refusé d'y aller avec Johnny. Danny avait répondu que, dans ce cas, il n'avait qu'à y aller tout seul.

« A moins que Johnny vienne avec nous. »

Il s'en était suivi un long chapelet de « Je t'emmerde, pauvre mec », « C'est ça, va te faire foutre, paumé », « De toute façon, pour ce que j'en ai à cirer de Minnie », et autres joyeusetés.

Il n'avait aucune envie de retourner chez Minnie. Il avait presque perdu les pédales, la dernière fois, et ne tenait pas à commettre la même bêtise. D'autre part, combien de fois pouvait-on mettre les pieds dans un bordel sans baisser son pantalon ? Danny avait dit à Freddy de se casser et d'aller se faire voir chez les Grecs.

Une fois seuls, ils avaient fait la tournée des bars encore ouverts à deux heures du matin, écouté du jazz et continué à boire. Il avait essayé de se limiter à la bière mais Danny ne cessait de lui verser du bourbon. Il avait bu toute la nuit, la tête vide et sachant très bien qu'il serait malade le lendemain. Il avait bu uniquement pour faire plaisir à son père et l'impressionner.

Sans qu'il s'en rende compte, il s'était retrouvé ivre mort, incapable de se tenir sur ses jambes. Danny avait alors décidé de le ramener chez lui. Il se souvenait de l'escalier mais c'était tout.

Il était maintenant tout à fait réveillé et sentit une odeur de café, forte et entêtante. Mobilier fatigué de style nordique. Quelques tableaux aux murs, une femme noire nue avec une luxuriante tignasse afro, un saxophoniste noir. Il devait s'agir de Coleman Hawkins mais il n'en était pas sûr.

Il sentit quelque chose bouger à ses pieds et sursauta. Un chat, le plus gras qu'il avait jamais vu. L'animal se frotta contre sa jambe, sans tenir compte de son brusque mouvement de recul, s'étira, miaula, se roula par terre puis escalada le canapé et disparut par le couloir d'entrée.

« Alors, mon gros, entendit-il Danny déclarer, qu'est-ce que tu veux? »

La question fut suivie d'un raclement de chaise sur le lino, puis d'un bruit de pas et Danny, vêtu d'un caleçon et d'un t-shirt, surgit dans l'encadrement de la porte.

« Elle est réveillée, la belle au bois dormant? Tout de même. Il est presque midi. Tu crois que tu pourras avaler quelque chose?

— Euh... dit Gilbert en s'éclaircissant la voix, oui, je crois.

— Parfait, 'Becca? ajouta Danny à l'adresse de quelqu'un qui se trouvait dans la cuisine. Qu'est-ce que tu dirais de nous faire frire quelques œufs? Rajoutes-y un peu de poivre et des oignons.

— Y'a plus d'œufs », dit la voix.

C'était la voix de la femme qui lui avait dit que son

père jouait au Blue Light, il y avait maintenant plusieurs semaines.

« Comment ça, y'a plus d'œufs?

— Il n'y en a plus. Tu en manges trop, de toute façon. Tu vas encore faire monter ton taux de cholestérol.

— Qu'est-ce que c'est que ces conneries?

— C'est le docteur Art Ulene qui le dit. Tout le temps.

— Et on pourrait savoir qui est ce putain de docteur Ulene de mes deux?

— Le toubib de l'émission médicale à la télé — le *Today Show*.

— Ouais, eh bien je l'emmerde, ton docteur Ulene. Descends jusqu'à l'épicerie et ramène-nous quelques œufs.

— Des clous, oui. Je ne suis pas ta bonne, nom de Dieu, et si tu veux des œufs t'as qu'à aller te les chercher toi-même. Faut pas compter sur moi pour te pousser dans la tombe. C'est déjà assez moche que tu boives et que tu fumes autant, sans compter le reste. Tu vas voir ce que tu vas ramener un jour à la maison à courir la gueuse toute la nuit. Je te garantis que ça me fera bien rigoler, tiens.

— Si je ramène quelque chose à la maison, idiote, tu le choperas aussi.

— Ce jour-là, je te coupe les couilles. T'es prévenu.

— Putain, dit Danny en se tournant vers Johnny. Voici ma femme. Mon gars, te marie jamais.

— Paroles d'or! s'exclama la voix dans la cuisine.

— Je descends chercher des œufs, dit Danny, écœuré. J'en ai pour un petit quart d'heure. »

La porte se referma derrière lui. Johnny s'assit sur le lit, tout habillé, et se passa la main dans les cheveux. Où se trouvaient les toilettes? Il avait besoin de se vider de tout ce qu'il avait bu la nuit dernière, de se rincer la bouche et de s'asperger le visage d'eau froide. 'Becca fit alors son apparition.

Elle n'était pas du tout telle qu'il l'avait imaginée. Il s'attendait à trouver une grosse pouffiasse négligée, l'équivalent féminin de l'énorme matou qui était venu se frotter à ses pieds, mais 'Becca était une belle femme d'une quarantaine d'années. Elle était grande et mince et sa peau était d'une belle couleur crémeuse de café au lait. Ses cheveux décrêpés lui tombaient sur les épaules.

« Bien, bien, bien, dit-elle d'une voix beaucoup plus douce que celle, stridente, de ses récriminations précédentes. Vous avez l'air un peu plus reluisant que toute la vermine que Danny ramène ici. C'est Johnny, votre petit nom ?

— Oui, madame.

— Et vous êtes blanc. Ça aussi c'est plutôt surprenant. »

Elle sourit et prit une profonde inspiration qui souleva généreusement les revers de son décolleté. Johnny baissa les yeux.

« Savez-vous... euh... Où sont les toilettes ? demanda-t-il.

— On veut déjà partir ? Te tracasse pas, chéri, je n'ai pas du tout l'intention de te faire du mal », dit-elle en prenant place à côté de lui sur le canapé.

Johnny voulut se reculer mais elle lui prit le bras.

« Qu'est-ce qu'il y a ? Je ne te plais pas ? roucoula-t-elle, une flamme provocatrice dans les yeux.

— Non... Enfin ce n'est pas ça. Vous êtes très bien.

— Ah oui ? Alors, dégèle-toi un peu. Danny ne fait pas tant de manières quand il a envie de se taper une nana, lui. Voyons, à quelle sauce allons-nous manger ce pauvre petit poussin éploré ? »

Elle posa sa tasse de café par terre et se laissa aller contre les coussins.

« Danny va en avoir pour un petit bout de temps à chercher ses œufs. Comment pourrait-on le passer, d'après toi ? Tu n'aurais pas une idée ? »

Johnny sentit la nausée l'envahir et se mit à trembler. 'Becca se pencha vers lui, peu soucieuse de la façon dont sa robe s'ouvrait, et posa sa main sur son épaule.

« Allons, du calme, dit-elle. Hé, mais ça n'a vraiment pas l'air d'aller très fort. Détends-toi, voyons. Si on ne peut plus s'amuser, maintenant.

— Qu'est-ce que c'est que ce bordel ? »

Gilbert n'avait pas entendu la porte s'ouvrir. Danny se tenait dans l'entrée, les mains sur les hanches et l'œil agressif.

'Becca s'écarta vivement de Johnny et referma les pans de sa robe.

« Mais qu'est-ce que tu fais ici ? s'exclama-t-elle.

— J'ai oublié de prendre du fric, bon Dieu de merde. Qu'est-ce que t'étais en train de foutre ?

— Ton pote était malade.

— Et, bien sûr, tu lui proposais quelque chose pour le soigner, en bonne mère poule attentionnée !

— Merde, Danny, quoi. Je m'amusais un peu, voilà tout. Je le charriais un peu, c'est tout...

— Tu trouves pas que c'est toi qui charries un peu, dis ? Enfin quoi, merde, tu lui balançais tes nichons en pleine poire ! Fous-moi le camp d'ici, Johnny ! »

Le regard de Johnny alla de 'Becca à son père.

« Non », dit-il doucement.

Il tremblait toujours mais se sentait étrangement calme et maître de lui.

« Non ? Qu'est-ce que ça veut dire ça, non ?

— Ça veut dire non. Ce n'était pas entièrement de sa faute.

— Ah, tout de même, on avoue ! Je ramène un gars chez moi et la première chose qu'il fait, c'est d'essayer de sauter ma nana. Toi, je m'occuperai de ton cas plus tard, espèce d'enculé de ta mère...

Enculé de ta mère.

... mais je vais d'abord régler son compte à cette salope. Profites-en pour mettre les bouts pendant que tu peux encore arquer.

— Non. »

Les yeux de Danny se rétrécirent. Il traversa la pièce, ouvrit le tiroir d'un petit bureau et en sortit un grand couteau à la longue lame brillante et recourbée, un poignard à égorger un cerf.

« T'es sourd ou quoi ? » demanda-t-il en brandissant son poignard.

Johnny continuait à sourire.

« Danny, murmura 'Becca, ne fais pas l'idiot.

— La ferme. Passe à côté, 'Becca. Je m'occuperai de toi plus tard. Il faut d'abord que je donne une leçon à ce petit merdeux.

— Je n'irai nulle part, répliqua 'Becca.

— Si, passe à côté, maman, dit Johnny sans quitter la lame des yeux.

— Fais gaffe à ce que tu dis, espèce de sale petit con.

— Elle voulait juste plaisanter un peu.

— Toi d'abord, je t'ai dit de foutre le camp ! aboya Danny en pointant son arme vers 'Becca.

— Pose d'abord ce couteau », dit-elle.

Danny fit un pas en avant et lui zébra le devant de la robe. L'étoffe se déchira et un sillon pourpre peu profond perla sur sa peau. Elle poussa un bref hurlement, sans pouvoir en croire ses yeux, et recula de quelques pas.

« La prochaine fois, je ne te louperai pas, 'Becca.

— Espèce de fumier !

— Dehors, 'Becca ! »

Sanglotant, elle courut à la porte et s'enfuit. Johnny entendit le bruit de ses pieds nus résonner dans les marches de l'escalier. Combien de temps avait-il à sa disposition avant qu'elle ne ramène quelqu'un ? Très peu, sans doute, mais tout de même suffisamment.

« Ce n'était pas entièrement de sa faute, répéta-t-il. Tu vois, j'ai toujours cru que c'était de sa faute et je lui en ai toujours voulu. Jamais à toi. Mais tu m'as ouvert les yeux.

— De quoi est-ce que tu parles, bordel ?

— Tu n'as pas changé, hein ? Tu es parti et nous as laissés tout seuls. Tu nous as laissés tous les deux. Comme à chaque fois, hein ?

— T'es encore bourré, ou quoi ? lui demanda Danny, intrigué au-delà de toute expression.

— Non, répondit Johnny sans cesser de sourire. Je suis lucide, crois-moi. Et je vois tout, maintenant, absolument tout. Je croyais que tu aurais changé mais tu es toujours le même. Tu es parti et tu m'as laissé avec la Grande Putain. Cette chienne, comme toutes les autres. Oh, c'est de sa faute, naturellement, mais pas entièrement.

— T'es givré, mec, dit Danny, le poignard dardé vers lui. T'es encore soûl ou t'es cinglé. Ou camé, c'est ça? T'es déchiré? demanda-t-il en éclatant d'un rire nerveux. On avait un peu de jaja qu'on voulait pas partager avec son vieux pote Danny? C'est pas gentil ça, après tout ce que j'ai fait pour toi. Dame, un lit, ma femme...

— Ce n'est pas la première fois, rappelle-toi... père.

— Père? T'es vraiment dans les vapes. Tu me prends pour un curé, maintenant?

— Oh, non. Tu n'as rien d'un prêtre. Les prêtres ne s'enfuient pas un beau jour en abandonnant femme et enfant. »

Le visage de Danny se creusa de perplexité, en proie à des pensées contradictoires.

« Femme et enfant... murmura-t-il, la pointe de son arme toujours braquée vers Johnny.

— Femme et enfant », dit Johnny.

Danny comprit enfin et prononça un nom, le vrai nom de Johnny. Ce fut là son dernier mot. Johnny bondit sur lui, lui arracha le poignard et lui trancha la gorge. Un flot de sang fusa sur le sol et Danny s'écroula en avant. Johnny s'agenouilla à côté de lui. Il vivait encore. Johnny s'empara de sa main droite, l'étala bien à plat et lui trancha les quatre doigts d'un coup.

« Fini le jazz, mon petit pote », dit-il en écartant du tranchant de la lame les quatre bouts d'os et de chair.

Puis il fit subir le même traitement à la main gauche.

« Plus... de baise. Plus... de jazz. Fini tout ça! »

Avant de quitter l'appartement, il sortit le saxophone de son père de son étui et le jeta sur son cadavre.

« Si tu as un morceau favori, ne te gêne pas. Moi, tu m'excuseras mais j'ai à faire. »

Le couloir était vide et il ne rencontra personne dans l'escalier. Il se demanda où était 'Becca mais mieux valait l'oublier. Il aurait bien attendu son retour mais ne savait pas si elle allait rentrer seule.

Il prit un taxi, regagna son hôtel, rassembla ses quelques effets, paya sa chambre et prit la direction de la voie express Kennedy. Il n'aurait pas dû faire ça, songeait-il. Il n'aurait jamais dû venir à Chicago. Il n'aurait jamais dû revoir cet homme qui avait été son père.

Mais peut-être que tout était mieux ainsi, en fin de compte. Il avait tourné la page sur un chapitre de sa vie qui l'avait tourmenté pendant des années. Maintenant, les yeux dessillés, il était libre, libre d'aller où il voulait, libre d'aller dans l'Est retrouver cette salope. Il fit halte et inscrivit le nom de Danny Vernon et la date de sa mort sur la feuille de papier qui ne quittait pas la poche de sa chemise. Ce qu'il avait fait à son père n'était rien en comparaison du traitement qu'il réservait à cette garce, là-bas en Pennsylvanie.

Le spectre de la mort se pare souvent des déguisements les plus trompeurs et nous ne le reconnaissons pas lorsque nous le voyons passer.

Alexander Smith, *Dreamthorp.*

Tom Brewer était dans son atelier lorsqu'un bruit le fit sursauter. Tout était calme à Dreamthorp le dimanche matin, et le moindre bruit prenait les proportions d'un événement.

Un choc sourd, comme si quelqu'un avait fait tomber un lourd volume au premier. Mentalement, il essaya de deviner où se trouvait chacun. Son père était probablement en train de lire le journal — il avait entendu tout à l'heure un froissement de papier caractéristique en provenance du porche. Sa mère devait boire une tasse de café à la cuisine, les yeux dans le vague. Tom se faisait du souci à son sujet et il savait que son père était inquiet, lui aussi. Frances semblait perpétuellement plongée dans un état catatonique. Si jamais l'un d'eux lui suggérait d'aller consulter un médecin, il était cependant prêt à parier qu'elle retrouverait comme par enchantement toute sa vigueur et son allant. Josh, lui, devait dormir dans sa chambre...

Josh. Il avait oublié. Josh ne dormirait plus jamais dans sa chambre et reposait désormais au cimetière. Tom était tout seul, maintenant.

Le bruit se reproduisit, juste au-dessus de sa tête. Il crut entendre quelqu'un gémir mais n'en aurait pas juré. Il tendit l'oreille.

Qu'est-ce que c'était que ces bruits de pas, de sautillement, de danse presque, n'eût été leur irrégularité?

Les pas retentirent encore quelques secondes et s'interrompirent. Puis un choc sourd, un corps qui tombe à terre...

Tom se tourna d'un bloc et s'élança vers l'escalier. En haut des marches, il trouva sa mère au milieu du couloir d'entrée, quelque chose à la main. Il fut surpris de constater qu'il s'agissait du pic à tête rouge, d'ordinaire sagement perché sur son étagère. Bizarrement, tout le corps de l'oiseau, et non plus seulement la tête, était rouge, taché de sang. Les pieds de son père, allongé sur le parquet, dépassaient d'une encoignure.

« Papa ! » s'écria-t-il.

Il repoussa sa mère du chemin et se précipita vers son père. Il était encore en vie mais visiblement en train de mourir. Une dizaine de plaies lui balafraient le visage. Les blessures ne semblaient pas graves mais il avait perdu une quantité de sang effrayante. Le tapis du couloir en était complètement imbibé.

Ses yeux, miraculeusement, avaient été épargnés.

« Aaaho... tenta-t-il de dire, le corps agité de frémissements spasmodiques.

— J'appelle une ambulance, bégaya Tom. Ne t'inquiète pas, on va s'occuper de toi... »

Il découvrit alors, pour la première fois depuis qu'il était remonté de la cave, le visage de sa mère.

Son expression lui fit froid dans le dos. Les yeux exorbités, fixes, elle contemplait sans la voir sa robe jaune aspergée de sang, l'oiseau toujours à la main, le bec dégoulinant de sang.

Trop préoccupé par l'état de son père, il avait totalement négligé Frances. Comme ils l'avaient tous deux redouté, elle avait perdu la raison. Il ne pouvait pas la laisser une seconde de plus seule avec son père, car cette fois elle pourrait bien finir ce qu'elle avait commencé.

« Maman, dit-il, donne-moi ça. »

Elle ne bougea pas, les yeux hagards, pétrifiée au milieu du couloir. Il voulut lui retirer l'oiseau mais elle refusa de desserrer son étreinte. Il lui écarta les doigts un à un mais ne put lui faire lâcher prise.

Il la prit par les épaules et l'entraîna vers la cuisine, redoutant qu'elle brandisse l'oiseau encore une fois et le lui abatte en plein visage. Il pria pour qu'elle n'en fasse rien car il ne voulait pas lui faire de mal.

Avant qu'il ait pu la faire entrer dans la cuisine, un cri s'échappa de la gorge de son père.

« Ooon! »

Tom se retourna et sentit son cœur frémir dans sa poitrine à la vue de l'aspect effroyable qu'avait pris le visage de son père.

« Aaaho... aazo », chuchota-t-il faiblement, les lèvres inondées de sang.

Puis il toussa et vomit une énorme bulle de sang qui éclata en pluie sur sa poitrine.

« Aaazo... Céé l'aaazo.

— L'oiseau? répéta Tom. C'est l'oiseau?

— Vvviii... » souffla Ed.

Tom essayait de comprendre.

« C'était... l'oiseau. Cet oiseau?

— Vvii... »

Il ne pouvait pas dire oui, incapable de former correctement les mots. Son souffle, déjà saccadé, se raccourcit, s'accéléra, puis se figea sur une dernière expiration, un long gémissement interminable.

« Papa? s'écria-t-il, sachant qu'il n'y aurait pas de réponse. Papa? »

Il abandonna sa mère, tomba à genoux à côté de son père et chercha son pouls. Lorsqu'il releva les yeux, sa mère n'avait pas changé de place.

« Maman? demanda-t-il. Que s'est-il passé? Qui a fait ça? »

Etait-ce elle qui l'avait tué? Les mots incohérents qu'avait bredouillés son père étaient-ils destinés à la protéger, sachant qu'elle était devenue folle et n'était plus responsable de ses actes? Bien qu'il détestât cette idée, c'était la seule explication valable. La violence et la soudaineté de l'attaque avaient dû lui faire perdre l'esprit, lui aussi. Avait-on jamais vu un oiseau sculpté capable d'assassiner quelqu'un?

Sa mère le tenait toujours à la main. Un côté de son esprit égaré par la perte de toute sa famille, emportée par la mort ou la folie, lui disait que cela n'avait pas d'importance, qu'il n'avait qu'à s'allonger à côté de son père et à laisser cette femme, maintenant une étrangère, le tuer lui aussi si elle en avait envie, mais un autre côté lui commandait de réagir. Il pourrait se laisser aller plus tard.

« Maman ! »

Il n'obtint pas de réponse. Il lui prit le poignet et lui secoua les épaules, mais ne provoqua en elle aucune réaction. Il la frappa au visage, légèrement. Hébétée, la surprise lui fit légèrement lâcher prise et il put lui retirer l'oiseau.

Il entraîna sa mère dans la salle de séjour, la fit asseoir sur le canapé et, seulement, appela une ambulance. Quand une voix lui répondit à l'autre bout de la ligne, il fut incapable de parler. Ce n'était pas possible, cet oiseau n'était plus le même qu'auparavant.

Le sang avait dissous la peinture en partie mais ce n'était pas tellement cela qui était étrange. Il se rappelait que l'oiseau n'avait les ailes que partiellement déployées, prêt à prendre son envol. Or, l'oiseau qu'il avait maintenant sous les yeux avait les ailes largement écartées...

« Allô ?... Allô ?... Ici police secours... »

La voix semblait grêle et lointaine, et il ne sut combien de fois elle dut répéter son message avant qu'il soit en état de répondre.

Il donna son nom et son adresse et parla, très brièvement, de ce qui venait de se passer. Il demanda qu'on envoie une ambulance et qu'on prévienne également la police de Chalmers.

Puis il raccrocha et examina longuement l'oiseau. C'était celui qu'il avait sculpté, d'accord, celui qu'il avait donné à peindre à Bill Singer. Mais il n'avait pas sculpté cet oiseau en vol. Il en était certain. Il était peut-être en état de choc et commençait sans doute à devenir fou, lui aussi, mais il savait tout de même encore ce qu'il faisait.

Ceci était son œuvre mais n'était pourtant pas ce qu'il avait sculpté.

L'oiseau. C'était l'oiseau.

Et si c'était vrai, songea-t-il. Si l'oiseau était brusquement revenu à la vie et avait attaqué son père ? Si sa mère s'était au contraire interposée pour protéger son père ?

Doux Jésus, mais il devenait complètement cinglé, pas de doute. Peu importait ce qui s'était passé. En ce qui le concernait, ce maudit volatile pouvait tout aussi bien se mettre à siffloter l'hymne national et à lever la patte en cadence. Mais il devait y avoir une explication logique, rationnelle.

Et si la seule explication rationnelle était que sa mère avait attaqué son père, que son père avait menti pour l'innocenter, et que Tom avait des hallucinations qui lui faisaient prendre des vessies pour des lanternes, alors cette explication était la bonne.

C'est ainsi que les choses avaient dû se passer.

Il s'arracha à la contemplation de l'oiseau et rejoignit sa mère dans la salle de séjour.

Elle n'avait pas bougé de place, assise sur le canapé. Ses yeux, immenses, regardaient dans le vide droit devant elle et sa main droite était encore à demi crispée comme si elle serrait encore l'oiseau dans son poing.

« Maman ? chuchota-t-il. Maman ? »

Elle ne lui répondit pas.

Il s'assit à côté d'elle et attendit l'arrivée de l'ambulance. Tout cela était trop absurde, perdre tellement de gens en si peu de temps — sa femme, son fils, ses parents. Il allait encore falloir assister aux obsèques, pensée qui lui donna envie d'éclater de rire. Il perdait l'esprit, lui aussi.

C'est seulement lorsque l'ambulance fut là, suivie de peu par la voiture de Bret Walters, qu'il songea que sa mère n'était peut-être pas responsable de la mort de son père. Ce fut la première chose à laquelle pensa Bret et il eut honte de ne pas y avoir songé plus tôt lui-même.

« Quelqu'un a dû s'introduire dans la maison », lui dit Bret pendant que l'ambulance emportait sa mère.

Le corps de son père devait rester en place jusqu'à l'arrivée de la police d'Etat.

« Je devrais peut-être en acheter une, dit Tom à voix basse.

— Une quoi? demanda Bret.

— Une ambulance, répondit Tom. C'est vrai ça, faut sans arrêt en appeler une. »

Bret détourna les yeux, gêné par la réflexion.

« Quelqu'un s'est certainement introduit ici, répéta-t-il. Votre mère n'aurait jamais eu assez de forces pour... Votre père en serait venu facilement à bout. D'autre part, pourquoi aurait-elle fait une chose pareille? Cette histoire n'a pas de sens, par quelque bout qu'on la prenne.

— Rien n'a de sens, dans tout ça. D'après mon père, c'est l'oiseau qui l'a tué. Ce qui n'a non plus aucun sens. A moins qu'il n'ait essayé de la protéger. »

La police arriva quelques minutes plus tard, et Tom entendit l'un des hommes déclarer discrètement à Bret que ça commençait à devenir une sale habitude, dans la famille Brewer. L'homme emmena Tom dans la cuisine et lui posa quelques questions pendant que son collègue, le médecin légiste et un photographe s'affairaient au-dessus du cadavre. L'interrogatoire fut poli. L'homme s'excusa de se montrer si brusque et lui expliqua que plus tôt on interrogeait les témoins, plus les détails étaient encore vifs dans leur mémoire.

Mais Tom ne se souvenait d'aucun détail, seulement des bruits qu'il avait entendus au-dessus de sa tête et de la statuette ensanglantée dans la main de sa mère. L'homme revint plusieurs fois à la charge, mais Tom ne put rien lui apprendre de plus. Oui, il était possible qu'un inconnu se soit introduit dans la maison, oui, c'était possible, tout était possible. Surtout à Dreamthorp.

La police avait installé des barrières de sécurité sur le trottoir, derrière lesquelles se pressaient de nombreux voisins, entre autres Charlie Lewis et Laura. Il voulut rester brave devant elle mais ses larmes coulèrent sans qu'il puisse s'en empêcher.

On procédera avec le plus grand soin pour limer ses chaînes car sans cela on se blesserait les chevilles ou les poignets et la gangrène s'y mettrait.

Alexander Smith, *Dreamthorp.*

« Je me rappelle avoir lu quelque part que Teddy Roosevelt avait perdu sa femme et sa mère le même jour. Je m'étais dit à l'époque : Bon Dieu, il faut s'appeler Teddy Roosevelt pour surmonter une épreuve pareille. »

Tom Brewer, assis sous son porche en compagnie de Laura Stark, se leva et s'accouda à la rambarde, les yeux braqués vers les ténèbres, tel le capitaine d'un navire, le *Hollandais volant*, seul pour l'éternité sur le pont de son bâtiment.

« Mais on n'oublie jamais rien poursuivit-il. Il faut accepter la perte, c'est tout. Il faut vivre avec, avec ses souvenirs et tout ce qui s'y rattache. Que faire d'autre, de toute façon, sinon se laisser mourir ? Tout le monde peut surmonter n'importe quelle épreuve, il suffit de le vouloir. Est-ce que ce n'est pas là un beau petit discours bien raisonnable ? Logique ?

— Oui, dit-elle.

— Ça ne paraît pas trop froidement logique, justement ?

— Je ne crois pas, répondit-elle avec honnêteté. C'est une question de point de vue, je suppose. Il faut... dresser des barrières contre le chagrin. Les gens qui n'en sont pas capables...

... deviennent fous. Comme ma mère. Ou se suicident, peut-être. L'homme a une faculté d'adaptation infinie, soupira-t-il. Ce n'est pas ce qui m'empêche de me sentir encore plus coupable.

— Mais vous n'avez rien à vous reprocher.

— J'ai bien peur que si. Tout a commencé avec la mort de Josh. Il serait encore en vie si j'avais été un peu plus... je ne sais pas, attentif, plus aimant. S'il n'était pas mort, sa grand-mère serait peut-être toujours... saine d'esprit et mon père serait peut-être toujours vivant, lui aussi.

— Mais la police pense qu'il a été assassiné par un inconnu.

— Oui, je sais. Manque de preuves. La police ne croit pas que ma mère soit coupable mais n'en est pas sûre. Personne n'est sûr de rien. L'oiseau... »

Sa voix mourut et il ne put continuer.

Laura détourna les yeux et porta à son tour son regard vers les ténèbres du dehors. Ils avaient déjà parlé de nombreuses fois de toutes ces choses depuis l'enterrement du père de Tom, petite cérémonie glacée à l'issue de laquelle Ed Brewer avait été placé en terre à côté de son petit-fils et de sa bru. Frances, veuve et meurtrière présumée, n'avait pas assisté à la cérémonie. Elle était en observation dans un hôpital psychiatrique, le temps que Tom trouve une clinique privée qui puisse s'occuper d'elle.

Mme Martin, qui présidait aux destinées de la section Beaux-Arts à Harris Valley, lui avait proposé d'engager un autre professeur pour le remplacer jusqu'à la fin de l'été et il avait accepté. Quand il avait demandé à Laura si elle croyait qu'il avait pris la bonne décision, elle l'avait conforté dans son opinion, même si elle pensait en réalité qu'il aurait mieux valu qu'il continue ses cours après une semaine ou deux de congés. Une longue période de deuil ne pouvait conduire qu'à l'introspection et aux humeurs noires.

Pour cette raison, elle avait décidé de passer avec lui le plus de temps possible, d'être sa planche de salut, son amie, de lui faire savoir qu'il y avait des gens pour qui il comptait. Charlie Lewis veillait sur lui la majeure partie de la journée quand elle était à son bureau, à Lancaster. Ils en avaient discuté tous les deux et avaient conclu que Tom s'en sortirait, même s'il était présentement en proie à des idées morbides. Tout cela s'arrangerait avec le temps. En attendant, Charlie le soûlait de jazz et de bière pendant la journée, et Laura dînait avec lui ou regardait un film sur son magnétoscope le soir en sa compagnie.

La seule nuit qu'ils avaient passée ensemble avait été on ne peut plus chaste et ils n'étaient toujours pas amants. Laura avait envie de lui, mais ne voulait pas profiter de sa peine et de son chagrin pour le pousser dans son lit. Elle ne voulait pas le bousculer et attendait qu'il se déclare.

Quand elle lui avait demandé ce qu'il faisait d'autre dans la journée, à part écouter du jazz avec Charlie, il lui avait dit qu'il s'était remis à la sculpture. Elle aurait bien aimé voir sa dernière œuvre mais il lui avait répondu, étrangement réticent, qu'il ne se sentait pas encore prêt pour la montrer à quelqu'un.

« Les Kurtze s'en vont aujourd'hui, déclara-t-il soudain.

— Les Kurtze ?

— Ceux qui habitent dans Hawthorne Street. J'ai vu un camion devant chez eux en allant à la poste. Mme Purviance m'a confirmé qu'ils partaient.

— Est-ce qu'ils vendent leur maison ?

— Mme Purviance ne le pense pas. Mais ils s'en vont parce qu'ils ont peur pour leur petite fille. Je suppose qu'ils comptent revenir lorsque... ce maniaque aura été pris. »

Les Kurtze n'étaient pas les premiers à quitter la ville et ne seraient sans doute pas les derniers. Lors des quelques semaines écoulées, et particulièrement depuis la mort horrible et sanglante de Sam Hershey, les gens quittaient régulièrement Dreamthorp. Il y avait beaucoup de vacanciers qui avaient simplement décidé d'abréger leur séjour, et des résidents de longue date comme les Kurtze commençaient même à plier bagage pour aller passer quelque temps dans leur famille.

Le règne de la terreur, telle était l'expression employée par les journaux pour décrire les événements de l'été à Dreamthorp. Les médias avaient envahi la ville au lendemain de la mort d'Ed Brewer, avec leurs caméras et leurs carnets de notes, mais n'avaient trouvé que des citoyens murés dans un même silence. Peu de gens avaient des commentaires à faire et chacun se réveillait chaque matin en se demandant si le voisin n'avait pas connu une fin horrible au cours de la nuit.

Les nuits étaient calmes, cependant. La semaine qui avait suivi l'enterrement d'Ed Brewer n'avait pas connu d'incidents. Une autre semaine s'était écoulée, toujours aussi calme, et, le premier week-end d'août, tout le monde avait commencé à respirer un peu mieux, à espérer que le monstre qui avait ensanglanté la ville était mort ou avait décidé d'aller terroriser une autre malheureuse cité.

AOÛT

Ils se tiennent là, dans le soleil et sous la pluie, les témoins chenus des siècles passés, les survivants de l'odieux carnage qui a dévasté la forêt.

Alexander Smith, *Dreamthorp*.

> Ce ne doit pas être si difficile, si terrible, se dit-on en claquant des dents.
>
> Alexander Smith, *Dreamthorp*.

Le premier lundi du mois d'août, Tom et Laura allèrent à la Maison de la culture écouter la compagnie théâtrale de Dreamthorp présenter une lecture d'*Un tramway nommé désir*. L'œuvre n'était pas, comme ils en convinrent tous les deux, idéale pour une lecture publique, toute l'action étant quasiment concentrée sur le personnage de Stanley Kowalski. La lecture subséquente ne modifia en rien leur opinion.

Peu avant la fin du premier acte, un hurlement éclata dans l'assemblée qui fit se retourner tout le monde, y compris les acteurs qui s'interrompirent un instant. La peur envahit toute la salle et s'inscrivit sur chaque visage. Une même pensée se lisait sur tous les regards : le monstre était de retour.

Chacun tendit l'oreille — étaient-ce des voix qu'on entendait, de nombreuses voix qui parlaient ensemble, ou bien un bruit d'eau qui dévalait la rue, phénomène improbable par un temps aussi sec? Puis l'actrice qui jouait Blanche se remit à lire son texte, avec hésitation d'abord, puis avec plus de conviction, et l'attention du public se reporta lentement sur la scène.

L'acte prit fin quelques minutes plus tard. Les projecteurs s'illuminèrent, les fauteuils claquèrent et l'on entendit une sirène hurler dans la nuit. Comme quelque grand protozoaire, le public se rua vers les portes et se précipita dans la rue, tous les regards tournés vers le

Palais des Glaces, à une centaine de mètres de là, où une ambulance et une voiture de police étaient garées, gyrophares allumés.

« Allons voir », dit Tom.

Il prit Laura par la main et l'entraîna le long du sentier forestier éclairé de lanternes en fer forgé plantées dans le sol. Une agitation fiévreuse régnait sur la terrasse du Palais des Glaces, grand parquet de lattes de bois qui comptait habituellement une trentaine de tables et quatre fois autant de chaises cannées, dont beaucoup, remarqua Tom, gisaient renversées. Les lumières jetaient une lueur spectrale sur les visages blêmes des spectateurs. Parmi eux, Tom aperçut Charlie Lewis, à côté de Sam Coffey.

« Charlie, demanda-t-il. Que se passe-t-il? »

Tom crut tout d'abord que Charlie ne l'avait pas entendu. Il continuait à observer l'activité déployée sur la terrasse, où un groupe d'hommes s'affairaient à quatre pattes. Tom ne pouvait pas voir ce qu'ils étaient en train de faire, car seule la partie supérieure de leurs corps était visible par-dessus les têtes des badauds rassemblés. Ils avaient l'air d'exercer une forte pression, à défaut d'être efficace, sur quelque chose qu'on ne voyait pas.

« Charlie », dit Laura en lui prenant le bras.

Charlie Lewis se retourna, la bouche à moitié ouverte, le visage bouleversé.

« Oh! Laura. Tom. Bonjour.

— Charlie, qu'y a-t-il? demanda Laura.

— Un autre... accident, répondit Charlie d'une voix sourde. Le fils Warfel. Vous le connaissiez? Un brave petit gars. Ses parents habitent Fuller Street. La maison verte près du bureau de poste. »

Tom hocha la tête d'un air absent. Charlie n'y prit pas garde et continua son récit comme un homme qui raconte le cauchemar qu'il vient de faire.

« Sam et moi étions assis à quelques tables de ses parents, tout près de la rambarde, là-bas. J'avais commandé un mystère au caramel et Sam... Qu'est-ce que tu avais pris, Sam?

— Oh ! euh... une coupe créole », dit Sam Coffey. Lui aussi semblait dans un état second.

« ... une coupe créole, enchaîna Charlie. Et Petey — c'est le nom du garçon, n'est-ce pas ? demanda-t-il en prenant une nouvelle fois Sam Coffey à témoin —, Petey, c'est ça ?

— Petey, dit Sam en approuvant vigoureusement de la tête. En tout cas, c'est le nom que criait Mme Warfel.

— Exact, c'est le nom qu'elle a crié. Petey était à l'intérieur pour une raison quelconque — un verre d'eau, peut-être — et est revenu en courant à l'appel de son nom. C'est alors... qu'il a disparu à travers le plancher.

— A travers le plancher ? demanda Tom.

— Oui. Nous n'avons pas vraiment bien pu voir car, comme je le disais, nous étions à quelques tables de distance, Sam et moi. Mais nous avons entendu un grand bruit, un bruit de poutre qui se rompt, nous nous sommes retournés et nous avons vu ce garçon — Petey — disparaître, s'enfoncer.

— Comme s'il tombait, précisa Sam. Tout droit. Comme si une trappe s'était ouverte sous ses pieds.

— Ce qui a dû se passer, dit Charlie, les yeux soudain brillants. Je veux dire que c'est précisément ce qui a dû se passer. Les lattes du plancher ont cédé et il est tombé au travers.

— Nous avons entendu le bois se fendre, dit Sam.

— Ensuite... les lattes ont repris leur position initiale, conclut Charlie en reportant son attention vers la terrasse, d'où provenaient maintenant des martèlements sourds.

— Les lattes ont repris leur place ? dit Laura. Vous voulez dire que ce gosse est prisonnier là-dessous ?

— Non », dit Charlie, des larmes dans les yeux. Il a été quasiment décapité. La tête presque arrachée... Mon Dieu, il y avait du sang partout.

— Partout, confirma Sam dans un souffle.

— Une petite minute, dit Tom. Vous voulez dire que les lattes ont cédé, que ce garçon est passé au travers et qu'ensuite le parquet s'est reformé comme si de rien n'était en lui sectionnant le cou?

— Je sais que c'est difficile à croire, Tom, répondit Sam Coffey, mais nous étions là. Nous avons tout vu, ou presque. Et nous ne sommes pas les seuls. Tout le monde l'a vu. Vous voyez Don Henderson, là-bas, qui parle avec ce flic? Il a tout vu, lui. Il dit que les lattes se sont d'abord fendues avant de s'effondrer puis que tout s'est remis en place alors que le gamin était encore dans le trou. Comme une porte de garage. Ce sont ses propres termes : comme une porte de garage.

— Nous l'avons vu, ajouta Charlie. C'est la seule façon d'expliquer ce qui... »

Il s'interrompit et laissa sa phrase en suspens.

« Qu'y a-t-il, Charlie? demanda Tom.

— Je savais qu'il y avait quelque chose. Je n'arrivais pas à mettre le doigt dessus mais maintenant je sais. Les piliers du théâtre, poursuivit-il d'une voix exaltée, rappelez-vous. C'était le même phénomène, vous ne voyez donc pas? Le bois. Le bois semble être soudain devenu fou ; il se passe des phénomènes qui vont à l'encontre de toutes les lois de la nature. Pourtant, la preuve est là, sous nos yeux.

— Charlie...

— Ecoutez, Tom. Que les lattes cèdent et que le garçon passe au travers, je veux bien. Mais qu'elles se remettent tranquillement en place et lui tranchent la tête, non!

— Vous n'en savez rien. Il y a toujours des pressions, des tensions... dit Tom d'une voix peu convaincue.

— Oui, mais jamais aussi importantes. Je ne suis pas ingénieur en bâtiment pour rien, du moins, je l'étais encore il n'y a pas si longtemps, et je sais très bien de quoi je parle. Ce qui est arrivé ce soir, et ce qui s'est passé l'autre jour au Grand Théâtre, n'est tout simplement pas possible, selon les lois de la physique.

— Mais c'est néanmoins arrivé, Charlie, dit Laura. Lois de la physique ou pas.

— Je sais. Et c'est bien ce qui me tracasse le plus. »

Cette mort, ajoutée aux autres, jeta un surcroît de terreur dans la ville. Bien qu'il y eût des témoins pour jurer que ce qui était arrivé au jeune Petey Warfel n'était qu'un accident, l'horrible tragédie ajoutait encore aux malheurs qui s'acharnaient sur Dreamthorp. Cinq autres familles quittèrent la ville durant la semaine.

Cette semaine-là, Tom et Laura devinrent amants. Un jeudi soir, Laura invita Tom à dîner chez elle. Ils prirent ensuite le café dehors, l'oreille tendue vers la musique qui coulait des fenêtres de Charlie Lewis. Une musique mélancolique et romantique. Les premiers Coltrane, pensa Tom. Ils finirent tranquillement leurs cafés et quand il fit presque noir Laura demanda à Tom s'il voulait regarder un film.

« Non, ça ne me dit rien, répondit Tom. J'avais d'autres plaisirs en tête.

— Ah oui ? Lesquels ? » demanda-t-elle, l'innocence personnifiée.

Il posa sa tasse, se pencha vers elle et l'embrassa, les lèvres mi-closes. Elle s'abandonna et sentit le goût du café sous sa langue.

« Tu ne crois pas que le moment serait venu de... de se connaître un peu mieux ?

— Si. Je pense que le moment est venu », dit-elle.

Ce n'était pas tout à fait la vérité. Elle se sentait proche de lui et désirait l'être encore plus, mais elle avait également peur, peur de ne pas pouvoir répondre à son désir, peur que l'émoi qu'elle éprouvait lorsqu'il l'embrassait et la serrait contre lui ne disparaisse au moment crucial, peur de ne pas pouvoir passer du plan affectif au terrain physique.

« Tu trembles, dit-il. N'aie pas peur. »

Elle s'émerveilla comme une collégienne qu'il puisse si bien la connaître et lire dans ses pensées. Derrière la communion physique qu'elle appelait de ses vœux et redoutait en même temps, il y aurait une autre communion, spirituelle celle-là. Elle prit sa main et la garda serrée dans la sienne.

« Je n'ai pas peur, lui dit-elle. Rentrons. Allons nous coucher. J'ai envie de toi. »

Ils se déshabillèrent mutuellement avec tendresse, souriant à chaque morceau d'étoffe qui s'envolait, tels des explorateurs à l'orée d'une contrée mystérieuse. Leurs corps s'épousaient mutuellement, comme faits l'un pour l'autre, et quand il la pénétra elle n'eut pas le sentiment d'être possédée mais éprouva plutôt une impression de plénitude et de sérénité. De guérison.

Après l'amour, repus et heureux dans les bras l'un de l'autre, c'est Tom qui prit la parole le premier.

« Je t'aime, Laura. Je t'aime vraiment, tu sais. »

Elle s'endormit sur ces mots, ces mots qu'elle continua à entendre dans son rêve et dont elle se souvint, chose étonnante, lorsqu'elle se réveilla à ses côtés le lendemain matin.

> Il y a plus de vingt ans, j'ai vu deux hommes exécutés. L'impression ressentie alors est toujours restée présente à mon esprit.
>
> Alexander Smith, *Dreamthorp*.

Ils étaient ensemble quand les deux autres morts se produisirent. On était samedi et la journée était chaude et étouffante, le ciel d'un bleu tirant vers le gris, lourd d'humidité qui refusait de se changer en pluie.

Tom et Laura suivirent la finale du tournoi de tennis de Dreamthorp pendant la plus grande partie de la matinée et purent constater que les quadragénaires inscrits au concours se comportaient encore remarquablement bien sur la terre battue malgré la chaleur accablante. Après une rencontre âprement disputée, ils rentrèrent manger un morceau.

« J'ai trouvé un endroit pour ma mère, dit-il en posant la salade de thon sur la table. A la sortie de Harrisburg, près de Camp Hill. C'est un endroit agréable, en pleine campagne, plein d'arbres et de verdure. Je crois que ça lui plaira, dit-il en soupirant. Si toutefois elle est encore capable de ressentir quelque chose. »

Sa mère avait été innocentée de l'assassinat de son père. L'expertise médico-légale avait prouvé, compte tenu de l'angle des blessures et de la force avec laquelle les coups avaient été infligés, qu'il était impossible qu'elle ait pu commettre le meurtre. Dire que le médecin légiste était resté perplexe était peu dire. Il avait déclaré en privé qu'il n'avait jamais rien vu, en trente années de carrière, qui puisse se rapprocher de ce cas unique dans les annales, et qu'il n'était pas sûr de pouvoir comprendre ce qui s'était passé, même après trente autres années. Il avait envoyé un rapport détaillé au F.B.I. et attendait la réponse de cette docte institution, à défaut d'explications.

Les polices d'Etat et du comté étaient également déconcertées. Tout le monde réclamait à cor et à cri l'arrestation de l'auteur de cette sanglante série de meurtres mais il n'y avait aucune preuve, pas le moindre petit bout de piste à se mettre sous la dent. « Va falloir attendre, avait déclaré Bret Walters, que ce fumier fasse une erreur. C'est toujours comme ça qu'ils se font pincer. »

Si Frances avait été mise hors de cause, son esprit était resté confus. Elle n'avait pas prononcé un mot depuis la mort de son mari et dormait par intermittence, se réveillant en sursaut en poussant des cris inarticulés. Tom avait envisagé un moment de la garder à la maison et de veiller lui-même sur elle, mais elle avait besoin de soins qu'il aurait été bien incapable de lui donner. Il se sentait néanmoins coupable de l'avoir abandonnée, et cela ne faisait qu'alourdir la culpabilité qu'il ressentait déjà à l'égard de la mort de son fils et de son père.

« Quand sera-t-elle admise ? demanda Laura.

— La semaine prochaine. Elle va enfin recevoir les soins dont elle a besoin. L'hôpital est très bien mais n'est pas équipé pour recevoir ce genre de patients. »

Ils mangèrent quelques instants en silence, puis Laura reprit la parole.

« Qu'est-ce que tu as fait cette semaine, à part chercher un endroit pour ta mère ?

— Pas grand-chose, grogna-t-il.

— Sculpture ?

— Un peu.

— Que devient ce fameux bloc de pin ?

— Ça prend forme. »

Il préféra changer de sujet et glisser vers le tournoi de tennis. Il n'avait pas envie de parler de sculpture, particulièrement à Laura, pas encore. D'une certaine façon, il se sentait coupable de lui avoir volé quelque chose, coupable d'avoir puisé son inspiration dans l'expérience traumatisante qu'elle avait connue avec Gilbert Rodman. Il n'avait pas encore décidé à quel moment ni dans quelles circonstances il lui montrerait la statue, mais préférait attendre qu'elle soit terminée.

Et si elle n'avait pas envie de voir la statue, si les souvenirs étaient trop pénibles, trop vivaces, tant mieux. Connaissant Laura comme il la connaissait maintenant, il savait qu'elle voudrait contempler la représentation symbolique de ses peurs. C'était une femme courageuse, plus brave même que lui.

Après le repas, ils reprirent le chemin des courts et assistèrent à quelques rencontres. Sur la route du retour, ils s'arrêtèrent à la boutique de cadeaux, autrefois la maison du gardien du phalanstère, en face du Palais des Glaces. Le bâtiment avait récemment été repeint en jaune pâle, excepté les colonnes blanches qui entouraient le large porche d'entrée. Les décorations de Noël étaient arrivées et Laura en choisit plusieurs, dont un petit *bellschnickle*, magnifiquement travaillé.

« Un bell-quoi ? demanda Tom.

— Un *bellschnickle*. Regarde. C'est une sorte de saint Nicolas allemand. Un père Fouettard, en somme.

— Il a l'air mauvais, le citoyen, dit-il en prenant et en examinant la figurine haute d'une dizaine de centimètres.

— Mais il n'était pas spécialement tendre. Tu vois ces bâtons dans sa hotte ? C'était pour battre les enfants méchants.

— Charmant petit cadeau de Noël.

— Tempérament germanique, je présume, s'esclaffa Laura. Il valait mieux filer doux, en ce temps-là. »

Tom regarda plus attentivement le visage émacié, la barbe qui pointait sévèrement.

« Ce n'est vraiment pas le genre de type que j'aimerais voir débarquer chez moi le soir de Noël.

— Alors sois sage. Et fais du bon travail, ajouta-t-elle en souriant. »

Laura régla le montant de ses achats et attendait que

la vieille dame, propriétaire des lieux, lui rende sa monnaie, quand un énorme craquement secoua violemment tout le bâtiment. Les pièces roulèrent au sol et s'éparpillèrent aux quatre coins de la boutique, les étagères tremblèrent, les poteries et les objets de verre tombèrent et se fracassèrent en mille morceaux.

Mon Dieu, que se passe-t-il encore? pensa Tom en prenant Laura par le bras et en l'entraînant vers la sortie. Si le bâtiment s'effondrait, ou s'il y avait un tremblement de terre — phénomène qui ne s'était jamais produit dans la région —, il valait mieux se trouver dehors à l'air libre. La propriétaire jeta un regard apeuré autour d'elle, puis décida apparemment que sa vie valait mieux que ses marchandises et se précipita à leur suite.

Mais la porte refusa obstinément de s'ouvrir, bloquée par deux grandes colonnes qui s'étaient effondrées sur deux personnes assises sous le porche dans des fauteuils d'osier. En entrant, Tom avait reconnu les deux violonistes du quatuor à cordes de Dreamthorp, un ensemble de musique de chambre qui donnait actuellement deux concerts par semaine à la Maison de la culture.

A travers la vitrine de la devanture, Tom vit les colonnes blanches, larges de trente centimètres chacune, tout éclaboussées de pourpre. Seul l'un des corps était visible, celui du premier violoniste, qui gisait sur le côté, les bras rentrés si profondément dans la poitrine qu'ils semblaient ne faire qu'un seul bloc avec son torse. La main droite formait relief, inerte, telle une nageoire. Les yeux exorbités, l'homme vivait encore, la bouche béante et gargouillante de sang.

Soudain, Tom entendit un bruit de déchirure, juste au-dessus de sa tête, et leva les yeux pour voir glisser le porche, la porte d'entrée et toute une partie de la toiture.

« Vite. Sortons d'ici », dit-il aux deux femmes.

La propriétaire les précéda à travers la réserve et les fit sortir par une petite porte qui donnait sur l'arrière du bâtiment.

« Mon Dieu, mon Dieu, mon Dieu », marmonna-t-elle en se précipitant vers la façade de son magasin, où toute une foule s'était maintenant rassemblée.

Certains avaient entrepris de soulever les colonnes brisées pour dégager l'homme et la femme qui étaient coincés dessous. Les apprentis sauveteurs ne cessaient de lever les yeux vers le ciel et de bondir précipitamment en arrière chaque fois qu'une nouvelle partie du toit menaçait de s'effondrer.

Un groupe d'hommes réussit à déplacer suffisamment les colonnes pour tirer les musiciens à l'écart, se souciant peu de l'interdiction de déplacer les corps des personnes blessées. Si on les avait laissés là, le toit se serait abattu sur eux. Cependant, il ne s'effondra pas, se stabilisa mais continua à osciller et à grincer pendant des heures.

Des barrières furent posées tout autour du bâtiment et les deux victimes furent transportées à la morgue de l'hôpital de Lebanon. La femme était morte sur le coup et l'homme avait rendu l'âme juste avant l'arrivée de l'ambulance.

Après avoir répondu aux inévitables questions, Tom et Laura rentrèrent chez celle-ci. Ils prirent un verre et restèrent longtemps assis, serrés l'un contre l'autre. Comme prévu, Charlie Lewis les rejoignit en fin de soirée pour dîner. Il savait tout de l'accident puisqu'il avait apporté son aide afin de dégager les corps.

« Encore une chose qui, logiquement, n'aurait jamais dû se produire, dit-il.

— Le bâtiment était vieux, Charlie, dit Tom, quelque peu exaspéré. Le bois devait être pourri ou je ne sais quoi.

— Du bois pourri. C'est tout de même étonnant cette faculté que vous avez de vous boucher les yeux pour refuser de voir la vérité. Vous étiez là, vous avez vu comme moi que ce bois était robuste, solide, massif. En tout cas, je l'ai bien examiné, moi. C'était du chêne, bien sec et dur comme de l'acier. J'affirme qu'il ne présentait pas la moindre faiblesse là où il a cédé. Vous connaissez le bois, Tom, vous avez bien vu que...

— Mais Charlie, dit Laura, ce n'est pas possible! Il

fallait bien qu'il y ait un défaut quelque part... quelque chose qui n'était peut-être pas visible.

— Nous y voilà, dit Charlie avec satisfaction. Quelque chose qui n'était pas visible. Comme dans tous les autres cas.

— Bon Dieu, dit Tom. Qu'est-ce que les deux morts d'aujourd'hui ont à voir avec les assassinats des semaines précédentes ? Croyez-moi, personne ne s'y prendrait de cette façon pour commettre un meurtre.

— Je ne sais pas si c'est un meurtre, répliqua Charlie avec calme. Mais je sais que tout cela fait partie d'un même plan, que cela vous plaise ou non. Ce qui a tué Martha Sipling, Sam Hershey, le fils Warfel et peut-être même votre père... et ce qui a jeté bas le Grand Théâtre et la boutique de cadeaux... sont une seule et même chose. Et ça commence à me fatiguer.

— Vous n'allez tout de même pas partir, vous aussi ? demanda Laura.

— Non, mais je vais prendre quelques dispositions.

— Des dispositions ? releva Tom. N'y voyez pas d'offense, Charlie, je sais que vos intentions sont bonnes, mais que pourriez-vous faire d'autre que la police n'ait déjà fait ?

— Rira bien, répliqua Charlie, un sourire carnassier sur les lèvres. En fait, j'ai déjà commencé.

— Qu'est-ce que vous voulez dire ? demanda Laura.

— Vous verrez. Je ne peux pas encore vous en parler mais vous verrez, le moment venu.

— Compte tenu des circonstances, déclara Tom d'une voix peu amène, je crois que ce n'est pas le moment de garder ses petits secrets chacun pour soi. Après tout ce qui s'est passé... toutes ces morts, vous persistez dans vos enfantillages ?

— Ce ne sont pas des enfantillages, Tom, croyez-moi. Je suis on ne peut plus sérieux, mais je ne peux encore rien vous dire pour l'instant.

— Quand, alors ?

— Mardi prochain. Il y aura quelqu'un que j'aimerais vous faire rencontrer. Vous aussi, Laura. Mardi soir.

— Qui cela ? insista Tom. Un détective ?

— En quelque sorte, répondit Charlie avec un petit sourire. En quelque sorte. »

Il est des royaumes sur lesquels brille le croissant, des terres hantées par de monstrueux dieux multicéphales, telles celles de l'Inde, des contrées entières de l'Afrique vouées à de mystérieux rites diaboliques. Ce sont dans la plupart des cas des puissances et des principautés ténébreuses avec lesquelles nos religions ne sont jamais entrées en contact, hormis à la faveur de quelques rares escarmouches isolées. Autant dire qu'en ces occasions l'attaque n'a jamais été menée en force.

Alexander Smith, *Dreamthorp*.

Jusqu'au mardi suivant, il y eut de nombreux changements à Dreamthorp. La population diminua encore de trente pour cent, la saison dramatique et le festival de musique furent annulés, et tous les édifices publics, y compris la Maison de la culture et le Palais des Glaces, fermèrent temporairement leurs portes, le temps qu'on puisse trouver quelque explication aux défaillances structurelles qui semblaient peu à peu affecter tous les bâtiments de la ville.

De même, les administrés étaient réticents à entrer dans les bâtiments construits au début du siècle, comme l'épicerie et le bureau de poste, et Mme Purviance préféra prendre sa retraite plutôt que de rester dans la charmante, mais branlante, recette auxiliaire où elle avait passé une grande partie de sa vie.

On consulta des architectes, qui vinrent, virent et conclurent qu'il n'y avait absolument rien d'anormal dans le bois qui avait servi à la construction des édifices, ni d'ailleurs dans leur construction même. Des géologues déplièrent leurs instruments et arpentèrent la campagne mais ne découvrirent rien qu'on ne savait déjà : le terrain sur lequel la ville était construite était aussi solide que le rocher de Gibraltar. On ne put trouver ou donner aucune explication à l'effondrement des piliers de la boutique de cadeaux ou du Grand Théâtre, et personne ne réussit non plus à expliquer l'accident de la terrasse du Palais des Glaces. Seules circulaient des théories, murmurées à voix basse.

Dans un coin de son esprit, Laura avait sa propre théorie absurde. Gilbert Rodman était toujours vivant et était, d'une manière ou d'une autre, responsable de tout ce qui s'était passé à Dreamthorp. Elle savait pourtant qu'il était mort et ne pouvait pas être à l'origine des événements bizarres et apparemment inexplicables qui s'étaient abattus sur la ville.

Gilbert Rodman lui semblait représenter une telle force à l'état brut, une telle concentration de haine dévoyée, que, les nuits où elle dormait seule, elle revivait la scène de la tente, juste avant de sombrer dans le sommeil, et imaginait le tortionnaire de Kitty sous les traits de quelque grand ordonnateur des pompes sataniques, d'un dément furieux dont la hargne, après avoir traversé tout le pays comme un fleuve d'encre, s'était répandue jusqu'aux portes de la ville.

Elle trouvait l'idée complètement absurde quand le soleil brillait, quand elle était à son bureau, entourée par ses collaborateurs, quand elle faisait l'amour avec Tom. Toutefois, l'absurdité de cette idée n'était rien au regard des théories de Grover Kraybill.

Kraybill était l'homme dont Charlie Lewis leur avait parlé. Le mardi soir en arrivant chez Charlie, ils avaient trouvé l'homme assis sous le porche, accoutré d'une chemise à manches longues qui semblait bien trop chaude pour la saison, de bottes de cuir et d'un pantalon gris trop large. Il fumait une pipe de bois noir au tuyau de plastique bleu transparent. Son visage rasé de frais était sillonné de rides profondes et un toupet de cheveux d'un blanc aveuglant couronnait l'arrière de son crâne. Il portait des lunettes à monture d'acier et, bien qu'il parût avoir dans les soixante-dix ans, ses yeux, eux, semblaient beaucoup plus vieux.

« Laura, Tom, voici Grover Kraybill, dit Charlie. Laura Stark et Tom Brewer.

— Heureux de vous rencontrer, dit Kraybill d'une voix râpeuse où l'on sentait nettement des intonations allemandes, derniers vestiges du dialecte germanique qui prévalait naguère dans les fermes du centre et du sud de la Pennsylvanie. M. Lewis m'a beaucoup parlé de vous. »

Tom et Laura prirent place sous le porche à côté des deux ancêtres.

« En revanche, on ne peut pas dire qu'il nous ait beaucoup parlé de vous, dit Tom.

— M. Kraybill est un... commença Charlie en cherchant ses mots, euh... une sorte de détective de l'occulte.

— Appelez un chat un chat, monsieur Lewis. Je suis un *palabreur*. Je n'en ai pas honte.

— Un *palabreur*? demanda Laura, essayant de chasser toute trace de moquerie de sa voix.

— C'est exact, mademoiselle Stark, dit Kraybill.

— Un sorcier, dit Tom, le sourcil froncé. Ne me dites pas que vous nous avez ramené un sorcier, Charlie? »

Charlie soupira.

« Vous voyez pourquoi je ne voulais pas vous en parler avant. Je ne voulais pas que vous m'éclatiez de rire au nez. Ecoutez, Tom, M. Kraybill n'est pas un sorcier, un *palabreur* est un homme qui...

— Et à combien se montent ses honoraires, Charlie?

— Je ne demande pas un sou, répliqua Kraybill avec calme. Je n'ai pas besoin de l'argent de M. Lewis, ni du vôtre. Je touche ma retraite de la Sécurité sociale et je fais surtout payer mes services par des avantages en nature. Je n'ai jamais rien demandé à personne. Les gens me donnent ce qu'ils veulent. Et dans un cas comme celui-ci, je ne veux pas d'argent. Il y a quelque chose de mauvais par ici dont vous devez absolument vous débarrasser. Si je puis vous être d'une aide quelconque, je m'estimerai suffisamment récompensé. »

L'homme affichait une telle bonhomie tranquille que Laura eut immédiatement confiance en lui, bien qu'elle doutât qu'il soit capable de faire grand-chose contre ce qui désolait Dreamthorp.

« Très bien, dit Tom en levant les mains dans un geste d'apaisement. Je me suis mépris sur vos intentions, désolé. Voyez-vous, je n'accorde pas tellement foi dans le genre de choses que vous... représentez. Car vous êtes en train de nous parler de magie, c'est bien cela?

— On peut envisager les choses comme ça, dit Kraybill en tirant sur sa pipe et en hochant la tête.

— Et c'est là où vous et moi ne sommes pas d'accord, répondit Tom. Je ne crois pas à la magie.

— Monsieur Brewer, dit Kraybill en retirant sa pipe de ses lèvres. Si vous aviez vu tout ce que j'ai vu et si vous étiez passé partout où je suis passé, vous ne seriez pas aussi incrédule aujourd'hui. Nous sommes *palabreurs* depuis des générations dans ma famille, deux siècles presque. Ma grand-mère maternelle était une Hohman.

— Je ne vois pas le rapport, dit Tom.

— Hohman, dit Charlie. John George Hohman, celui qui a écrit le *Livre des Palabres*.

— Je croyais que toutes ces histoires venaient du Sud.

— Vous ne vous intéressez pas assez à l'histoire locale, Tom. Hohman vivait près de Reading, donc quasiment ici. Le *Livre des Palabres* ou *L'Ami depuis longtemps perdu* y a été publié en 1820. J'en ai un exemplaire, à titre de curiosité historique, bien sûr, précisa Charlie.

— Hohman a initié l'un de ses fils, ce fils a initié à son tour l'un des siens, et ainsi de suite de génération en génération, dit Kraybill. Jusqu'à ma grand-mère, ma mère, et moi, finalement.

— Tout cela est bien, mais quel rapport entre les théories occultistes d'un Teuton de Pennsylvanie et tout ce qui se passe ici? Et, pendant que nous y sommes, qu'est-ce que vous pouvez faire pour arrêter cette vague de meurtres horribles et de catastrophes à répétition?

— Eh bien, disons d'abord que je crois connaître la cause de tous ces événements, répondit Kraybill sans la moindre forfanterie.

— Vraiment? s'exclama Tom avec sarcasme.

— Tom, dit Laura que le ton caustique de ce dernier rendait mal à l'aise. Nous pourrions au moins l'écouter.

— D'accord, lâcha Tom avec un bref reniflement d'exaspération. Donc, qu'est-ce qui est à l'origine de tous nos problèmes, monsieur Kraybill ? »

Kraybill respira profondément et releva la tête en arrière, les yeux levés vers le plafond du porche.

« Je crois que c'est un esprit, dit-il.

— Je m'attendais plus ou moins à ce que vous nous disiez quelque chose comme ça. Dans ce cas, que comptez-vous faire ? Recourir à un sorcier indien pour bouter cet esprit hors de la ville et lui interdire de revenir nous tourmenter ? »

Nullement calmé par cette véhémente sortie, Tom se tourna ensuite vers Charlie.

« Ce type n'est pas d'ici, Charlie. Il me fait penser à ces histoires à la Phil Donahue.

— Je connais ces histoires, répondit Kraybill, imperturbable. C'étaient des supercheries.

— Oh, pourriez-vous préciser ? répliqua Tom. Quel genre de supercheries.

— Celui qui connaît la vérité sait où réside le mensonge, monsieur Brewer. Quand un homme commence par vous réclamer deux cents dollars de l'heure, vous pouvez être absolument certain que sa principale préoccupation n'a rien à voir avec le spirituel.

— Ce qui, bien sûr, n'est pas votre cas ?

— Absolument. M. Lewis m'a dit que vous étiez sculpteur sur bois.

— C'est exact.

— Alors qu'est-ce que vous pensez du bois ?

— Ce que j'en pense ? Que voulez-vous dire ?

— Pourquoi utilisez-vous du bois et pas autre chose ?

— Parce que le bois... le bois est différent.

— Parce qu'il a été une matière vivante, autrefois ? »

Laura vit Tom regarder Kraybill avec attention.

« Oui, c'est cela.

— Voyez-vous, la vie se manifeste sous diverses formes. Des formes que l'on peut voir, toucher, sentir. Le bois est tout cela.

— Ecoutez, dit Tom, pourquoi est-ce que vous me posez toutes ces questions ?

— Parce que c'est dans le bois que vivent les esprits. »

Tom regarda Kraybill un instant, les yeux ronds.

« Dans le bois? Vous voulez parler d'esprits du bois? D'élémentals ou quelque chose comme ça?

— Oui. C'est pourtant assez clair.

— Peut-être auriez-vous l'obligeance de nous apporter quelques explications, à nous autres pauvres béotiens qui n'avons pas un commerce avec, comment pourrait-on dire : la magie noire? aussi assidu que le vôtre?

— J'en serais très heureux, monsieur Brewer. Mais je n'ai rien à voir avec la magie noire. Le *Livre des Palabres* prône une magie bénéfique, curative, rien de plus. D'ailleurs c'est une magie qui opère surtout par la prière.

— D'accord. Désolé, dit Tom. C'est que je ne crois pas...

— Vous ne croyez en aucune religion? finit Kraybill pour lui. Oh, remarquez, je vous comprends, surtout après tout ce qui vous est arrivé depuis un an, comme me l'a dit M. Lewis. Il est dur de conserver la foi quand on se sent abandonné de Dieu. Mais Dieu est plein de pitié, monsieur Brewer, je vous assure. Plein de pitié, que ce soit celui des chrétiens, des hindouistes, des bouddhistes ou des Amérindiens.

— Pardonnez-moi, dit Tom en souriant, mais je vous trouve bien... œcuménique.

— Oh, je crois en un seul dieu, mais c'est le dieu de tout le monde. Le *Livre des Palabres* contient des prières qui peuvent s'appliquer à toutes sortes de religions. Après tout, le nom même, palabre, a été emprunté aux Indiens. Les pouvoirs guérisseurs des chamans ressemblaient beaucoup aux remèdes et aux incantations de Hohman. »

Kraybill vida sa pipe dans le cendrier, sortit un paquet de tabac de la poche de sa chemise, bourra sa pipe une nouvelle fois et l'alluma. Des filets de fumée bleue s'élevèrent dans l'air sec et chaud.

« En tout cas, dit-il en se renversant dans son fauteuil, écoutez mes raisons et dites-moi si elles ont un sens pour vous. Traitez-les comme vous traiteriez des pièces à conviction si vous étiez devant un tribunal et faisiez partie d'un jury. Vous jugerez ensuite.

— Cela semble assez honnête, dit Tom en hochant la tête. Mais je ne suis pas un juré facile.

— J'en suis sûr. Et Mlle Stark aussi, bien qu'elle n'ait pas dit grand-chose.

— C'est que tout cela est plutôt difficile à croire, répondit Laura en guise d'explication.

— Laissez-moi tenter de vous convaincre, dit Kraybill. Toutes ces morts, même si ce n'est pas évident au premier abord, s'inscrivent toutes dans une même perspective. Prenons-les une par une. Tout d'abord, le Grand Théâtre qui s'effondre. Puis ce M. Thatcher.

— Thatcher? demanda Laura.

— Le vieux monsieur de Fuller Street qui est tombé dans les marches de son escalier, expliqua Charlie.

— Mais c'était un accident, n'est-ce pas? demanda Tom. Une latte disjointe.

— Puis Mme Sipling, poursuivit Kraybill. Ensuite, M. Hershey. Puis... je suis désolé, monsieur Brewer, votre fils. Et votre père. Et pour terminer, ce petit garçon au Palais des Glaces et les deux musiciens.

— Nous savons tout cela, dit Tom.

— Bien sûr, répliqua patiemment Kraybill. Mais vous ne savez pas qui en est responsable.

— Et vous?

— Le bois, répondit le vieil homme en opinant du chef. L'esprit qui est dans le bois.

— Mon Dieu! s'exclama Tom.

— C'est au Grand Théâtre que tout a commencé, continua Kraybill sans se démonter. Le bâtiment était soutenu par des piliers de bois qui ont tous éclaté alors qu'ils étaient parfaitement sains. M. Lewis m'a raconté tout ce qui est arrivé. Puis, moins d'une semaine plus tard, M. Thatcher trouve la mort à cause d'une marche branlante. Mme Sipling est ensuite coupée en deux. On retrouve M. Hershey flagellé à mort et attaché à un arbre, éviscéré. Ensuite, c'est le tour de votre fils. Là nous n'avons pas besoin d'explication car nous savons qui l'a tué. Mais c'est alors que survient la mort de votre père, une nouvelle fois en présence de bois, cette fois un oiseau sculpté. Quelques semaines plus tard, un garçon disparaît à travers le plancher d'une terrasse qui le décapite proprement sans que personne ait pu expliquer ni pourquoi ni comment. Finalement, le week-end dernier, deux violoneux sont écrasés par des colonnes qui n'avaient aucune raison de se rompre. Nous ne sommes pas en face de tentatives de meurtres, nous sommes en face d'actes de magie noire. Ou de meurtres commis grâce à la magie, peut-être.

— Attendez une minute, dit Tom. Vous êtes en train de suggérer que le bois serait intelligent? Doué de volonté?

— Peut-être, dit Kraybill. Pas intelligent en lui-même, mais occupé, habité par quelque chose.

— Possédé, dit Laura.

— Tout à fait, approuva Kraybill. Nous savons tous que le bois est incapable de tuer subitement les gens.

— Du bois qui tue les gens, vous en avez de bonnes! » dit Laura.

Elle ne savait pas pourquoi elle s'était soudain mise en colère, mais soupçonnait que cela était dû en partie à ce qu'elle lisait maintenant sur le visage de Tom. Celui-ci avait l'air de se rendre aux arguments de Grover Kraybill et il y avait dans ses yeux une lueur sauvage qu'elle n'y avait encore jamais vue.

« Le bois est une chose vivante, mademoiselle Stark. M. Brewer sait cela. Il connaît aussi son pouvoir, si je ne me suis pas trompé. »

Laura chercha des yeux le réconfort de Tom mais il se contenta de hocher la tête.

« Oui, dit-il. C'est... foutrement vrai.

— Bon, pardonnez-moi, je vous prie, dit Laura, si j'ai l'air de prendre ça pour des âneries. Le bois est une matière vivante, c'est une chose, mais quand un arbre est coupé et transformé en un objet quelconque, il meurt. Et il ne revient pas subitement à la vie. »

Tom la regarda comme si elle venait de proclamer que le père Noël n'existait pas. Il voulut dire quelque chose mais Kraybill lui coupa la parole.

« Je sais que cela semble dur à croire, mademoiselle Stark. Mais dites-moi, croyez-vous que les gens aient une âme ? »

Elle avait reçu une éducation religieuse et, en dépit des dures réalités de la vie, était fermement convaincue de l'existence de l'âme.

« Oui, dit-elle avec hésitation.

— Si les gens ont une âme, pourquoi pas les animaux ? Pourquoi pas toutes les choses vivantes ? Les Anciens croyaient que les arbres étaient des créatures vivantes et pensantes. Ils croyaient que les arbres avaient une âme et pouvaient ressentir de la douleur. Beaucoup de gens allaient même jusqu'à leur rendre un culte. *Le Rameau d'or*[1] parle de nombreux phénomènes de cette sorte. Et d'autres ouvrages aussi. »

Kraybill ferma les yeux, ôta sa pipe de sa bouche et cita de mémoire :

« Pour se faire une idée de ce qu'était la ferveur de ces cultes, qu'il suffise de rappeler le terrible châtiment prévu par les vieilles lois germaniques pour ceux qui s'égaraient à dépouiller un arbre sur pied de son écorce. Le nombril du coupable était arraché et cloué au tronc de l'arbre qu'il venait de mutiler, et on lui en faisait faire le tour jusqu'à ce que tous ses intestins soient enroulés autour du tronc.

— Nom de Dieu, murmura Tom.

— C'est ce qui est arrivé à M. Hershey », dit Kraybill.

Laura sentit le feu lui monter aux joues.

« Tout cela ne prouve pas finalement que celui qui a tué Sam Hershey, quel qu'il soit, a lu *Le Rameau d'or*.

— Cela peut aussi prouver, dit Kraybill, que celui qui a tué M. Hershey, quel qu'il soit, croyait à ce qui est dit dans *Le Rameau d'or*.

1. Ouvrage de James George Frazer (1854-1941), compilation des croyances magico-religieuses des peuples primitifs et des sociétés européennes traditionnelles *(N.d.T.)*.

— Cela donne froid dans le dos.

— Mademoiselle Stark, il existe toujours plus d'une possibilité. Il y a aussi des gens qui croient que l'âme des hommes habite dans les arbres. Cela pourrait être quelque chose comme ça. Ou peut-être un esprit des bois. Il y a aussi la possibilité que ce bois, pour une raison quelconque qui nous échappe, soit réceptif à d'autres forces.

— Telles que ? demanda Laura.

— Qui sait ? répondit Kraybill en haussant les épaules.

— Vous savez, monsieur Kraybill, dit Laura, vous ressemblez vraiment à l'un de ces occultistes qu'on voit à la télévision, ces gens qui professent de grandes théories qui ne reposent que sur le folklore et la superstition.

— Vous vous trompez, mademoiselle Stark. Ces gens de la télévision n'ont rien à voir avec l'occultisme. Moi, c'est la vérité qui m'intéresse. Croyez-moi, quelque chose de terrible hante les forêts qui entourent Dreamthorp. Quelque chose de maléfique, animé d'effroyables desseins. »

Kraybill tira quelques instants sur sa pipe puis poursuivit.

« Le mal est comme le cancer. Vous en coupez un bout et vous croyez que c'est fini, mais quelques adhérences ont survécu et le fléau se développe pire qu'avant. »

Les yeux de Kraybill prirent une expression lointaine. Un instant, Laura crut voir des visages dans les volutes de fumée de sa pipe.

« La vie est une lutte constante contre le mal, reprit Kraybill, un combat où l'on ne gagne jamais, jamais complètement. La vie n'est qu'une suite de petites victoires, d'escarmouches destinées à garder le mal à distance.

— Qu'est-ce que vous avez décidé de faire ? demanda Laura en se raclant la gorge.

— Parler aux gens. En apprendre autant sur Dreamthorp et son histoire que M. Lewis. Découvrir quelle force est venue jusqu'ici et tout faire pour la bannir.

— Comment ? demanda Tom.

— La prière, les incantations. Rien que des choses bonnes, de la magie blanche. Le *Livre des Palabres* est puissant.

— M. Kraybill habite près de Campbelltown, dit Charlie, mais il va rester quelques jours avec moi. Enfin, le temps que ça prendra. Je voulais juste que vous le rencontriez, tous les deux. Vous montrer ce que j'avais en tête. Quand Sam Hershey est mort, poursuivit-il en guise de justification, il m'est apparu que tout ça ne pouvait pas être une simple série d'accidents. J'aime beaucoup Dreamthorp, vous le savez, et je crois que vous éprouvez les mêmes sentiments. Je me suis donc dit qu'il fallait essayer autre chose, même si cela pouvait paraître tiré par les cheveux. En tout cas, merci à vous deux d'être venus. M. Kraybill et moi nous mettrons au travail demain. Si vous désirez vous joindre à nous, vous serez les bienvenus.

— Je suis désolée, Charlie, dit Laura, mais j'ai mon travail.

— Peut-être, dit Tom à son tour. Je ne sais pas. Je vais y penser. »

Ils se souhaitèrent bonsoir et Tom raccompagna Laura jusqu'à sa porte.

« Tu veux entrer ? lui demanda-t-elle.

— Non, merci. Désolé, mais j'ai l'esprit un peu ailleurs, ce soir.

— Tu crois tout ce que cet homme a raconté ?

— Je ne sais pas. Je ne sais vraiment pas. Dieu sait que cela semblait presque logique.

— C'est tout simplement parce que nous n'avons pas d'autres explications en vue pour le moment.

— Tu n'y crois pas, toi ?

— Je n'ai pas dit cela. Je pense seulement que les théories de ce Kraybill sont hautement improbables. Je croirais à n'importe quoi avant de croire au surnaturel.

« Tu as peut-être raison », dit Tom.

Mais à son regard lointain, Laura vit bien qu'il n'était pas vraiment convaincu.

De retour chez lui, Tom s'assit à la table de la cuisine et prit une feuille de papier.

14 juin	Catastrophe du théâtre — piliers
18 juin	Thatcher — marche d'escalier
21 juin	Sipling — coffre
28 juin	Hershey — arbre
19 juillet	Brewer — sculpture
3 août	Warfel — plancher
8 août	Gianini & Forbes — colonnes

Tom médita sa liste un long moment, essayant d'y trouver une logique autre que celle qu'avait suggérée Kraybill. Mais il n'y en avait aucune. Les dates ne semblaient faire partie d'aucun plan défini, de même que le choix des victimes. La seule constante était le moyen par lequel frappait la mort : dans chaque cas, elle était venue du bois.

Puis il se leva, quitta la cuisine et gagna le couloir d'entrée. En ouvrant la porte de la cave, à l'instant où sa main allait se poser sur le bouton de la minuterie, il entendit un bruit dans son atelier. Il écouta un instant, une brusque montée de sueur au visage, mais le bruit ne se reproduisit pas. Une souris, pensa-t-il, ou un tamia. Ce ne pouvait pas être autre chose. Avec un rire forcé, il s'engagea dans l'escalier.

Le bloc était là où il l'avait posé mais ce n'était plus un simple bloc de bois. Son habileté l'avait doté de rudiments d'humanité et il frissonna presque à la vue du fruit de ses efforts. La statue apparaissait gigantesque, mégalithique et effrayante, figure issue d'un cauchemar. Du cauchemar de Laura, plus précisément.

L'œuvre était encore grossière et primitive, et il y aurait beaucoup à faire avant qu'il puisse considérer son travail comme terminé, mais, en l'état, c'était la plus belle chose qu'il ait jamais faite. Dans une certaine mesure, il se sentait coupable de la facilité déconcertante avec laquelle il avait progressé. Jamais encore ne s'était imposée à lui avec autant de force l'idée que la sculpture consistait simplement à libérer ce qui était captif à l'intérieur du bois.

Après une ou deux journées de travail, tout s'était éclairé et ce qu'il avait eu à faire avait consisté à prendre ses outils et à laisser les détails apparaître.

C'était cela l'imagination. Du moins, c'est ce qu'il supposait car il s'étonnait d'avoir pu accoucher d'une œuvre d'une telle qualité. Dans un coin de son esprit, il était persuadé que c'était le bois qui avait fait tout le travail et non lui. Les théories abracadabrantes de Grover Kraybill justifiaient à merveille ce scénario fallacieux et, bien qu'il en fût conscient, il ne put s'empêcher de regarder son œuvre encore inachevée avec un respect nouveau.

Il posa la main sur la statue et caressa le bois creusé par ses coups de ciseau, suivant le grain de ses doigts couturés par vingt années de labeur. Il éprouva de la main les bras vigoureux, la poitrine solide et massive et le visage, encore grossièrement esquissé. Mais les traits étaient là : mâchoire saillante, nez proéminent comme le bec d'un oiseau de proie, creux profonds où les yeux allaient bientôt se poser sur un monde fait de chair et de sang.

« Bonjour, Gilbert », murmura-t-il.

Tom regarda sa montre et vit qu'il était presque vingt-deux heures. Le moment était idéal. Il n'était pas fatigué. Il prit un maillet et une gouge et se mit au travail. Le bois vit, songea-t-il, j'ai passé ma vie à essayer de le prouver.

> De toutes les superstitions, la plus énorme serait de croire que les puissances d'outre-tombe s'intéressent aux événements de notre malheureuse vallée de larmes...
>
> Alexander Smith, *Dreamthorp.*

Le lendemain matin, Grover Kraybill était déjà dehors sous le porche quand Charlie Lewis se réveilla.

« Il n'est que sept heures, dit Charlie. Depuis combien de temps êtes-vous levé ?

— Un peu plus d'une heure, dit Kraybill.

— Vous avez veillé tard hier soir, vous aussi. J'ai vu de la lumière sous votre porte quand je me suis levé pour aller p... pour aller aux toilettes.

— Pas besoin de faire de chichis avec moi, monsieur Lewis. J'ai entendu... et dit des mots bien pire que pisser.

— J'avais peur que vous ne soyez offensé...

— Parce que je suis un homme de religion ? Je crois que Dieu se soucie fort peu des mots. Il n'aime cependant pas que son nom soit invoqué en vain et je suis d'accord avec lui là-dessus. Vous avez raison, poursuivit-il en reposant sa tasse de café, j'ai veillé tard hier au soir. J'ai prié jusqu'après minuit. Une prière n'a jamais fait de mal à personne. Le Malin n'aime pas la prière et ce qui se passe en ce moment à Dreamthorp est l'œuvre du Malin, j'en suis sûr. »

Charlie hocha la tête, se demandant si Kraybill avait fait suffisamment de café. Il en aurait bien pris un peu, noir et brûlant. Comme s'il avait deviné ses pensées, Kraybill agita la tête en direction de la porte.

« La cafetière est pleine. J'en prends toujours beaucoup le matin. J'espère que vous n'y voyez pas d'inconvénient.

— Au contraire, je suis ravi. Une petite minute. »

Comment diable Kraybill pouvait-il faire un café meilleur que le sien? Son bol plein à la main, Charlie le trouva dans la salle de séjour en train d'examiner les rangées de disques.

« Vous aimez le jazz, fit remarquer Kraybill.

— Une musique diabolique, répondit Charlie. Vous connaissez l'origine du mot?

— Très nette connotation sexuelle, non[1]?

— Absolument.

— Bof, dit Kraybill en haussant les épaules, la musique élève l'âme. Comme le tabac, même s'il est mauvais pour le corps. »

Sur ce commentaire, il alluma sa pipe qui ne quitta plus ses lèvres durant tout le petit déjeuner.

« Parlez-moi un peu de ce M. Hershey, demanda Kraybill pendant qu'ils nettoyaient la vaisselle. Il est mort d'étrange façon.

— Etrange est un mot bien faible.

— Qu'est-ce qu'il faisait donc dans ces bois? demanda Kraybill.

— Il cherchait des vestiges anciens, je suppose. Il avait déjà trouvé une statuette en quartz au même endroit.

— Une statuette en quartz? A quoi ressemblait-elle?

— Eh bien, je l'ai vue mais je dois dire que le style en était plutôt fruste. Une figure humaine, je crois. Il l'a vendue à un musée, où on n'a pu que lui répéter ce que je lui avais déjà dit, à savoir que c'était une amulette funéraire d'origine indienne.

— Une amulette? Qu'on inhumait avec le mort?

— C'est possible. Je suppose qu'il est retourné creuser là-bas pour essayer d'en trouver d'autres.

— Où sont situés ces bois, exactement? »

Charlie considéra Kraybill d'un regard acéré.

« Vous croyez que tout vient de là?

1. En argot américain, jazz : baise, chatte *(N.d.T.)*.

— Je ne suis encore sûr de rien.

— A d'autres, dit Charlie. Je suis sûr que vous avez déjà votre idée. Un cimetière indien? Sur lequel il y aurait une malédiction? Vous êtes sérieux?

— Vous étiez prêt à croire ce que je disais, hier au soir.

— Oui, mais il y a une différence quand on descend du général au spécifique. Voyons, un cimetière indien? Ça semble trop beau pour être vrai.

— Les vieilles magies sont puissantes, monsieur Lewis. Rappelez-vous que tout le monde y croyait.

— Mais les dieux grecs aussi ; ça ne signifie pas pour autant qu'ils étaient réels, répliqua Charlie en levant les mains comme s'il voulait chasser à l'avance les arguments que Kraybill n'allait pas manquer de lui opposer. Bon, écoutez, je suis désolé, mais je suis un vieil agnostique convaincu et je ne peux pas changer mes convictions comme ça du jour au lendemain, quelle que soit la pertinence des arguments présentés. Cette théorie sur le bois est... une possibilité, je l'admets. Tout est possible. En ce domaine, je suis prêt à tout accepter. Promis, j'écouterai tout ce que vous direz sans me moquer, je ne ricanerai même pas, je vous en donne ma parole.

— Eh bien, parfait, dit Kraybill avec un petit sourire. Mais je n'ai aucune théorie, comme vous dites. J'aimerais simplement voir la clairière où M. Hershey a été assassiné.

— Je croyais que vous vouliez parler aux gens, dit Charlie.

— La clairière d'abord, répondit Kraybill en bourrant sa pipe une nouvelle fois. D'un autre côté, un petit peu de marche à pied ne me fera pas de mal et m'aidera à digérer cet excellent petit déjeuner.

— Laissez-moi quitter cette robe de chambre, dit Charlie.

— Dites-moi simplement comment y aller.

— Vous n'allez tout de même pas aller là-bas tout seul?

— Il ne m'arrivera rien.

— C'est ce que croyait Sam Hershey.

— Vous êtes retourné là-bas, depuis ?

— Sûr, mais pas tout seul. Pour tout vous dire, je ne m'y risquerais même pas.

— Je ne serai pas seul, monsieur Lewis. Je suis en sécurité.

— Pas seul ? Qu'est-ce que vous voulez dire ? Vous avez une souris blanche dans votre poche ? »

Kraybill éclata d'un gros rire flegmatique.

« Non, pas de souris. Quelque chose de mieux. »

Il se planta la pipe entre les lèvres et sortit un petit opuscule de sa poche arrière. Il était impossible de dire quelle était la couleur originale de la reliure de cuir, marquée par des décennies d'usage. Il tendit le livre à Charlie qui, en l'ouvrant, fut surpris par sa relative brièveté. Le papier des pages s'était racorni au fil des ans, faisant paraître le volume de moins d'une centaine de pages beaucoup plus épais qu'il n'était en réalité.

Il n'y avait plus de titre sur le dos de l'ouvrage mais Charlie découvrit une illustration en page de garde, un hibou perché sur le dossier d'une chaise, en train de lire un gros volume intitulé :

« *Le Livre des Palabres ou L'Ami depuis longtemps perdu*, lut-il à voix haute. J'aurais dû m'en douter.

— Vous m'avez dit que vous en aviez un exemplaire ?

— Oui, mais pas aussi vieux.

— Ceci est l'édition originale. C'était le propre exemplaire de John George Hohman. Le premier sorti des presses. Il s'est transmis dans la famille de génération en génération et il est finalement échu à ma mère, quand elle a été initiée.

— Alors le livre ne dit pas tout ?

— Non, c'est un complément à l'initiation. Regardez », ajouta-t-il en ouvrant l'ouvrage à la dernière page.

Tous ceux qui emporteront ce livre avec eux n'auront rien à craindre de leurs ennemis, visibles ou invisibles ; ils ne pourront pas mourir sans avoir reçu la sainte hostie de

Notre Seigneur, ni se noyer dans toute eau, ni être brûlé dans tout feu, ni se voir infliger toute sentence injuste. Dieu sera à leurs côtés.

Le texte était suivi de trois croix : une grande au milieu et deux plus petites de chaque côté.

« Le Père, le Fils et le Saint-Esprit, dit Kraybill.

— Il me semble, dit Charlie, que ce n'est pas tellement l'assurance d'un bon passage dans l'au-delà qui est donnée là, mais plutôt le réconfort de savoir qu'en mourant on ira au Ciel.

— Il a été interprété de très nombreuses façons, mais je dois dire qu'il ne m'est jamais rien arrivé de fâcheux jusqu'à présent.

— Vous n'avez encore jamais essayé de traquer les horreurs qui hantent Dreamthorp, répondit Charlie en lui rendant l'ouvrage. J'admire votre foi mais j'ai des doutes en ce qui concerne votre sagesse. Attendez que j'aie pris une douche et me sois habillé, voulez-vous?

— Non, désolé, monsieur Lewis, mais je ne veux pas que vous veniez avec moi. J'ai l'intention de prier et j'aimerais autant être seul pour le faire.

— Des messes basses, hein?

— Si vous voulez, dit Kraybill

— Je crois que vous êtes cinglé. Ne comptez pas sur moi pour vous dire où se trouve cette clairière.

— Si vous ne voulez pas me le dire, d'autres le feront. D'un autre côté, pourquoi diable m'avez-vous demandé de venir ici et de vous aider si vous pensiez que c'était sans danger? Il est impossible d'être en sécurité en face du mal. Je dois prendre des risques pour l'affronter et prier Dieu de le chasser de ce monde. C'est le seul moyen. »

Charlie Lewis dévisagea Grover Kraybill un long moment.

« Etes-vous vraiment sûr de ce que vous êtes en train de faire? demanda-t-il finalement.

— Rassurez-vous, je sais ce que je fais. Et je ne pars pas seul, ajouta-t-il en tapotant affectueusement son livre.

— Très bien, alors. Je vais vous dire comment aller là-bas. Mais faites attention à votre satanée pipe. Il ne manquerait plus qu'un incendie. »

La matinée était belle, songea Grover Kraybill, comme toutes les choses qui venaient de Dieu. Le soleil brillait entre les arbres et, même s'il faisait chaud, des nuages gris et blancs étaient visibles dans le ciel, promesse de pluie qui allait laver toute la poussière de cette terre et apporter une nouvelle verdeur aux feuilles jaunissantes. Dieu pourvoit à tout.

Et Dieu lui révélerait la vérité, une vérité qu'il soupçonnait déjà. La clairière était un cimetière indien. Quelque chose avait été dérangé. Des esprits libérés. Esprits qui, d'une manière ou d'une autre, s'étaient ligués avec les arbres ou en étaient devenus les esprits. Telle était l'origine des terribles événements qui s'étaient abattus sur la ville. Mais Dieu allait remettre les choses en place. Dieu, les prières de Grover Kraybill et les pouvoirs du *Livre des Palabres.*

Il était normal et naturel, pensa-t-il, de lutter avec les pouvoirs du Livre contre les pouvoirs de ces esprits morts et tourmentés. Est-ce que le *Livre des Palabres* ne tirait pas son nom d'une forme de magie et de médecine amérindiennes ? Il y avait là une affinité et il utiliserait les prières indiennes que sa mère lui avait apprises, en même temps que les chrétiennes, pour apporter le repos à ces âmes damnées et restaurer la paix de cette charmante communauté.

Un espace découvert apparut devant lui et, après une dizaine de pas, Grover Kraybill pénétra dans la clairière. Il s'arrêta en lisière et étudia les alentours.

L'endroit semblait tranquille. Le sol était couvert de broussailles, roussies par la chaleur, et de quelques buissons aux feuilles flétries agitées par une légère brise. Une grosse souche fraîchement coupée gisait à l'orée des premiers arbres. C'était là, devina-t-il immédiatement, tout ce qui restait de l'arbre sur lequel Sam Hershey avait été supplicié. Il s'avança vers la souche, ignorant les nuages de moucherons. Il aperçut quelques traces de forages peu profonds, puis, à quelques pas de là, presque recouvert de brindilles et à demi comblé par les pneus d'un camion, un trou plus profond qui avait tout l'air d'avoir été creusé avant les autres.

Il s'agenouilla au-dessus du trou, enfonça la main dans la terre et la trouva meuble sur une profondeur de vingt centimètres avant de redevenir compacte. Il dirait ses prières puis reviendrait peut-être avec une pelle pour voir ce qu'il y avait dessous. Il était sûr qu'il devait y avoir des ossements, sans doute en bien piètre état après tant de siècles passés dans la terre.

Kraybill se remit debout et retourna à la souche. Là, il fourra sa pipe dans sa poche arrière, se mit à genoux, imposa ses mains sur le bois blond et récita une prière silencieuse dans une langue indienne. A part ses propres émotions, il ne ressentait rien et n'entendait que le bourdonnement mécanique des moucherons. A la réflexion, il n'avait jamais connu de contact direct avec des entités spirituelles et n'avait jamais eu la moindre preuve physique de la présence d'un esprit ou d'un fantôme.

Cependant, le *Livre des Palabres* était efficace. Beaucoup de gens qui étaient venus solliciter son aide avaient été guéris de leurs afflictions. Les désenvoûtements étaient les cas les plus faciles. Tout ce qu'il y avait à faire était de dire une prière du Livre contre la sorcellerie. L'envoûtement passait alors en lui et il s'en débarrassait par la méditation. Il n'avait pas l'intention de procéder autrement aujourd'hui.

Le maléfice devait être puissant, il en était sûr, mais il n'avait pas peur. Quand il passerait en lui, il banderait toute sa volonté, le maîtriserait et le chasserait. Puis il prierait et méditerait, après quoi il serait purgé et ses pouvoirs revivifiés.

Il ferma les yeux et il se mit à psalmodier intérieurement une longue litanie de prières chrétiennes, indiennes, hindouistes et bouddhistes. Avec stupéfaction, il prit soudain conscience qu'il y avait réellement une présence à côté de lui. Il sentit des fourmis dans ses pieds et se dit que sa position agenouillée avait dû ankyloser ses vieux muscles. En s'efforçant de ne pas interrompre son monologue intérieur, il bougea les chevilles, tortilla les orteils. Il ne ressentait plus aucune gêne. Non, la gêne était maintenant dans ses mains.

Il cligna des yeux plusieurs fois et se concentra plus ardemment sur ses prières. Ses méditations furent à nouveau interrompues, non par un malaise diffus mais, cette fois, par une violente douleur qui lui poignarda les membres et lui arracha un hoquet plaintif. Il ouvrit les yeux et vit que ses mains étaient attachées, captives de grosses cordes salies de terre.

Des racines, qui se faufilaient hors du sol comme des serpents aveugles. Kraybill gémit et tenta d'écarter les mains, mais elles étaient plus fermement réunies que si on lui avait passé des menottes. Exerçant des tractions contraires, les racines qui lui liaient les mains l'attirèrent violemment en avant tandis que celles qui lui emprisonnaient les chevilles le tiraient en arrière. Il perdit l'équilibre et sa tête alla sèchement heurter la souche d'arbre. Son nez se brisa avec un bruit de branche morte qui se casse.

Kraybill essaya de se dégager, de s'arracher à l'emprise des racines mais il ne put faire un seul geste, la tête sauvagement maintenue à la souche comme jadis les victimes décapitées sur les autels druidiques. La bouche pleine de sang, il se mit à réciter les prières du livre de Hohman d'une voix nasillarde.

« Moi, Kraybill, je te conjure, par la dague, l'épée et toutes les autres armes, par cette lance... »

Il s'interrompit en hurlant. Les racines, resserrant encore leur étau, commencèrent à l'écarteler lentement. Il entendit ses vertèbres craquer.

« ... par cette... lance qui a percé le côté de Jésus, par... le sang... et l'eau... qui ont coulé de son flanc... »

Il perdait sa concentration, réalisa-t-il avec une bouffée de panique. C'est à peine s'il pouvait se rappeler les mots qui suivaient. Sa colonne vertébrale était près de se rompre, distendue.

« Mon Dieu, aide-moi... marmonna-t-il, essayant de retrouver l'incantation qu'il avait lue et récitée des milliers de fois dans sa vie. Protège-moi de... de tout mal, moi qui... moi qui suis ton serviteur. »

Il entendit quelque chose craquer. A l'absence de nouvelle douleur, il sut que ce n'était pas son corps qui se démantelait.

« Au nom du Père... »

Avec effort, il tordit la tête de côté et aperçut un arbre, à quelques mètres du bord de la clairière, un grand chêne feuillu, un aïeul vénérable au tronc noueux et épais.

« ... et du Fils... »

Les feuilles du chêne tremblaient alors que nul vent n'agitait les branches des arbres voisins, figés dans une immobilité minérale. La terre fut secouée par un grondement de cataclysme. Le chêne, comme arraché de terre par une main titanesque, sembla s'élancer vers les cieux, sa ramure déployée sur tout l'orbe du monde.

Un instant, Kraybill eut l'impression de pouvoir bouger, que Dieu l'avait libéré et l'emportait lui aussi au ciel, par-dessus la cime des arbres...

« ... et du Saint-Esprit ! »

Il comprit alors que ce n'était pas lui qui s'élevait vers le ciel mais le grand chêne qui s'affaissait, qui tombait sur lui, victime entravée offerte en sacrifice à un dieu meurtrier assoiffé de sang.

Le chêne tomba avec une lenteur infinie. Kraybill n'éprouva aucun regret, seulement un mélange de tristesse, à l'idée de ne pas être là quand sonnerait l'heure de la victoire, et de joie, à la pensée qu'il allait dans un instant rejoindre son propre dieu, un dieu de bonté celui-là, le dieu qu'il avait servi si longtemps et avec tant de ferveur.

Le chêne s'affala sur lui comme un navire s'éventre sur la côte, et le néant s'empara miséricordieusement de son esprit. Le crâne de Grover Kraybill éclata comme un œuf et les humeurs semi-liquides de son cerveau, visqueux linceul, éclaboussèrent les branches du géant abattu. Les insectes se rassemblèrent immédiatement pour la curée, fourmis qui convergeaient en files serrées vers les matières qui avaient aspergé l'herbe sèche, mouches agglutinées sur le cadavre, cherchant un havre où déposer leurs œufs, milliers de minuscules moucherons bourdonnants.

... Les meurtres commis sur des routes peu fréquentées, les crimes qui ne semblent avoir aucun motif et tous les affligeants mystères des abysses de l'âme humaine. A côté de cette galerie des horreurs, le musée de Madame Tussaud n'est qu'un cabinet romantique.

Alexander Smith, *Dreamthorp.*

Les moucherons bourdonnaient aussi sur une route de campagne, près de Colombus, Ohio, où l'homme qui s'appelait lui-même Gilbert Rodman venait de commettre un nouveau meurtre. Quand il avait enfoncé sa lame dans le corps de l'homme, un directeur des ventes d'une société de matériel agricole, il avait murmuré « Laura ».

Il avait murmuré son nom et évoqué son image, comme il l'avait fait avec tous les autres depuis Chicago, rêvant au jour où il la retrouverait enfin. Il voulait dormir à côté d'elle, une fois que tout serait accompli, dormir un long moment et se réveiller avec elle à ses côtés puis, dans la chiche lumière du petit matin, lui faire à nouveau subir le même traitement, même si elle n'était plus capable d'en apprécier la dextérité. Cela n'avait pas d'importance, ce qu'il voulait c'était voir, regarder. Il espérait qu'il pourrait rester avec elle un long moment, autant qu'avec cette pute de Dubuque. Il sourit à ce souvenir et se demanda si on avait découvert son corps. Si ce n'était pas le cas, elle devait être dans un drôle d'état, depuis le temps.

Il prit le portefeuille de Richard Marczak, en essuya les taches de sang et en sortit les espèces et les cartes de crédit. Puis il tira le corps à l'écart dans un fossé, s'essuya les mains dans l'herbe et regagna la voiture. En route pour l'est et la route 161.

Il pensait être en sécurité jusqu'à Zanesville, où il abandonnerait la voiture et continuerait une nouvelle fois à pied. Il aurait sans doute pu aller un peu plus loin mais ne voulait rien laisser au hasard. Si Richard Marczak était attendu dans la prochaine ville, sa disparition avait dû être remarquée et les recherches avaient peut-être commencé. Même si le risque était minime, il préférait ne pas tenter le diable. Il avait trop envie de Laura.

Tuer n'avait rien d'un jeu de hasard. Le meurtre était la vie et il fallait vivre. Il ne fallait pas perdre la main. Il lui fallait rester en forme pour le grand événement. Il lui fallait affûter ses talents. Pour Laura.

Il ressentit une forte envie d'uriner peu avant New Albany, s'arrêta sur le bord de la route et se soulagea sur les graviers. Il était habitué au contact de sa peau, maintenant. Elle ne le faisait plus frissonner, même s'il n'avait toujours rien accepté. Assez bizarrement, cependant, il en était peu à peu venu à chérir sa mutilation car c'était un lien qui l'unissait à Laura, affront impardonnable qui devrait bien un jour être lavé.

La feuille. Il la sortit de sa poche, trouva un stylo dans la boîte à gants et inscrivit dessus le nom et la date de la mort de Richard Marczak.

Il remit le véhicule en marche et prit la direction de l'est. Il avait l'impression d'aller à un rendez-vous merveilleux. Ce bon Richard Marczak avait un magnétophone mais peu de cassettes écoutables. Rien que de la musique country et *Let It Be*, des Beatles. Il mit la cassette des Beatles et monta le volume, heureux qu'il n'y ait pas de jazz.

Pour quelque obscure raison, il n'aimait plus le jazz.

> Et toi aussi, avec ton immonde tranchoir à la main sur lequel jouent des langues de flammes bleues, je te connais, toi le plus ancien des bouchers. Je me rappelle la nuit de ton règne.
>
> Alexander Smith, *Dreamthorp*.

Tom Brewer travaillait dans son atelier quand il entendit frapper à la porte d'entrée. Il abandonna son travail à regret et posa ses outils.

Charlie Lewis se tenait sous le porche.

« Tom, êtes-vous occupé en ce moment?

— Pourquoi? Que se passe-t-il?

— Kraybill est parti dans les bois il y a plus d'une heure et n'est toujours pas de retour.

— Dans les bois? Où cela?

— La clairière. La clairière où est mort Sam Hershey.

— Vous l'avez laissé partir tout seul.

— Il a insisté. Il a dit qu'il n'avait rien à craindre. Je me fais un peu de souci à son sujet, mais il n'est pas question que j'aille là-bas tout seul. Pouvez-vous venir avec moi?

— Bien sûr. »

Tom sortit ses clefs de sa poche et ferma la porte d'entrée.

« Bon Dieu, c'est stupide d'être allé là-bas tout seul.

— C'est ce que je lui ai dit, répondit Charlie, mais je suppose que des rapports ardents et personnels avec la Divinité donnent le droit de se montrer stupide. En tout cas, il avait l'air extrêmement confiant et il est parti avec son livre dans la poche.

— Vous croyez à ce qu'il a dit, hier soir? demanda Tom.

— Thomas...

— Arrêtez de m'appeler Thomas chaque fois que je ne suis pas d'accord avec vous. Le parallèle, d'ailleurs, m'échappe.

— Bien. A dire vrai, Thomas, je ne sais à quel saint me vouer. Franchement, ces théories ne sont pas plus folles que toutes celles qui ont circulé en ville dernièrement. Vous connaissez la théorie de Sherkock Holmes — quand tout s'est révélé faux, ce qui reste, aussi con que cela puisse paraître, est forcément la vérité.

— Je ne crois pas que Conan Doyle ait parlé de...

— Bon, bon, c'est ce que la chose voulait dire, en tout cas. »

Ils quittèrent Emerson Street, prirent à gauche dans Pine Road, s'engagèrent dans Thoreau Street et obliquèrent dans le sentier qui menait à la vieille scierie. Tom avait la bouche sèche, phénomène qui n'était pas seulement dû à la touffeur de l'air mais devait être la conséquence d'une secrète appréhension. Qu'allaient-ils trouver dans la clairière ?

Ses pires appréhensions n'auraient jamais pu le préparer au spectacle qui les attendait. Le cadavre de Grover Kraybill, à l'autre bout de la clairière, gisait au milieu des branches de l'arbre qui s'était abattu sur lui.

« Restez ici, Charlie. Je vais voir.

— Non. Je... Ça va. Allons-y. »

Son corps, recouvert d'insectes, reposait sur le ventre. Sa tête n'était plus qu'une pulpe sanglante déjà à moitié cuite par le soleil. Ses bras reposaient mollement à ses côtés. Le tuyau bleu de sa pipe dépassait d'une poche, le *Livre des Palabres* de l'autre, tout barbouillé de sang.

« Doux Jésus », chuchota Charlie avant de vomir dans l'herbe.

Tom faillit bien suivre son exemple mais réussit à ravaler ses haut-le-cœur et détourna les yeux.

« Nous ferions mieux de nous en aller, dit-il quand le bruit des vomissements de Charlie eut cessé. Il va falloir appeler la police, encore une fois.

— Qu'est-ce que... qu'est-ce qui a bien pu se passer ? demanda Charlie, son mouchoir sur les lèvres.

— Il a été écrasé par cet arbre », dit Tom.

Charlie émit un grognement et reporta son attention sur le cadavre.

« Encore une putain de coïncidence. Vous croyez que... Regardez ses mains... les poignets. »

Tom s'exécuta et vit des marques rouges qui marbraient la peau.

« Des traces de corde ?

— On dirait qu'on l'a attaché », dit Charlie.

Essayant de ne pas regarder la partie supérieure du corps, ni les fluides qui séchaient dans l'herbe et les branches du chêne, Tom posa un genou à côté du cadavre.

« Il y a de la terre, là, dit-il. Au bas des jambes de son pantalon. Et que... L'herbe a été dérangée, là. Regardez ces trous, on dirait qu'on y a enfoncé une canne ou un bâton. »

Il examina alors le sol avec plus d'attention. A cause de la sécheresse, la terre était toute craquelée et fissurée. Qu'est-ce que c'était que tous ces trous ? Bizarrement, au vu des bords évasés, il ne semblait pas que quelqu'un y ait enfoncé quelque chose. Non, on aurait plutôt dit qu'on avait arraché quelque chose de terre. Quand il comprit ce que cela voulait dire, il retira sa main et bondit en arrière comme s'il venait de se faire mordre par un serpent.

« Qu'est-ce qui se passe ? demanda Charlie, prêt à s'enfuir au moindre danger.

— Rien, des saloperies, murmura Tom. Des racines.

— Quoi ?

— Les racines. Putain de merde, je n'arrive pas à y croire. Regardez, Charlie, ne vous approchez pas, regardez simplement. Ces trous, là, vous voyez ? Ils n'ont pas été faits avec un bâton. Ce sont les racines qui sont sorties du sol. Les racines l'ont immobilisé afin que ce putain d'arbre lui réduise le crâne en bouillie. »

Charlie recula précautionneusement de quelques pas.

« Foutons le camp d'ici. Allons prévenir la police. »

Tom n'avait pas de meilleure idée à proposer et ils

regagnèrent Emerson Street. Là, Tom appela Bret Walters à Chalmers.

« Ah, merde ! gémit celui-ci à l'autre bout de la ligne. Très bien, Tom, je préviens la police d'État et je fonce. Ah ! la la, merde ! »

Tom et Charlie retournèrent à la clairière mais n'y pénétrèrent pas, aucun d'eux n'étant désireux de revoir le cadavre.

« Il avait raison, dit Tom tandis qu'ils attendaient tous les deux l'arrivée de Bret Walters.

— Qui ?

— Kraybill. Quand il disait que c'était le bois. Les arbres et Dieu sait quoi d'autre.

— Tom... Je ne... Je suis désolé. Je croyais que je pouvais accepter de telles idées, c'est pourquoi je l'ai contacté. Mais bon Dieu, des arbres qui bougent, du bois qui tue, on se croirait dans *Le Magicien d'Oz*.

— Pourquoi Kraybill est-il venu ici ? demanda Tom.

— C'est... c'est moi qui lui ai demandé de venir.

— Ce n'est pas ce que je veux dire. Pourquoi est-il venu ici, dans cette clairière. Qu'est-ce qu'il s'attendait à y trouver ?

— Je lui ai parlé de la sculpture, soupira Charlie. Enfin, l'amulette en quartz que Sam Hershey avait trouvée. Ça semblait avoir touché une corde sensible. Il en frétillait comme un gardon, plus nerveux qu'une jeune mariée. Bref, il s'est mis en route et n'est pas revenu... J'ai peur, Tom. J'ai sacrément peur car je ne sais pas du tout ce qui se passe. Si je le savais, même si c'était quelque chose de complètement démentiel, quelque chose d'impossible, ce ne serait pas pareil. Mais nous ne savons rien, rien. La logique et le bon sens m'interdisent de croire ce que j'ai sous les yeux. Toute ma vie j'ai vécu avec la logique. Mathématiques, calcul, physique. Le seul écart que je me suis jamais permis, c'est le jazz, mais j'ai toujours eu une certaine prédilection pour cette musique à cause de sa structure, pour la façon merveilleuse dont sont conduites même les improvisations les plus folles. Et voilà que je trouve maintenant quelque chose qui va à l'encontre de tout ce que j'ai toujours cru. Putain de merde, conclut-il en hochant sauvagement la tête.

— Charlie... »

Tom ne put continuer, ne sachant pas quoi dire.

« Je vais partir quelque temps, reprit Charlie. Quitter Dreamthorp quelques jours pour me reposer et réfléchir à tout ça. Puis je reviendrai. Je reviens toujours à Dreamthorp. J'appartiens à cette saloperie de ville.

— Je sais, dit Tom en souriant. Allez-y, partez. Nous reparlerons de tout ça quand vous serez de retour. Mais revenez vite. Honnêtement, je ne sais pas ce que l'avenir nous réserve. »

La police survint à cet instant et les cérémonies qui semblaient maintenant faire partie du cours normal de la vie à Dreamthorp commencèrent : prises de photos, enregistrement du décès, recherches, audition des témoins, en l'occurrence Tom et Charlie Lewis au trente-sixième dessous qui rentra faire ses paquets dès qu'on n'eut plus besoin de sa présence.

« Qu'est-ce qu'ils en pensent, Bret? demanda Tom, resté seul.

— Ça ressemble à un accident.

— Un accident, dit Tom d'un ton plat.

— Oui, dit Bret en évitant de regarder Tom. Cet arbre avait le pied complètement pourri. Il était près de tomber.

— Est-ce qu'ils ont vu les marques sur ses chevilles et ses poignets?

— Oui, oui.

— Et?

— Et quoi?

— Ne faites pas l'andouille, Bret. Est-ce que tout ça ne semble pas indiquer que quelqu'un l'a attaché, avant la chute de l'arbre?

— Peut-être. Ou peut-être pas. Il a traversé pas mal de buissons avant d'arriver ici, tout le long de ce sentier. Il est peut-être tombé, ce qui expliquerait les traces de terre sur ses bas de pantalon. Il s'est peut-être écorché les poignets dans les ronces.

— Vous voulez rire.

— Putain, mais qu'est-ce que vous avez? lui rétorqua Bret. Alors, si je vous comprends bien, quelqu'un l'a attaché, a fait tomber un arbre sur lui et a coupé ses liens? Ça n'a ni queue ni tête, votre histoire! »

Tom sentit le sang lui monter au visage.

« Alors pour vous, c'est un accident? Vous n'en démordez pas?

— Ça m'en a tout l'air, ouais.

— Ecoutez, mon vieux, vous ne trouvez pas qu'il arrive décidément beaucoup d'accidents à Dreamthorp, en ce moment? Remarquez, ce qui est bien avec les accidents, c'est qu'il n'y a même pas besoin de les résoudre.

— Ou voulez-vous en venir, Tom?

— Vous me dites, à moi, que mon père est mort dans un accident?

— D'accord, Tom...

— Vous traitez vraiment cette enquête par-dessus la jambe. Que se passe-t-il, Bret? La fatigue, le stress? »

Bret Walters enfonça les mains dans son pantalon et tourna les talons, le plantant là sans plus de cérémonie. Tom resta un moment à observer les policiers dégager le corps de Grover Kraybill, une dizaine d'insultes à la bouche, mais ravala sa hargne et préféra quitter les lieux.

Il n'aperçut pas la voiture de Charlie Lewis quand il déboucha dans Emerson Street, mais la Cressida de Laura était garée devant chez elle.

« Bonjour, dit-elle quand elle l'aperçut à la porte.

— Depuis combien de temps êtes-vous rentrée?

— Une heure ou deux. J'ai emporté du travail à faire à la maison et me voilà. Pourquoi? Il se passe quelque chose? Vous avez l'air bizarre. »

Il lui apprit ce qui était arrivé à Grover Kraybill. A la pâleur de son visage il préféra laisser certains détails dans l'ombre.

« Le pauvre homme, dit-elle lorsqu'il eut fini.

— La police dit que c'est un accident.

— Et vous ?
— Non, je ne crois pas que ce soit un accident.
— Je ne le crois pas non plus », dit-elle après un instant d'hésitation.

Malgré l'annonce dans la presse et à la télévision de la nature accidentelle de ce nouveau décès, Dreamthorp continua à se vider de ses habitants. Au lendemain de la dernière tragédie, il n'y avait plus qu'une trentaine de maisons occupées et, bien que le bureau de poste, l'épicerie et la station-service fussent encore ouverts, tous les commerces avaient fermé leurs portes, officiellement pour manque d'activité, en fait parce que leurs propriétaires avaient temporairement quitté la ville.

Tom Brewer avait reçu un coup de téléphone de Charlie Lewis le mercredi soir, jour même de la mort de Grover Kraybill. Charlie lui dit qu'il était à Lancaster, à l'Americain Host Farm, et lui donna un numéro où on pouvait le joindre en cas d'urgence.

« Tel que ? avait demandé Tom.

— De nouveaux meurtres, l'explosion de la ville, l'écroulement de ma maison, des choses comme ça, quoi.

— Vous avez l'air d'avoir repris du poil de la bête, on dirait.

— Etonnant ce qu'un changement de décor peut faire chez un homme. »

On était maintenant dimanche matin, quelques heures avant l'aube, et Tom reposait dans son lit à côté de Laura. Il avait été tiré d'un léger sommeil par un bruit qu'il avait d'abord pris pour celui des pas de Josh dans l'entrée, menus trottinements d'un petit garçon qui faisait son tour à la salle de bains.

Mais Josh n'était plus et le bruit n'était que celui du frottement de ses cils contre l'étoffe amidonnée de l'oreiller.

Il se tourna sur le dos et écouta quelques instants la respiration de Laura. Le réveil indiquait 4 h 48. Il referma les yeux mais ne put se rendormir. Il se glissa hors du lit, enfila son jean et descendit au rez-de-chaussée. Il pensa une seconde faire du café mais abandonna cette idée, de peur que les glouglous de la cafetière ne réveillent Laura. Au lieu de cela, il descendit à son atelier.

Laura Stark s'éveilla à sept heures trente et ne bougea pas, les yeux posés sur les lithographies qui décoraient les murs. Elle ne voulait pas se tourner vers Tom, se serrer contre lui et peut-être même faire l'amour. Pas encore. Elle voulait être seule avec ses pensées et concentra son attention sur la plus grande des lithographies, explosion de bleu pâle sur un arrière-fond noir. *4/5 Miller, 1973*, disait la signature, et elle se demanda un moment où se trouvaient les quatre autres lithographies numérotées avant de réaliser que cela n'avait aucune importance.

C'était Tom qui comptait. Finalement, après trente-quatre années d'existence, elle avait trouvé quelqu'un qui l'aimait de la façon dont elle avait toujours rêvé, généreusement et sans calcul. Aussi bien au lit qu'en dehors, Tom était prévenant à son égard et essayait de satisfaire ses désirs avant les siens. Ce n'était pas une attitude sexiste ou condescendante de sa part, mais la conséquence d'un amour sincère et véritable. Qu'il était bon, pensa-t-elle, d'être enfin aimée.

Elle ferma les yeux et roula sur le côté. Ses bras ne rencontrèrent que des draps vides. Et froids.

« Tom ? »

Personne ne répondit. Elle tendit l'oreille un instant, guettant le bruit de l'eau dans la douche ou le gargouillis de la cafetière électrique. Mais elle ne perçut aucun des sons familiers du matin et ne sentit aucune odeur de café ou de jambon frit.

Elle rejeta les draps, se leva, couvrit sa nudité d'une légère robe de coton, qu'elle rangeait maintenant dans l'armoire de Tom, et descendit le rejoindre au rez-de-chaussée. La porte de la cave était restée ouverte et, au bruit qui montait de l'escalier, Tom ponçait.

Elle n'était pas descendue à l'atelier depuis plusieurs semaines, non parce que Tom le lui avait expressément demandé, mais parce qu'elle savait qu'il ne voulait montrer sa dernière œuvre à personne avant qu'elle soit terminée.

« C'est quelque chose de très différent de tout ce que j'ai fait jusque-là, lui avait-il dit quand elle avait fait une remarque, sans aucune intention péjorative, sur le temps qu'il passait dans son atelier. J'en ai encore un peu honte, maintenant. Vraiment, je ne tiens pas à ce quelqu'un voie cette statue avant qu'elle soit terminée. Si ça se trouve, tout ce que j'en tirerai c'est une provision de bois de chauffage. »

Elle ne descendit pas et se contenta d'écouter l'écho de son labeur, ce qui était malgré tout une manière d'être avec lui. Au bout de quelques minutes, tout bruit cessa et le silence se fit.

« Laura ? C'est toi ?

— Oui, répondit-elle, ayant l'impression d'être une enfant surprise à écouter à la porte de la chambre de ses parents.

— Tu peux descendre, dit-il. J'ai fini. La statue est terminée. »

Elle avala sa salive et s'engagea dans les marches. Elle espérait qu'elle allait aimer ce qu'elle allait voir, qu'elle allait pouvoir lui dire en toute franchise que c'était sa plus belle œuvre. Elle savait qu'elle ne pourrait pas lui mentir.

« Rappelle-toi simplement, lui dit-il, que c'est quelque chose de très, très différent. »

C'était très différent, en effet. Quand elle vit la statue, son souffle se bloqua dans sa gorge, ses yeux s'agrandirent et elle se sentit obscène sous sa robe de coton.

Un éclairage plus chiche, même s'il avait été plus spectral, aurait été préférable au blanc cru du néon qui baignait l'atelier, car il n'aurait pas autant souligné la crudité des détails.

La forme représentée était un peu plus petite qu'un être humain, les épaules voûtées comme celles d'un singe, les jambes arquées, les bras légèrement levés par rapport au corps. Conséquence logique, les mains pendaient à la hauteur du pubis. La pose était effroyablement ambiguë. On ne savait trop si les mains aux doigts noueux cherchaient à happer quelque chose ou à s'emparer du sexe informe, seulement ébauché.

Peut-être, pensa-t-elle, que le geste était ambigu parce que la créature avait l'intention de faire les deux.

« Gilbert Rodman. »

Elle entendit le nom résonner dans sa tête et ne prit conscience d'avoir parlé que lorsque Tom, les sourcils froncés, posa son bras sur ses épaules.

« Je suis désolé, dit-il. Mon Dieu, Laura, j'étais loin de me douter que c'est lui que tu y verrais.

— Mais c'est lui, n'est-ce pas?

— Je me suis inspiré de ton histoire, oui. Mais je n'ai pas cherché à le représenter. D'ailleurs, je n'ai jamais vu son visage... »

Laura regarda la face de bois torturée, les lèvres, les méplats des joues, le nez, les orbites creuses.

« Il n'a pas besoin d'avoir un visage, dit-elle. C'est ce qui fait sa force.

— Tu... tu aimes?

— Je crois que c'est la plus... l'œuvre la plus extraordinaire que j'aie jamais vue. Je n'ai jamais été aussi... aussi bouleversée et terrifiée de ma vie. Enfin, je ne parle pas de... de cette fois-là.

— Alors, ça te plaît?

— On ne peut pas aimer quelque chose comme ça... dit-elle en secouant la tête de confusion. Mais on peut l'admirer... être frappé par le pouvoir qui s'en dégage. Je n'aime pas cette statue, non. Je la hais, Tom. Je la hais à cause de ce qu'elle me rappelle. Mais tu as fait là quelque chose que personne d'autre n'aurait pu faire.

— Je suis désolé, Laura, dit-il finalement, partagé entre des émotions diverses. Je ne voulais pas... me servir de ce que tu as vécu. Mais, vois-tu, lorsque tu m'as raconté ce qui t'était arrivé, ajouté à tout ce qui s'est passé ensuite à Dreamthorp... j'ai senti quelque chose à l'intérieur de moi, ou à l'intérieur du bois, je ne sais pas, qui devait être libéré. Quelque chose de réel qui était là et qui y est peut-être encore. Enfin, disons plutôt que c'est moi qui me sens libéré, maintenant que tout ce qui était en moi est passé en...

— ... en lui, dit Laura, songeuse. Qu'est-ce que tu vas en faire ?

— Si je m'écoutais, je la détruirais.

— Non, Tom, ne dis pas des choses pareilles. Tu ne peux pas faire ça. C'est trop fort, trop... Il faut que tu la montres, au contraire. Mais promets-moi une chose.

— Laquelle ?

— Recouvre-la. Ou mets-la dans un endroit où je ne pourrai pas la voir. Ça me rappelle trop de mauvais souvenirs.

— D'accord. Je te promets que tu ne reverras plus jamais cette statue. »

Il l'avait trahie, pensait-il, examinant la statue sous tous les angles. Il n'aurait jamais dû faire ça. Il n'était pas juste de la replonger dans le cauchemar qu'elle essayait d'oublier.

Mais il n'avait pas eu le choix, pas vraiment. Tout avait semblé s'enchaîner et faire partie d'un même plan : sa rencontre avec Laura, l'arbre, l'histoire de Gilbert Rodman. Toutes ces choses avaient contribué à créer...

Non. Tout cela n'était que des sottises, des explications *a posteriori* qui ne pouvaient tromper personne. Il avait volontairement choisi de faire ce qu'il avait fait. Telle avait été son idée depuis le début. Il espérait seulement que Laura le comprendrait suffisamment pour lui pardonner. C'était une femme intelligente. Il l'aimait.

D'un autre côté, il n'était pas vraiment mécontent de lui. Il avait produit là une œuvre pleine de force et de puissance. Une œuvre qui dégageait un magnétisme certain. Il s'arracha finalement à sa contemplation et alla chercher une bâche pour couvrir la statue. Même ainsi dissimulée, la statue irradiait toujours d'une présence écrasante, *genius loci* de l'atelier qui allait désormais être son royaume.

Cela fait, Tom prit une douche et s'habilla. Il devait prendre Laura à midi et demi et il n'était encore que onze heures. Pendant quelques minutes, il se plongea dans la lecture du journal mais ne trouva rien qui éveillât son intérêt. Finalement, avec hésitation, tel un homme que tourmente un vice secret, à la fois chéri et haï, il redescendit à la cave, tira la bâche et contempla longuement son œuvre.

Invisible à nos yeux, le minerai a été extrait et fondu dans des fourneaux secrets...

Alexander Smith, *Dreamthorp*.

Charlie Lewis regagna Dreamthorp deux jours plus tard. Ce mardi matin là, sa première visite fut pour Tom Brewer.

« Vous voilà de retour, dit Tom. On a les idées de nouveau claires ?

— Tout à fait claires. Si claires, même, que je regrette presque ma petite retraite. »

Il prit place à côté de Tom dans l'un des fauteuils d'osier et garda les yeux tournés vers les arbres tout en parlant.

« J'ai peur, Tom. Je vous l'ai déjà dit. La seule raison pour laquelle je ne quitte pas Dreamthorp est que j'aime beaucoup trop cette ville. »

Il engloba d'un geste large les légions de chênes et de pins, le tapis d'aiguilles brunes, qui couvrait les trois quarts de la ville, et les maisons, groupées comme des voisines en train de papoter, accrochées à flanc de coteau.

« Il n'existe aucun endroit semblable à celui-ci. Et je ne vais pas m'en laisser chasser à cause de je ne sais quoi. Pas question. Kraybill avait raison. J'ai pensé et repensé à tout ça au cours de ces derniers jours et je ne suis arrivé à aucun semblant de conclusion. Il avait raison. Il y a quelque chose de surnaturel à l'œuvre. Quelque chose que la police et tous les enquêteurs du monde ne pourront jamais combattre.

— Charlie, soupira Tom, ce n'est tout simplement pas... logique.

— Peut-être, mais cette explication possède une certaine logique interne, voyez-vous? Kraybill avait trop confiance en lui. Il n'avait aucune idée de la puissance de ce qu'il voulait affronter. Je suis parti de son hypothèse. Je n'ai pas abordé le bar de l'hôtel pendant cinq jours. Je suis allé à l'université Franklin & Marshall, à Lancaster, et me suis plongé dans *Le Rameau d'or*. Bon, Frazer ne croyait pas à la magie, mais il montre clairement que toute magie fonctionne selon une certaine logique. Et il en donne tellement d'exemples qu'il est quasiment impossible de lire son ouvrage sans se dire, à un moment ou à un autre, que cette putain de chose marche parfois, pour des raisons que l'on ignore. »

Charlie se renfonça dans son fauteuil et poursuivit sur un ton plus calme.

« Et j'ai ma petite idée là-dessus. Je crois même savoir ce qu'il faut faire pour se débarrasser de la menace qui plane sur Dreamthorp. Mais j'ai besoin de votre aide. Je ne veux pas y aller seul.

— A la clairière, voulez-vous dire? demanda Tom.

— Vous savez que c'est là qu'il y a quelque chose d'anormal. Vous le savez fort bien.

— Disons que je m'interroge.

— Et vous commencez à y croire, vous aussi, non?

— Gardez ça pour vous, vous voulez? Je n'ai pas envie de finir dans une cellule capitonnée. »

Tom se rappela sa mère et aurait préféré n'avoir rien dit. Charlie posa une main compatissante sur son épaule.

« Vous voulez venir avec moi?

— Venir et faire quoi?

— Creuser. Là où Sam Hershey avait commencé. Là où il a trouvé l'amulette de quartz.

— Vous savez pourtant le triste sort qu'ont connu Sam Hershey et Grover Kraybill?

— Mais nous serons deux et l'un pourra surveiller pendant que l'autre creusera.

— Eh bien, vous parlez d'une belle équipe de bras

cassés. Et je suppose que “nos forces vaudront celles de dix hommes…

— … parce que nos cœurs sont purs”, termina Charlie en riant.

— Je suis sérieux, Charlie. Vous ne croyez pas que c'est un peu idiot d'aller folâtrer là-bas alors que vous êtes persuadé qu'il y rôde quelque chose de dangereux ?

— Kraybill et Hershey étaient seuls quand… quand les choses sont arrivées. Pas nous. D'un autre côté, il faut bien mourir un jour, alors…

— Merci bien !

— J'ai besoin de vous, Tom. »

Il n'y avait plus aucune trace d'humour dans la voix de Charlie, à présent.

« D'accord, dit Tom. Mais au moindre événement bizarre — les feuilles agitées par le vent, n'importe quoi —, on décampe. Immédiatement. Je n'irai qu'à cette seule condition.

— Salaud, murmura Charlie d'une voix rauque. Vous y croyez, hein ? »

Tom ne répondit pas. Il se leva, contourna la maison, alla jusqu'au bûcher et se munit d'une pelle et d'une pique de fer. Puis ils se mirent en route vers Thoreau Street et le sentier qui menait à la forêt.

Quand ils arrivèrent à la clairière, le soleil était déjà haut dans le ciel et dardait ses rayons impitoyables sur la terre desséchée. La souche sur laquelle Grover Kraybill avait trouvé la mort avait pris des couleurs marbrées d'un vilain brun de châtaigne.

« Où faut-il creuser ? demanda Tom.

— Là-bas », répondit Charlie en désignant un endroit à quelques mètres de la souche.

Son visage était pâle, et Tom était sûr qu'il se rappelait ce jour de la semaine dernière où ils avaient trouvé le corps de Grover Kraybill. Tom évitait de poser trop longtemps les yeux au même endroit, car la pluie n'étant pas tombée des débris organiques pouvaient demeurer et il avait peur de ce qu'il risquait de découvrir.

Ils se mirent à creuser nerveusement, jetant sans arrêt

des regards à la ronde au moindre signe de mouvement. Il n'y avait d'autre bruit que celui de la pelle dans la terre. Au bout de vingt minutes, Tom la sentit s'enfoncer dans quelque chose de plus tendre que la rocaille.

« Qu'est-ce que c'est? demanda Charlie, les jointures blanches autour de la pique.

— Je ne sais pas... une minute... »

Tom posa le genou à côté du trou, profond d'une trentaine de centimètres, et plongea les mains au fond de l'excavation. Quelque chose jaillit de terre sous ses doigts et il bondit en arrière avec un hoquet de surprise.

« Qu'est-ce que c'est? s'écria Charlie.

— Un ver de terre », répondit Tom, gêné, en désignant du doigt la petite créature qui agitait sa minuscule tête cylindrique.

Tom extirpa doucement la bestiole et la déposa dans l'herbe à quelques pas de là.

« Juste un putain de ver de terre », dit-il en se remettant à l'ouvrage.

Ses doigts rencontrèrent quelque chose de froid et de doux aux bords irréguliers. Il plongea les deux mains tout au fond du trou et ramena à la lumière du jour un crâne auquel il manquait une mâchoire.

« Ben merde, murmura-t-il.

— Ouais, dit Charlie. Kraybill avait raison. Pouvez-vous continuer à creuser? »

Il leur fallut deux heures pour sortir tous les os de terre. Il y avait huit crânes complets et de nombreux autres dont il ne restait plus que des morceaux, ainsi que de très nombreux ossements à divers stades de décomposition. Beaucoup s'effritèrent en poudre grise quand Tom les exhuma de la gangue de terre où ils étaient englués depuis si longtemps.

Ils n'échangèrent que peu de mots durant toute l'opération. Tom retirait un fémur brisé ou un crâne défoncé ; Charlie hochait la tête à chaque nouveau témoignage de mort violente.

« Vous voulez que je vous dise? demanda Charlie. Ou est-ce assez clair?

— Dites tout de même, pour voir.

— D'accord. Ce sont des Indiens. Dieu seul sait de quelle tribu. Ils ont été massacrés, ou sont morts au cours d'une bataille, nous ne le saurons probablement jamais. Mais ils sont morts de mort violente et ceux qui les ont tués les ont enterrés ici.

— Comment le savez-vous ? demanda Tom. Pourquoi n'auraient-ils pas été enterrés ici par leurs familles ?

— Je ne connais pas grand-chose aux coutumes des Indiens de la région mais je sais, d'après Pete Zerphey, qu'ils ne pratiquaient jamais d'inhumations collectives. Chacun avait droit à sa propre tombe. A mon avis, ils ont été déposés ici et l'amulette de quartz trouvée par Sam Hershey était destinée à apaiser leurs esprits. Seulement voilà, Sam Hershey est tombé dessus.

— Et l'a emportée, conclut Tom

— Oui. Il l'a emportée et a libéré leurs esprits. Et je doute fort, compte tenu de la façon dont ils sont morts, qu'ils soient animés d'intentions amicales.

— Sans doute, dit Tom en partant d'un brusque accès de rire involontaire.

— Vous trouvez ça amusant ? demanda Charlie, les yeux ronds.

— Oh, un peu. Le plus étrange, dans toute cette histoire, c'est que je commence à y croire. C'est ça qui me fait rire. Ou peut-être que je ris parce que je suis un peu nerveux. Voyons, si leurs esprits ont été libérés, pourquoi auraient-ils élu domicile dans les arbres ?

— Au fil des siècles, répondit Charlie, des arbres ont poussé et grandi au-dessus de la tombe. Parce qu'ils étaient prisonniers, leurs esprits ne pouvaient pas s'échapper, l'amulette y veillait. Ils se sont simplement mêlés aux racines et ont possédé peu à peu tous les arbres qui poussaient à proximité, peut-être même tous ceux de cette clairière.

— Devenant partie intégrante de chaque arbre.

— Oui, dit Charlie.

— Et quand les arbres ont été abattus, les esprits sont restés dans le bois...

— Oui.

— Donc, poursuivit Tom, tout ce qui a été fabriqué avec du bois sorti de cette futaie...

— Est possédé par ces esprits, affamés de vengeance.

— Mais, Charlie, si le bois a été transformé en objets quelconques, comme le coffre de Martha Sipling, et... »

Il n'arrivait pas à développer son idée. Charlie vint à son secours.

« Et les piliers du théâtre, les planches de la terrasse du Palais des Glaces, les colonnes de la boutique de cadeaux, les marches de l'escalier du vieux M. Thatcher et... »

— Et l'oiseau que j'ai sculpté.

— Oui, ce pic.

— Mais pourquoi tout cela ne s'est-il déclenché qu'après tant d'années? demanda Tom d'un ton où perçait une note de désespoir. Quand le bois a été sorti de la futaie, et par conséquent soustrait au pouvoir du totem de quartz, peu importe ce qu'était exactement cette amulette pour l'instant, pourquoi les esprits n'ont-ils pas agi tout de suite... puisqu'ils étaient désormais libres?

— Peut-être suffisait-il que le totem demeure au-dessus de leurs os, je ne sais pas. Mais une fois qu'il a été enlevé, ils ont été libérés, et Dieu seul sait ce qu'ils étaient devenus, au bout de tant d'années.

— Je crois, dit lentement Tom, que vous essayez de bâtir une théorie trop complète.

— Pour autant que je sache, je ne cherche pas à bâtir une théorie à tout prix. Comme je vous l'ai dit, tout ça possède une logique interne.

— D'abord, d'accord. Mais est-ce que vous n'êtes pas en train d'imaginer des choses juste pour mieux asseoir votre théorie?

— Tom, dit Charlie avec patience. Si vous... si quiconque propose une explication plus sensée, je l'accepterai avec plaisir. Mais il n'y a pas d'autre explication, Tom. »

Tom resta pensif un long moment puis baissa les yeux

sur la pile d'ossements, de crânes qui ricanaient de leurs faces grimaçantes. Charlie avait raison. Il refusait encore de le croire parce que cela allait à l'encontre de toutes ses croyances mais, comme le disait ce satané Charlie, il n'y avait pas d'autre explication.

« Que fait-on, maintenant ? demanda-t-il.

— Vous me croyez ?

— Oui.

— Bien. Vous êtes toujours décidé ? Parce que si vous avez envie de filer, c'est le moment.

— Charlie, j'ai beaucoup perdu au cours de l'année écoulée, j'ai perdu en un an ce que les autres mettent toute une vie à perdre. Que je sois pendu si je perds aussi Dreamthorp. C'est tout ce qui me reste. Enfin, presque...

— Laura ?

— Oui. Je l'aime et Dreamthorp est aussi son foyer.

— Vous pensez qu'elle y croira ? »

Tom n'en était pas sûr et ne voulait pas répondre à sa place. Il la connaissait maintenant depuis assez longtemps pour savoir qu'elle avait ses propres opinions.

« Je ne sais pas. C'est une fille qui a les pieds sur terre.

— C'est notre cas à tous. Mais quand les hordes du monde des ténèbres envahissent le monde réel, il faut faire quelque chose.

— Oui, mais quoi ?

— D'accord, répondit Charlie en jetant un regard nerveux aux alentours, foutons le camp d'ici. On est trop exposés, trop à découvert. J'ai l'impression de discuter d'un plan de bataille dans le propre camp de l'ennemi.

— Qu'est-ce qu'on fait de ça ? demanda Tom en désignant le tas d'ossements.

— Il n'y a qu'à les remettre dans le trou. On saura où les trouver, le moment venu.

— Ah ? Et pourquoi aurait-on besoin de les exhumer une nouvelle fois ?

— Je vous le dirai quand nous serons partis d'ici. »

Charlie esquissa un sourire forcé, se pencha vers le trou qu'ils avaient pratiqué et en sortit quelques minuscules objets qui ressemblaient à des grains de chapelet.

« Qu'est-ce que c'est que ça? demanda Tom.

— On pourra en avoir besoin plus tard, vous verrez. Allez, mon ami, au travail.

— Au travail », dit Tom en se penchant vers la pile d'ossements.

Vers dix-huit heures, Laura vit Tom et Charlie passer dans Emerson Street et leur fit signe depuis son porche. Elle crut discerner un certain malaise dans leur attitude, malaise que deux gin-tonic ne firent rien pour dissiper.

« Qu'y a-t-il? » demanda-t-elle à Tom.

Il lui expliqua alors, avec force circonlocutions et précautions oratoires, ce qu'ils avaient découvert dans la clairière et les théories qu'ils avaient échafaudées. A un moment donné, il lui demanda du papier et un crayon et dressa une liste de toutes les morts survenues dernièrement à Dreamthorp, avec les dates et les circonstances de chaque décès.

« Je ne sais pas, dit Laura après avoir étudié la liste. Je ne crois pas pouvoir admettre des choses pareilles.

— C'est la seule manière d'expliquer les événements récents, dit Tom.

— La seule manière que nous connaissons, répliqua Laura. Mais nous ne savons peut-être pas tout.

— Qu'est-ce qui te tracasse, là-dedans? demanda Tom. Le surnaturel? La magie?

— Je crois que c'est la magie, répondit-elle. Les amulettes, les mauvais esprits, les démons des bois, enfin tout ça. On croirait lire un vieux grimoire. Ce n'est pas que je n'y crois pas, c'est simplement, dit-elle avec un sourire, que je suis une parfaite agnostique.

— En tout cas, dit Charlie, ça ne peut pas faire de mal. Est-ce que vous nous aiderez?

— Oui, dit Laura, bien sûr. Si je le peux.

— Mais le cœur n'y est pas! » s'exclama Tom en riant.

Laura fut heureuse de le voir sourire, de constater qu'il ne lui tenait pas rigueur de son incrédulité.

« Non, pas vraiment. Mais je ferai tout ce qui me sera possible pour vous aider. Je ne quitterai pas Dreamthorp, ajouta-t-elle, les yeux fixés vers le soir qui tombait. J'ai déjà laissé la peur me chasser d'un endroit. Je ne veux pas partir une nouvelle fois. Donc, vous avez découvert une tombe, dit-elle en se tournant vers Charlie. Ensuite ?

— Eh bien, dit Charlie, presque gêné, tout à coup, je crois que nous devrions nous rendre demain tous les trois au musée William Penn, à Harrisburg.

— Pour essayer de récupérer l'amulette ? demanda Tom.

— Oui.

— Le musée n'acceptera jamais de nous la rendre.

— Il le faut. Nous leur raconterons tout.

— Oh non, Charlie... grimaça Tom.

— Mais il n'y a pas moyen de faire autrement.

— Ils vont nous prendre pour des fous et appeler la police, dit Laura.

— C'est un risque à courir. La seule manière d'en finir est de remettre les choses comme elles étaient à l'origine. C'est cette amulette qui retenait les esprits enchaînés, rien d'autre. Le jour même où les Hershey l'ont trouvée, le Grand Théâtre s'est écroulé. Peut-être que si on la remet en place avec les os tout s'arrêtera. Je n'en suis pas sûr, je ne parierais pas un kopeck là-dessus, mais, en tout cas, la magie fonctionne sur de telles analogies. »

Ils discutèrent encore un peu, puis Laura fit des sandwiches-club pour le dîner. Elle participa peu à la conversation, l'attention accaparée par la feuille de papier où Tom avait décrit les circonstances de chaque mort.

Charlie rentra chez lui à vingt-deux heures. Tom et Laura traînèrent un peu sur le canapé du salon mais ne tardèrent pas à aller se coucher. Tom ne lui fit pas le reproche de ne pas partager ses idées, et elle lui en fut reconnaissante.

Elle fut réveillée au milieu de la nuit par les tremblements de Tom à ses côtés. Elle tendit le bras vers son visage et le trouva mouillé de larmes.

« Qu'est-ce qu'il y a ? demanda-t-elle.

— J'étais en train de rêver... dit-il. Je rêvais de Susan. Et de Josh. Je rêvais à leur mort.

— Tom, dit-elle en le prenant dans ses bras.

— Je ne peux pas oublier. J'ai beau faire, je ne peux pas oublier.

— Qui te demande d'oublier? Ne les oublie pas, au contraire.

— Je... je suis désolé.

— Idiot. Dors, à présent. Je suis là. »

Elle le serra contre elle comme une mère qui berce son enfant et resta éveillée longtemps après qu'il se fut rendormi, les yeux braqués sur la nuit. Il restait toujours beaucoup du petit garçon dans chaque homme adulte. A preuve, les gamineries auxquelles Tom et Charlie voulaient se livrer le lendemain.

Ils semblaient tous les deux si sincères, si désireux d'en finir avec le démon, le troll ou le loup-garou qui rôdait autour de la ville. N'aurait-on pas dit deux enfants, avec tout ce que cela comporte de romantisme un peu mièvre?

Oui, les hommes n'étaient souvent que de grands enfants, peu importait leur âge. C'était peut-être la raison pour laquelle ils étaient si égoïstes.

Et pourquoi quelques-uns, pensa-t-elle au souvenir d'une nuit terrifiante, devenaient complètement fous.

L'amour du risque fait entreprendre bien des choses.

Alexander Smith, *Dreamthorp.*

« Mlle Peters est morte il y a deux semaines », dit son remplaçant, vêtu de manière peu conventionnelle pour un conservateur de musée.

Il portait une chemise à carreaux, ouverte sur le cou, et une cravate au nœud relâché. Tom ne pouvait voir à quoi ressemblait son pantalon, derrière son bureau, mais il était prêt à parier que l'homme devait faire dans la toile kaki ou le jean bleu sombre au pli impeccablement repassé.

« C'est effectivement elle qui a procédé à cette acquisition, reprit l'homme, un certain Dr Spencer. Elle a été victime d'une crise cardiaque, chez elle, poursuivit-il en hochant la tête avec tristesse. Elle vivait seule. Malheureusement. S'il y avait eu quelqu'un pour appeler une ambulance ou lui donner ses cachets, elle vivrait peut-être encore. Nous sommes bien peu de chose... Mais, vous me disiez, au sujet de cette amulette ? »

Charlie Lewis s'éclaircit la voix..

« C'est un de nos amis qui l'a trouvée. Un très bon ami du nom de Sam Hershey. Sam se livrait en amateur à la détection des métaux. Oh, un passe-temps, tout au plus. Il n'a jamais rien trouvé de bien intéressant à part cette statuette indienne.

Spencer sourit et hocha la tête. Il avait l'air assez amical, bien qu'un rien guindé.

« Quoi qu'il en soit, après sa mort — peut-être avez-vous appris son décès dans les journaux? —, sa fille, qui est également l'une de nos amies, professeur d'école, a trouvé qu'il était vraiment dommage d'avoir vendu cette statuette. Oui, elle pense qu'au lieu de moisir dans quelque salle obscure elle aurait dû rester dans la famille. Comprenez, elle lui aurait fait une place d'honneur au-dessus de la cheminée pour que tous les petits-enfants de M. Hershey puissent la voir et se rappeler leur grand-père. Sans compter qu'elle aurait pu l'emporter à l'école, pour ses cours, quand elle aurait voulu parler des Indiens à ses élèves. »

Charlie s'arrêta, le souffle court. Tom se demanda s'il paraissait aussi piètre menteur aux yeux du Dr Spencer qu'aux siens.

« Hon-hon, mais que désirez-vous, très précisément, monsieur Lewis?

— Eh bien, dit Charlie, nous aimerions vous racheter la statuette. Pour la fille de Sam.

— Je vois, déclara Spencer en fronçant les sourcils.

— Nous sommes évidemment disposés à offrir un peu plus que le prix auquel le musée l'a achetée, voyez.

— Et... pourrait-on savoir pourquoi la fille de M. Hershey n'est pas venue elle-même? demanda Spencer.

— Nous voulons lui en faire la surprise », intervint Tom.

Il se sentait terriblement gauche et avait l'impression de porter une fausse moustache à moitié décollée.

« Je suis désolé, dit Spencer d'un ton neutre. Le musée ne saurait céder une partie de ses collections à des particuliers.

— Mais ce n'est pas vraiment une vente, dit Charlie. C'est un rachat, en fait. On pourrait peut-être s'arranger, je ne sais pas, considérer que l'objet était en dépôt et que le propriétaire souhaite le reprendre.

— Navré, monsieur Lewis, mais vous n'avez pas qualité pour agir dans cette affaire. L'amulette est dans nos réserves, en fait, mais rien n'interdit qu'elle soit exposée un jour. Si la fille de M. Hershey désire venir ici accompagnée de sa famille ou de ses élèves, nous nous ferons un plaisir de la sortir des réserves — c'est la pièce qui est juste derrière nous — pour la lui montrer, à condition toutefois qu'elle prenne soin de nous avertir au préalable. »

Tom regarda Charlie du coin de l'œil et constata que Charlie l'observait précisément de la même façon.

« Alors il n'y a aucune possibilité de la racheter? demanda Tom.

— J'en ai bien peur.

— Et ce, quel qu'en soit le prix? demanda Charlie.

— Il ne s'agit pas du tout d'une question de prix, monsieur Lewis.

— Pourquoi pas? répliqua calmement Charlie. Nous sommes disposés à vous en offrir un bon prix. Un très bon prix. Dix fois le prix payé par le musée. Plus, s'il le faut. »

Aïe! aïe! aïe! pensa Tom. Evidemment, cela mit la puce à l'oreille de Spencer, dont la bonne humeur sembla subitement envolée.

« Je vous ai déjà dit, monsieur Lewis, que le prix n'avait rien à voir dans l'affaire.

— Même si vous vous preniez une petite commission, au passage? »

C'était vraiment la chose à ne pas dire. Mâchoires serrées, le visage de Spencer s'empourpra, masque d'intransigeance outrée.

« Je pense, messieurs, que vous m'avez assez fait perdre mon temps. Retrouverez-vous votre chemin ou dois-je appeler l'équipe de sécurité?

— Monsieur Spencer, dit Tom. Je suis désolé. Nous ne voulions pas vous offenser. Charlie... Charlie vous a menti. Nous ne vous avons pas dit la vérité parce que nous avions peur que vous ne vouliez pas nous croire. »

La bouche de Spencer se figea à mi-chemin du sourire et du rictus.

« Voyons toujours.

— D'accord. Ça va vous paraître complètement fou, mais je vous assure que c'est l'entière vérité. »

Tom parla alors à Spencer des morts horribles qui avaient eu lieu à Dreamthorp et lui narra les détails qui n'avaient pas été rapportés par les médias. Il lui parla également des théories du malheureux Grover Kraybill.

« Bref, conclut-il, nous croyons que si nous replaçons la statuette dans la tombe les morts cesseront. C'est aussi simple que ça, soupira-t-il. Et aussi fou. »

Le visage de Spencer ne s'était pas départi d'un sourire cynique tout au long de l'exposé de Tom.

« C'est une histoire très intéressante. »

Charlie plongea la main dans sa poche et en sortit un petit sac de plastique dont il versa le contenu sur le bureau de Spencer.

« Ce sont quelques perles que nous avons trouvées dans la fosse. Je ne sais pas si cela vous aidera à nous croire ou pas. »

Spencer considéra les minuscules perles d'un regard suspicieux et les poussa délicatement d'une chiquenaude. Il en mit plusieurs dans le creux de sa paume et les examina avec une minutie de diamantaire.

« Messieurs, vous êtes des menteurs, des menteurs très ingénieux, mais des menteurs.

— Qu'est-ce que... voulut objecter Charlie.

— Vous n'avez pas trouvé ces perles à Dreamthorp. C'est impossible. C'est du travail alligewi. Mais le plus oriental des établissements alligewis est encore à plus de trois cents kilomètres d'ici. Il est donc impossible que vous ayez trouvé ça dans la région. Maintenant, si vous voulez savoir ce que j'en pense, je crois que vous travaillez pour un collectionneur privé qui cherche par tous les moyens à mettre la main sur un artefact lenape rarissime. Ces perles ne sont qu'une supercherie. Oh, c'est de la belle ouvrage et je suis persuadé que votre patron... votre client, devrais-je dire, croyait pouvoir me rouler. Dans ce cas, il m'a sous-estimé. Votre histoire est cousue de fil blanc. La porte est par là et je vous suggère de la prendre sans tarder. »

Tom et Charlie se levèrent, hochèrent la tête à l'adresse de Spencer, et s'exécutèrent.

« C'est la vérité, monsieur Spencer. Nous sommes désolés de vous avoir menti mais tout le reste était vrai, dit Tom au moment de quitter le bureau.

— Adieu, messieurs. »

Dans l'ascenseur, Tom et Charlie s'observèrent un instant, la mine basse, puis Charlie prit finalement la parole.

« Bravo, dit-il. Quelle éloquence !

— Moi ? se récria Tom. Non mais, dites donc, espèce de vieil arracheur de dents, où diable êtes-vous donc allé chercher cette histoire de la fille de Sam ? Doux Jésus, j'étais loin de me douter que vous alliez lui débiter des sornettes pareilles !

— Moi non plus. C'est venu comme ça. Je me suis dit qu'il ne voudrait jamais nous croire si nous lui disions la vérité.

— Ça, ça n'a pas loupé, dit Tom en sortant de l'ascenseur. Bon, que fait-on, maintenant ?

— Allons voir aux archives, dit Charlie. Je voudrais en savoir un peu plus sur ces mystérieux Alligewis. »

Ils durent parcourir plusieurs ouvrages avant d'en trouver un qui mentionnait la tribu. Finalement, Charlie dénicha le volume de Shephard, *Histoire de la Pennsylvanie*. Il se mit à lire à haute voix.

« *Les espions lenapes rapportèrent la nouvelle que le pays à l'est du Mississippi était peuplé par une puissante nation d'hommes grands et forts, dont certains atteignaient une stature gigantesque. Ces guerriers s'appelaient les Alligewis et les Lenapes leurs demandèrent la permission de traverser le fleuve pour aller chercher une autre patrie. Mais, pendant que les Lenapes franchissaient le Mississippi, les Alligewis, alarmés par leur grand nombre, fondirent sur ceux qui avaient déjà atteint la rive et les taillèrent en pièces, menaçant de semblable traitement ignominieux tous ceux qui oseraient encore traverser. Les Lenapes s'allièrent alors aux Mengwes et il s'ensuivit une guerre qui allait durer de nombreuses années et se terminer par la disparition totale de la nation alligewi. On rapporte que quelques Alligewis auraient survécu en descendant le Namaesi Sipu (c'est-à-dire le Mississippi) vers son embouchure, où ils se seraient mêlés aux tribus du Sud-Est, tels les Creeks et les Seminoles, qui habitent toujours ces régions.*

— D'accord, dit Tom quand Charlie eut achevé sa lecture. Qu'est-ce que ça nous apprend?

— C'est pourtant clair, non? Au dire des autres Indiens, les Alligewis étaient une nation sauvage. Et d'une susceptibilité à fleur de peau, compte tenu de leur attaque inique contre les Lenapes. Spencer se trompe. Les Alligewis sont venus jusqu'à Dreamthorp. Je présume... simple supposition de ma part, qu'une troupe de guerriers s'est enfuie vers l'est pour échapper à la pression des Lenapes. Ces derniers les ont rattrapés juste à l'endroit où s'élève Dreamthorp aujourd'hui. Les Lenapes ont massacré les derniers survivants alligewis, les ont enterrés en pleine forêt et ont placé ce totem au-dessus de leurs restes pour que leurs esprits reposent en paix.

— Les plans les mieux pensés... dit Tom en fronçant les sourcils. Au moins, nous savons maintenant contre qui nous nous battons. Que fait-on?

— Il faut récupérer la statuette.

— Et comment allons-nous nous y prendre? Notre ami Spencer n'a pas l'air de vouloir se laisser attendrir.

— On va se passer de son accord, dit Charlie, une lueur d'amusement dans les yeux. Vous allez la voler.

— Bordel de merde!

— Moyen de faire autrement? Vous voulez aller trouver les autorités et leur expliquer toute l'affaire? Je ne vous donne pas trois minutes avant qu'on vous jette dehors.

— Je ne vois pas en quoi cela va nous aider si je me fais pincer.

— Allons, Tom. Personne ne vous verra.

— Comment pouvez-vous en être sûr?

— Croyez-moi, voulez-vous?

— Je vous ai déjà fait confiance et vous avez vu le désastre.

— C'est gentil de se moquer du troisième âge, tiens ! »

Tom finit par céder et laissa Charlie lui exposer son plan.

Le lendemain, jeudi, ils passèrent la plus grande partie de la journée au musée. Ils allèrent de salle en salle, observèrent les allées et venues des gardiens et repérèrent les endroits susceptibles de servir de cachette. Ils se décidèrent finalement pour la réplique d'un magasin général qui occupait, avec d'autres établissements connus sous le nom de Village Square, tout le rez-de-chaussée du vaste bâtiment. En rentrant à Dreamthorp en fin de soirée, ils s'arrêtèrent à Clonea dans un magasin d'articles de sport et firent l'acquisition d'un sac à dos, d'une torche électrique et d'une paire de gants.

Ce soir-là, après dîner, Tom raconta à Laura leurs efforts infructueux pour récupérer la statuette.

« Alors, qu'est-ce que vous comptez faire ? demanda-t-elle.

— Il nous la faut.

— Vous n'allez tout de même pas la voler ?

— Charlie et moi avons tout mis au point. Je passerai la nuit là-bas. J'emporterai à manger et tout ce dont j'ai besoin. Je subtiliserai l'amulette dans la nuit et quitterai les lieux au matin.

— Tom... Tout ça va trop loin. Si tu es pris, tu iras en prison, ce n'est pas un jeu.

— Tu voudrais que les assassinats continuent jusqu'à ce qu'il ne reste plus personne de vivant dans cette ville ?

— Ce n'est encore qu'une théorie.

— Et la seule que nous ayons. Laura, dit-il en lui prenant la main, il faut que je le fasse.

— Je t'aime. Je désire simplement qu'il ne t'arrive rien. Je ne veux pas que tu ailles en prison. Il y a sûrement un système d'alarme.

— Exact. Pyrothonique X63, qu'il s'appelle. Je ne sais pas trop ce que c'est mais, avec un nom pareil, je ne serais pas surpris qu'il soit doté de missiles à tête chercheuse.

— Tom...

— J'ai soigneusement exploré les lieux. Il n'y a aucun risque, je t'assure.

— Si tu crois réellement que tu dois le faire, dit-elle.

— Hé, répondit-il en souriant, un homme doit faire ce qu'il...

— ... je sais parfaitement ce qu'un homme doit faire », répliqua-t-elle.

Tom et Charlie arrivèrent au musée le lendemain en milieu d'après-midi et furent surpris de constater que plusieurs groupes arpentaient encore les salles.

« Le vendredi doit être le jour des scolaires ou quelque chose comme ça, dit Charlie d'un ton découragé.

— Je me demande bien quel cerveau bouillonnant nous a pondu cette merveille d'organisation.

— Bon Dieu, comment aurais-je pu deviner ? Ça n'a pas d'importance, de toute façon. Ils finiront bien par s'en aller. Tenez, une fois derrière ce comptoir de bois, personne ne se doutera que vous êtes là.

— Et que se passera-t-il si je tombe sur un œil électronique ? Ou des chiens de garde ? Ou des trucs sensibles à la chaleur, comme ce X63 de mes fesses ?

— Voyons, mon garçon, ceci est un musée financé par l'Etat. Vous n'êtes pas dans le trois cent quarante-deuxième épisode de *Star Trek*. Croyez-vous vraiment qu'on emploierait des chiens pour qu'ils se fassent gentiment les crocs sur toutes ces antiquités sans prix ? Tiens, afin de vous dégager l'esprit, je vous conseillerais plutôt d'aller aux toilettes. Vous allez rester pas mal de temps là-dedans. Il vaudrait mieux faire son gros pipi maintenant et éviter de naviguer par la suite. Moins vous vous déplacerez, mieux ça vaudra. »

Tom se rendit donc aux toilettes et rejoignit Charlie au Village Square.

« Quatre heures et demie, dit Tom. Ça ferme dans une demi-heure. On dirait qu'il n'y a plus personne. »

Charlie hocha la tête et lui tendit la main.

« C'est le moment. »

Tom enjamba la barrière de bois, traversa le porche et pénétra dans le petit bâtiment. Il fit halte quelques instants, le cœur battant. Les sirènes d'alarme n'allaient pas manquer de se déclencher d'une seconde à l'autre. Mais rien ne se produisit et il se glissa rapidement derrière le comptoir. Il fut soulagé de constater qu'il n'y avait rien d'entreposé là et qu'on pouvait s'y étendre tout en restant soustrait aux regards. La seule façon de l'apercevoir était de faire tout le tour du comptoir. Il y avait peu de chances pour qu'une telle éventualité se produise, du moins l'espérait-il.

« Ça va? entendit-il Charlie chuchoter.

— Ça va. »

Il était seul, maintenant, excité et effrayé à la fois. Il se faisait l'effet d'être redevenu un enfant en pleine partie de cache-cache.

L'excitation qu'il éprouvait alors était en partie de nature sexuelle. Il avait connu sa première érection en jouant à cache-cache. Maintenant il aurait bien aimé que Laura soit là, allongée à côté de lui. Ils auraient fait l'amour, sauvagement, réprimant leurs gémissements de plaisir.

Bon, se dit-il, concentrons-nous sur notre mission. Pas de bruit, surtout.

Il transpirait à grosses gouttes chaque fois qu'il entendait un bruit de pas. Tout à coup, un groupe déboula d'un couloir juste devant la porte du bâtiment où il était caché. Un guide se mit alors à parler pendant un temps qui lui parut interminable. Bizarrement, il avait l'impression de connaître cette voix. Et pour cause, puisque c'était celle de Spencer.

Osant à peine respirer, il écouta Spencer décrire ce qu'était le commerce au XIXe siècle, les étoffes échangées, les prix pratiqués et autres détails arides. A la fin de sa description, Tom l'entendit prononcer des paroles qui lui nouèrent la gorge et précipitèrent follement le rythme de ses pulsations.

« Et maintenant, afin de vous donner une meilleure idée de ce qu'étaient ces vieux magasins généraux, vous allez pouvoir entrer un moment. Merci de ne toucher à aucun des objets exposés car ils sont tous authentiques et certains sont extrêmement fragiles. »

Nom de Dieu, pensa Tom. Cette fois, je suis fait. Il ne voyait pas comment il allait pouvoir passer inaperçu malgré les dizaines de scénarios qui se bousculaient dans son esprit. Le mieux était tout simplement d'attendre que tout le monde soit entré, puis de quitter subrepticement son abri et de se joindre au groupe si c'était possible. Ensuite, il n'aurait plus qu'à traîner les pieds et à s'éclipser à la première occasion favorable. A moins qu'un brave citoyen s'exclame en l'apercevant : « Tiens, mais qu'est-ce que vous faisiez derrière ce comptoir, vous ? »

Les pas se rapprochèrent dangereusement et il se prépara à bondir de son abri, priant pour ne pas surgir du néant juste sous les yeux de fouine de Spencer.

Mais, juste à l'instant où il allait s'élancer, Spencer reprit la parole, telle la grand-mère horrifiée qui découvre ses garnements de petits-enfants en train de jouer à saute-mouton au beau milieu du salon.

« Très bien. Stop ! Nous sommes allés assez loin. On peut tout voir d'ici. »

C'est malin, tiens, pensa Tom avec rage. Pourvu que personne ne vienne par ici.

A l'instant où il s'apprêtait à lâcher un soupir de soulagement, une tête d'enfant apparut au coin du comptoir et deux grands yeux innocents se plantèrent directement dans les siens. Tom sentit son sang se geler dans ses veines.

« Est-ce qu'il y a encore quelque chose de bon à manger dans tout ça ? demanda une autre voix.

— Non, dit Spencer. Toutes ces boîtes sont vides. Il n'y a rien dedans. »

Le petit garçon continuait à regarder Tom, et Tom continuait à regarder le petit garçon.

« Comment ils faisaient pour conserver les crèmes

glacées ? Y'avait pas encore de congélateurs, fallait les faire à la maison. »

Spencer se lança dans des explications compliquées. Le petit garçon observait toujours Tom avec des yeux écarquillés. Combien de temps allait durer cet état de grâce ? Les choses auraient pu être pires. Il n'osait même pas penser à ce qui serait arrivé s'il avait surgi comme un diable au milieu d'une bande de mioches pas plus hauts que trois pommes.

« Bien, les portes vont fermer dans un instant. Regagnons tous la sortie, les enfants.

— Y'a quelqu'un derrière », dit le petit garçon.

Tom réprima un frisson d'horreur. Une voix d'adulte s'éleva.

« Allons, viens ! Bobby. »

Bobby le regarda une dernière fois et disparut de son champ de vision.

« Mais y'a quelqu'un derrière, là, répéta Bobby du même ton tranquille et obstiné.

— Oui, bon, eh bien, qu'il y reste. Allez, viens », s'exclama miraculeusement la voix du parent, du professeur ou du chaperon incrédule.

Les bruits de pas et de voix s'éloignèrent et disparurent au loin, laissant Tom au milieu d'un silence béni. « Merci mon Dieu ! » murmura-t-il tout doucement.

Il se détendit, se laissa aller et la longue attente commença.

Il ne quitta son abri qu'après minuit. Il n'ignorait plus rien des mouvements du gardien de nuit, du moins dans cette partie du musée. Il l'avait entendu passer, accompagné d'un bruit de clefs tintinnabulantes, à 18 h 20, 20 h 24 et 22 h 27, et ne fut pas surpris de l'entendre à nouveau à 0 h 22.

Juste avant que le gardien ne s'éloigne, il s'aventura hors de son abri, étira ses jambes et se lança sur ses traces. Afin d'éviter les mauvaises surprises, il valait mieux ne pas trop perdre l'homme de vue.

Ses chaussures ne faisaient aucun bruit sur les parquets cirés. Il suivit le vigile jusque dans l'entrée et attendit que l'homme aux cheveux grisonnants s'engage dans les marches de l'escalier mécanique. Le vigile monta au premier, puis au deuxième étage. Tom se lança à ses trousses, escalada les marches trois par trois, parvint au premier, arriva à la rotonde où était dressée la statue gigantesque de William Penn, et se glissa silencieusement vers le deuxième étage. Là, il écouta les pas du garde traverser la salle de géologie, caché derrière un énorme globe terrestre. Le garde ressortit à l'autre bout de la salle et disparut dans l'escalier.

Retour à la case départ, songea Tom. Dieu merci, il n'était pas monté au troisième, où Spencer les avait reçus dans son bureau. Il hésita devant la porte de l'escalier de secours, redoutant de déclencher une alarme. Mais ses craintes étaient irraisonnées. Si les ascenseurs et les escaliers mécaniques n'étaient plus alimentés la nuit, les alarmes devaient probablement êtres elles aussi déconnectées pour permettre aux gardiens d'aller et venir. Mon Dieu, il y avait vraiment beaucoup de choses auxquelles il n'avait pas pensé. Et Charlie non plus. Il avait d'ailleurs la ferme intention de lui en toucher trois mots.

Cela se révéla finalement plus facile qu'il ne l'avait imaginé. Au contraire des salles d'exposition, les bureaux n'étaient pas fermés. Tom utilisa la torche électrique qu'il avait amenée dans son sac à dos pour retrouver le bureau de Spencer, ce qui ne lui prit que peu de temps. La pièce où l'amulette était gardée était cependant bel et bien fermée et il n'y avait apparemment aucun moyen d'y entrer. Un peu d'astuce lui livra la solution du problème et il découvrit une petite clef métallique sous le tapis de la machine à écrire de Spencer. Il enfila ses gants, ouvrit le bureau du cher homme et, dans le tiroir central, trouva un trousseau de grosses clefs dont l'une ouvrait la porte des réserves. Il pénétra dans la pièce, referma la porte derrière lui, promena sa torche sur les murs pour s'assurer qu'il n'y avait pas de fenêtres et alluma la lumière.

Des rayonnages couraient sur tous les murs, rendant

la pièce plus petite qu'elle n'était en réalité. De longues tables basses occupaient tout l'espace disponible, surchargées d'objets disparates, pointes de flèches, têtes de haches, colliers et colifichets poussiéreux de toutes formes et de toutes tailles, éparpillement qui ressemblait étonnamment à des ossements humains. Tom aperçut ce qu'il cherchait presque immédiatement.

Cela devait être son imagination, mais le morceau de quartz blanc semblait briller intensément. Quand il posa la main dessus, il crut le sentir frémir sous ses doigts comme quelque chose de vivant.

Attachée à l'amulette par une cordelette, une étiquette indiquait : Lenape/S. Hershey - 6/24. Tom enfouit l'amulette dans son sac, regagna la porte et éteignit la lumière. Il referma la porte à clef, replaça le trousseau dans le tiroir où il l'avait trouvé, referma soigneusement le bureau de Sepencer et remit la petite clef sous le tapis de la machine à écrire. Sa mission accomplie, il regagna sa cachette sans encombre et s'installa pour la nuit.

Il n'osa pas s'endormir de peur de ronfler et se contenta de rester allongé, son sac sous la nuque.

Malgré sa résolution, Tom s'endormit et se réveilla en entendant des bruits de pas et des voix. Il étouffa un cri en ouvrant les yeux et, pendant une seconde horrible, crut qu'il se trouvait dans son cercueil, mort. Il prit conscience de l'endroit où il était et poussa un soupir de soulagement. Il s'étira, regarda sa montre et vit qu'il n'était pas loin de neuf heures du matin. Les portes n'allaient pas tarder à ouvrir. Charlie devait arriver entre neuf heures et demie et dix heures.

« Vous ne savez donc pas que vous n'avez pas le droit de camper là ? » entendit-il une voix goguenarde déclarer peu après dix heures.

Tom ne perdit pas de temps. Il roula hors du comptoir, attrapa son sac à dos et se redressa d'un bond. Il avait les jambes raides à cause de sa longue immobilité et faillit trébucher. Il réussit à garder l'équilibre et se hâta de rejoindre Charlie.

« Vous l'avez ? dit Charlie.

— Je l'ai.

— Excellent. Pourrais-je alors suggérer, mon cher Arsène Lupin, de foutre le camp d'ici en vitesse avant que quelqu'un se rende compte du fruit de vos coupables activités ? »

Tom était inquiet en traversant l'entrée mais personne ne les arrêta. Aucun gros bras en uniforme ne s'écria : Hé ! vous là-bas, dites-donc, qu'est-ce que vous avez dans ce sac ? » Ils furent dehors en quelques minutes, où les attendait la voiture de Charlie.

« Et maintenant ? demanda Tom.

— Nous allons aller l'enterrer. Nous allons remettre en terre la chose pour laquelle vous avez risqué vie, honneur et réputation.

— Vous avez appelé Laura.

— Oui. Elle nous rejoindra. »

Malgré la chaleur étouffante, Tom sentit le froid s'insinuer dans son dos.

« Bon Dieu, Charlie, pas à la clairière, tout de même ?

— Bien sûr que non. Vous me prenez pour un idiot ? Chez elle. Cela dit, je ne vous cache pas que notre équipée n'a pas l'air de la faire sauter au plafond.

— Vous voulez dire qu'elle n'y croit pas ? »

Charlie confirma d'un signe de tête.

« Laura est une femme aux idées pratiques. Et il est vrai qu'il y a des choses plus faciles à croire.

— Pas dans toute cette histoire, mon vieux », dit Charlie.

> Souvent l'homme se rappelle ce qu'il a fait ce même jour, il y a cinq, dix, vingt ans, et, selon le cas, se plonge dans les eaux suaves ou amères du souvenir.
>
> Alexander Smith, *Dreamthorp*.

Tout en attendant, Laura réfléchissait à la magie. Si Tom et Charlie disaient vrai, alors la magie existait. La vieille magie. La magie des chamans, des sorciers et des guerriers peints qui dansaient sous les arbres et adoraient d'étranges dieux.

Elle ne pouvait pas y croire. Elle s'était efforcée de toutes ses forces de partager leurs chimères, de croire que ces morts avaient été causées par les esprits tourmentés d'Indiens disparus depuis des siècles, toujours animés de l'esprit de vengeance.

Mais tout cela semblait trop absurde, on aurait dit un vieil épisode de *Night Owl Theater* avec Christopher Lee en vedette.

Laura ne partageait pas leurs idées. Elle avait contemplé le vrai visage du démon par une nuit d'été et savait maintenant que ce qu'elle avait vu cette nuit-là était la vraie magie, la nouvelle magie, la magie du XXe siècle, la magie de la folie et de la haine, une magie que ne pouvait écarter aucune incantation. Rien ne pouvait vaincre la magie de Gilbert Rodman, l'homme sans nom et sans visage. On ne pouvait pas lutter contre lui avec des amulettes ou des pentacles, non, c'était un sac en plastique qu'il fallait attacher autour du visage de ce nouveau démon, un sac qu'il fallait serrer jusqu'à ce qu'il suffoque dans les miasmes de sa propre dépravation. Pas d'amulette en quartz, non, mais une balle dans la tête, un couteau dans le cœur, un coup de fusil de chasse en plein visage. Voilà ce qui pouvait rabattre toute sa morgue et toute sa hargne.

Les mains de Laura s'égarèrent vers sa collection d'armes à feu. Elle les prit une à une, les soupesa, admira leur équilibre parfait, l'habileté du fini, le poli du bois, magnifiquement patiné. Elle souleva un Purdy calibre 12 qui avait appartenu à son père, cala la crosse contre son épaule et visa le mur qui lui faisait face.

Le bois.

C'était du bois, cela aussi, non ? Comme ces maudits piliers, ces planches et ces lattes traîtresses. Mais c'était du bois qui pouvait la protéger. C'était dans ce bois et ce métal que résidait la force capable de tuer la nouvelle magie, la magie moderne qui ne cessait de la hanter, encore et toujours, malgré l'amour de Tom.

Elle entendit une voiture se ranger dans la rue et alla se poster à la fenêtre, le fusil toujours à la main. C'était la voiture de Charlie.

Elle reposa le fusil sur son râtelier, referma la porte vitrée du cabinet d'armes et sortit sous le porche. Elle se jeta dans les bras de Tom et se serra contre lui sans un mot. Lorsqu'ils se séparèrent enfin, il lui dit en riant qu'il avait récupéré la statuette.

« Très bien, dit-elle. Mais entrez et venez manger quelque chose. Vous devez mourir de faim.

— Ça va très bien, dit-il en secouant la tête. Mais il faut enterrer cette amulette tout de suite. Si Spencer remarque sa disparition et sait additionner deux et deux, j'aimerais autant qu'il ne la découvre pas dans mon sac à dos.

— D'autre part, dit Charlie, plus vite nous la remettrons en place, plus vite les choses reprendront leur cours normal. »

Sans qu'elle en eût conscience, Laura avait dû montrer quelque scepticisme car Charlie crut bon d'ajouter :

« Que vous y croyiez ou non.

— Je suis désolée, Charlie. Loin de moi l'idée de jeter une ombre sur votre... cambriolage.

— Ne parlez pas comme ça, dit-il. Vous voulez envoyer votre petit ami à Sing Sing pour le restant de sa vie ? »

Le ton blagueur disparut de sa voix aussi vite qu'il était apparu et elle fut persuadée qu'il se sentait coupable de ce qu'il venait de faire avec Tom.

« Bien. Vous venez avec nous ?

— Si vous voulez bien de moi.

— Plus on est de fous, dit Charlie. Attention, je ne plaisante pas. Je crois vraiment que plus nous serons nombreux pour... inhumer cette chose, mieux cela vaudra.

— Le plus de gens possible ? demanda Laura. Ou le plus de gens convaincus ?

— Je ne vois pas où est la différence.

— J'aimerais que tu viennes avec nous, Laura, dit Tom d'un ton gauche.

— Très bien, alors. Je viens, dit-elle en souriant avec plus de désinvolture qu'elle n'en éprouvait. Est-ce que cela fait de moi une complice ?

— Ne vous inquiétez pas, répondit Charlie. Ils ont des cellules mixtes, maintenant, à Sing Sing. »

Laura indiqua à Tom où trouver une pelle et ils se mirent en route tous les trois. Tom enfonça son instrument à l'endroit où ils avaient enseveli les ossements une seconde fois, et Charlie sortit l'amulette en quartz du sac à dos. Il l'enfouit dans la tombe et Tom recouvrit l'emplacement de terre et de feuilles mortes. Ils restèrent quelques instants sans parler puis Charlie s'éclaircit la voix.

« Je crois que ce serait une bonne chose de réciter l'une des... incantations de Grover Kraybill, dit-il d'une voix quelque peu embarrassée. Voyez, j'ai amené avec moi une copie du *Livre des Palabres*. Pas le sien car la police l'a gardé. »

Charlie ouvrit le mince opuscule relié.

« Je ne sais trop laquelle utiliser, mais en voici quelques-unes qui me semblent convenir à la situation. La première est destinée à se protéger des blessures infligées par autrui. »

Il se racla à nouveau la gorge et Laura baissa les yeux.

« *Dullix, ix, ux.* En vérité, tu ne pourras pas trouver refuge auprès de Ponce ; Ponce est au-dessus de Pilate. Au nom du Père, du Fils et du Saint-Esprit... Euh, je ne sais pas trop ce que tout ça veut dire. Les autres sont un peu moins obscures. »

Laura regarda vers Tom et vit qu'il avait grand mal à s'empêcher de sourire.

« Celui-ci, continua Charlie, est un envoûtement pour réduire quiconque à l'impuissance. Je ne vois pas pourquoi ça ne s'appliquerait pas aux esprits. »

Il s'interrompit, puis s'exclama, offensé :

« Ça vous amuse, Tom ?

— Non, Charlie.

— Non, écoutez. Je sais, j'ai l'air complètement idiot, d'accord. Mais est-ce qu'on ne pourrait pas rester un tout petit peu sérieux ?

— Je suis désolé, Charlie. Je me sens... un peu mal à l'aise. Nerveux, vous voyez ? »

Charlie le gratifia d'un regard peu amène et se replongea dans son livre.

« Croix du Christ, couronne du Christ, sang rouge du Christ Jésus, sois-nous favorable à chaque heure du jour. Dieu, le Père, est devant nous ; Dieu, le Fils, est à côté de nous ; Dieu, le Saint-Esprit, est derrière nous. Que celui qui est plus fort que ces trois personnes vienne nous attaquer, de jour comme de nuit... Il faut maintenant dire le *Notre-Père* poursuivit Charlie. Trois fois... Notre Père... »

Ils prièrent tous les trois et répétèrent leur prière par trois fois.

« Bon, maintenant un charme pour obtenir l'avantage sur un adversaire plus fort que soi, ce qui n'est peut-être pas le reflet exact de la situation mais, à mon avis, ça ne peut pas faire de mal. »

Sur un regard mauvais à l'adresse de Tom, il entonna :

« Moi, Charlie Lewis, je souffle sur toi. Voici trois gouttes de sang que je t'ai soutirées : la première de ton cœur, l'autre de ton foie, la troisième de tes organes de la génération. Par ceci je te prive de ta force et de ta virilité. *Hbbi Massa danti Lantien. I.I.I.* »

Tom se tenait les côtes pour ne pas pouffer de rire.

« Vous avez quelque chose à dire, Tom? demanda Charlie d'une voix aigre.

— Qu'est-ce que ça veut dire, tout ce charabia?

— Bordel, je n'en sais fichtre rien. Ce n'est pas de ma plume, d'accord?

— D'accord. Désolé. Continuez, mon bon Charlie.

— J'ai fini!

— Oh, dit Tom en hochant la tête. Alors c'est tout?

— Effectivement. J'espère que vous vous êtes bien amusé.

— Charlie, dit Tom, je suis navré, croyez-moi. Vous savez que je suis avec vous. Mais... à présent, tout ça me semble... un peu...

— Ridicule, dit Laura. Et vous n'allez pas me faire croire que vous n'en êtes pas tous les deux conscients.

— Bonté divine, dit Charlie, toujours aussi contrarié. Je me fous de savoir si ça ressemble à une vaste rigolade, il fallait le faire et nous l'avons fait.

— Maintenant, attendons, dit Laura. Attendons de voir si vous avez raison.

— Ce dont tu n'as pas l'air d'être convaincue, dit Tom.

— Je ne prétends rien savoir. Mais à mon avis, si quelque chose de surnaturel est vraiment à l'œuvre à Dreamthorp, je pense que ce n'est pas avec trois malheureux bouts d'incantations que l'on s'en débarrassera. »

Ils ne parlèrent pas sur le chemin du retour, Laura en avant, Tom et Charlie derrière, têtes baissées, comme des enfants réprimandés par leur mère.

La police se présenta au domicile de Tom Brewer le mardi après-midi suivant. Spencer avait découvert le larcin dans la matinée et l'avait aussitôt signalé à la police, livrant en outre l'identité des deux individus suspects qui avaient essayé de lui racheter l'objet la semaine précédente.

Stu Bottomly présenta Tom à un certain lieutenant Hidley, un homme aux cheveux prématurément blanchis, détective de la police de Harrisburg. Tom jura ne pas avoir remis les pieds au musée et dit à Hidley qu'il n'avait aucune idée de l'endroit où pouvait se trouver l'amulette. Il invita même Hidley à fouiller la maison mais celui-ci déclina son offre. Quand il demanda à Tom s'il pouvait justifier de son emploi du temps les jours précédents, Tom répondit qu'il avait travaillé dans son atelier ou qu'il se trouvait en compagnie de Charlie ou de Laura. Ce n'était certes pas un alibi en béton mais, qu'on veuille bien l'excuser, s'il avait su qu'il en fallait un, hein, n'est-ce pas… ?

Hidley le remercia et s'éclipsa pour aller chez Charlie qui lui servit la même histoire que la sienne. Plus tard, après quelques bières, Charlie lui avoua qu'il avait déclaré à Hidley qu'à son avis Spencer aurait dû jeter un nouveau coup d'œil à ses collections.

« Je lui ai dit que ce gars ne serait même pas capable de trouver son derrière avec ses deux mains. Stu a rigolé, mais pas Hidley. Certaines personnes n'ont vraiment aucun sens de l'humour. »

Ils n'entendirent plus jamais parler de Hidley

Le reste de la semaine fut plutôt calme. Calme car il ne restait pratiquement plus personne à Dreamthorp, calme parce qu'il ne se produisit aucun nouvel assassinat.

Tom et Charlie se moquaient l'un de l'autre quand l'un regardait sa montre mais, à mesure qu'un nouveau jour s'écoulait sans incident, chacun commençait à envisager leur équipée commune sous un jour nouveau. Le vendredi après-midi, assis tous les deux sous le porche de Charlie, une bière à la main et la musique de *Giant Steps*, de John Coltrane, dans les oreilles, Charlie avoua à Tom qu'il était retourné à la clairière.

« Seul ? demanda Tom.

— Oui. Je sais, c'était peut-être stupide, mais il fallait que j'aille faire un tour là-bas. Pour voir.

— Et alors ?

— Eh bien, je suis toujours vivant. En tout cas, je n'ai rien remarqué de bizarre. Remarquez, c'est peut-être normal car je n'ai pas la fibre particulièrement psychique.

— Je ne vous savais pas la fibre si peu psychique, Charlie, mais je vois ce que vous voulez dire, dit Tom. Je suis retourné là-bas, moi aussi.

— Et ? demanda Charlie, le sourcil interrogateur.

— La même chose que vous. Je suis assis ici en ce moment et je n'ai rien senti, vu ou entendu qui sortait de l'ordinaire.

— Vous croyez que nous nous sommes débarrassés de ces esprits maléfiques ?

— Je ne respire pas encore tout à fait librement. Et je ne conseillerais pas encore aux gens de regagner Dreamthorp en force. Mais je croise les doigts. »

Le dimanche, Laura emmena Tom à son club d'entraînement de tir. Il faisait une chaleur étouffante sur les stands extérieurs et l'air était si sec qu'on aurait dit qu'il n'avait pas plu depuis le déluge. Ils effectuèrent quelques séries avec des calibres .22 et un .38 spécial. A chaque fois, Laura réalisa un score supérieur mais Tom avait cru qu'il serait battu plus sévèrement.

« Tu te défends, dit-elle. Je croyais que cela faisait des années que tu n'avais pas tiré ?

— C'est vrai, dit-il en souriant sous le compliment. Avec mon oncle Jack, on tirait souvent sur des boîtes de conserve.

— Je ne savais pas que tu avais un oncle.

— Il est mort d'un cancer des poumons quand j'étais encore au lycée. C'était un gros fumeur. »

Tom engloba du regard toute l'étendue du champ de tir et le long bâtiment de briques presque caché derrière les arbres.

« C'est ton père qui a créé tout ça ?

— En grande partie. Il a été le premier président.
— Il chassait beaucoup?
— Oui, il chassait, mais... c'était un homme noble, tu vois? Comme Robert De Niro dans *Voyage au bout de l'enfer*. Il ne tirait jamais s'il n'était pas sûr de tuer la bête d'une seule balle. Il haïssait voir souffrir les animaux. Après la mort de ma mère, il a cessé de chasser. Juste le tir au pigeon d'argile et les cibles. Mais il a continué à pêcher.
— Tu l'aimais beaucoup, n'est-ce pas?
— Oui. Beaucoup. Il m'a appris énormément de choses. »
Il la serra contre lui. Il aimait sentir son corps contre le sien, la fermeté de ses muscles, la douceur de ses seins. Elle était aussi grande que lui mais cela n'avait pas d'importance. Ils se complétaient parfaitement. Il n'avait pas besoin de se baisser pour l'embrasser, ses lèvres étaient au même niveau que les siennes. Le cliché encore vivace qui voulait que dans un couple la femme soit plus petite que l'homme lui semblait ridicule.
Sa taille n'enlevait rien à sa féminité. Il en savait quelque chose. Ses orgasmes étaient beaucoup plus intenses que ceux de Susan ou de Karen, comme si elle découvrait le sexe pour la première fois, ce qui n'était bien sûr pas le cas. Elle avait été mariée, après tout, et avait sûrement dû avoir des amants avant lui.
« Je t'aime, Laura », chuchota-t-il dans son oreille.
Elle se tourna vers lui et l'embrassa.
« Je crois... poursuivit-il gauchement, que nous devrions nous marier. »
Ses yeux s'embuèrent comme ceux d'une biche effrayée.
« Tom... dit-elle doucement.
— Qu'est-ce qui pourrait nous en empêcher? dit-il en souriant. De toute façon, on passe déjà tout notre temps ensemble. Je veux t'épouser, Laura. Je veux passer le reste de ma vie avec toi. Je crois que nous serons heureux, tous les deux. Je le sais. Veux-tu m'épouser? »
Il vit de la tristesse dans ses yeux et sentit un grand

froid l'envahir. Il se prépara à essuyer un refus, ne sachant comment il allait pouvoir le supporter.

« Tom, dit-elle. Je ne peux répondre ni oui ni non. Ce n'est pas... ce n'est pas aussi simple.

— Pourquoi ?

— Il y a d'abord quelque chose que je dois te dire...

— Non, tais-toi.

— Mais... s'écria-t-elle, l'air déconcerté.

— Tu n'as pas besoin de me raconter quelque chose dont tu n'as pas envie. Je ne veux pas enquêter sur ton passé. Ce qui t'est arrivé avant n'a aucune importance. »

Il était sincère et ne voulait rien savoir, rien entendre de son passé qui pourrait gâcher leur bonheur présent.

« Mais je veux t'en parler. Tu dois savoir. C'est quelque chose que tu dois connaître à mon sujet. Quelque chose que je ne savais pas moi-même jusqu'à... jusqu'à récemment. »

Elle le regardait avec un air désespéré, les yeux implorants, et il eut soudain peur d'entendre ce qu'elle tenait absolument à lui dire.

« Très bien, dit-il. Puisque tu veux absolument m'en parler, je t'écoute. »

Alors elle lui parla, lentement mais sans s'interrompre, de ce qu'elle avait ressenti pour Kitty, de ce que Kitty avait éprouvé en retour et de ce qu'elles avaient fait toutes les deux la nuit où Gilbert Rodman avait fait irruption dans sa vie.

« Je l'aimais, Tom, dit-elle. Je ne sais pas ce que nous serions devenues toutes les deux si nous étions restées ensemble. Je n'en sais vraiment rien. Mais je crois que je l'ai aimée comme jamais je n'avais aimé quelqu'un avant elle. En tout cas beaucoup plus que mon mari.

— Mais pas autant que je t'aime aujourd'hui. »

Il lui prit la main, l'embrassa et la posa contre sa joue.

« Je crois que je comprends, dit-il. Vraiment. La... biologie est une question secondaire en matière d'amour. Tu avais besoin de quelqu'un, c'est tout. Et Kitty était là.

— Et tu pourras oublier ? Pardonner ?

— Je ne pourrai pas l'oublier, non, parce que cela fait partie de ta personnalité. Quant à pardonner, encore faudrait-il qu'il y ait quelque chose à pardonner.

— Voilà. Tu sais tout. J'aimerais que tu prennes un peu le temps d'y penser. On reparlera de mariage ensuite.

— Que j'y réfléchisse ou non, cela ne changera rien au fait que je t'aime.

— C'est ce que tu dis, Tom, mais il y aura toujours un petit doute. Des questions.

— Tu as besoin de quelqu'un, Laura. Je suis prêt à t'offrir tout l'amour que tu puisses désirer.

— Ce n'est pas aussi facile. Il ne suffit pas de vouloir pour pouvoir. Réfléchis un jour ou deux et si tu veux toujours de moi, alors oui, je t'épouserai, Tom. »

Il y avait des larmes dans ses yeux.

« Je t'aime énormément, Tom. Plus que tout. »

Ils ramassèrent leurs armes et Laura se précipita vers la voiture. Il la suivit, ne sachant que dire ou que faire. En dépit de ce qu'il venait de déclarer, il ressentait une certaine confusion. Laura avait raison. Il devait réfléchir à tout ce qu'elle lui avait dit, même s'il savait que cela ne ferait aucune différence, qu'il continuerait à l'aimer et à vouloir partager sa vie.

Mais l'image de Laura et de Kitty, enlacées, était maintenant au cœur de ses pensées, non simple jalousie de mâle frustré, mais image pornographique obsédante.

Pourquoi lui avait-elle parlé ? Et, surtout, pourquoi ne lui avait-elle pas parlé d'une certaine soirée dans ce club à Philadelphie ?

Parce qu'elle n'avait pas besoin d'un alibi. Cela n'aurait rimé à rien qu'elle lui dise : « Ben oui, tu vois, je faisais dans le genre gouine, autrefois. Oh, mais rassure-toi, c'est bien fini tout ça. Hétéro cent pour cent, maintenant la Laura, normale, quoi. » Elle savait que ce n'était pas vrai et qu'elle avait en elle la capacité d'aimer en dehors des contingences biologiques. Le dégoût qu'elle avait éprouvé à l'égard de ces femmes tristes du Vénus était le même que celui que lui avait inspiré Hank, son mari, cet homme prêt à sacrifier son humanité et son identité pour quelques minutes de passion animale.

Elle n'était capable de donner et de recevoir de l'amour que de façon exclusive. Si elle épousait Tom — et c'était son souhait le plus cher —, il y avait peu de chances pour qu'elle ait une autre liaison, féminine ou masculine. Tout ce dont elle avait besoin, c'était d'aimer et d'être aimée.

La balle était maintenant dans le camp de Tom. Elle n'avait pas eu le choix. Elle savait qu'il finirait par parler de mariage un jour ou l'autre et avait décidé de tout lui dire lorsque ce jour viendrait. C'était ce qu'elle avait fait et tout dépendait maintenant de lui.

SEPTEMBRE

Tous les jours vont à la mort, le dernier y arrive.
Montaigne, cité par Alexander Smith, *Dreamthorp.*

Il ne travaille pas qu'en noir et blanc.

Alexander Smith, *Dreamthorp.*

« Mais où es-tu donc, ma douce Laura ? » murmura Gilbert Rodman.

La voie express au bord de laquelle il se tenait semblait comporter une grande surface tous les cent mètres. Ce n'était pas ainsi qu'il s'était imaginé Lancaster. Il s'attendait à débarquer en pleine Pennsylvanie allemande peuplée d'Amish[1] aux visages solennels, coiffés de chapeaux noirs et montés sur des cabriolets menés par des chevaux. Or, tout ce qu'il avait sous les yeux en ce moment, c'étaient des ponts autoroutiers, des galeries de meubles, des solderies et des restoroutes dont l'un n'avait pas peur de s'appeler, sainte mère de Dieu ! Au Chichi, comme si un Amish pouvait venir manger dans une gargote affublée d'un nom pareil ! Je n'ai pas dû arriver le bon jour, songea-t-il.

Il avait pris le chemin le plus direct. Il avait quitté l'autoroute à Harrisburg puis avait fait du stop sur la route 283 jusqu'aux abords de Lancaster. Le routier qui venait de le déposer sur le bas-côté lui avait dit que Prince Street le mènerait directement au centre-ville après une trotte de trois kilomètres, si personne ne le prenait d'ici là.

C'est malheureusement ce qui arriva. Il faut dire qu'il n'avait pas particulièrement fière allure. La balade à

1. Secte mennonite américaine ; ses membres refusent tout apport de la civilisation.

travers l'Indiana, l'Ohio et la Pennsylvanie n'avait pas été une partie de plaisir. Il n'avait voulu tuer personne et s'en était tenu à cette règle. Mais la mort de ses victimes étant pour lui la seule façon de se procurer quelque menue monnaie, il n'avait pratiquement pas mangé en route, conservant le peu d'argent qui lui restait et dormant dans la nature, suffisamment loin de la route pour ne pas être repéré par la police.

Il était enfin arrivé à Lancaster, cette nouvelle Jérusalem. C'est là que vivait celle qui avait maintenant pris tous les traits et les attributs de la Grande Putain de Babylone.

Jusque-là, il n'avait eu que cette seule idée en tête. Aujourd'hui cependant, pour la première fois, il se demandait de quoi serait fait l'avenir.

Que ferait-il lorsqu'il en aurait fini avec elle? Que deviendrait sa vie? A la fin de ce beau jour d'été, cheminant le long de Prince Street, dépassé par les automobiles qui filaient vers la ville, la radio hurlante, il prit pour la première fois conscience qu'il y avait une vie après la mort. Laura l'avait tué mais il avait survécu. La mort était une victoire, du moins en deviendrait une dès qu'il mettrait la main sur elle. En elle, même.

Et ensuite? Il était bien placé pour savoir que la mort physique n'était rien. Il l'avait toujours su mais n'y avait jamais véritablement réfléchi. Donner la mort avait toujours été pour lui une réponse si enivrante, si merveilleuse et délicieuse.

Mais les choses étaient différentes, maintenant. Désormais, quand il tuait, il sentait bouillonner le pouvoir de son esprit, délivré de tout désir sexuel, et ce pouvoir était tellement fantastique, si grand en comparaison de ce qu'il avait connu, qu'il était reconnaissant à Laura de lui avoir ouvert la porte, de lui avoir montré la route. Maintenant, quand il tuait, il pouvait littéralement sentir le pouvoir, son pouvoir, jaillir de tous les pores de sa peau.

Oh oui, le Maître de l'Espace et du Temps, c'était lui. Et il était arrivé. Il était là.

Bonjour, Laura.

Où pouvait-elle habiter? Lancaster, tout en restant une petite ville, était tout de même une agglomération assez vaste, et il n'était pas possible d'aller frapper à toutes les portes. Il fit une halte dans une cabine téléphonique et se plongea dans l'annuaire. Dieu était tout de même avec lui, aujourd'hui, car elle était là : Stark Laura 1367 Barevl Pk.

Suivait le numéro, mais il n'en avait pas besoin. Il n'allait tout de même pas l'appeler pour lui dire qu'il arrivait. Non, ce serait beaucoup plus agréable, et beaucoup plus amusant, de la surprendre.

Coucou, Laura.

Parvenu au centre, il acheta un plan de la ville à un petit kiosque à journaux qui semblait s'être spécialisé dans les billets de loterie. Dans la lumière du soir faiblissante, il découvrit que Bareville Pike était à l'autre bout de la ville. Cela ne le contrariait pas car il voulait arriver là-bas une fois la nuit tombée. Pour tuer le temps, il décida d'aller manger un morceau non loin de là.

Tout en mangeant, il sortit sa liste de sa poche et se plongea dans ses souvenirs : hurlements de pitié, bruit de la chair qui se déchire, gémissements, râles, cris d'agonie. Il ne prit conscience qu'il était en train de ricaner que lorsque l'homme assis à deux tabourets de lui marmonna quelque chose dans sa barbe et secoua significativement la tête.

Il jeta un coup d'œil au quidam, un petit homme noir tout ratatiné aux cheveux poivre et sel, et sourit. L'homme ne lui rendit pas son sourire mais continua à maugréer sur son tabouret. Ce vieil abruti ne devait plus avoir toute sa tête. Quelle honte, pensa-t-il. Ce devait être horrible d'être fou.

Quand il ressortit dans la rue, il faisait tout à fait nuit. Il se mit en marche et il lui fallut trois quarts d'heure pour atteindre le 1367 Bareville Pike.

C'était un complexe résidentiel qui comprenait trois bâtiments de briques rouges groupés autour d'une esplanade centrale. Chaque immeuble n'avait qu'un étage et une façade flanquée de colonnes blanches. D'après la disposition des lieux, il devait y avoir huit appartements par immeuble, quatre à chaque niveau. Ceux du rez-de-chaussée avaient une entrée individuelle qui donnait de plain-pied sur l'esplanade, tandis que ceux du premier étage n'étaient accessibles que par un escalier commun situé au milieu de l'immeuble.

Il choisit de commencer par le premier immeuble à gauche. Les boîtes aux lettres du rez-de-chaussée lui apprirent que Laura n'habitait pas là.

Il alla jusqu'à l'escalier central et lut les noms inscrits sur les quatre boîtes. Celui de Laura n'y figurait toujours pas. Il procéda de même avec les deux autres bâtiments mais ne trouva nulle part le nom de Laura.

Où donc était-elle? Au pied du dernier escalier central, il entendit un bruit et aperçut un chien, trop vieux pour être encore qualifié de chiot, mais qui n'avait pas encore atteint sa taille adulte. La bête, de race indéterminée, longs poils bruns et blancs, grandes oreilles soyeuses comme celles d'un épagneul, agita vigoureusement la queue à son adresse.

Il inspecta les environs des yeux mais il n'y avait personne en vue. Lui et le chien étaient seuls, seuls dans la nuit.

« Salut, gars, dit-il doucement, ne voulant pas effrayer l'animal. Comment ça va? »

Il se baissa et tendit la main. Le chien s'approcha comme s'il était un vieil ami.

« Bon chien, ça. Allez... »

Le chien s'avança, les yeux débordant de confiance et d'amitié, sans cesser de remuer la queue.

Il lui gratta le cou et l'arrière du crâne puis plaqua son visage contre la tête velue de l'animal. C'était doux et chaud. Il lui passa les bras autour du cou et pleura.

Calmé, il s'essuya les yeux avec son coude et caressa la petite bête entre les deux oreilles.

« J'aurais bien aimé pouvoir te donner quelque chose, fiston, mais je n'ai rien sur moi. »

Il se releva, se pencha et flatta le dos du chien une dernière fois. Il comptait regagner le centre-ville et trouver un hôtel abordable où il pourrait enfin passer une bonne nuit de sommeil dans un vrai lit.

Il se réveilla le lendemain matin dans une chambre du James Street Hotel, un établissement discret où l'on n'avait pas posé de questions quand il avait inscrit John Smith sur le registre. Après avoir réglé sa note, il gagna une cabine téléphonique, appela les renseignements et demanda le numéro de Laura Stark.

« Désolée, monsieur, bourdonna la voix de l'opératrice. Il n'y a pas de Laura Stark sur Lancaster. »

Où était-elle passée? Avait-elle fait mettre son numéro sur liste rouge? N'avait-il pas consulté un annuaire périmé, la nuit précédente? Il ouvrit celui de la cabine et n'y trouva que ce qu'il connaissait déjà. Il appela le 1367 Bareville Pike. Un message enregistré lui apprit que le numéro qu'il avait demandé n'était plus en service. Il raccrocha et flanqua un grand coup de pied dans la porte, faisant trembler toute la cabine.

Il réfléchit quelques instants puis se souvint d'un détail. Cette fille à qui il avait fait sa fête avant que Laura se réveille... Kitty Soames, oui, c'était cela. Ou il faisait long feu ou il tapait dans le mille. Le danger était naturellement que son correspondant ne trouve son appel un rien louche et prévienne Laura. Il fallait donc jouer serré.

Il n'y avait qu'un seul Soames parmi les abonnés de Lancaster, Soames John J. Il jeta un coup d'œil à la montre qu'il avait dérobée à Robert Marczak à plusieurs centaines de kilomètres de là et, semblait-il, à plusieurs centaine d'années aussi, et vit qu'il était neuf heures quarante-sept. Parfait. Cela voulait dire que l'excellent John J. Soames serait probablement à son travail et que Mme John J. Soames serait seule chez elle. Les femmes sont beaucoup moins soupçonneuses, pour certaines choses.

Elle répondit à la troisième sonnerie. Son simple

bonjour lui apprit que ce devait être une de ces vieilles peaux qui traînent leur ennui de cocktails en réceptions. Ça ne devait même plus se rappeler la dernière fois où ça s'était fait tringler.

« Bonjour. Madame Soames ? demanda-t-il, timide et cérémonieux.

— Oui ?

— Est-ce que vous êtes la madame Soames qui était... euh... la maman de Kitty ? »

Il y eut un silence à l'autre bout de la ligne. Il avait frappé à la bonne porte.

« Oui, déclara-t-elle d'un ton neutre.

— Je m'appelle Bob Andrews. »

Bob. Il y avait quelque chose d'honnête et de discret dans ce prénom. Andrews sonnait très bien aussi. Ça faisait bon chic bon genre à souhait. Rien qu'à entendre un nom pareil, on imaginait déjà un jeune homme propret, cheveux roux, taches de rousseur, nœud papillon, bref le genre de gars incapable de faire de mal à une mouche.

« Je suis un ami de Laura Stark mais je suis resté quelque temps absent du pays, appelé par le gouvernement. »

Le gouvernement, ça c'était également bien vu. Il aurait été étonné que Mââdame fût autre chose que républicaine.

« Laura Stark m'a écrit un petit mot peu de temps après... enfin cette horrible tragédie. J'ai malheureusement perdu ses coordonnées. Je suis actuellement dans la région pour affaires de famille et j'aurais bien aimé la revoir. J'ai appris qu'elle avait déménagé, mais personne n'a été capable de me donner sa nouvelle adresse. J'ai pensé que vous pourriez peut-être me renseigner. »

La femme resta silencieuse. Merde, pensa-t-il. Avait-il dit quelque chose qu'il ne fallait pas ? Est-ce qu'il en avait trop fait ?

Elle se décida enfin à parler mais il fut incapable de comprendre ce qu'elle disait.

« Je suis désolé, madame Soames, mais je vous entends assez mal. Pourriez-vous répéter, s'il vous plaît ?

— Laura a quitté Lancaster.

— Oh, je vois. Avez-vous son adresse actuelle ? Ou son numéro de téléphone ?

— Je n'ai pas son numéro, non, mais elle habite maintenant à Dreamthorp.

— Dreamthorp, bien sûr, dit-il alors qu'il n'avait jamais entendu parler de ce trou. Bon, je vais me débrouiller avec ça. Merci beaucoup, madame Soames. J'ai été terriblement navré d'apprendre ce qui est arrivé à votre fille.

— Merci, dit Mme Soames.

— Au revoir.

— Au revoir. »

Il raccrocha, ouvrit l'annuaire, mais constata avec dépit que Dreamthorp ne faisait pas partie de la même circonscription tarifaire que Lancaster. Il appela les renseignements et demanda le numéro de Laura à Dreamthorp. Il n'y avait pas d'abonné à ce nom-là.

Il sortit son plan de la ville et trouva au verso une carte à grande échelle des environs. Il trouva Dreamthorp dans le coin nord-ouest.

Dreamthorp. Le nom évoquait le calme et la tranquillité, toutes choses qui allaient connaître quelques changements quand il aurait mis la main sur cette chère et douce Laura. Oh oui, nul doute qu'il allait se produire là-bas des choses comme les bouseux du coin n'en avaient jamais connu.

Vint enfin cette fameuse soirée qui avait été prévue depuis un mois ou deux.

Alexander Smith, *Dreamthorp*.

Bien que Gilbert Rodman ait eu tort sur un point, il avait raison sur un autre. Des événements terribles s'étaient déroulés dans la ville mais tout y était calme et tranquille, impression due pour une large part au peu de monde qui l'habitait encore. La forêt était silencieuse, elle aussi. Tout était sec comme de l'amadou, il y avait de moins en moins d'insectes et les sous-bois, flétris et desséchés, avaient des allures de landes spectrales tout droit sorties d'un conte d'Edgar Poe. Même les pins semblaient près de se briser au moindre souffle.

La venue du Labor Day[1] avait donné aux derniers vacanciers une excuse pour partir et on aurait pu compter sur les doigts d'une main les maisons encore habitées. Les patrouilles et les rondes avaient été supprimées.

Pas un chat, songea Tom Brewer, les yeux levés vers les arbres, d'habitude encore verts à cette époque de l'année. Laura ne rentrerait de son travail que dans deux heures. Il aurait déjà voulu être au début de l'automne. Il avait passé trop de temps dans l'oisiveté, trop de temps à boire et à s'interroger. La statue de Rodman était terminée, mais il n'avait pas encore pu trouver l'énergie nécessaire pour entreprendre autre chose.

Il finit son verre de lait, le posa dans l'évier puis étudia une nouvelle fois la note de la clinique, qui était désor-

1. Fête du travail, le premier lundi de septembre *(N.d.T.)*.

mais tout l'horizon de sa mère. La note était plutôt salée mais, fort heureusement, ses parents avaient toujours été des écureuils infatigables. Le montant de leur compte en banque l'avait étonné. Voilà donc pourquoi ils avaient épargné toute leur vie, songea-t-il tristement. Pour que le dernier survivant puisse finir ses jours dans ce qui n'était pas autre chose qu'un asile élégant. C'était donc ainsi que tout se terminait, la vie, l'amour ? Car ils s'étaient aimés, Tom le savait.

Il pensa alors à Laura et au bonheur qu'elle lui apportait. Il ne l'avait pas revue depuis le dimanche précédent, lorsqu'il l'avait raccompagnée chez elle en rentrant du club de tir. Il l'avait regardée ranger les armes dans son cabinet, sauf le calibre .38, qu'elle avait enfoui sous un des coussins du canapé.

« Tu fais toujours ça ? lui avait-il demandé.

— Oui. Depuis que toutes ces horreurs ont commencé. Maintenant, c'est devenu une habitude. »

Il ne pouvait pas lui donner tort, elle qui vivait seule. Mais il espérait qu'elle accepterait de ne plus le rester très longtemps. Il avait accepté sa proposition de ne plus se voir pendant quelques jours, le temps de méditer ce qu'elle lui avait dit. C'est ce qu'il avait fait, et il avait découvert qu'elle avait raison et que les choses n'étaient pas aussi simples qu'il l'avait cru.

Il avait mis des années à accepter que Susan ait eu des amants avant de le connaître. Ce n'était pas tant une attitude sexiste qu'un manque de confiance en soi. Il aurait voulu avoir tout son amour, même celui qu'elle avait donné avant qu'il ne la rencontre. C'était absurde et puéril mais cela lui avait longtemps empoisonné l'existence.

Il s'était néanmoins fait à cette idée. Au fil des ans, de plus en plus convaincu de l'amour de Susan, cette jalousie mal placée s'était estompée, et il était sûr que sa confusion actuelle finirait elle aussi par disparaître. D'un autre côté, quelle importance tout cela avait-il ? Il avait vieilli, il pouvait comprendre maintenant. Elle avait besoin d'amour et avait saisi celui qu'on lui offrait. Ce n'était pas là un péché, quelque chose dont il fallait avoir honte.

Il descendit à son atelier, tenaillé par le doute et torturé à l'idée de s'être servi de la femme qu'il aimait et de l'avoir manipulée.

Il débarrassa la statue de la bâche qui la couvrait et elle apparut en pleine lumière.

Rodman n'avait pas changé, plein de haine rentrée et de violence contenue, prêtes à se déchaîner. C'était beau et atroce en même temps. Une nouvelle fois, il se demanda avec étonnement si tout cela était son œuvre ou s'il n'avait été qu'un instrument.

Il voulut toucher la statue, comme il le faisait toujours, en éprouver le grain, caresser ses contours, mais suspendit son geste, dérouté. C'est quelqu'un de vivant qu'il aurait voulu caresser, de la chair qu'il aurait voulu sentir sous ses doigts, des yeux qui n'étaient pas des puits de ténèbres où il aurait voulu se noyer.

Il n'eut même pas le courage de recouvrir la statue et remonta au rez-de-chaussée, éteignant la lumière et refermant soigneusement la porte derrière lui. S'il y avait eu un cadenas, il y aurait volontiers donné un tour de clef.

Ce n'était que du bois, quelque chose qu'il avait créé de ses propres mains, quelque chose issu de sa propre imagination. Si le créateur avait peur de sa propre créature, quel effet pouvait-elle produire sur des esprits non avertis ?

Ce n'est qu'une statue, se dit-il, de la même façon qu'il chuchotait autrefois « ce n'est qu'une histoire » quand Josh avait du mal à s'endormir après avoir regardé un film particulièrement éprouvant à la télévision. Rien qu'une statue.

Au lieu de tourner en rond, il décida d'aller rendre visite à Charlie Lewis.

Il le trouva naturellement sous son porche, plongé dans la lecture d'un exemplaire du *Smithsonian*. Du jazz jouait naturellement en sourdine.

« Ne me soufflez pas, dit Tom. Bird ?

— T'es pas trop mauvais, mon gars. Qui est à la trompette ?

— Miles, dit Tom après avoir tendu l'oreille un instant.

— Je retire ce que je viens de dire, vous n'êtes pas si bon que ça. Ignare. Massey Hall. Venez donc vous régaler les oreilles. »

Tom s'assit et s'empara avec gratitude d'un fauteuil d'osier.

« Vous m'avez l'air à cran, dit Charlie.

— Vous me paraissez un tantinet nerveux, vous aussi. Regardez-moi ça, vous tremblez comme une feuille. »

Charlie baissa les yeux vers sa jambe gauche, où le magazine était posé en équilibre. Son genou tremblait effectivement comme s'il avait la danse de Saint-Guy. Charlie se donna une claque sur la cuisse et le tremblotement cessa.

« Oui, je suis un peu nerveux, dit-il en repoussant son magazine et en croisant les jambes. Plus les jours passent et plus je deviens nerveux. Je suis plus nerveux qu'une jeune fille à son premier retard de règles.

— Pas une seule mort, pas un seul décès mystérieux depuis maintenant presque deux semaines.

— Je sais. Mais il y a déjà eu des intermèdes plus longs entre chaque meurtre. Prenez le mois d'août, tiens, il s'est écoulé plus de deux semaines entre la mort du fils Warfel et...

— ... celle de mon père.

— Nous avons peut-être réussi, finalement.

— Peut-être.

— Vous croyez qu'il va pleuvoir bientôt ?

— Il va pleuvoir. Forcément.

— En tout cas, dit Charlie en levant les yeux vers le ciel, c'est ce que la météo vient d'annoncer. Grosse tempête, possibilité de crues subites et tout le tremblement. Le ciel est plutôt noir, de ce côté. J'ai l'impression que les dieux vont bientôt s'amuser.

— Hum, peut-être.

— Vous savez, reprit Charlie, je ne peux pas m'empêcher de penser que ce serait un signe, s'il pleuvait, si le ciel s'ouvrait brusquement et qu'il se mette à tomber des trombes d'eau. Un peu comme si la nature voulait nous dire : "Hé, les petits gars, chapeau. C'est fini. Leur avez finalement fait la peau à ces satanés Peaux-Rouges."

— Tout a l'air calme, pour l'instant, répondit Tom en riant.

— Vous avez conscience, je pense, que si nous étions dans un film de Tarzan ce serait même beaucoup trop tranquille... Tiens, vous avez entendu ?

— Le tonnerre ?

— Je crois.

— Ou une voiture, dit Tom en voyant la Toyota de Laura tourner au coin de la rue.

— Zut. »

Tom se leva et s'étira.

« J'irai faire un petit tour après dîner. Inspecter les environs. Ça m'étonne qu'il n'y ait pas encore eu le moindre cambriolage, avec tous ces gens qui ont quitté leurs maisons. Vous m'accompagnerez ?

— Non, je me contenterai de mon maigre repas du soir et des infos à la télé. D'un autre côté, grimaça-t-il, m'est avis qu'il va pleuvoir.

— Inch Allah. A plus tard, Charlie. »

Laura était encore assise à l'intérieur de sa voiture, l'observant arriver. Il prit place à côté d'elle.

« Bonjour madame, dit-il. Z'auriez pas envie d'un peu de compagnie c'soir pour dîner ?

— Qu'est-ce que cela veut dire ?

— Cela veut dire que je t'aime. Cela veut dire que nous devons nous marier. Cela veut dire que, si ce vieux Charlie n'était pas en ce moment même assis sous son porche en train d'épier chacun de nos mouvements, il y a longtemps que je t'aurais attrapée par le cou et que je t'aurais prouvé la sincérité de mes sentiments. »

Laura ne répondit pas, une lueur d'amusement dans les yeux.

« La période probatoire est terminée, poursuivit Tom. J'ai pensé à tout ce que tu m'as dit. Rien ne compte que nous deux. Tu es celle avec qui j'ai envie de finir mes jours, Laura, d'accord?

— Au diable, Charlie! » s'écria-t-elle en se jetant sur lui pour l'embrasser.

Ils restèrent longtemps enlacés et se séparèrent hors d'haleine. Charlie était toujours sous son porche, le sourcil froncé et la mine sévère. A travers les vitres ouvertes, ils entendirent son « tsst, tsst, tsst » désapprobateur.

« M'enfin, y'a des hôtels pour ça! » s'exclama-t-il en branlant du chef et en rentrant chez lui.

Laura et Tom s'esclaffèrent puis, calmés, se regardèrent un long moment avant de parler.

« Je savais que tu allais dire ça, dit Laura. Même si tu n'es pas sincère, je savais que tu le dirais.

— Mais je suis sincère. Je t'aime. Bon, j'avoue que tout ça m'a un peu chagriné, bien sûr, mais finalement je crois que je préfère plutôt cette histoire à une liaison avec un autre homme, dit-il en lui caressant les cheveux. Je t'aime plus que moi-même. Plus que Dreamthorp, plus que la sculpture, plus que tout. J'ai besoin de toi.

— Je n'ai jamais... commença Laura, très émue, rencontré un homme qui soit aussi bon que toi, à part mon père. Un homme en qui je pourrais avoir une confiance totale. J'ai enfin trouvé l'homme qu'il me fallait.

— Et moi la femme qu'il me fallait.

— On dirait une comptine.

— Oui. Si on allait dîner dehors? Histoire de célébrer nos épousailles?

— Oui, dit-elle en lui caressant les lèvres. Mais j'ai d'abord envie de faire l'amour.

— Ce serait effectivement une façon beaucoup plus intéressante de sceller notre accord.

— Et beaucoup plus saine que de se goinfrer », dit-elle.

Elle se donna à lui totalement. Avant, même s'il lui arrivait de connaître des moments passionnés, il avait toujours eu le sentiment qu'elle ne se livrait jamais totalement. Il se sentait transformé, lui aussi, plus léger, et avait l'impression de flotter dans son corps. Leur étreinte fut brève mais torride. Ils reprirent quelques forces et s'habillèrent pour sortir.

Ils prirent la voiture de Tom et allèrent à L'Auberge, à Chalmers, une ancienne ferme restaurée qui servait une excellente viande de bœuf et les meilleurs fruits de mer qu'on pouvait trouver.

« A nous deux, dit Tom en levant son verre.

— Et à Dreamthorp », ajouta Laura.

> Chaque fenêtre de la petite ville était allumée, et aux yeux du voyageur qui passait, enveloppé dans le halo givré de son haleine, les lumières de la ville semblaient autant de vers luisants... Redécouvrir cette ville était pour moi comme revenir en arrière dans mon passé.
>
> Alexander Smith, *Dreamthorp*.

Cet endroit lui semblait familier.

Gilbert Rodman aurait juré qu'il était déjà venu à Dreamthorp. Ce n'étaient pas les maisons qui lui procuraient cette impression de déjà vu mais plutôt le paysage environnant, les arbres omniprésents, accrochés à flanc de colline, le ruisseau près de la route qui serpentait à travers les buissons.

Il l'avait d'ailleurs trouvé beaucoup moins large que dans son souvenir et, à la lueur de la lune, avait pu constater que le lit était presque à sec. Il n'avait pas plu depuis un certain temps, par ici. Mais il était là et allait y remédier. Oh oui, il allait faire pleuvoir, lui. Une pluie rouge.

Gilbert sourit en apercevant enfin la maison de Laura devant lui. Il avait fait du stop jusqu'à Dreamthorp, étudié la distribution des rues et découvert que seules deux, Pine Road et Elm Road, permettaient d'entrer et de sortir de la petite ville. Il y avait une station Mobil abandonnée et c'est là qu'il avait attendu depuis trois heures de l'après-midi, assis près de la cabine téléphonique, prêt à s'y précipiter pour faire semblant de téléphoner si une voiture venait à passer.

La ville semblait déserte. Il n'avait vu passer qu'une seule voiture, tout le temps qu'avait duré son attente, un des derniers modèles Buick, conduite par un septuagénaire. Une seule voiture, jusqu'à ce qu'enfin surgisse celle de Laura à dix-huit heures.

Elle avait toujours sa Toyota. Il la suivit de loin, sans qu'elle s'en aperçoive, dut courir pour gravir Pine Road, tout en restant sous le couvert des arbres, et déboucha dans Emerson Street. Il vit un homme traverser la rue et s'asseoir à côté d'elle dans la voiture. Ils entrèrent ensemble dans une maison et en ressortirent deux heures plus tard. Qu'est-ce qu'ils avaient bien pu foutre pendant deux heures? Est-ce qu'elle n'était pas gouine?

Ils prirent une autre voiture et disparurent au coin de la rue. Il marcha jusqu'à Thoreau Street et n'aperçut aucune voiture garée le long des trottoirs. Qu'est-ce qui n'allait pas dans cette putain de ville? La peste noire? Qu'importe. Il revint sur ses pas et gagna l'arrière de la maison où il avait vu Laura entrer accompagnée de cet homme.

La serrure fut facile à crocheter et il se glissa dans la demeure à pas de loup. Il explora d'abord ce qui était une cuisine et remarqua une lumière qui filtrait sous une porte. Il la poussa lentement et se retrouva dans un salon, éclairé par une lampe de bureau que Laura avait laissé allumée. Il n'y avait pas de fenêtre sur l'arrière de la pièce, seulement une sur le côté. Il y avait de la lumière dans la maison d'à côté. Il se mit à quatre pattes, rampa jusqu'à la fenêtre et, avec une infinie lenteur, tourna lentement la poignée pour abaisser le store métallique.

Sûr de ne plus être vu, il se releva et fit le tour de la pièce. C'était là que vivait Laura. Il aurait pu le deviner rien qu'au décor cul-cul, rien que des putains de tons pastel, chaque chose exactement à sa place et sans rien qui jure. Ah, ça devait beaucoup plaire aux gouinasses qu'elle ramenait chez elle, gouines ou tantouzes, puisqu'il venait de la voir partir avec l'autre tante. Tiens, la gueule que ça aura, ce bleu clair (elle devait probablement appeler ça turquoise, cette connasse) et cet orange pâle (abricot, s'il vous plaît), quand il l'aurait saignée comme la truie qu'elle était. Bon Dieu, il en avait déjà des fourmis dans les doigts. Pourvu qu'elle ne ramène pas l'autre pédé.

Après tout, qu'elle fasse ce qu'elle voudrait. Il ferait d'abord sa fête au pédé, vite fait bien fait, comme il avait d'abord égorgé Hod avant de commencer à travailler Cherry. Peut-être qu'il lui ferait un tout petit peu mal et le laisserait regarder tout son soûl.

Non, non. Il voulait être seul avec Laura. Personne pour regarder, cette fois. Non, rien qu'elle et lui.

Il sortit sa feuille de sa poche et la contempla un instant. Toutes ces dates. Tous ces gens, ces amants, ces amis, soigneusement répertoriés pour qu'elle sache qu'il n'avait pas perdu la main, bien au contraire. Qu'il était resté prêt. Rien que pour elle.

Où la mettre? Sur le bureau. Elle ne pourrait pas manquer de la voir avant d'éteindre la lumière pour se mettre au lit. Cela prendrait peut-être un peu de temps mais il n'était pas pressé. L'attente était délicieuse et il ne fallait rien précipiter. Il posa la liste sur le bureau et remarqua alors une autre feuille de papier, posée à côté de la lampe de bronze. Des dates, là aussi, des noms. Des conneries, quoi.

Il n'y avait pas beaucoup d'endroits où se cacher car la pièce n'était pas grande. Un canapé, quelques fauteuils, un mur couvert d'appareillage stéréo et d'équipement vidéo, des étagères surchargées de livres, de microsillons et de cassettes, un magasin d'armes.

Le cabinet le mit mal à l'aise. Aucune arme de main, rien que des fusils, des pistolets, des carabines. Il se demanda si elle avait toujours le revolver avec lequel elle avait tiré sur lui. Est-ce que ce ne serait pas une délicate attention d'en finir avec elle en utilisant ce même revolver...

Il abandonna cette idée, car les armes à feu n'étaient pas son style et lui avaient toujours fait peur. Le couteau était une arme autrement plus subtile, plus sincère. Avec un couteau, on pouvait dialoguer avec sa victime. Et on pouvait faire des tas de choses qui étaient impossibles avec une arme à feu.

Il voulut ouvrir la porte du cabinet mais elle était verrouillée et c'était aussi bien. Elle ne pourrait pas se précipiter dessus pour sortir un fusil.

Finalement, il décida de se cacher derrière le canapé. Il n'y avait qu'un espace d'une trentaine de centimètres entre le meuble et le mur, mais c'était assez large s'il restait allongé sur le côté. Il n'avait pas envie de se cacher tout de suite, cependant. Il était sujet aux crampes et tenait à rester aussi souple qu'un tigre quand Laura rentrerait. Il passa les étagères en revue, accordant une attention spéciale aux disques. Quelques disques de jazz. Quelques albums de Miles Davis. *A Love Supreme*, de John Coltrane (est-ce qu'elle l'écoutait, au moins?), *Hothouse Flowers*, de Wynton Marsalis, plusieurs enregistrements de Pat Metheny et une poignée de ces putains d'albums de Windham Hill aux pochettes couleur de papier mural. Peut-être les écoutait-elle en fin de journée pour se détendre l'esprit. Rien que de la musique bateau. A part John Coltrane et Miles Davis, aucun des vieux classiques.

Qu'est-ce qu'il en avait à foutre, de toute façon? Qu'est-ce qu'il en avait à foutre, du jazz?

Ses doigts poursuivirent leur exploration. Du rock, maintenant. Les Beatles, Bruce Springsteen, U2, Janis Joplin, les Doors, Police, des tas de choses, presque un mètre linéaire...

Tiens...

Qu'est-ce que c'était qu'on entendait, venu de la maison voisine? Charlie Parker, l'album *Summit Meeting at Birdland*. Son père l'écoutait souvent. Le morceau qui passait était *Groovin High*. Ecoutez-moi ce putain de saxo alto! Un son merdique, ces enregistrements radiophoniques! mais il y avait le saxo, impérial, qui dominait tout, comme celui de son père, autrefois...

Il se boucha les oreilles pour ne plus entendre. T'occupe, fais pas attention, y'a du classique, là, regarde dans les classiques. Il ne connaissait pas très bien la musique classique. Du Haydn, du Beethoven, du Mozart, du Tchaïkovski et plein d'autres noms dont il n'avait jamais entendu parler, comme Bruch, Albinoni, Reicha, Stamitz. Qui c'étaient, tous ces gars? Heureusement, il n'y avait pas de lyrique, il fallait lui reconnaître ça. Par contre, cette grognasse avait des tas de bandes originales, comme *Cats*, dont il avait entendu parler, et *La Cage aux folles*, ça c'était pour son petit copain pédé.

Il aurait bien écouté un peu de musique, tout compte fait, mais il ne pouvait pas courir le risque d'être entendu des voisins, alors qu'il n'y avait officiellement personne dans la maison, ou, pis encore, que Laura l'entende en rentrant. Peut-être qu'il pourrait mettre un disque, très bas, quand il aurait fait ce qu'il avait à faire, même si Laura n'avait plus d'oreilles pour entendre.

Le saxo s'était arrêté dans la maison d'à côté et tout était si calme qu'il pouvait entendre les battements de son propre cœur. Il fallait qu'il se détende. Elle finirait bien par revenir.

Dans la maison d'à côté le son d'une batterie monta dans la nuit. Le morceau lui sembla familier, si familier qu'il n'arrivait pas à mettre un nom dessus. Après quelques instants, cependant, un saxo alto se mit à jouer et la mémoire lui revint.

Ce n'était pas un disque. Il ne connaissait que trop cette musique. Elle semblait trop réelle, trop... vivante.

Son père.

Oui. C'était son père et Hampton Hawes au piano, là à Dreamthorp. Mais il avait tué son père, non? Comment pouvait-il encore jouer?

Aucune importance. Puisqu'il l'avait déjà tué une fois, il pouvait le faire une deuxième fois.

A cause de la musique, Charlie Lewis, debout près de l'enceinte Pioneer, n'entendit pas la porte s'ouvrir. Le saxo de Danny Vernon pleurait sur le baffle de gauche. Charlie avait appris la mort de Danny Vernon dans les journaux quelques semaines auparavant. Il avait exploré les bacs des disquaires et avait fini par dénicher l'enregistrement Prestige de Hampton Hawes, le seul, à sa connaissance, auquel Danny Vernon ait participé. L'homme n'avait jamais vraiment atteint les sommets, mais il tirait de son instrument des sons déchirants qui avaient fait lever Charlie de son fauteuil. Tous les volets étaient tirés et, bordel ! il n'y avait personne aux alentours pour le voir : Charlie courba les épaules, se signa rapidement et récita une prière à la mémoire du saxophoniste décédé.

« Tu vas mourir, cette fois », dit une voix derrière lui.

Le couteau s'enfonça si doucement entre ses côtes que Charlie fut presque surpris de se retrouver à terre. Il leva les yeux et vit un inconnu, penché vers lui, un long couteau à la main.

La douleur éclata alors en lui et il poussa un hurlement silencieux.

« Je t'ai tué trop vite la première fois, dit l'inconnu. Tu n'as pas assez souffert, sinon tu ne serais pas revenu. Maintenant, reste étendu là et joue si tu en as envie. Ce sera ton chant du cygne. Cette fois, tu n'iras plus nulle part. »

L'inconnu s'agenouilla à côté de Charlie, le retourna sur le côté et lui fit deux rapides entailles derrière les genoux. La douleur s'empara à nouveau de tout son corps et Charlie crut qu'il allait s'évanouir. Puis l'inconnu alla jusqu'au téléphone, arracha le fil de la prise et jeta l'appareil dans un coin.

Charlie cligna des paupières sous les assauts de la douleur et regarda le visage de l'inconnu, un visage mat aux traits accusés, au profil d'Indien.

Un Indien...

« C'est... c'est donc vous, dit Charlie, l'âme près d'éclater d'horreur. C'était vous depuis le début... »

Il cessa de parler quand il sentit la brûlure de son sang sur ses lèvres.

« Ne me regarde pas comme ça ! s'écria l'inconnu. Ce n'était pas ma faute, merde, c'était la tienne. Fumier, arrête de me regarder comme ça ! »

Charlie essaya de détourner les yeux mais il était trop tard. Le couteau plongea vers lui et il fut emporté par les ténèbres.

> Les gens parlent de l'âge du monde! En ce qui me concerne, il a commencé avec l'éveil de ma conscience et finira le jour de ma mort.
>
> Alexander Smith, *Dreamthorp.*

Tom et Laura regagnèrent Dreamthorp juste après vingt-trois heures. Ils avaient pris tout leur temps pour dîner et plusieurs verres pour terminer la soirée.

« Il est vraiment navrant qu'une aussi merveilleuse soirée finisse aussi vite, fit observer Tom.

— Est-ce une manière subtile de dire “chez toi ou chez moi”?

— Tout à fait.

— Alors chez toi. Mais laisse-moi d'abord chez moi, le temps de prendre quelques affaires.

— Oh, parce que mes t-shirts ne conviennent plus à madame?

— Hé, nous sommes fiancés, maintenant. J'aimerais mettre mon négligé le plus vaporeux.

— Pourquoi? Pour le temps que tu vas le garder...

— Ho! ho! dit Laura d'un ton offusqué. Je te vois venir, monstre lubrique. Bon, il faut tout de même que je prenne ma brosse à dents?

— Loin de moi l'idée de nuire à l'hygiène dentaire, dit-il en l'embrassant goulûment. Ne sois pas trop longue, veux-tu?

— Ne bousculez pas les dames, jeune homme. Ce soir est une soirée spéciale.

— Tu veux que je vienne avec toi?

— Non, j'arrive dès que je suis prête, dit-elle en lui tapotant le bout du nez. Un peu de patience.

— Je t'aime, Laura.
— Je le sais. Je t'aime aussi. »
Elle l'embrassa à son tour et quitta la voiture.
« J'en ai pour une minute. »
Elle escalada les marches du porche pendant que Tom allait se garer devant chez lui, à vingt mètres de là. Mon Dieu, pensa-t-elle, comme je l'aime. Elle ne se rappelait pas avoir connu autant de bonheur un jour. Un bonheur sans mélange, ce qui était nouveau.
Ils avaient décidé de se marier dès que les bans auraient été publiés. Il y aurait une brève cérémonie civile, après quoi ils pourraient partir en lune de miel si Tom réussissait à faire prolonger son congé de Harris Valley. Elle lui avait dit de n'en rien faire, qu'ils pourraient partir en voyage de noces l'été prochain, qu'ils avaient maintenant toute la vie devant eux et qu'il lui suffisait de vivre à ses côtés dans une ville apaisée et pacifiée. Mais il avait insisté. Cette chère Mme Martin serait tout à fait d'accord pour prolonger son congé d'une semaine ou deux — sans solde, naturellement, mais tant pis.
Ils avaient décidé que Laura vendrait sa maison et viendrait habiter avec lui. La chambre inutilisée ferait un excellent bureau. Il avait parlé d'un ton neutre et dégagé, mais elle avait vu une lueur de tristesse dans ses yeux au souvenir de Josh. Il y aurait des moments difficiles, elle le savait, mais elle l'aiderait comme il l'avait aidée. Et elle n'était pas encore trop vieille pour avoir un enfant. Leur enfant.
Elle sourit et glissa sa clef dans la serrure. Cette maison où elle avait vécu si peu de temps ne serait bientôt plus la sienne. Mais l'alternative était si charmante, presque trop belle pour être vraie, qu'elle ne ressentait aucun déchirement à la pensée de la quitter. Elle emmènerait toutes ses affaires, qui deviendraient celles de Tom. Elle serait sienne et il serait sien.
Soudain, sans qu'elle sache pourquoi, son humeur s'altéra. Elle sut qu'il y avait quelque chose d'anormal dès le couloir d'entrée. Comme un animal sauvage qui

sent venir le danger, sa première pensée fut de tourner les talons et de s'enfuir en courant.

Mais son côté rationnel et civilisé prit le dessus et elle se raisonna. Il était normal qu'elle se sente mal à l'aise et peu sûre d'elle, maintenant que tous ses rêves de bonheur semblaient enfin se réaliser et qu'elle avait trouvé le compagnon dont elle avait toujours rêvé.

Malgré tout, il y avait quelque chose de bizarre dans l'air, une très légère odeur de sueur et... de bois fraîchement coupé? Qu'est-ce que c'était?

Elle se força à rire. Mon Dieu, Laura, se dit-elle, du calme, s'il te plaît. Tout va bien et dans dix minutes tu seras avec Tom. Alors grimpe au premier, ma fille, et va chercher ta précieuse brosse à dents.

Comme un chien qui s'ébroue, elle se libéra de ses appréhensions dans un grand frisson, ferma la porte derrière elle et s'avança vers l'escalier. Elle jeta un coup d'œil au salon en passant et trouva qu'il y avait quelque chose de différent. Il lui fallut un moment avant de voir ce que c'était.

Les disques avaient été déplacés. Certains dépassaient légèrement des étagères. Etait-ce elle qui les avait mal rangés? Elle n'en était pas sûre. Et là, sur le bureau? Tout était aussi méticuleusement à sa place que lorsqu'elle avait allumé la lampe en partant, tout sauf la liste que Tom lui avait donnée. Tiens... il semblait même y en avoir deux.

Laura alla jusqu'au bureau et se pencha vers la seconde feuille blanche. Elle avait été pliée et dépliée de nombreuses fois et était toute froissée et tachée. C'était une liste de dates et un sentiment déconcertant de déjà vu l'envahit à la lecture. Il y avait un nom en face de chaque date. Les noms ne lui disaient rien, mais les dates...

Elle parcourut la liste une nouvelle fois puis la compara à celle où Tom avait inscrit les dates des assassinats commis à Dreamthorp, en face des noms de chaque victime — les quatre dates de juin, la mort de son père en juillet, seul décès ce mois-là, et, finalement, les trois dates rapprochées du mois d'août, la dernière étant celle de la mort de Grover Kraybill.

Les mêmes dates. Sur les deux feuilles.

Ses yeux avaient beau aller de l'une à l'autre, inlassablement, les dates étaient toujours les mêmes.

« Ma petite liste de courses », dit une voix derrière elle.

Elle se retourna d'un bloc et découvrit, debout derrière le canapé, comme surgi de son cercueil, Gilbert Rodman, un long couteau scintillant à la main. Il ne portait qu'un caleçon sale et jauni.

« Des cadeaux pour toi, Laura. Tu vois que je ne suis pas resté inactif. »

Son esprit s'insurgea, telle une machine qui s'emballe. C'était impossible et pourtant il était là. Là, debout en face d'elle, nu, obscène, immonde.

« Tu excuseras ma tenue, ma chère Laura, mais je n'ai pas de vêtements de rechange et je dois faire avec... »

Il haussa les épaules d'un air contrit et sortit de derrière le divan afin de s'interposer entre elle et la porte du couloir.

« Ils sont tous là, Laura, tous ceux à qui j'ai fait subir la morsure de mon couteau. Ce sont mes cartes de la Saint-Valentin. Des gages de mon amour. As-tu reçu mon message, Laura ? »

L'expression de son visage changea. Ses yeux prirent une lueur féroce.

« Tu l'as reçu ? »

Elle ressentait un calme et une lucidité remarquables. Elle faisait face à ce maniaque, situation qui l'aurait rendue complètement folle en temps normal, mais elle ne paniquait pas. Survivre était la seule chose qui comptait, non cette figure de cauchemar. Elle chercherait à comprendre plus tard. Encore fallait-il qu'il y ait un plus tard.

« Je vais te faire l'amour, Laura, comme nous aurions dû le faire, là-bas dans le Wyoming. Pas avec ma bite, non, ça tu t'en es chargée, pas vrai ? Non, non, non, je vais te faire l'amour avec ce magnifique couteau, regarde, et je vais prendre tout mon temps, crois-moi. Ton petit ami va venir voir ce que tu branles, évidemment, mais ne t'inquiète pas, il passera de vie à trépas avant même de comprendre ce qui lui arrive. »

Le cabinet d'armes était fermé. Même si elle avait pu l'ouvrir, aucune des armes n'était chargée. Sa seule chance résidait dans le .38, sur le canapé...

« Tu as reçu mon message, Laura? Celui que je t'ai laissé quand j'ai tué ce type et que je vous ai tous fait croire que j'étais mort? C'étaient des conneries, tu le sais. Sauf le coup de feu que tu m'as tiré dans les couilles. »

Il leva son couteau et le fit jouer dans la lumière.

« Voilà ma bite, maintenant, Laura. Regarde. Crois-moi, tu vas te trémousser quand tu vas la sentir. »

Il fallait qu'elle parvienne au canapé, qu'elle glisse la main sous le coussin. Ensuite, une seconde pour s'emparer du revolver, une autre pour viser...

« Qu'y a-t-il, ma petite Laura? Tu vas te mettre à crier? A me supplier? Me parler, pour tenter de me raisonner?

— Est-ce que cela servirait à quelque chose?

— Non. Je veux que tu te défendes, Laura.

— Et si je me montrais coopérative? Vous me tueriez plus vite?

— Non, bien sûr que non. Je vais mettre tellement de temps à te tuer que tu ne pourras jamais croire que les heures puissent couler aussi lentement. »

Il fit un pas vers elle et elle s'écarta de côté, vers le cabinet d'armes.

« Ça ne t'avancera à rien. J'ai déjà vérifié. Il est fermé. Pourquoi est-ce que tu ne viendrais pas gentiment t'asseoir sur le canapé et que tu n'ôterais pas tes vêtements, hein? Tu n'auras qu'à t'imaginer que tu es avec une de tes petites amies. »

Elle avait de la difficulté à avaler sa salive. Ce n'était pas la peine d'essayer de cacher son agitation, car il prendrait tout mouvement de sa part comme de la peur. Respirant à petits coups, elle s'avança vers le canapé, les mains tendues en avant, prête à parer les coups s'il tentait de la poignarder.

« Très bien, oui. Assieds-toi, maintenant. Gentille fille, ça... »

Il se planta au milieu de la pièce pour mieux la voir. Il était à trois mètres d'elle et cela lui donnait une marge. Il n'allait pas se précipiter sur elle immédiatement. Il aimait trop se repaître de la peur de ses victimes. Mais comment glisser la main sous le coussin, telle était la question. Elle était assise au milieu du canapé, les mains toujours levées devant elle. Le revolver était sous le coussin de gauche. Mais au moindre mouvement de sa part, il pouvait fondre sur elle en une seconde.

« Fais voir, maintenant », murmura-t-il.

C'était peut-être le moyen. Elle leva les mains vers son corsage, ouvrit les deux premiers boutons, puis fit passer son chemisier par-dessus sa tête. Elle ne portait pas de soutien-gorge et elle frissonna sous le feu de son regard vrillé sur ses seins.

C'était le moment. Elle se tourna de côté pour poser son chemisier à côté d'elle et, d'un mouvement rapide comme l'éclair, plongea la main sous le coussin.

Le revolver n'était plus là.

« Je l'ai caché, dit Gilbert Rodman, les lèvres dégoulinantes d'un sourire insupportable. Je n'aime pas les armes à feu. »

La rage l'envahit quand elle le vit s'approcher et elle prit conscience de son air vulnérable, de l'absurdité du personnage, pathétique dans son caleçon sale. Un caleçon qui ne cachait plus rien, à présent.

Laura était grande et tout en muscles. Bien que Gilbert Rodman la dépassât d'une demi-tête et fût plus lourd d'une bonne vingtaine de kilos, elle était plus rapide et plus souple, ce qu'il apprit rapidement à ses dépens lorsqu'il voulut l'assommer d'un coup de poing comme il l'avait fait un an plus tôt.

Laura était prête, cette fois, et para le coup. Elle le gratifia d'un coup de poing au creux de l'estomac qui lui coupa la respiration, le précipita en arrière et faillit lui faire perdre l'équilibre.

Elle prit l'avantage et lui faucha le genou droit d'un coup de ciseau où elle mit toutes ses forces. Il s'écroula lourdement, le couteau toujours serré au creux de la main. Elle se jeta sur lui et lui tordit sauvagement le poignet droit pour essayer de lui faire lâcher son arme. Il lui expédia son poing gauche sur le crâne mais sa chute l'avait affaibli et, bien que la douleur explosât dans sa tête, elle réussit à le maintenir immobilisé d'une main tout en lui emprisonnant le poignet gauche de l'autre.

Presque nus, ils grognaient comme deux lutteurs, Laura dessus, Gilbert Rodman dessous. Lentement sa force et son poids commencèrent à parler. Ils roulèrent sur le côté, chacun luttant pour s'assurer la maîtrise du couteau.

Au moment où il allait réussir à la terrasser, le plancher de la pièce se souleva dans un horrible grincement, comme si un tremblement de terre secouait toute la ville, et, de stupeur, les deux combattants lâchèrent prise.

Laura se ressaisit la première.

Elle s'empara de la main droite de son adversaire et, de toute la force de ses deux bras réunis, poussa vers le haut. La lame lui ouvrit l'estomac avec un bruit de cuir humide qui se déchire.

Il émit un petit gargouillement et elle s'écarta vivement de lui. Le plancher était redevenu stable.

Gilbert Rodman était allongé sur le dos, les bras écartés, le couteau planté dans la plaine pâle de son estomac. Il n'était pas mort. Ce n'était pas, comprit-elle, une blessure obligatoirement fatale et il n'avait presque pas perdu de sang. Ses bras et ses jambes tremblaient, tressautaient si rapidement que Laura avait peine à suivre ses mouvements épileptiques autrement que dans une sorte de brouillard. Ce n'étaient pas là des râles d'agonie mais les sursauts furieux d'une force démente. Elle s'approcha à croupetons, terrifiée et curieuse en même temps. Le visage de Gilbert Rodman, les traits livides, haves et tirés, les yeux fermés, ressemblait à celui d'un chaman indien en pleine transe...

Le même genre de transse, pensa-t-elle, que les médecins appelaient coma. Le même genre de transe qui lui avait permis de s'échapper après s'être éveillé d'un coma de neuf mois. Le même genre de transe qui, le jour où il s'était réveillé, avait provoqué la chute des piliers du Grand Théâtre...

Le bois. Elle leva les yeux, apeurés. Le plancher recommençait à bouger. Les lattes se soulevaient à nouveau. Le tapis dansait furieusement. Les linteaux de la porte étaient en train de plier comme du métal en fusion. Au-dehors, dans une maison voisine, elle entendit quelqu'un hurler.

« Non, dit-elle en se remettant debout. Non, pas cette fois ! »

Elle tituba jusqu'au cabinet d'armes et fit voler la vitre en éclats. Elle plongea la main et s'empara d'un fusil calibre .12 à double canon et d'une boîte de cartouches.

Le plancher craquait de partout. Partout le bois gémissait, grinçait, éclatait. Par-dessus toute cette confusion, une multitude de voix sourdes marmonnaient dans une langue que Laura n'avait jamais entendue. Elle traversa la pièce en chancelant, se pencha au-dessus du corps de Gilbert Rodman, toujours agité de tremblements extatiques, et pointa le museau du fusil de chasse sur sa tempe.

« Crève, enfant de salaud ! » hurla-t-elle.

A l'instant où elle libérait les deux cartouches, les yeux de Gilbert Rodman s'ouvrirent une fraction de seconde. Les détonations jumelles soufflèrent à jamais la haine implacable qui l'avait nourri tant d'années.

Sa tête explosa dans un flot de sang et de matière cervicale. Laura lâcha son arme et resta longtemps à regarder le cadavre, hébétée, pour se convaincre que Gilbert Rodman, ou celui qu'il était devenu, était vraiment mort. Tout était calme dans la maison, à présent, le plancher avait cessé de tanguer. Seul demeurait dans ses oreilles l'écho de l'explosion.

« Laura ! »

Elle sentit Tom la prendre dans ses bras et la serrer

contre lui. A son regard, elle comprit qu'elle avait le visage éclaboussé de sang.

Elle voulut parler mais aucun son ne sortit de sa gorge. « Gilbert Rodman... » réussit-elle seulement à dire.

La distance à laquelle votre arme, qu'elle soit rayée ou à canon lisse, propulsera la balle dépend de la force de la charge.

Alexander Smith, *Dreamthorp.*

« Rodman ? »

Elle hocha la tête et désigna les hanches du cadavre d'une main tremblante. Tom s'agenouilla, abaissa la ceinture et détourna les yeux.

« Mon Dieu, c'est bien lui », dit-il.

Il se releva et reprit Laura dans ses bras.

« Oh, mon Dieu, ma pauvre petite Laura. Tu n'as rien ?

— Il ne m'a pas fait de mal. Il a essayé mais n'a pas pu...

— Merci, mon Dieu. »

Il se rappela alors ce qui l'avait fait se précipiter hors de chez lui comme un fou.

« Le bois, reprit-il. Tout ce qui est en bois s'est soudain mis à bouger, à se briser. J'ai cru que tout allait s'écrouler et je suis venu te chercher. C'est la même chose partout. Que s'est-il passé ici ?

— Tout va bien, maintenant », dit-elle.

Elle s'abandonna à son étreinte, alla jusqu'au canapé, remit son chemisier d'un air las et prit les deux listes sur le bureau.

« C'est Gilbert Rodman, dit-elle.

— Je... je sais.

— Non. Je veux dire que c'est lui qui est responsable de tout. Viens dans le couloir, je ne veux plus le voir. »

Ils traversèrent le salon dévasté et gagnèrent le couloir, chaos de lattes disjointes qui pointaient hors du sol.

« Regarde ça. Celle-ci est la liste que tu as faite, l'autre est la liste des victimes de Gilbert Rodman, établie par ses propres soins. Elles concordent, Tom. Les dates sont les mêmes. Quand il assassinait quelqu'un, quelqu'un mourait aussi à Dreamthorp. Je ne sais pas comment, mais c'était lui. »

Tom compara les deux listes, sourcils froncés.

« On devrait... appeler la police. »

Il décrocha l'appareil du couloir et constata qu'il n'y avait plus de tonalité.

« La ligne est morte... Qu'est-ce qu'il y a, Laura?

— Tu ne me crois pas! s'écria-t-elle.

— Mais, Laura, dit-il en reposant l'écouteur, comment Rodman pourrait être l'auteur de ces crimes alors qu'il n'était pas là? Alors qu'il était à des milliers de kilomètres de là? »

Elle jeta un regard par-dessus son épaule vers la porte du salon et frissonna.

« Il a dit qu'il pensait à moi chaque fois qu'il assassinait quelqu'un. Je ne sais pas comment il... télékinésie, Poltergeist...

— La... la statuette. L'amulette en quartz... les meurtres ont cessé depuis que nous l'avons remise en terre.

— D'accord. Mais regarde le capharnaüm qu'est devenue cette maison. Quelque chose n'a pas marché. »

Tom se passa la main dans les cheveux et se massa les tempes, agité de pensées contraires.

« Je ne peux pas... y croire. Je n'arrive pas à croire qu'un homme seul ait pu faire tout ça.

— Qui peut connaître le pouvoir de la haine?

— Laura...

— Tu étais prêt à croire une vieille légende indienne. Mais ceci est une légende moderne, Tom. Réelle. Si tu tiens à appeler ça de la magie, et je suppose que c'est la seule façon de l'appeler, alors c'est une nouvelle magie. Et les vieilles règles ne marchent pas, dans ce cas-là.

— Que faut-il faire, alors?

— Apprendre de nouvelles règles.

— Peux-tu me dire où sont les gens? demanda-t-il. Quelqu'un a bien dû entendre le coup de feu. Et je suppose qu'il s'est produit partout la même chose qu'ici...

— Seules quatre maisons étaient encore habitées, lui rappela-t-elle.

— Alors, où est Charlie? Mon Dieu, j'espère qu'il ne lui est rien arrivé.

— Allons voir », dit Laura.

Ils quittèrent la maison et sortirent dans la nuit.

« Je parie que Rodman a coupé les lignes téléphoniques, dit Laura. Il reste tellement peu de monde que personne ne se rendra compte de rien avant un moment.

— La compagnie va envoyer une équipe pour réparer les lignes. »

Tom frappa mais il n'y eut pas de réponse, aucun bruit excepté un tic... tic... monotone.

« Charlie? appela-t-il.

— Entrons. »

Ils le trouvèrent transpercé par une demi-douzaine de longues échardes de bois, allongé au milieu des marches de l'escalier, aussi faussées et tordues que dans un château des horreurs.

« Bon Dieu, Charlie... » dit Tom.

De façon tout à fait stupéfiante, le corps affalé dans les marches bougea et la tête se tourna lentement dans leur direction, deux flaques de sang à la place des yeux.

« Mieux vaut tard... que jamais, réussit-il à croasser.

— Nous allons appeler du secours, Charlie. Tout va bien aller.

— Foutaises », dit Charlie.

Chaque mot lui était visiblement un supplice.

« J'ai perdu trop de sang... Je trouve tout de même ça bête de mourir maintenant... trop con.

— Charlie...

— On... on avait tort. C'était un homme... Un type en chair et en os... M'a poignardé. C'est lui qui a tout fait...

— Nous savons, Charlie, dit Tom, des larmes plein

les yeux. Mais il est mort. Il est mort, maintenant. C'est fini.

— Mort, hum? toussa Charlie dans son sang. Le fumier. Vous n'avez pas... la moindre idée... du plaisir que me cause cette nouvelle... »

Ce furent là ses dernières paroles. Il poussa un dernier soupir et rendit l'âme peu après.

« Adieu, Charlie », dit Laura en prenant la main du vieil homme dans la sienne.

« Peut-être as-tu raison, Laura. Peut-être qu'on ne racontait que des âneries, comme il le disait parfois. Mais cet homme est mort et bien mort. »

Laura fronça les sourcils. La mort détruit, pensa-t-elle. Mais ne parlait-on pas parfois de la mort comme... d'une libération?

Soudain, toute la maison parut prise de folie. Les linteaux et les montants de la porte d'entrée frémirent puis s'abattirent à terre avec fracas, le plancher se bomba et creva en crissant, les lambeaux de la rampe d'escalier éclatèrent et s'éparpillèrent jusque dans la salle de séjour, les marches de l'escalier se soulevèrent une à une comme les touches d'un piano géant, menaçant de les envoyer bouler cul par-dessus tête.

« Laura! s'écria Tom en lui agrippant le bras pour l'empêcher de tomber. La porte! »

Ils se ruèrent dans cette direction. Le plafond et les murs tremblaient tout autour d'eux et le plancher se déformait sous leurs pas. La porte de bois sculpté tressautait furieusement dans son cadre.

Tom tourna la poignée et tira la porte à lui d'un coup sec. Elle refusa de s'ouvrir, bloquée par une latte gondolée du plancher. Laura pesa dessus de tout son poids et réussit à la faire jouer. La porte s'entrebâilla enfin et ils se précipitèrent sous le porche.

Toute la ville était devenue folle. Tout le long d'Emerson Street, les maisons fléchissaient, se voûtaient, faisant rouler les lattes de leurs murs comme les écailles de monstres de l'Apocalypse. Bardeaux et rondins volaient dans les airs, se libérant un à un des clous qui les avaient retenus captifs près d'une centaine d'années. Les corniches s'effondraient et venaient se planter comme des javelines dans les pelouses et les jardins.

« Par ici ! s'écria Tom. Dehors, sur la rue !

— Il faut rester sous les arbres ! » dit Laura qui avait remarqué que les arbres ne semblaient pas affectés par la frénésie générale et pouvaient leur fournir un abri contre les projectiles qui pleuvaient des maisons. A l'abri des pins, ils prirent la direction d'Elm Road.

Comme dans un rêve, Laura vit l'imposte de la maison des Shaeffer, dans Channing Street, à quelques pas devant eux, voler en éclats. Le cadre à croisillons traversa le carrefour en tournoyant comme un boomerang et termina sa course dans un tronc d'arbre, à trente centimètres à peine de leurs têtes. Ils s'enfuirent en courant.

« Ta voiture, dit Tom comme ils passaient devant la demeure de Laura qui tressautait sur ses fondations comme un cœur gigantesque, dispersant sa substance aux quatre vents de la nuit. Tu as tes clefs ?

— Non, je les ai laissées dans le salon... Attends, je regarde quand même. »

Elle ouvrit la portière mais les clefs n'étaient pas sur le contact. En revanche, posé dans la concavité de la console du tableau de bord, il y avait la petite boîte d'allumettes de Trudy Doyle. Laura s'en empara et claqua la porte.

Ils s'enfuirent en courant, pourchassés par les projectiles. Quand ils passèrent devant la maison d'Alice Penworth, la porte d'entrée s'abattit sur le trottoir, arrachée à ses gonds. Atteint à la cheville, Tom gémit et chancela. Avec de lents et malhabiles mouvements de reptation, la porte, vibrant encore de toutes ses fibres, se mit à glisser vers eux comme un crabe.

Laura glissa son bras sous l'aisselle de Tom et l'aida à se remettre debout, sourde à ses gémissements de douleur.

« Allez, dit-elle... Vite, on ne peut pas rester là ! »

Le chambranle, toujours agité de soubresauts, finit

par s'immobiliser sur une dernière trépidation. Les vibrations, pensa Laura. Une fois détaché des maisons, le bois ne pouvait plus se déplacer que par d'infimes mouvements internes.

« C'est bon à savoir, dit-elle en se moquant d'elle-même.

— Quoi ? demanda Tom, les dents serrées.

— Rien, dit Laura. Nous sommes presque arrivés... »

Une minute plus tard, ils surgirent sur Elm Road, deux fois plus large qu'Emerson Street, et se précipitèrent au milieu de la chaussée. De chaque côté de la rue, les maisons de Dreamthorp les bombardaient avec acharnement, se délitant de leur gros œuvre, furieuses de les voir parvenus si loin. Des pans de murs entiers se lézardaient et les mitraillaient de missiles acérés.

Laura constata avec soulagement qu'à mesure qu'ils progressaient dans Elm Road l'activité destructive des maisons allait s'amenuisant. Ils traversaient maintenant des quartiers plus récents, construits dans les années quarante et cinquante, à une époque où la futaie n'était plus exploitée depuis longtemps.

« On a réussi, haleta Laura, épuisée. Oh, Tom, on a réussi...

— La station-service... dit Tom. Allons chez Ted. Il y a une cabine téléphonique, là-bas... sur une ligne distincte du reste de la ville. »

La station n'était qu'à une centaine de mètres et ils y arrivèrent sans incident. Tout était calme et la cabine téléphonique brillait comme un phare dans la tempête. Tom se laissa aller contre la paroi vitrée pendant que Laura se ruait à l'intérieur de la cabine. Elle souleva le récepteur de sa fourche et poussa un cri de joie en entendant le bourdonnement clair de la tonalité. Le doigt sur le cadran, elle suspendit son geste et scruta les ténèbres, de l'autre côté de la rue. Venue d'Elm Road, une silhouette indécise progressait malhabilement à l'ombre des maisons et venait dans leur direction.

« Tom ? il y a quelqu'un, là-bas... »

Elle raccrocha, sortit de la cabine et rejoignit Tom,

prêt à l'aider à s'enfuir, effrayée par ce qu'elle ne distinguait pas encore.

Elle avait bien raison d'avoir peur car, au-delà du pâle rayon de lumière de la cabine qui partageait les ténèbres de la rue, une créature dantesque s'avançait en titubant.

« Rodman... » murmura-t-elle.

Ce n'était pas Gilbert Rodman, en tout cas pas un Gilbert Rodman de chair et de sang mais un être de cauchemar, une créature issue du dernier cercle des Enfers.

La créature était gigantesque, malhabile et voûtée. Ses orbites creuses étaient des puits de haine sans fond. Les bras ligneux de l'être d'épouvante gesticulaient en grinçant comme la crécelle des lépreux.

L'être allait se jeter sur elle. Soudain, Laura entendit un chant sauvage, le chant du métal contre le bois. Tom, une barre de fer à la main, sa blessure à la cheville oubliée et ahanant comme un bûcheron, se mit à frapper la créature à coups redoublés. Il ne réussit pas à la faire tomber, ni même à la faire chanceler, mais elle hésita, son fruste intellect intrigué par ce moustique qui la harcelait.

Laura jeta autour d'elle un regard désespéré, aperçut la pile de barres de fer où Tom avait trouvé son arme et courut s'en chercher une. La créature tourna la tête vers elle et pivota sur ses jambes disgracieuses. Tom se dépensait comme un dément et réussit à lui briser un doigt. La créature ne s'en aperçut même pas. Elle pouvait les assommer tous les deux d'un seul coup de ses poings trapus.

Ils étaient perdus. Laura se souvint de la boîte d'allumettes qu'elle avait trouvée dans sa voiture.

« Tom! sécria-t-elle. Retiens-le. Donne-moi un peu de temps! »

Tom se mit à batailler avec une énergie renouvelée, attirant l'attention fugitive du monstre. Laura courut jusqu'au distributeur d'essence, inséra sa barre de fer dans la serrure et la fit sauter d'une violente poussée. Fébrilement, elle retira le pistolet de son logement, actionna la détente et sentit le soulagement l'envahir quand elle entendit les mécanismes internes se mettre en branle. Elle étira la lance de distribution au maximum et se mit à invectiver la créature.

« Par ici, fils de pute ! »

La créature fit un bond en avant, fit sauter d'un geste la barre de fer des mains de Tom et s'approcha d'elle à pas pesants.

Quand elle ne fut plus qu'à un mètre, Laura appuya sur la détente, aspergea la créature et jeta la lance aussi loin qu'elle le put. Luisante d'essence, la statue de Gilbert Rodman se déplaçait avec lenteur mais n'était pas aussi dépourvue d'intelligence que Laura l'aurait cru. Si elle n'y prenait pas garde, elle allait être acculée contre la porte du garage. Tom, qui avait récupéré sa barre de fer, l'abattit avec violence sur l'échine de la statue mais celle-ci ne sembla même pas le remarquer.

Maintenant. C'était le moment. Même si elle devait elle aussi partir en fumée.

Laura sortit la boîte d'allumettes de sa poche, en répandit la moitié dans sa hâte et, retenant son souffle, en frotta une.

Elle n'eut même pas besoin de la jeter. Les vapeurs en suspension dans l'air s'enflammèrent instantanément et la force de l'explosion la projeta contre le mur du garage, sonnée. Un instant après, elle se rendit compte que ses cheveux étaient en flammes et passa son chemisier par-dessus sa tête pour les étouffer.

Gilbert Rodman flamba comme un fagot au milieu d'un bûcher. Ses bras en folie s'agitèrent, ses lourdes jambes exécutèrent un ballet aveugle, cherchant à gagner l'abri de la rue.

Des flaques de flammes bleues crépitaient tout autour d'elle, mais elle avait pris soin de jeter la lance assez loin pour que la cuve n'explose pas.

Tom s'approcha d'elle, le visage roussi par les flammes.

« Tu vas bien ? » demanda-t-il.

Elle hocha la tête et ils regardèrent le monstre tournoyer sur lui-même comme une toupie. Une longue plainte torturée, un mugissement sourd plus profond que le grondement des flammes qui le dévoraient vivant s'échappait de sa poitrine. Il traversa la rue en titubant, leva les moignons fumants qu'étaient devenus ses bras, dansa d'un pied sur l'autre, poussa un dernier grognement inarticulé et s'effondra lourdement comme un chêne qui s'abat.

Telles des araignées, de petites langues de feu détalèrent de toute la vitesse de leurs petites pattes grêles sur le tapis d'aiguilles brunes. Les premières flammèches se propagèrent jusqu'aux arbres et, comme des écureuils affolés, coururent se réfugier dans les branches.

« Il faudrait appeler à l'aide, dit Laura. Prévenir les pompiers.

— Laura... dit Tom en posant sa main sur son épaule. Non.

— Mais, Tom...

— Laissons le feu nous délivrer de toute cette folie. Que tout parte en fumée.

— Mais, Tom, protesta-t-elle. Dreamthorp?

— Dreamthorp n'existe plus. Dreamthorp sera n'importe où nous le voudrons. Mais oublions cette ville. »

Il se retourna et regarda le feu dévorer les arbres, les flammes bondir de branche en branche. Dans quelques minutes toutes les maisons allaient s'embraser.

« Allons-nous-en. Que tout disparaisse. Ecarte-toi, Laura. »

Tom ramassa sa barre de fer, se jeta sur la cabine téléphonique à bras raccourcis et ne s'interrompit que lorsqu'il l'eut réduite en miettes.

Puis ils s'assirent et regardèrent Dreamthorp brûler, sachant que même si les secours arrivaient il serait trop tard.

Peu de temps après, le premier camion de la caserne des pompiers de Chalmers déboucha dans Elm Road, sirène hurlante et louvoyant entre les flammes. D'autres camions suivirent peu après, envoyés par les casernes limitrophes, et la voiture de Bret Walters vint se ranger devant la station-service. Bret regarda Tom et Laura comme s'il n'arrivait pas à croire ce qu'il voyait autour de lui.

« Qu'est-ce qui se passe ici, bon Dieu, Tom ? » demanda-t-il.

Mais ce fut Laura qui lui répondit.

« Tout cela est l'œuvre d'un homme, shérif. Un certain Gilbert Rodman.

— Il a allumé l'incendie, dit Tom. C'est lui le responsable de tout ça, Bret.

— Et... où est-il, cet homme ?

— Il est mort », dit Laura.

Bret Walters ne put rien lire sur leur visage qui ait un sens pour lui.

« Mais qu'est-ce qui s'est passé, bordel ?

— Je n'en suis pas sûre, répondit Laura, le regard perdu vers les bûchers qui embrasaient les collines, mais je crois que la nouvelle magie a rencontré l'ancienne. »

Un silence éternel plane aujourd'hui sur Dreamthorp, les voix de ses enfants se sont tues...

Alexander Smith, *Dreamthorp.*

Bret Walters conduisit Tom et Laura à l'hôpital de Lebanon, où leurs blessures furent pansées. On les installa dans une chambre semi-privée pour la nuit, et Bret leur dit qu'il viendrait prendre leurs dépositions le lendemain matin.

Après le départ de Bret et de l'infirmière, Tom et Laura se glissèrent dans l'un des lits et, chacun faisant attention aux meurtrissures de l'autre, restèrent allongés côte à côte, essayant de comprendre ce qui s'était passé.

« Le bois était vivant, Laura. C'est-à-dire qu'il y restait de la vie. Un peu comme les fantômes des hommes. Gilbert Rodman était animé d'une haine incommensurable, peut-être était-il doté d'une faculté dont nous n'avons même pas idée...

— Je crois que c'était le cas, dit Laura. Dans son coma... ou quel que soit l'état dans lequel il était plongé, c'est là qu'il s'est trouvé lui-même.

— Et c'est cette haine qui lui traçait sa route, sans qu'il en ait peut-être lui-même conscience. C'est cette haine qui a été insufflée dans le bois.

— Je ne sais pas. Les esprits des Alligewis ont peut-être joué un rôle dans toute cette tragédie. Sans quoi, pourquoi seul le bois de la futaie où ils ont été enterrés serait-il revenu à la vie ? Je pensais vraiment ce que je disais quand j'ai déclaré à Bret que la vieille magie et la nouvelle s'étaient rencontrées. Je crois que Gilbert Rodman a servi de catalyseur. Il avait du sang indien dans les veines. Il m'en a parlé... la première fois où nous nous sommes rencontrés. »

Elle s'étira sous les draps et ajusta le bandage qu'un interne avait posé sur son front roussi.

« Tu te rappelles ce que Charlie disait, à propos des Alligewis ? Ils auraient disparu de la surface de la Terre mais quelques-uns d'entre eux auraient survécu en se mêlant à d'autres tribus.

— Oui, je me rappelle.

— Et si Rodman avait été le dernier de ces survivants ? leur descendant ? Si c'était la profondeur de sa haine qui avait rappelé le bois à la vie, et non la disparition de la statuette ? Le bois où les esprits de ses ancêtres vivaient toujours ?

— Action à distance, répondit Tom. Il était capable d'accomplir des choses à distance, c'est ça ?

— Qu'importe. Tout à brûlé, maintenant.

— Oui...

— Je croyais l'avoir tué mais en fait je l'ai libéré. Nous l'avons vu se consumer, mais pouvons-nous être vraiment sûrs qu'il est mort ? »

Tom ne répondit pas.

« Nous ne retournerons plus à Dreamthorp, dit-il au bout d'un moment.

— Je n'ai plus besoin d'aller nulle part. J'ai tout ce dont je pouvais rêver. »

Elle posa sa joue contre la sienne et, quelques instants plus tard, ils s'endormirent tous les deux.

L'après-midi suivant, une averse diluvienne creva au-dessus de Dreamthorp et éteignit toutes traces de l'incendie. La ville était détruite de fond en comble. Pas une seule maison ne restait debout. Toutes avaient brûlé jusqu'aux fondations.

La plus grande partie des cendres fut emportée jusqu'au ruisseau, dont le niveau avait monté brusquement, et, de là, jusqu'au fleuve Susquehanna, qui allait rejoindre la mer dans la baie de Chesapeake.

Quelques jours plus tard, près de la côte de Dares Beach, Maryland, un poisson lune qui chassait sur ce qui avait toujours été son territoire fut brusquement pris de convulsions et, moins d'une minute plus tard, il remonta à la surface, ventre en l'air.

Une famille sur une vedette ancrée à quelques encablures de là aperçut le poisson qui flottait à la surface de l'eau et le repêcha avec une épuisette. Personne ne fut capable de déterminer la cause de sa mort, chacun ayant d'autres soucis en tête. Le destin d'un malheureux poisson n'avait aucune importance pour eux et ils le jetèrent dans le seau à déchets.

Puis, le temps étant particulièrement beau, tout le monde plongea et se mit à l'eau.

FIN DE SAISON

« Les morts ont leurs secrets. Dans peu de temps nous en saurons autant qu'eux mais n'en serons pas plus heureux. »

Alexander Smith, *Dreamthorp*.

Achevé d'imprimer en février 1991
sur les presses de l'Imprimerie Bussière
à Saint-Amand (Cher)

PRESSES POCKET - 8, rue Garancière - 75285 Paris
Tél. : 46-34-12-80

— N° d'imp. 719. —
Dépôt légal : mars 1991.

Imprimé en France